Aussi loin qu'elle se souvienne, **Suzanne Wright** a toujours inventé des personnages et raconté leurs aventures. Lectrice passionnée de récits fantastiques, elle apprécie particulièrement l'œuvre de Christine Feehan, Nalini Singh ou encore Stephen King. Elle vit à Liverpool avec son mari et leurs deux enfants, et ne fait pas mystère de son incapacité totale à cuisiner quoi que ce soit, ni de son allergie à toute forme de ménage. Cela dit, elle a un répertoire sans fin d'histoires drôles et est toujours prête à partager son chocolat.

Du même auteur, chez Milady :

La Meute du Phénix :
1. *Trey Coleman*
2. *Dante Garcea*
3. *Nick Axton*
4. *Marcus Fuller*
5. *Ryan Conner*

Ce livre est également disponible au format numérique

www.milady.fr

Suzanne Wright

Nick Axton

La Meute du Phénix – 3

Traduit de l'anglais (Grande-Bretagne)
par Jocelyne Bourbonnière

Milady

Milady est un label des éditions Bragelonne

Titre original : *Carnal Secrets*

Originally published in the United States
by Amazon Publishing, 2014.
This edition made possible under a license arrangement
originating with Amazon Publishing.

ISBN : 978-2-8112-1368-8

Bragelonne – Milady
60-62, rue d'Hauteville – 75010 Paris

E-mail : info@milady.fr
Site Internet : www.milady.fr

Pour Edward

Remerciements

Je souhaite tout d'abord remercier mon mari et mes enfants d'être ma source d'inspiration et pour leur patience quand je me transforme en « femme des cavernes ». Je voudrais également remercier mes sœurs qui viennent me tirer de ma grotte de temps en temps pour s'assurer que je m'accorde les pauses dont j'ai besoin.

J'adresse un immense merci à tout le monde chez Montlake Romance pour leur aide, leur soutien, et leur temps. Et tout particulièrement à mon éditeur : JoVon Sotak, ainsi qu'à Jessica Poore, qui répondent à mes nombreuses questions.

Et bien sûr, un monstrueux merci à tous ceux qui ont choisi de passer leur temps libre en lisant mon livre. Si pour une quelconque raison vous souhaitez me contacter, n'hésitez pas à m'envoyer un mail (en anglais) à suzanne_e_wright@live.co.uk.

Site : www.suzannewright.co.uk
Blog : www.suzannewrightsblog.blogspot.co.uk
Twitter : twitter.com/suz_wright
Facebook : www.facebook.com/pages/Suzanne-Wright/1392617144284756

Chapitre premier

Nick allait recevoir de mauvaises nouvelles, il le pressentait. Il avait souvent ce genre de prémonition. Il « savait ». Parfois, un simple picotement au niveau de la nuque l'informait que quelque chose clochait sans qu'il sache exactement quoi. Mais, à d'autres moments, l'impression se précisait et il « savait » où retrouver un objet égaré comme la télécommande de la télé ou ses clés de voiture. Il arrivait également que certains pressentiments deviennent tellement oppressants qu'ils lui nouent le ventre et tout son corps se mettait alors en état d'alerte.

C'était peut-être simplement une question d'intuition ou d'instinct ou peut-être avait-il le don de prescience. L'Alpha savait qu'il allait recevoir de mauvaises nouvelles et il avait de plus en plus de mal à ne pas communiquer ses angoisses à la meute par les liens qui les unissaient.

Les deux mecs dans la voiture avec lui avaient sans doute perçu sa nervosité mais il n'y avait rien d'étonnant à cela, l'un étant son frère et l'autre son garde du corps. Quoi de plus normal en effet qu'ils jaugent parfaitement son humeur. Le loup de Nick était conscient de la tension qu'il ressentait et il s'agitait, manifestant son impatience. Nick et son loup étaient en parfaite harmonie pour une fois. Cela ne leur était pas arrivé depuis un bon moment et

Nick s'en réjouissait énormément. Cette sensation lui avait même beaucoup manqué. Nick Axton avait toujours été très fier de n'être en désaccord avec son loup que sur un seul point : l'opportunité de revendiquer ou non leur âme sœur, Shaya Critchley.

La position de son loup sur la question était très simple : Shaya était son âme sœur, Nick devait la revendiquer et s'unir à elle, puis elle deviendrait la femelle alpha de la meute Ryland. Mais les choses sont rarement aussi simples qu'il y paraît. La situation était réellement très complexe.

Tout d'abord, une soumise pouvait difficilement devenir la femelle alpha d'une meute. Non que les soumis soient nécessairement faibles ou passifs. Loin de là. En dépit de leur aura de calme, les soumis étaient souvent des êtres bagarreurs ou passionnés et ils étaient même parfois dotés d'un mental plus fort que celui d'un dominant. En ce qui les concernait, les dominants pouvaient avoir un caractère faible ou être émotionnellement vulnérables, mais leur aura était très forte et cela leur assurait toujours une position de supériorité. En effet, leurs vibrations intenses obligeaient les plus faibles à se soumettre à eux. Les soumis se retrouvaient par conséquent toujours dans une position de vulnérabilité.

L'autre grande différence entre les dominants et les soumis concernait leur force physique. Un soumis, même très fort, ne pouvait pas être plus fort qu'un dominant. Les soumis étaient donc fragiles sur ces deux plans. Ils jouaient pourtant un rôle essentiel au sein de la meute. Ils avaient un effet naturellement calmant qui passait par les liens unissant tous les membres d'une meute entre eux, compensant ainsi l'intensité des relations entre dominants. Une meute sans soumis risquait de devenir très instable.

Shaya était dotée d'une force intérieure comparable à celle d'un dominant et elle pouvait occuper une place essentielle au sein d'une meute. Mais le fait d'être soumise la rendait vulnérable. En devenant la compagne de Nick, elle s'exposerait à être sans cesse défiée par les dominantes. Nick pourrait leur ordonner de ne pas le faire et protéger ainsi Shaya, mais elle ne réussirait jamais à s'imposer, à se faire respecter et obéir comme il se devait pour la femelle alpha d'une meute. Elle aurait toujours l'impression d'être tenue à l'écart et cela était inadmissible pour Nick. Comme l'idée qu'elle puisse être en danger.

Il ne lui restait donc plus qu'une chose à faire s'il décidait de la revendiquer, et c'était d'abdiquer de son poste d'Alpha. Nick le ferait de bon cœur s'il était sûr de pouvoir s'unir à son âme sœur. Mais il n'y avait personne pour le remplacer et veiller sur la stabilité de la meute. Le précédent Alpha avait été toxique comme un cancer, il avait pourri la meute jusqu'à lui noircir le cœur. Même si Nick l'avait défié et tué il y avait de cela très longtemps, la meute continuait à être hantée par ces événements et souffrait de ses vieilles blessures.

Le loup de Nick ne se souciait pas trop de tous ces détails. La situation était très claire pour lui : Shaya était sienne, Nick devait la revendiquer. Il lui reprochait amèrement de ne pas l'avoir encore fait. Pas que ce soit inhabituel pour lui d'être d'humeur sombre étant passablement renfrogné de nature. Ce n'était pas très étonnant car il avait émergé beaucoup trop précocement et qui plus est, dans la colère et la furie, malheureusement.

En règle générale, les métamorphes se transformaient pour la première fois à la puberté. Nick n'avait que cinq ans quand son loup s'était manifesté pour le protéger dans des circonstances pour le moins étranges. Nick s'enorgueillissait d'avoir un loup fort et puissant, mais il souffrait de savoir que sa difficile émergence avait laissé dans son âme des cicatrices indélébiles, auxquelles étaient venues s'ajouter celles des événements qui lui avaient valu d'être condamné à la maison de redressement. Habité par la colère, son loup n'était cependant ni sauvage ni provocateur. Non, tout comme Nick, il était plutôt calme et posé mais il voyait le monde comme un endroit sombre, rude et lugubre et seule Shaya avait réussi à faire naître en lui des émotions positives.

Personne d'autre n'y était jamais parvenu, Nick devait bien le reconnaître. Il lui arrivait d'être, comme son loup, dur, froid et distant. Pas qu'il soit dénué de conscience, ou qu'il ne connaisse pas la différence entre le bien et le mal. Il semblait juste lui manquer quelque chose, comme si un problème survenu au moment de son développement émotionnel l'empêchait maintenant de se rapprocher des autres, de se lier avec ses semblables. Il ressentait exactement les mêmes émotions que les autres à peu de chose près, mais il avait du mal à tisser des liens d'amitié. Sans doute parce que son loup avait émergé beaucoup trop tôt, avant que son esprit et son corps ne soient prêts. Comme dans le cas de ces enfants précocement pubères, pas suffisamment mûrs sur les plans psychologique et biologique, ce qui pouvait entraîner des conséquences graves sur leur développement mental, physique et émotif. Nick était un écorché vif, un être meurtri, bien au contraire de son âme sœur.

Shaya lui faisait penser à un papillon. Elle en avait la grâce, la vivacité, la tonicité et l'énergie. Elle était espiègle et avait un charme fou. Très à l'aise en société, elle n'était pas non plus une petite jeune femme douce et naïve. Loin de là. Nick avait entendu parler de son caractère explosif légendaire. La rumeur voulait qu'elle soit au moins aussi dingue que sa meilleure amie, Taryn, la femelle alpha de la meute. Cela dit, Shaya était adorable, parfaite et si différente de lui que c'en était comique.

Il conservait un souvenir impérissable de leur première rencontre à la cérémonie d'union de Taryn et Trey, les Alphas de Shaya. Nick leur avait proposé d'y officier. Il avait éprouvé une sorte de pressentiment toute la journée. Il « savait » que quelque chose d'important allait se passer. Dès le premier regard, il avait su que cette magnifique rousse était son âme sœur. Il avait ressenti comme un coup en plein cœur. Il avait été assailli au même moment par tout un mélange d'émotions : la joie, le besoin et le désir de la posséder. Le besoin urgent de la revendiquer était alors apparu, pénétrant par tous les pores de sa peau et à l'intérieur de chacune de ses cellules, et ne l'avait plus jamais quitté. Il la désirait ardemment, il ne pensait et ne rêvait plus qu'à elle. Il était obsédé par le désir de la posséder, de la toucher, de la sentir et d'être avec elle, tout simplement. Ce besoin lui coupait le souffle, l'excitait et l'agitait. En d'autres mots, il vivait un enfer.

S'il s'obligeait à tout supporter et résistait au besoin de revendiquer son âme sœur, son plus ardent désir, c'était aussi parce que Shaya risquait de se retrouver avec un malade à soigner plutôt qu'avec un compagnon. Les paroles de sa mère lui revenaient sans cesse en tête : « *Le traitement a été efficace, Nick. Ne laisse pas la peur t'éloigner de ton âme sœur. Tu es fort, tu peux surmonter cet obstacle.* »

Les métamorphes voyaient rarement leur animal émerger prématurément, mais quand cela se produisait ils étaient tous atteints du même mal : la lente dégénérescence de leurs fonctions cognitives à l'âge adulte. Les séances de guérison avaient donné d'excellents résultats dans le cas de Nick. Les migraines, les pertes de mémoire, les tremblements et les épisodes de désorientation mentale s'estompaient peu à peu. Certains métamorphes ainsi atteints guérissaient complètement, mais d'autres pas. La mère de Nick avait raison de dire qu'il était fort. Malheureusement, elle ne se trompait pas quand elle lui disait qu'elle voyait bien qu'il craignait que sa guérison ne soit en réalité qu'une rémission.

La guérisseuse de sa meute l'avait prévenu. Si les symptômes du mal revenaient après son union avec Shaya, sa compagne finirait par devenir sa garde-malade. Elle assisterait impuissante à sa lente détérioration jusqu'au jour où il ne la reconnaîtrait même plus. Il avait été témoin de la période difficile qu'avait connue sa mère en se retrouvant veuve après le décès de son compagnon. Elle avait survécu à la rupture brutale de leur lien en s'investissant complètement dans ses enfants, en s'agrippant à eux comme à une bouée de sauvetage. Elle n'était pas vraiment malheureuse, mais elle souffrait de la solitude et ne profitait pas vraiment de la vie. En devenant la garde-malade de Nick, Shaya perdrait aussi son compagnon, en quelque sorte. Il ne supportait pas l'idée que cette fille, si pleine de vitalité, ne devienne plus que l'ombre d'elle-même.

Nick jugeait donc préférable de ne pas la revendiquer mais cela ne l'empêchait pas de la garder à l'œil, de toujours la protéger, n'était-ce qu'à distance. Il accorderait toujours la plus haute importance au bien-être de sa belle. C'était d'ailleurs la raison pour laquelle il s'approchait en SUV de la barrière du territoire de la meute du Phénix. Il voulait vérifier que son pressentiment n'avait rien à voir avec la santé ou la sécurité de Shaya. Il devait reconnaître aussi qu'il avait besoin de la voir, avait besoin d'une dose de sa drogue.

Ce n'était pas très juste de sa part de s'immiscer dans sa vie s'il n'avait pas l'intention de la revendiquer et il en était conscient. Même pour assurer sa protection. Les Betas, les seuls membres de la meute à savoir qu'ils étaient âmes sœurs, le lui avaient fait remarquer et ils avaient raison. Ils avaient ajouté que si Trey et Taryn étaient mis au courant, la guerre risquait d'éclater entre leurs meutes. Cela n'avait pas suffi cependant à empêcher Nick de venir aux renseignements.

Nick était un allié très proche de Trey. Le métamorphe en faction à la barrière le reconnut et ne l'arrêta pas. Il se contenta de lui adresser un petit signe de reconnaissance respectueux et le laissa pénétrer dans l'enceinte du territoire de la meute du Phénix qui était déguisé en réserve naturelle. Le loup de Nick se détendit un peu à l'idée qu'il allait bientôt retrouver son âme sœur.

Eli, le frère de Nick, tenait fermement le volant et se dirigeait vers la montagne loin à l'intérieur du périmètre. Contrairement à la majorité des autres meutes, y compris celle de Nick, les loups de la meute du Phénix ne vivaient pas dans des maisons, mais dans des grottes anciennes qu'ils avaient eux-mêmes rénovées.

— Attends-nous ici. Derren et moi n'en avons que pour quelques minutes, dit Nick à son frère en arrivant dans le parking couvert situé au pied de la montagne.

Nick faisait toujours très attention de ne pas se faire accompagner d'un trop grand nombre de loups à l'intérieur de l'habitation. Le loup de Trey, l'Alpha de la meute du Phénix, n'était pas très stable et se sentait facilement menacé. L'arrivée de trois dominants très puissants l'aurait immédiatement mis en état d'alerte.

— Nick, tu pourrais peut-être..., commença Derren. Non, rien, ajouta-t-il précipitamment en s'interrompant.

Nick sortit du SUV, content à l'idée que Derren lui épargne les conneries qu'il s'apprêtait sans doute à lui débiter. Eli et Derren savaient tous deux ce que Shaya représentait pour lui. En homme discret, Eli n'avait pas souvent abordé la question. Connaissant son frère, il savait qu'il était inutile de chercher à lui faire entendre raison. Au contraire de Derren qui lui ne s'était pas privé de donner son avis, de lui dire qu'il était grand temps de ne plus laisser la peur l'empêcher de revendiquer Shaya. Nick commençait même à le trouver franchement rasoir.

Suivi de Derren, Nick commença à escalader les marches sculptées dans la pierre. Tout en haut, à l'entrée de l'habitation, Marcus les attendait et leur ouvrit la porte. Il n'avait pas l'air ravi. Cela n'aurait pas suffi en soi pour inquiéter Nick, sauf que Marcus, un grand mec à la chevelure sombre, arborait habituellement un grand sourire, presque aussi large qu'un sourire de clown. Se voyant accueilli par un simple hochement de tête, Nick ne put s'empêcher de se faire du souci.

— Trey est dans la cuisine, leur dit-il en leur faisant un petit signe de tête pour leur indiquer de le suivre dans le dédale de galeries se dirigeant vers les profondeurs de la montagne.

Dans la cuisine ultramoderne, ils virent les trois lieutenants de Trey, le Premier Lieutenant, le couple de Betas et le couple d'Alphas. Comme Marcus, ils n'avaient pas l'air très contents de le voir, surtout Taryn. Nick ne put qu'en déduire qu'ils savaient tous que Shaya était son âme sœur. Soit les Betas le leur avaient dit, soit Shaya s'en était elle-même chargée.

Ce n'était dans tous les cas qu'une question de temps avant qu'ils ne l'apprennent. Très direct de nature, Nick ne tourna pas autour du pot.

— Vous êtes au courant, déclara-t-il fermement en s'approchant de la table.

— Oh que oui, confirma Taryn sèchement.

Trey lui passa une main sur la nuque, la massant pour la calmer et l'empêcher de se jeter sur Nick pour l'égorger. La femelle alpha avait beau être une petite blonde d'apparence délicate, elle n'en demeurait pas moins très puissante. Effrayante même. Tous les métamorphes la craignaient depuis que sa louve avait réussi à surmonter sa latence et à émerger.

— Je suppose que vous allez m'ordonner de rester loin de Shaya.

Ils se trompaient drôlement s'ils pensaient que cela suffirait à l'empêcher de la voir. Après tout, merde, il s'était interdit à lui-même de s'approcher d'elle et cela n'avait rien donné.

— Tu le lui dois, affirma Jaime, la Beta de la meute et grande amie de Shaya.

Shaya était comme ça, elle se liait facilement et ses amis étaient farouchement loyaux et protecteurs. Cela expliquait d'ailleurs pourquoi les loups en face de lui avaient l'air de fantasmer sur le meilleur moyen de le descendre. Un des lieutenants en particulier avait l'air de lui en vouloir énormément. C'était Dominic. Nick le détestait. Pourquoi ? Simplement parce qu'il passait beaucoup de temps avec Shaya. À une époque, il l'avait même soupçonné de sortir avec elle.

Le loup de Nick, habituellement plutôt jaloux, aurait volontiers concentré toute son attention sur ce connard, mais pas ce jour-là. Son loup était stressé pour une tout autre raison et il en voulait à Nick de ne pas avoir encore remarqué que l'odeur de Shaya était très ténue. Nick sentit une inquiétude monter en lui.

— Où est-elle ? voulut-il savoir.

— C'est sans importance, déclara Trey en dévisageant Nick de son regard perçant d'un bleu arctique. Ce qu'il faut maintenant, c'est que tu m'écoutes attentivement. On est tous au courant que Shaya est ton âme sœur et que vous le savez tous les deux depuis votre première rencontre. Mais puisque tu ne souhaites pas la revendiquer, je t'interdis de t'immiscer dans sa vie. Laisse-la tranquille. Si tu ne m'écoutes pas, je devrai en conclure que tu cherches la guerre entre nos meutes.

Le mot « guerre » aurait dû arracher un grognement à Nick, le mettre en état d'alerte, attirer toute son attention sur Trey. Mais l'Alpha de la meute de Ryland était incapable de penser à autre chose qu'à l'odeur de Shaya qui était à peine distincte. Cela ne pouvait que signifier qu'elle avait quitté les lieux depuis un moment déjà.

— Où est-elle ? répéta-t-il.

Trey et son Beta, Dante, échangèrent un regard exprimant leur absence d'étonnement que Nick n'ait tenu aucun compte de leur mise en garde.

— Cela ne te regarde pas, pesta Taryn.

Le Premier Lieutenant, Tao, hocha la tête en signe d'assentiment.

— Tout ce qui touche Shaya me regarde et me regardera toujours, déclara Nick, calmement mais fermement, une expression dure sur le visage.

Taryn se leva d'un bond en entendant ces propos. Si Trey ne l'avait pas retenue en l'empoignant par le pull, elle se serait jetée sur lui de l'autre côté de la table.

— Espèce d'enfoiré de connard de fouteur de merde !

— C'est bon, bébé, fit Trey dans l'espoir de la calmer.

Patrick, un autre des lieutenants de Trey, s'approcha d'elle et lui manifesta son soutien en lui posant une main sur l'épaule. Nick remarqua alors les yeux pleins de larmes de Taryn. Si elle était tellement perturbée, cela ne pouvait que signifier que Shaya n'était pas partie en vacances ou en visite chez ses parents dans son ancienne meute. Elle devait être partie pour de bon.

— Non. Ma meilleure amie est partie à cause de cet enfoiré de connard.

C'était la confirmation qu'attendait Nick.

— Partie où ? voulut-il savoir, contenant difficilement un grognement.

Son loup commença alors à s'énerver en lui, à lui donner des coups de griffes. Il voulait émerger, partir à la recherche de son âme sœur. Rien d'autre ne comptait pour lui.

— Elle est en sécurité, déclara Jaime. Là où tu ne pourras plus la faire souffrir.

Nick avança d'un pas et tous les loups de la meute du Phénix se raidirent, prêts à l'attaque. Ah ouais ? Il s'en fichait éperdument.

— Vous pensez que je veux la faire souffrir ? Vous pensez que je ne souffre pas de ne pas pouvoir la revendiquer ? Vous pensez que je ne me demande pas constamment où elle est, ce qu'elle fait, si elle est en sécurité ?

Les traits des membres de la meute du Phénix se détendirent en entendant ces paroles. Nick n'en avait cependant rien à cirer de leur compassion. Il voulait savoir où était Shaya.

— Dis-moi où elle est, demanda-t-il en s'adressant directement à Trey.

N'obtenant pas de réponse à sa question, Nick posa les deux mains sur la table, se pencha et regarda l'Alpha droit dans les yeux. Les autres loups émirent un grognement sourd mais n'intervinrent pas, ce qui aurait pu laisser entendre qu'ils n'avaient pas confiance dans les capacités de leur chef à mener son propre combat. Trey était parfaitement compétent, mais Nick était son égal en force et en puissance et il avait laissé paraître son aura de domination. Nick et Trey étaient aussi perturbés l'un que l'autre, mais le premier cachait mieux son jeu que le second.

L'Alpha de la meute du Phénix se pencha aussi, se rapprochant encore davantage de Nick, l'affrontant directement.

— Je ne souhaite pas me battre contre toi, Nick, lui dit-il. Tu as lutté à mes côtés pour m'aider à défendre ma compagne, mon fils et ma meute. Tu as droit à ma reconnaissance éternelle. J'ai réagi exactement comme toi en ce moment quand on a tenté de m'éloigner de Taryn. Je comprends donc un peu ce que tu éprouves. Je dois te prévenir cependant : si tu me cherches, tu me trouveras.

— Si les rôles étaient inversés, si je savais où était Taryn mais que je refusais de te le dire, comment réagirais-tu ?

— Je ne l'aurais jamais quittée, tu vois, répondit Trey en inclinant la tête sur le côté. Je ne suis pas désintéressé à ce point. Si tu es capable d'une telle abnégation, grand bien te fasse. Mais dans ce cas, reste loin de Shaya.

— Si on était convaincus que tu souhaites savoir où elle se trouve pour les bonnes raisons, déclara Dante en croisant ses bras musclés, on te le dirait. Mais ce n'est pas pour la revendiquer que tu veux la retrouver. Tu cherches uniquement à t'immiscer dans sa vie. Tu n'es pas juste envers elle.

— Je sais ce que c'est d'avoir l'impression de devoir refuser de s'unir avec son âme sœur par peur de la mettre en danger, déclara Jaime en posant une main sur le bras de Dante.

C'était vrai. La louve de Jaime avait été tellement traumatisée qu'elle avait eu du mal à la laisser reprendre sa forme humaine. Si Jaime n'avait pas réussi, sa louve serait entrée en frénésie et aurait dû être abattue. C'était pour cette raison qu'elle avait d'abord refusé de s'unir à Dante. Elle craignait pour la vie de son compagnon si leur lien avait été rompu en raison de son décès à elle. Heureusement, son union avec Dante avait beaucoup contribué à la guérison de sa louve.

Quand elle parlait de danger, Jaime faisait bien entendu référence aux risques qu'encourrait Shaya en devenant la femelle alpha de la meute de Ryland. Elle n'était pas au courant des problèmes de santé de Nick. Elle aurait tout à fait compris la situation sinon. Nick n'avait cependant jamais prêté attention à l'opinion des autres et il n'avait absolument pas l'intention de fournir des explications.

— Je sais que c'est dur, poursuivit Jaime. Mais tu aurais dû la revendiquer, tu aurais dû croire que vous auriez été plus forts à deux. Même si Shaya ne peut pas être plus forte qu'une dominante, cela ne signifie pas pour autant qu'elle ne peut pas remporter le combat. Ce n'est pas uniquement une question de force physique. Crois-moi, je le sais. J'ai été formée par les meilleurs, ajouta-t-elle en indiquant Dante. J'ai réussi à faire souffrir mon Popeye plus d'une fois.

Dante ne se priva pas de lui faire les gros yeux quand il l'entendit proférer de tels propos.

— Les dominantes de la meute n'auraient même pas besoin de la défier, fit Nick en soupirant impatiemment. Il leur suffirait d'émettre leur aura de domination et Shaya se soumettrait automatiquement, qu'elle le veuille ou non.

Nick ne supportait pas cette idée. Il vit alors une curieuse expression apparaître sur le visage de Taryn.

— Qu'est-ce qu'il y a ? lui demanda-t-il.

Taryn s'ébroua et retrouva un visage lisse avant de pousser un soupir.

— Laisse-la tranquille, Nick, l'enjoignit-elle. Elle est en sécurité. Je te donne ma parole que si quelque chose lui arrive, si elle est blessée, je t'en informerai. Je ne m'engage à rien de plus, cependant.

Il lui était reconnaissant pour cette promesse mais il lui fallait beaucoup plus. Il s'était leurré en pensant que cela lui suffirait de voir Shaya de temps à autre. Il comprit alors que si Shaya était sortie définitivement de sa vie et n'avait aucune chance d'en refaire un jour partie, s'il n'avait aucune chance de la revoir, il avait par contre toujours gardé inconsciemment l'espoir de surmonter tous les obstacles. Il n'avait jamais vraiment renoncé à Shaya, mais c'était la situation dans laquelle il se trouvait qui l'y contraignait, l'obligeant à abandonner tout espoir.

Il n'y arriverait pas, il le voyait bien.

Nick prit une longue inspiration, luttant pour ne pas craquer. Comment pouvait-il se contenir ? Bordel de merde. Il souffrait de son départ. Pas seulement parce qu'elle était loin de lui, mais aussi parce qu'elle n'avait eu aucun mal à partir tandis que lui n'avait pas eu la force de s'empêcher de chercher à la voir. Il était également en colère. Qu'elle ait pu partir recommencer une nouvelle vie ailleurs. Il s'en voulait de l'avoir poussée à le faire. Il paniquait de ne pas savoir où elle se trouvait, si elle était en sécurité, si elle était heureuse. Toutes ces idées le tourmentaient. Quoi qu'en pensent Shaya et ses camarades de meute, il désirait la savoir heureuse et, pourquoi pas, être l'artisan de son bonheur.

Il décida donc de partir à sa recherche.

Dante avait raison. Il ne devait pas tenter de la retrouver uniquement pour savoir où elle était, ou pour sa propre tranquillité d'esprit. Il ne lui restait plus qu'une seule chose à faire s'il voulait partager la vie de Shaya et c'était de changer la donne. Il lui faudrait démissionner de son poste d'Alpha, revendiquer la jeune femme, et suivre les conseils de Derren et de sa mère, à savoir oublier ses peurs plutôt que de renoncer à son âme sœur, la personne qui comptait le plus pour lui. Il était déterminé à le faire. Tant pis si sa décision risquait d'ébranler la structure même de sa meute. Shaya était sienne, il ne pourrait jamais l'oublier.

Inutile bien entendu d'en informer la meute de Shaya. Jamais ils ne le croiraient. Ils penseraient qu'il leur racontait n'importe quoi dans l'espoir qu'ils lui révèlent où elle se trouvait. Il aurait d'ailleurs pensé cela si les rôles avaient été inversés.

Il n'avait pas besoin de le leur dire. Nick était un grand Alpha, il connaissait énormément d'Alphas partout dans le monde, son réseau était impressionnant. Il n'existait aucune meute où elle aurait pu trouver refuge sans qu'il la retrouve. Ayant décidé de s'en aller, Nick fit demi-tour.

— Nick ?

Il se retourna et vit le regard que Taryn posait sur lui.

— Laisse-la tranquille.

— Pas question. Si tu veux rompre notre alliance, si c'est la guerre que tu veux, alors tant pis. Cela ne m'empêchera pas de partir à sa recherche. Rien ne pourrait m'en empêcher.

Sur ce, Nick sortit de la cuisine.

Trey poussa un soupir en entendant claquer la porte de l'habitation. Ils s'étaient bien débrouillés pour faire disparaître Shaya, l'emmenant d'abord jusqu'en Caroline du Sud. Mais ils ne l'y avaient pas installée. Ils avaient demandé l'aide d'un Alpha qui leur devait un service pour l'emmener jusqu'en Arizona en jet privé. Ils croyaient fermement que Nick ne penserait jamais qu'ils aient pu la cacher aussi près du territoire de leur meute. Ryan, Patrick et Marcus avaient ensuite créé une fausse piste menant de la Caroline du Sud jusqu'à New York avant de la laisser s'arrêter brusquement dans la Grosse Pomme.

Ils se doutaient bien que Nick n'abandonnerait jamais la partie même s'il ne retrouvait pas sa trace à New York et qu'il risquait de revenir sur ses pas. Ils savaient également que Nick ne chercherait pas une humaine correspondant à sa description ce qui était justement ce que Shaya prétendait être en Arizona. Il chercherait parmi toutes les autres meutes de métamorphes. Trey était persuadé qu'il ne parviendrait pas à retrouver sa piste. Il se demanda cependant, après avoir vu toute la détermination de Nick dans son regard, s'ils en avaient fait assez. Il serait bien le dernier à lui reprocher de vouloir retrouver son âme sœur à tout prix. Personne ne pourrait jamais le séparer de Taryn et Dieu vienne en aide à quiconque essaierait de le faire.

Il lança à sa compagne un regard qui signifiait : « Je t'avais prévenue. » Taryn était persuadée que même si Nick n'était pas content d'apprendre que Shaya était partie, il ne prendrait pas la peine de partir à sa recherche.

Elle poussa un soupir en regardant son compagnon.

— D'accord. Tu as raison. J'ai tort. Tu es un génie. Je suis une idiote. Tu es grand. Je suis… de taille moyenne, conclut-elle en haussant un sourcil, le mettant au défi de lui dire qu'elle était petite.

— Doit-on contacter Shaya pour la prévenir que Nick est parti à sa recherche ? demanda Tao.

— Non, dit Taryn en secouant la tête. Elle avait l'air passablement heureuse la dernière fois que je lui ai parlé. Elle aime son nouveau boulot. Elle a décoré sa maison. Elle commence à s'installer. Si je lui dis que Nick s'est lancé à sa poursuite, elle va paniquer. En outre, il y a peu de chances que Nick la retrouve. Il n'imaginera pas un seul instant que Shaya se cache dans le monde des humains.

Dante esquissa une grimace et se passa une main dans les cheveux.

— Je ne suis pas si sûr. Nick a la réputation d'être un excellent pisteur. Sans parler de ses nombreuses relations. Pas seulement parce qu'il est l'Alpha de sa meute, mais aussi en raison de ses années en maison de redressement.

— Il a été en taule ? fit Taryn en ouvrant grand la bouche d'étonnement. Comment est-ce arrivé ?

— Quand il avait treize ans, son loup a tué un ado humain et en a grièvement blessé deux autres en essayant de se protéger, lui-même et sa petite sœur.

— Treize ans, s'exclama-t-elle. Combien de temps a-t-il passé derrière les barreaux ?

— Il s'en est fallu de peu qu'il prenne perpète, mais c'était un cas de légitime défense. C'est très différent d'un meurtre prémédité commis de sang-froid, surtout que ce qu'il leur est arrivé, à lui et à sa sœur, était un coup préparé d'avance, avec minutie et exécuté sans aucune vergogne. Le tribunal des humains l'a néanmoins condamné à la maison de redressement jusqu'à ses dix-huit ans.

— Merde, s'exclama Taryn. Ces années derrière les barreaux ont dû être très dures.

Les problèmes de métamorphes étaient toujours traités par la meute sauf quand des humains étaient concernés. Les autorités humaines prenaient alors le relais.

— Ouais, putain, déclara Trey en hochant la tête.

Même s'il existait des maisons de redressement pour métamorphes, elles étaient dirigées par des humains qui faisaient leur possible pour leur faire vivre un enfer en représailles des crimes commis contre leur espèce. Trey avait entendu parler des problèmes auxquels leurs semblables étaient confrontés dans ces établissements et ceux qui en étaient sortis à peu près indemnes méritaient tout son respect. Non seulement Nick était sain d'esprit, ou presque, mais il était en outre devenu l'Alpha de sa meute et il faisait un excellent boulot.

— Donc, quand je dis que Nick a énormément de relations, poursuivit Dante, ce ne sont pas des paroles en l'air. En maison de redressement, les métamorphes forment des petites meutes et passent beaucoup de temps ensemble. Une fois libérés, ils gardent le contact toute leur vie. Derren est justement un de ces métamorphes que Nick a connus en taule. Ce ne serait pas une mauvaise idée de prévenir Shaya pour qu'elle reste très discrète.

Taryn réfléchit un instant puis secoua la tête une nouvelle fois.

— Quelle sorte de vie aura-t-elle si elle doit demeurer constamment vigilante pour le cas où le grand méchant loup qui lui a brisé le cœur cherche à la retrouver ?

Patrick se cala dans son siège et fronça les sourcils de telle façon que les marques de griffes lui zébrant le visage devinrent encore plus apparentes.

— Nick a raison, dit-il. Elle sera en danger s'il la revendique.

Ryan, qui avait toujours l'air bougon et ouvrait rarement la bouche, hocha la tête.

— Tout à fait, déclara-t-il. J'ai déjà vu ça.

Ce serait sans doute là les seules paroles qu'il prononcerait de toute la journée.

— Je n'en serais pas si sûre, ajouta Taryn.

Trey plissa les yeux en voyant le sourire espiègle qu'esquissait sa compagne.

— Que veux-tu dire ?

— Laisse-moi t'expliquer une chose, poursuivit-elle après avoir bu une gorgée de café. Shaya est loin d'être une petite fleur fragile. N'oublie pas que je me suis beaucoup entraînée avec elle depuis notre plus tendre enfance. Je lui ai appris toutes mes techniques de combat. Tu sais que je suis particulièrement douée avec les couteaux, pas vrai ?

Comment Trey aurait-il pu l'oublier, en effet ? Quand Taryn s'était énervée après lui une semaine plus tôt, elle avait lancé cinq couteaux dans sa direction et ils s'étaient tous fichés dans le mur autour de lui en y délimitant sa silhouette.

— Ouais, fit-il.

— Eh bien, c'est Shaya qui m'a appris à faire ça.

— Shaya ? s'exclama Dominic, étonné.

— Tu te souviens aussi de ces histoires que racontait Caleb concernant les voitures de mes ex et comment elles finissaient toujours par se faire vandaliser ? (Caleb était un ami commun à Taryn et Shaya, de leur ancienne meute, la meute Onyx. Trey hocha la tête en signe d'assentiment.) Ce n'était pas moi la responsable. Shaya sait très bien manier une batte de base-ball grâce à Caleb qui le lui a appris. Elle est également une excellente tireuse.

— Tu rigoles, fit Marcus époustouflé.

— Son père est humain. Il sait bien qu'une meute s'en prend parfois aux plus faibles parmi ses membres. Il ne voulait pas ça pour Shaya. Il lui a donc appris à se défendre. Comme il faisait partie des SEALs, les forces spéciales de la Navy, il maîtrisait les techniques de combat. Il n'était pas très stable, par contre.

— Cela ne m'étonne pas alors que j'ai trouvé cette fille vraiment culottée, déclara Dante en laissant échapper un petit rire. Elle me rappelle même un peu Jaime. Mais je suppose que c'est un avantage pour Shaya d'avoir l'air si douce.

Sa compagne lui lança un regard narquois et fit voler sa longue chevelure sombre dans son visage. Il souffla pour se dégager.

— Ouais, fit Taryn en esquissant un très grand sourire. Shaya a l'air tellement douce qu'il est facile de se méprendre à son sujet. Il est difficile de croire que cette apparence si lisse cache un tempérament aussi fonceur. Si Nick la retrouve, il risque fort d'aller de surprise en surprise.

Chapitre 2

Six mois plus tard

Je ne vais pas lui balancer de la laque dans les yeux. Je ne vais pas lui balancer de la laque dans les yeux.

Shaya Critchley se refrénait ainsi mentalement en apportant les dernières touches à la coiffure de sa cliente, tout en ne prêtant aucune attention aux remarques sarcastiques de la blonde peroxydée à ses côtés. Elle se foutait d'ailleurs complètement des propos de sa collègue. Comment en effet prendre au sérieux une fille si outrageusement maquillée qu'elle avait l'air d'arborer des peintures de guerre ? Après une longue et dure journée de travail en position debout, Shaya avait énormément de mal à supporter Paisley.

Sa collègue lui balançait insulte sur insulte sur un ton condescendant et avec un sourire des plus faux. Elle n'y allait pas de main morte non plus : Shaya était trop rousse, trop mince, avait le teint trop clair. Ouais peut-être, mais au moins Shaya n'avait pas le visage recouvert d'une épaisse couche de bronzage artificiel mal étalé. Paisley avait l'air de s'être tartinée de miettes de Doritos.

Shaya supportait assez mal de voir sa collègue lui rôder constamment autour et la blonde peroxydée semblait en avoir parfaitement conscience. Pourquoi cherchait-elle autant Shaya ? La réponse était assez évidente. En effet, Shaya avait beaucoup plus de clients que Paisley qui travaillait pourtant au salon de Kent depuis quatre ans. La louve de la jeune métamorphe, culottée et impatiente de nature, montra les crocs tant elle en avait marre des piques de Paisley. Elle n'était pas du genre à chercher la confrontation ou la bagarre, mais elle n'hésitait jamais à monter au créneau pour elle-même ou ses amis, et tolérait mal les Paisley de ce monde. Si Paisley avait su que Shaya était une demi-métamorphe, elle ne l'aurait jamais lâchée. Elle était issue d'une famille partisane des groupes extrémistes luttant pour l'adoption de lois sur la surveillance, le contrôle et la mise à l'écart des métamorphes. Un tribunal allait se réunir dans quatre mois pour prendre une décision à leur égard. Si les extrémistes obtenaient gain de cause, tous les métamorphes seraient munis d'une puce électronique et inscrits sur un registre, comme les pédophiles. En outre, les unions entre humains et métamorphes seraient proscrites et ces derniers confinés à leur territoire. Les métamorphes solitaires seraient obligés de vivre loin de la société des humains, dans des quartiers fermés et sécurisés. Un bon moyen de les contrôler et de les isoler.

Shaya avait donc veillé à ce que personne d'autre que Kent, son patron et également demi-métamorphe, ne soit au courant de sa condition. Les métamorphes du coin ignoraient qu'elle était une hybride. Elle s'en tenait suffisamment loin pour qu'ils ne la sentent pas. Pourquoi ? La réponse était fort simple. Les membres de la meute du Séquoia avaient une fâcheuse tendance à disparaître.

Leur Alpha étant un baron de la drogue, il n'était pas trop difficile de deviner ce qu'il devait se passer.

— Cela vous va-t-il, Madame Harley ? demanda Shaya en plaçant un miroir à main derrière la tête de sa cliente pour lui faire voir les résultats de ses efforts.

Mme Harley tourna la tête d'un côté puis de l'autre, toucha ses cheveux noirs parfaitement droits et examina son reflet dans la glace.

— Je ne sais pas ce que vous faites à mes cheveux pour les rendre aussi lisses, s'exclama la cliente en se levant et en adressant un grand sourire à Shaya. Ils sont normalement drus comme de la paille. Je vous suis infiniment reconnaissante.

Shaya éclata de rire en retirant la cape noire imperméable des épaules de Mme Harley.

— Mais vos cheveux ne ressemblent pas du tout à de la paille, la contredit-elle.

— Je ne suis pas d'accord, insista la cliente. Vous, par contre, vous avez une chevelure magnifique. Que ne donnerais-je pour avoir d'aussi jolies boucles.

Paisley fit la gueule en entendant tous ces compliments tandis que Kent tendait la main pour jouer avec une des boucles en tire-bouchon de Shaya.

— On a juste envie de les caresser, fit-il.

Faisant mine d'être mécontente, Shaya balaya sa main d'un geste. Kent touchait souvent les cheveux de la jeune femme, essentiellement parce qu'il savait qu'elle n'aimait pas ça. S'ils n'avaient été d'aussi bons amis, elle lui aurait volontiers rasé la tête, lui aurait coupé tous ses beaux cheveux blonds coiffés en pics pour se venger. Ils s'étaient connus à l'école de coiffure et étaient devenus des amis très proches, mais rien de plus. Kent était gay.

Ils avaient gardé le contact au fil des ans et Kent avait souvent invité Shaya à lui rendre visite. Il avait été ravi de recevoir son appel six mois plus tôt pour lui demander son hospitalité. Très fin, Kent avait immédiatement deviné qu'il ne s'agissait pas d'une simple visite de courtoisie. Elle lui avait avoué qu'elle fuyait une certaine personne, mais n'avait pas souhaité lui en dire plus. Elle avait pris la ferme résolution de tourner la page et devait par conséquent oublier qu'elle avait été rejetée par le connard du siècle, autrement dit son âme sœur, Nick Axton.

Kent, en ami discret, n'avait pas insisté. Il s'était contenté de l'aider à trouver un appartement et lui avait proposé un job dans son salon de coiffure. Shaya lui devait donc beaucoup. Elle avait toutefois toujours un peu la nostalgie de la Californie. Ses amis lui manquaient, surtout Taryn, Jaime, Dominic et Caleb. Elle leur parlait souvent par téléphone ou par Skype, mais ce n'était pas pareil. Elle n'était pas tout à fait heureuse, mais ça, jamais elle ne le dirait à Taryn parce qu'elle viendrait tout de suite la chercher.

Ce n'était pas tant d'avoir été rejetée par Nick qui lui faisait mal. Elle avait un boulot mais le salaire n'était pas mirobolant. Elle louait une maison agréable mais qui commençait à se dégrader. Shaya n'était pas très douée pour le bricolage. Son propriétaire était en principe responsable des réparations, mais il était passé maître dans l'art de l'esquive. Il y avait aussi le problème de sa mère, une hypocondriaque notoire, qui l'appelait sans arrêt. Tous ses appels se déroulaient de la même manière. Elle commençait par se plaindre de ses maladies et puis disait que personne ne s'intéressait à elle. Elle culpabilisait ensuite Shaya d'être partie et l'insultait parce qu'elle refusait de revenir s'occuper d'elle. Ce n'était pas qu'elle souffrait de ne pas savoir où se trouvait sa fille ou du fait que Nick ne l'avait pas revendiquée. Pas du tout. C'était simplement qu'elle ne supportait pas de n'avoir personne pour la dorloter et lui passer tous ses caprices. Sympa. Du coup, Shaya ne prenait plus ses appels.

Le lien social avec ses camarades de meute lui manquait également terriblement. C'était pareil pour sa louve. Shaya était fermement décidée à ne pas retourner en Californie. Elle n'avait aucune intention de se retrouver face-à-face avec Nick, même s'il était sa moitié.

Shaya avait déjà perdu un peu de son âme avant sa naissance. Mika, sa jumelle et donc une partie importante de Shaya, était morte in utero. Shaya avait souffert toute sa vie d'un manque, de l'absence de cette jumelle. Elle souffrait beaucoup de la solitude, un sentiment qui avait été exacerbé par un incident qui était survenu quand elle avait quatre ans.

Elle s'était toujours sentie coupable d'avoir survécu, de ne pas avoir pu sauver sa jumelle, même si c'était parfaitement irrationnel. Il s'agissait sans doute du syndrome du jumeau perdu. À l'adolescence, son sentiment de culpabilité l'avait poussée sur la voie de l'autosabotage. Elle avait l'impression de ne pas mériter d'être heureuse. Avec un peu d'aide, elle s'était enfin accordé le droit de vivre une vie pleine et satisfaisante, tout en n'oubliant pas Mika et en puisant même sa motivation dans sa jumelle disparue. Cependant elle n'était jamais parvenue à se libérer d'une impression d'absence, de douleur.

Le fait d'avoir été rejetée par Nick avant même d'avoir pu le connaître était comparable à la perte de sa sœur. Elle avait été privée de Mika avant sa naissance, n'avait pas pu partager sa vie avec elle, exactement comme pour son âme sœur.

Sa louve ressentait sa douleur. Elle ne comprenait pas pourquoi Nick ne la revendiquait pas et percevait cela comme un rejet. Sa louve en voulait donc à Nick mais aussi à Shaya. Elle souhaitait être en contact avec Nick, même si son âme sœur refusait de la revendiquer, leur compliquant ainsi énormément l'existence. Quel animal difficile !

Mettant fin à ses ruminations, Shaya se dirigea vers le comptoir pour saluer Mme Harley à qui Paisley remettait son ticket de caisse.

—C'est trop, lui dit Shaya, tentant de refuser le généreux pourboire que la cliente voulait l'obliger à accepter.

—Ma chérie, cela fait des années que je fréquente les salons de coiffure. D'habitude le coiffeur m'écoute geindre et me plaindre de toutes les difficultés de la vie, des sujets qu'on peut difficilement aborder avec les membres de sa famille.

—Mais vous ne vous plaignez jamais, lui objecta Shaya.

Cette cliente était même extrêmement agréable.

—Avec vous, non, poursuivit Mme Harley. Parce que pendant les deux heures que je passe ici, j'oublie mes problèmes. Je ris et plaisante avec vous et, quand je sors, je me sens bien, en paix avec moi-même. Alors, ma chérie, j'insiste. Vous devez accepter ce pourboire.

Elle obligea Shaya à prendre la somme qu'elle lui remettait, lui fit un clin d'œil et sortit du salon.

— Tu sais y faire avec les clients, lui dit Kent. Ils t'apprécient beaucoup. Tu les attires. Tu n'es pas ici depuis bien longtemps mais tu t'es déjà constitué une belle clientèle. Tu devrais être fière de toi. Je n'ai jamais connu personne de plus douée que toi socialement.

Ouais, elle était très douée en effet pour tisser des liens avec les autres, des liens durables même. Mais pour les liens plus profonds, c'était une autre histoire. Même si elle le désirait ardemment, elle était trop méfiante et trop prudente pour se laisser aller à approfondir ses relations. Il ne fallait donc pas s'étonner si sa première relation amoureuse avait été une véritable catastrophe.

Elle n'avait que seize ans quand elle avait rencontré Mason. Elle en était tombée raide dingue, l'adulant carrément. Il partageait ses sentiments, lui avait-il dit. Ils étaient faits l'un pour l'autre. Souffrant encore beaucoup à cette époque du vide laissé par sa sœur, elle avait si désespérément besoin d'un lien avec un autre qu'elle avait cru à toutes ses balivernes. Elle avait fait cadeau de sa virginité à un enfoiré qui séduisait les jeunes femmes fragiles en leur faisant croire qu'ils étaient âmes sœurs. Elle ne le comprit que plus tard.

Après, elle était passée de mec en mec, privilégiant les relations superficielles. Pas qu'elle ait fait la pute. Elle avait simplement écarté toute possibilité de relation sérieuse, voulant plutôt attendre son âme sœur, ce mec qu'elle essayait justement de détester depuis six mois. Elle avait lamentablement échoué. Comment pourrait-elle détester son âme sœur, même s'il était un connard de la plus belle espèce ?

Au moins, elle ne s'endormait plus en larmes tous les soirs. Une nette amélioration. Elle avait même recommencé à sortir. Rien de bien intéressant jusque-là. Elle ne semblait attirer que des ratés. Comme si c'était son destin de ne pas rencontrer des mecs bien. Après avoir été rejetée par Nick, il aurait sans doute été plus facile pour Shaya de se simplifier l'existence et de se contenter de rencontres sans lendemain, mais elle voulait beaucoup plus.

Elle désirait rencontrer un homme capable de lui faire oublier ses désirs d'union, de combler le vide laissé par le rejet de son âme sœur. Voyant ses amis heureux en couple avec leur âme sœur, elle aspirait à la même chose. Elle avait besoin d'un mec qui tiendrait à elle, un mec à qui elle pouvait accorder sa confiance, à qui elle pouvait se fier. Était-ce vraiment trop demander ?

Sans doute. Ou alors, la perle rare n'existait tout simplement pas. Ce devait être ça.

Shaya faillit percuter le comptoir quand Paisley, dépitée, passa à côté d'elle et la heurta exprès. Bon sang de bon Dieu ! Secouant la tête, Shaya retourna à sa place pour ranger et nettoyer. Paisley revint vers elle au moment où elle balayait les cheveux sur le plancher.

— Je me demandais, est-ce que tu as eu la rougeole ?

Shaya leva les yeux au ciel. Elle commençait à avoir l'habitude des allusions de sa collègue à la couleur de ses cheveux et elle avait bien envie de préciser encore une fois que, non, ils n'étaient pas rouges.

— Ce doit être sympa d'être la sœur de Ron Weasley, tout de même.

Shaya poussa un soupir.

— Honnêtement, Paisley, tu n'as pas besoin de faire autant d'efforts, tu sais. Je peux difficilement t'aimer moins, lui dit-elle.

Shaya alla à la poubelle jeter son tas de cheveux coupés, puis rangea le balai et la pelle à poussière dans le placard. Paisley la suivit comme son ombre.

— Comme si cela ne te suffisait pas de ressembler à Poil de Carotte, tu…, commença-t-elle.

Shaya soupira une nouvelle fois.

— N'as-tu pas remarqué que j'essayais de me convaincre que tu n'étais pas là ? Tu détruis toutes mes illusions à force de parler.

Paisley retroussa la lèvre supérieure et fit un pas vers Shaya, mais Kent s'interposa soudainement.

— Suffit, aboya-t-il en direction de la blonde peroxydée.

— Ça fait à peine, quoi, deux minutes qu'elle travaille ici et tout le monde la chouchoute !

— Si tu veux être bien traitée, tu pourrais peut-être essayer de… travailler, intervint Shaya en haussant les épaules. Enfin, moi ce que j'en dis…

Paisley fit demi-tour en pestant et retourna au comptoir, mais sans cesser de proférer des remarques sarcastiques. À la fin de sa journée de travail, Shaya était si excédée qu'elle aurait voulu lui enfoncer ses propres ciseaux dans le ventre. Elle préféra ramasser ses affaires, embrasser Kent sur la joue et partir. Sa voiture venait de rendre l'âme et elle n'avait pas les moyens de la faire réparer ni de la remplacer. Elle rentra donc à pied, un trajet de quinze minutes. Par bonheur, son plus proche voisin n'avait pas organisé ce jour-là une fête assez bruyante pour réveiller les morts. Sa maison était située à une centaine de mètres de chez elle, mais il était capable de lui pourrir la vie et ne s'en privait d'ailleurs pas.

Elle entra chez elle, referma la porte et la verrouilla, suspendit sa veste au portemanteau et poussa un grognement de soulagement en retirant ses chaussures. Le tapis couleur crème lui apparut merveilleusement doux sous ses pieds endoloris. Elle n'aimait pas tellement rentrer dans une maison vide, mais elle devait reconnaître que c'était agréable de pouvoir se reposer les pieds.

À peine avait-elle fait deux pas vers le séjour qu'elle se rendit compte qu'elle n'était pas seule. Elle reconnut l'intrus à son odeur au moment même où elle l'entendit parler de sa belle voix grave.

— Tu laisses toujours tes fenêtres ouvertes quand tu sors ?

Elle pénétra rapidement dans la pièce et resta bouche bée devant le spectacle qui s'offrait à elle. Elle éprouva un mélange contradictoire de choc, de douleur et de colère en même temps qu'une impression insupportable de bonheur indicible, à lui couper le souffle. Affalé dans un de ses fauteuils en cuir crème, les bras croisés derrière la nuque, se trouvait la dernière personne au monde que Shaya avait envie de voir. *Putain de bordel de merde.*

Elle était belle. Tellement que Nick avait presque du mal à la regarder. Elle n'était pas vraiment petite, sans pour autant être grande. On aurait dit un elfe avec son visage en forme de cœur, son petit nez, son teint de porcelaine et ses taches de rousseur qu'il avait envie de parcourir de la langue. Son loup allait et venait, satisfait mais excité, et plus vivant en présence de Shaya qu'à aucun autre moment. Nick éprouvait sensiblement la même chose.

Il l'avait retrouvée. Enfin.

Il sentit monter en lui un désir fulgurant tant émotif que physique qui le fit vibrer des pieds à la tête. Il la reluqua, se familiarisant de nouveau avec chacune des courbes de son corps.

— Salut, Shay, lui dit-il.

Shaya manqua de sursauter quand le son de cette voix autoritaire la fit émerger de sa stupeur. Elle n'avait jamais entendu de voix plus empreinte de pouvoir. Nick n'exigeait pas qu'on lui obéisse, il s'y attendait simplement. Sa voix atteignait directement son côté soumis.

— Que fais-tu ici ? voulut-elle savoir.

Nick n'avait pas changé. Il avait toujours l'air aussi dangereux, attirant et parfaitement détendu. Mais il ne fallait pas se fier aux apparences.

— Tu es mon âme sœur, lui répondit-il. Tu es ici. Où voudrais-tu que je sois ?

Il avait dit cela comme s'il expliquait une simple équation mathématique. L'impatience qu'éprouvait Shaya fut rapidement remplacée par un accès de désir fou. Nick la regardait intensément, la caressant des yeux. Comme lors de leur première rencontre quand il avait eu du mal à s'empêcher de la dévisager, de la mater. Ce n'était plus tout à fait pareil cependant. En effet, il y avait maintenant dans son regard une lueur de détermination, une promesse qu'elle ne parvenait pas à décrypter.

Shaya geignit intérieurement. Pourquoi l'univers en avait-il après elle ? Elle n'avait pourtant pas l'impression d'être une mauvaise personne. Elle recyclait ses poubelles, faisait des dons à des organismes de charité, et n'utilisait aucun produit testé sur les animaux. Pourquoi, pourquoi le destin avait-il décidé de le laisser la retrouver ?

Nick plongea son regard dans les yeux bleu-gris de Shaya qui exprimaient son état de choc plutôt que leur habituelle bienveillance et espièglerie.

— Tu as l'air étonnée, fit-il, l'air curieux. Tu croyais vraiment que je ne te retrouverais pas ? Que je ne viendrais pas te chercher ?

Shaya se sentit envahie par une onde de colère. De quel droit l'avait-il recherchée ? De quel droit était-il entré chez elle ? Mais enfin, il l'avait rejetée ! Elle refusait catégoriquement de se faire épier par lui, de le voir s'immiscer dans sa vie. Quelle vie serait-ce, d'ailleurs ? Il ne voulait pas d'elle, mais il ne la laisserait jamais trouver le bonheur avec un autre. C'était évident. Ne s'en était-il pas pris à Dominic quand il pensait qu'ils sortaient ensemble ?

Même s'il s'unissait à une autre, et elle se sentit littéralement envahie par le désespoir à cette idée, jamais il ne la laisserait vivre sa vie. Elle n'avait eu d'autre choix que de partir, et voilà que cet enfoiré voulait semer la zizanie dans sa nouvelle vie. Par malheur tous ces arguments n'avaient aucun effet sur sa louve. Le choc de la présence de Nick s'estompant, son instinct la poussait vers lui. Elle désirait s'approcher de lui, le toucher, l'accueillir en elle, être revendiquée et le revendiquer à son tour. Super.

Pendant ce temps, Shaya rêvait de saisir un objet lourd et de le lancer à la tête de Nick. Elle était bien décidée cependant à ne pas lui donner la satisfaction de la voir perdre le contrôle. Non. En jouant la carte de l'indifférence, il avait clairement montré qu'il ne voulait pas d'elle. Elle allait donc lui rendre la monnaie de sa pièce.

— Tu m'as trouvée, déclara-t-elle sur un ton cassant et froid. Tu m'as vue. Je vais bien, tu peux le constater. Tu peux donc t'en aller maintenant.

Sans lui donner le temps de répondre, elle se dirigea vers la cuisine décorée en bois de chêne et alluma la cafetière. Nick l'avait suivie, elle le sentait, son pouvoir lui brûlait presque le dos. Elle prépara néanmoins son café sans lui prêter aucune attention.

— Je ne suis pas venu t'espionner, déclara-t-il. Je suis venu te chercher.

— Je n'ai pas l'intention de retourner vivre avec la meute du Phénix, affirma-t-elle en laissant échapper un rire dépourvu d'humour. Pour que tu ne saches pas tout le temps ce que je fais, où je suis, et pour que tu ne puisses pas faire fuir tous les mecs susceptibles de s'intéresser à moi. Si tu penses que j'aspire à devenir vieille fille, c'est que tu es aussi brillant que le soleil de l'Alaska en décembre.

L'idée de Shaya avec un autre homme suffit pour que Nick voie rouge. Son loup, un grand prédateur, s'excitait, il voulait s'approcher de sa compagne et poussait des grognements.

— Y a-t-il un homme dans ta vie, Shaya ? s'enquit Nick d'une voix posée mais empreinte de danger. Il vaudrait mieux que ce ne soit pas le cas. Je le bute, sinon. Je suis sérieux.

Ce n'était pas des menaces en l'air, Shaya le savait. Enfoiré de fouille-merde. Tenant sa tasse à la main, elle pivota sur ses talons pour le regarder bien en face. Nick n'avait fait que deux pas à l'intérieur de la cuisine, mais sa carrure impressionnante semblait emplir la pièce et la jeune femme se sentit piégée. Comme une proie face à son prédateur. Elle se tourna involontairement vers la porte. Nick braquait sur elle un regard si intense que n'importe quelle femme en aurait été troublée. Il avança de manière à lui bloquer son unique issue de secours. Eh ben, dis donc. Il pensait qu'elle allait s'enfuir comme une pauvre petite biche effarouchée ? Il avait raison. Elle l'envisageait sérieusement.

— Qui je vois et ce que je fais, ça ne te regarde pas.

— Ça me regarde, Shay, affirma-t-il en s'approchant d'elle. Tu es mon âme sœur, tu es mienne.

Nick avait parlé d'une voix douce, mais très ferme et cette fermeté ne servit qu'à exacerber la colère de Shaya. Ce sentiment ne suffit toutefois pas à étouffer le désir qui lui brûlait le corps. Désir n'était peut-être pas le mot juste. Désespérance conviendrait sans doute mieux. C'était cela. Elle ressentait comme un besoin désespéré de lui sauter dessus, de passer ses doigts dans ses courts cheveux blond cendré, un besoin désespéré de satisfaire son désir, de nourrir son désir, de se laisser aller à la sensation de complétude que lui seul pouvait lui procurer.

Shaya aurait préféré pouvoir dire que Nick l'attirait uniquement parce qu'il était son âme sœur. Mais c'était faux. Nick irradiait l'autorité. La tentation incarnée, il était baraqué, musclé. Il avait une bouche sensuelle, des yeux vert sombre, un regard hypnotisant et perçant. Sa puissance rayonnait autour de lui. Il dégageait une énergie obscure, primitive, animale. Il débordait en outre d'un magnétisme sexuel à l'état brut. Naturellement dominant, il séduisait le côté soumis de Shaya, avec la promesse de satisfaire tous ses besoins. En d'autres termes, Nick correspondait tout à fait à ses fantasmes les plus sexuels… Elle devait donc à tout prix se débarrasser de lui.

Se tançant mentalement, elle se concentra sur la conversation en cours.

— Je suis tienne ? répéta-t-elle en renâclant. Je ne suis pas de cet avis.

— Je ne t'ai peut-être pas revendiquée, lui expliqua Nick en haussant un sourcil, mais cela n'empêche pas que tu es mienne.

Nick parlait d'une voix douce et calme, mais lourde de menaces et il en avait conscience.

La possessivité qui émanait de Nick plaisait à la louve de Shaya, la séduisait même. En tant que soumise, elle était également très attirée par sa domination naturelle, se sentant en sécurité avec lui. Ce n'était pas assez cependant pour Shaya. Nick n'avait en aucune manière mérité sa soumission.

— Je n'aurais jamais pensé que tu étais du genre à prendre tes désirs pour des réalités. Eh ben. Comme quoi on peut se tromper. Tu sais où se trouve la sortie.

Nick n'apprécia pas du tout de se faire ainsi éconduire. Il n'était pas étonné pourtant. Il avait envisagé cette éventualité. Il avait pensé qu'elle lui résisterait, qu'elle voudrait lui balancer ses quatre vérités avant d'accepter de partir avec lui. Il la devinait furieuse sous des apparences calmes.

— C'est sympa chez toi, dit-il en balayant la pièce du regard et en jetant un coup d'œil à la salle à manger attenante à la cuisine. La maison est chaleureuse, élégante et claire. Comment vas-tu ? ajouta-t-il.

Shaya fut surprise de l'intérêt qu'il semblait réellement porter à son environnement. Jusque-là, il avait plutôt eu l'air de la considérer comme un objet lui appartenant et sur lequel il avait tous les droits. Tout en sirotant son café, elle plissa les yeux et le regarda faire le tour de la pièce comme s'il était chez lui. Sa manière de se déplacer dénotait un caractère tranquille, une belle confiance en soi. Nick contrôlait tous ses mouvements, il ne faisait aucun geste nerveux. Chacun de ses mouvements était posé, mesuré, délibéré. Dieu du ciel ! Elle trouvait cette confiance et ce self-control drôlement sexy.

Ça l'énervait royalement d'être autant attirée par le mec à qui justement elle aurait voulu coller une balle dans la tête.

— Super, merci, dit-elle d'une voix faussement joyeuse. Je me sentirai encore mieux quand tu auras foutu le camp.

Sa louve n'était pas vraiment d'accord. Pire encore, une petite voix dans la tête de Shaya cherchait à lui faire comprendre qu'elle ne pensait pas vraiment ce qu'elle venait de dire. La jeune femme préféra ne pas l'écouter.

— Tu ne m'offres pas de café ?

— Non. Tu n'es pas mon invité. Tu es un intrus. Et puis ce n'est pas la peine puisque tu pars tout de suite. Bon voyage.

— Oui, je vais m'en aller, déclara Nick en souriant, appréciant l'insolence de Shaya. Va chercher tes affaires.

Il avait une case en moins s'il pensait qu'elle obtempérerait.

— Ouh là ! Tu n'as pas pigé ce que je viens de te dire, Beavis ?

— Beavis ? Tu me prends pour un abruti ?

— Ce n'est pas ta faute.

L'attitude détachée qu'affichait Shaya ne suffit pas à masquer entièrement la douleur que Nick perçut dans son regard. Il soupira.

— Je t'ai blessée, Shay, je le sais. Je ne t'en veux donc pas de m'en vouloir autant…

— Je ne suis pas en colère contre toi, même si je dois reconnaître que je t'ai imaginé plus d'une fois descendant à califourchon une rampe d'escalier recouverte de barbelés.

— À ce point-là ? s'enquit-il en faisant la grimace.

— Ouais, à ce point-là, répondit-elle sèchement en hochant lentement la tête. Mais ne sois pas trop dur envers toi-même. Je vais m'en charger avec plaisir.

Nick la croyait sur parole. Il avait entendu parler de son sale caractère.

— Je vais me racheter. Dès que je t'aurai ramenée en Californie…

— Je te l'ai déjà dit. Je ne réintégrerai pas la meute du Phénix.

— Je ne suis pas venu te chercher pour te ramener là-bas.

Shaya ne suivait vraiment plus du tout. Elle remarqua une lueur inquiétante dans le regard de Nick.

— Je ne comprends pas. Qu'est-ce que tu me veux ?

— C'est toi que je veux. Tout entière.

Il avait l'air si déterminé que Shaya en eut le souffle coupé. Non, il ne pouvait pas vouloir dire ce qu'elle pensait qu'il voulait dire.

— Qu'est-ce que tu entends par là ?

— Je suis venu te revendiquer.

Jamais il n'aurait imaginé que Shaya lui envoie une cuillère à café en plein front en guise de réponse. Elle lui avait fait mal en plus, merde.

— Me revendiquer ? Ah la belle blague. Je préférerais embrasser un requin à pleine bouche que de m'unir à toi !

Surpris, Nick laissa échapper un juron quand Shaya lui balança un tabouret en bois. Il l'esquiva de justesse. Il se redressa juste à temps pour voir qu'elle lui en lançait un autre. Il réussit à attraper celui-là et s'en servit comme bouclier pour se protéger contre le suivant. Puis il la vit sortir précipitamment de la pièce.

Nick se hâta pour essayer de la rattraper avant qu'elle ne s'enfuie de la maison. Elle n'ouvrit pas la porte cependant. Elle fouilla derrière le portemanteau de l'entrée, en ressortit une batte de base-ball, pivota sur elle-même et donna un grand coup en direction de sa tête. Bordel de merde. Il fit un bond en arrière et l'évita de justesse.

— Merde, Shay !

Où donc était passée sa douce compagne ? C'était une chose que d'avoir un sale caractère mais cette femme, son agresseur, était une véritable psychopathe impitoyable.

Absolument ! Elle le prouva en brandissant de nouveau la batte, en direction de son ventre cette fois. Il recula mais pas assez. Il fut touché. Fort. Il se pencha instinctivement vers l'avant pour essayer de reprendre son souffle. Elle en profita pour le viser encore une fois à la tête.

Super énervé, Nick attrapa la batte et tira. Il s'attendait à ce que Shaya l'agrippe encore plus fermement, que son geste la rapproche de lui. Que dalle. Elle lâcha la batte et se rua vers le séjour. Dieu seul savait quelle arme elle y avait planqué. Préférant ne pas l'apprendre à ses dépens, il lâcha la batte et bondit sur la jeune femme.

Se retrouvant au sol, piégée sous un corps musclé, Shaya proféra toute une série de jurons. Sortant les griffes, elle se tourna légèrement et attaqua Nick au visage. L'enfoiré était rapide cependant. Il esquiva son attaque, referma la main sur son poignet et le lui maintint emprisonné au-dessus de sa tête. La soupçonnant d'essayer de faire la même chose de l'autre main, et il avait raison, il répéta la manœuvre. Puis il la mordit doucement à l'épaule dans un geste de domination. Ses dents ne pénétrèrent pas la peau de Shaya. Il ne la marqua pas. C'était plutôt une sorte d'avertissement, un moyen d'attirer son attention. Il obtint le résultat escompté. Sa louve se figea.

— Je sais que tu m'en veux terriblement, lui murmura Nick doucement à l'oreille. Je ne te le reproche pas. Mais on doit parler tous les deux. Je vais t'emmener t'asseoir sur le canapé et on va discuter comme des adultes. On peut y aller doucement et calmement, ou je peux employer la manière forte. À toi de décider.

Pour toute réponse, Shaya le mordit au bras. Il aurait pu projeter des vibrations de domination et l'obliger ainsi à se soumettre. Mais jamais il n'utiliserait son pouvoir sur sa compagne. Ne voyant pas d'autre solution pour la calmer, il se servit de sa main libre pour appuyer sur le barocepteur de sa carotide à la base de son cou. Elle s'évanouit en moins de deux.

Quand Shaya retrouva ses esprits, elle fronça les sourcils, ne comprenant pas comment elle avait pu se retrouver allongée sur son canapé. Elle s'étonna encore plus quand elle aperçut Nick. Il avait déplacé son fauteuil, s'était installé juste en face d'elle, la surveillant étroitement. Il ne lui fallut pas plus d'une seconde pour se rappeler ce qu'il s'était passé. Il l'avait envoyée au pays des fées quand elle avait refusé de discuter. Elle s'étonnait qu'il n'ait pas simplement utilisé son pouvoir de domination. En ben, dis donc.

Elle se redressa brusquement et vit ses mains enserrées dans des menottes doublées de fourrure noire.

— Espèce de malade, lui cracha-t-elle en ouvrant grand les yeux.

— J'espérais ne pas avoir à m'en servir… Mais je ne peux pas dire que ces menottes sur toi ne me font pas d'effet. Remarque, je ne t'ai pas menottée les mains dans le dos. Je ne voulais pas te faire souffrir. Je veux juste pouvoir discuter avec toi sans que tu me donnes des coups de batte sur la tête.

— Je te remercie pour cette petite marque de compassion, déclara-t-elle fort sarcastiquement.

Shaya baissa alors la tête, ses épaules retombèrent. Son visage revêtit une expression de tristesse et de désespoir et

Nick en fut troublé. Elle se mit ensuite à renifler. Merde. Il commençait à se sentir coupable. Il ne put faire autrement que se lever et s'approcher de la jeune femme. Elle sc redressa subitement, et il fut choqué. Elle appuya de toutes ses forces sur le pied de Nick, se servit de ses mains menottées devant elle pour lui donner un grand coup à la mâchoire, puis lui balança un coup de pied dans le genou. Il recula en titubant. Nick n'eut pas le temps de tendre la main qu'elle se précipitait déjà vers la cuisine.

Nick aurait dû être furieux. Elle lui avait joué la comédie de la pauvre victime qui acceptait stoïquement son sort et en avait profité pour déguerpir. Il sourit pourtant de la voir si sournoise. Il ne la respectait que plus.

Il la rattraperait, Shaya le savait. Mais elle n'avait pas l'intention de se laisser faire. Ce n'était pas sa nature. Il ne fallut pas plus de cinq secondes à Nick pour la retrouver et la plaquer au sol par-derrière. Elle se retrouva par terre, allongée sur le ventre, les bras coincés sous le corps.

— Enlève-toi, espèce de connard.

— Tu es très rapide, je le reconnais, grogna Nick.

Shaya lui donna un coup de coude dans les côtes. Il fit peser son poids un peu plus sur la jeune femme et elle se démena encore davantage.

— Ça ne donne rien de lutter, bébé. Arrête, fit-il.

Elle ricana, s'obligeant à ne tenir aucun compte de son ton autoritaire.

— Va te faire foutre ! s'écria-t-elle.

Esquissant un sourire narquois, elle lui donna un coup de boule et il jura. Elle se sentit un peu vaseuse et pensa que ça n'avait peut-être pas été une bonne idée.

— Fais chier, Shay. Veux-tu arrêter !

Elle lui avait fait vraiment mal. Nick ne prêta pas attention au filet de sang qui coulait de la blessure qu'elle lui avait faite au front. Il maintint les mains toujours menottées de Shaya au-dessus de sa tête.

— Je te le jure, Shay. Je te donne la fessée si tu n'arrêtes pas de te démener.

Elle n'arrêta pas. Bien entendu. Il glissa donc sa main demeurée libre vers le bas du dos de Shaya et la posa sur ses fesses. Posa n'était peut-être pas le bon mot. Empoigna aurait été plus juste. Il aurait pu déclarer en toute honnêteté qu'elle avait le plus beau cul qu'il lui ait été donné d'empoigner.

— Tu fais quoi là, putain ?

Shaya aurait voulu se sentir aussi indignée que ses propos le laissaient entendre.

— Arrête de m'attaquer ou je vais te donner la fessée. Ne me cherche pas. (Il l'espérait pourtant.) Je ne profère jamais de menace que je n'entends pas exécuter.

Shaya obtempéra-t-elle ? Non. Elle essaya encore de lui donner un coup de boule. Nick fit « tss-tss » et lui donna une claque sur les fesses. Il sourit quand elle arrêta de se démener et suffoqua.

— Je t'avais dit de ne pas me chercher, lui dit-il à l'oreille sur un ton taquin. Mais peut-être aimes-tu cela. Moi, ça ne me gêne pas de recommencer. Mais si tu n'aimes pas ça, arrête de me résister.

Shaya détestait devoir le reconnaître mais elle était incapable de se libérer. Elle en avait marre et il était vraiment fort, l'enfoiré. Sa louve baissa la tête et la queue, reconnaissant sa domination. Incapable d'accepter aussi facilement sa défaite, Shaya se contenta de relâcher tous ses muscles en signe de reddition.

— Très bien, fit Nick dont la voix trahissait son désir exacerbé par la soumission de son âme sœur. On va se lever maintenant, très lentement.

Elle essaya bien entendu de s'enfuir une nouvelle fois, il aurait dû le prévoir. Après tout, cette fille avait la fâcheuse habitude de toujours chercher à faire le contraire de ce qu'il lui demandait. Beaucoup plus rapide qu'elle, il n'eut aucun mal à l'enserrer d'un bras et à l'attirer contre lui.

— Ce n'est pas bien du tout ça, tu ne trouves pas ?

Complètement déchaînée, la folle le mordit au bras et lui assena de nombreux coups de pied. Nick grogna, souleva Shaya et la balança sur son épaule. Puis il lui donna une bonne claque sur les fesses en retournant au séjour d'un pas raide.

Shaya commença par suffoquer avant d'émettre un long grognement.

— Repose-moi immédiatement, espèce d'enculé ! s'écria-t-elle en lui griffant le bas du dos.

— Pour ton information, j'apprécie l'amour vache. Mais il faut que je te dise : tu m'as griffé et mordu à plusieurs reprises et, si tu continues, mon loup va finir par réagir et m'inciter à te marquer. J'éprouve un très fort désir d'union avec toi. Je te préviens, je ne pourrai plus résister bien longtemps à la tentation de te mordre ainsi enveloppé de ton odeur et avec ta peau sous mes mains. Arrête de te démener si ce n'est pas ce que tu souhaites.

Il avait proféré son avertissement d'une voix si douce, sensuelle et velouteuse qu'elle en trembla. Il allait sentir son désir pour lui et elle ne le supportait pas.

Nick ramena Shaya jusqu'au canapé et l'y installa. Il se pencha et regarda longuement les traits défaits par la rage de la jeune femme. Il soupira intérieurement. Elle était plus qu'en colère. Ce n'était pas ce qu'il avait souhaité. Un filet de sang continuant de lui couler sur le front, il prit un mouchoir en papier dans une boîte posée sur la table basse et l'appuya sur sa blessure.

Se rendant compte qu'elle lui envoyait un regard noir, Shaya baissa les yeux. Une louve soumise ne pouvait pas soutenir longtemps le regard puissant d'un dominant en colère. Peu de gens savaient de quoi elle était capable par contre. N'ayant aucune envie de se dévoiler à Nick, elle s'obligea à détourner les yeux.

— Tu vas le regretter, Beavis.

— T'inquiète, je vais assurer mes arrières, dit-il en souriant.

— Ça ne te servira à rien. Quand le temps sera venu, c'est de face que je t'attaquerai.

— Très bien ! s'exclama-t-il en souriant, heureux de sa réponse insolente.

Retournant s'asseoir sur le fauteuil, il la regarda se démener contre les menottes. Il fouilla dans ses poches, trouva la clé et les lui déverrouilla.

— Tu dois en avoir marre autant que moi, dit-il en haussant les épaules, en réponse au regard suspicieux de Shaya. Même si j'ai trouvé amusante cette course-poursuite à travers la maison, et si j'ai bien aimé te donner la fessée.

— Tu t'attendais vraiment à ce que je sois douce et obéissante comme une bonne petite fille ? Je suis peut-être une soumise, mais je ne suis pas un paillasson.

— C'est vrai, tu n'as rien d'un paillasson. Je ne l'ai d'ailleurs jamais pensé.

Elle avait une force de caractère égale à celle d'une dominante, et même égale à la sienne.

— Tu ne peux pas ne me prêter aucune attention pendant des mois et t'attendre à ce que je t'accueille ensuite à bras ouverts.

— Ne dis pas que je ne t'ai pas prêté attention…

— Tu ne me regardais même pas et tu ne m'adressais jamais la parole, et…

— Parce que j'avais peur de me laisser aller à te jeter sur mon épaule et t'emporter, dit-il en soupirant. Tu n'es pas bête, Shay. Tu comprends bien que le fait que tu sois une soumise est problématique. Si les rôles avaient été inversés et que tu me faisais courir un risque en me revendiquant, qu'aurais-tu fait ?

— Je t'en aurais parlé. Je t'aurais expliqué ce que je ressentais. Si j'avais cru que nous ne pouvions vraiment pas nous unir, je me serais éloignée et je t'aurais laissé vivre ta vie. Mais tu n'as même pas été capable de faire ça pour moi.

— Peux-tu dire que tu ne ressens pas exactement la même attirance que moi ? lui demanda-t-il l'air interrogateur. Que ta louve ne te harcèle pas ? Que le désir d'union ne te pourrit pas la vie ? Tu en trembles, Shay. N'essaie pas de me faire croire que ça aurait dû être facile pour moi de rester loin de toi. Ce n'était pas du tout le cas.

Nick inspira longuement, voulant s'imprégner de l'odeur qui lui avait si cruellement manqué. Un mélange de mer et d'air frais, l'odeur de chez lui. Il devait serrer les poings pour s'empêcher de la toucher. Il avait du mal à ne pas céder à la tentation.

Il prit encore une longue inspiration, histoire de se calmer, et il fut touché de plein fouet par l'odeur du désir de Shaya. Cette odeur était la plus extraordinaire d'entre toutes. Elle semblait avoir été créée pour les torturer, lui et son loup. Il aurait voulu la goûter pour savoir si sa saveur lui plairait autant. Son loup sortait les griffes, grognait de le voir rester là sans bouger, sans revendiquer ce qui leur appartenait.

— Je m'appelle Shaya, pas Shay. Oui, je sens la même attirance. Le désir d'union est vraiment pénible. Tu n'es pas venu ici pour les bonnes raisons, parce que tu as envie de moi, mais bien parce que ton loup te harcèle et que tes désirs ne te laissent pas tranquille.

— J'ai démissionné de mon poste d'Alpha.

Shaya fut si surprise qu'elle en resta muette pendant quelques secondes.

— Quoi ? s'exclama-t-elle.

— Mon ancien Beta m'a remplacé à la tête de la meute.

Shaya avait rencontré son ancien Beta quelques fois. Son loup était très dominant, mais elle avait perçu autre chose. Jon avait beau être un dominant, il n'avait pas la force de Nick. Elle n'était pas tout à fait convaincue que Nick avait vraiment fait ce qu'il lui avait dit. Elle savait une chose cependant.

— Ton loup ne pourrait jamais accepter d'ordres d'un Alpha moins fort que lui. Il serait incapable d'obéir. Tous les membres de la meute continueraient de s'adresser à toi parce que tu es plus puissant que Jon.

— Je sais. C'est pour cela que je suis parti.

— Quoi ? fit-elle de nouveau, estomaquée.

Il tendit les bras avant de les croiser derrière sa nuque et de se caler dans son siège.

— Je suis devenu un loup solitaire.

Abasourdie, Shaya ouvrit et referma plusieurs fois la bouche. Ce qu'il avait fait était loin d'être anodin. Elle n'avait certes jamais pensé que Nick avait déjà eu besoin ou même pouvait avoir besoin des autres. Mais c'était extrêmement difficile pour un métamorphe de vivre sans territoire et sans meute avec toutes les relations sociales qu'elle garantissait. Si Shaya n'avait pas été à moitié humaine, elle n'aurait pas réussi à vivre en solitaire, elle en était persuadée. Elle trouvait cette vie bien dure, pas tellement en raison de son côté métamorphe, mais plutôt parce qu'elle supportait mal la solitude.

— Mais… pourquoi ?

— Si le fait d'être Alpha m'empêche d'être avec toi, je préfère démissionner. C'est toi que je veux.

Shaya se leva et se mit à marcher de long en large pour essayer de retrouver ses esprits. Elle ne savait franchement pas ce qu'elle devait dire, ou faire. Nick était là, affirmant avoir effectué des changements importants dans sa vie pour être avec elle. Merde, il avait quitté sa meute, sa famille, son territoire et son poste ! Elle aurait dû être épatée, au lieu de quoi elle trouvait son comportement insensé. Si elle comptait autant pour lui, il aurait fait tout cela depuis le début… Elle soupçonnait donc qu'il pouvait s'agir de rien de plus qu'un grand geste pour frimer. Même s'il avait vraiment décidé de ne plus jamais retourner à sa meute, elle doutait que lui ou son loup s'accommodent de cette situation. Ce ne serait qu'une question de temps avant que le désir de rentrer ne se fasse sentir.

Nick se leva et s'approcha de Shaya.

— Reviens en Californie avec moi. Si tu veux réintégrer la meute du Phénix, je suis d'accord. J'irai avec toi. Je ne peux pas te mentir, j'aurai du mal à accepter de prendre des ordres de Trey, parce que je suis aussi puissant que lui. Cela pourrait marcher, cependant, dans la mesure où il n'est pas plus faible que moi. Viens avec moi.

Shaya regarda la main que Nick lui tendait et déglutit nerveusement. Jamais elle n'avait été aussi tentée de sa vie par une offre, elle devait le reconnaître. Elle aurait donné n'importe quoi pour que Nick lui parle ainsi six mois plus tôt. Mais plus maintenant. C'était trop tard. Sa trahison lui pesait toujours. Elle secoua la tête.

— Tu m'as abandonnée.

— Et toi, tu t'es enfuie, lui rétorqua Nick.

Sur ce, Nick saisit une des boucles des cheveux de Shaya et tira doucement, souriant intérieurement en la voyant reprendre sa forme de tire-bouchon.

— Mais tu n'aurais pas pu prendre une meilleure décision, ajouta-t-il en poursuivant devant son air interrogateur. En effet, cela m'a obligé à comprendre certaines choses. Que je ne pouvais pas vivre sans toi par exemple.

— Parce que le désir ne disparaît pas.

— Parce que tu comptes plus que tout, la corrigea-t-il.

Puis il s'approcha tout près de Shaya, tellement que leurs visages se touchèrent presque. Se sentant enveloppé par l'odeur de son âme sœur, Nick eut du mal à ne pas enfouir sa tête dans le cou de Shaya.

— Ton odeur m'a manqué, déclara-t-il en lui caressant la pommette du pouce et en absorbant jusqu'au plus infime détail de ses traits. J'ai souffert de ne pas pouvoir te voir, te regarder.

Elle s'enjoignit de reculer mais elle ne le fit pas. Comme si son désir d'union ne suffisait pas, elle devait maintenant supporter d'être envahie par son odeur, un merveilleux mélange de cèdre, de cannelle et de danger, le tout enrobé d'une sombre virilité. Son parfum lui caressait les sens et déclenchait en elle des picotements. Ses jambes lui obéissant enfin de nouveau, Shaya fit un pas vers l'arrière et secoua la tête.

— Je veux que tu partes, dit-elle.

Contrarié, le loup de Nick poussa un grognement, pas seulement à cause des paroles de Shaya mais aussi en raison de la distance entre eux. Nick se rapprocha.

— Je ne le peux pas. Cela fait six mois que je te cherche. Six longs mois. Je ne t'ai pas cherchée tout ce temps pour repartir tout de suite après t'avoir trouvée.

— Pourquoi pas ? s'enquit Shaya en renâclant. Tu n'as pas eu trop de mal la première fois.

— Ce n'était pas facile, loin de là, crois-moi, déclara-t-il en passant la main dans les belles boucles rousses de la jeune femme, ravi de ne pas la voir reculer. Tu es si vivante et moi je suis abîmé, blasé. Tu mérites mieux. J'ai découvert que je n'étais pas suffisamment altruiste pour t'oublier. (Nick appuya alors son front contre celui de Shaya, lui caressant le cou d'un pouce.) Je suis un salopard, poursuivit-il. Je suis désolé de t'avoir imposé tout ça. Je ne te laisserai plus jamais tomber, je te le promets. Mais viens avec moi.

Shaya sentit son cœur se serrer douloureusement en apercevant une lueur de supplication au fond des yeux de Nick. Il avait toujours eu le regard hanté, empli d'ombres, et elle s'était souvent demandé ce qu'il avait vécu pour être ainsi blessé. Nick approcha alors son pouce de la bouche de son âme sœur et la lui caressa comme s'il la revendiquait. Shaya était fermement décidée à le repousser. D'une minute à l'autre.

— Depuis la première fois où je t'ai vue, je n'ai pas arrêté de me demander si tes lèvres étaient aussi douces qu'elles en avaient l'air.

Un grognement sourd se fit entendre dans la poitrine de Nick quand Shaya se lécha nerveusement la lèvre inférieure. Nick eut envie de l'imiter. Sa bouche était vraiment très attirante, douce et sensuelle, ses lèvres pulpeuses. Il sut qu'il n'allait pas pouvoir bouger avant d'y avoir goûté.

— Je me suis toujours demandé si ta saveur était aussi agréable que ton odeur, dit-il.

Oh merde. Shaya essaya de le repousser. Sans aucun effet. Il ne semblait même pas avoir remarqué son geste. Le corps de Nick se raidit comme s'il s'apprêtait à bondir. Shaya s'attendait à ce qu'il fasse quelque chose, à ce que ses mains la caressent partout ou à ce qu'il plaque sa bouche de force contre la sienne. Il se contenta cependant d'aspirer doucement ses lèvres et de lui mordiller le coin de la bouche. Elle n'avait pas bronché. Elle ne put cependant s'empêcher d'émettre un long soupir de satisfaction quand il aspira sa lèvre inférieure et la lui mordilla. C'était son point sensible.

Puis il recommença, lui ensorcelant littéralement la bouche, finit-elle par comprendre. Et ça marchait. Elle avait été bien décidée à le repousser mais elle se mettait à lui rendre son baiser, à en demander plus tandis qu'il faisait à chaque fois marche arrière. Elle comprit le message qu'il voulait lui faire passer : elle n'aurait que ce qu'il était disposé à lui donner, rien de plus. Plutôt que d'utiliser sa force physique pour affirmer sa domination, il avait préféré utiliser ses pouvoirs de séduction pour la soumettre. Malin. Bordel de merde. Putain de loup. Elle aurait voulu reculer, mais sa bouche se plaqua sur la sienne et en prit possession.

Nick poussa un grognement quand sa saveur explosa sur sa langue, s'imprégnant presque en lui. Il passa ses mains dans les cheveux de Shaya et la tira vers lui, la sentant frissonner contre lui. Il rêvait de cet instant depuis si longtemps. Il la désirait depuis si longtemps. Mais le désir était loin de s'estomper à son contact comme il s'y était attendu. Au contraire, il se sentait envahi, traversé de sensations étranges. Pire, il éprouvait un besoin écrasant et primitif, un désir dévorant de la posséder. Il envisageait de la pousser jusqu'au mur, de lui arracher tous ses vêtements quand il la sentit se raidir dans ses bras.

Surprise par sa propre force, Shaya se dégagea brusquement et se servit de ses mains qui étaient restées écrasées contre la poitrine de Nick pour le repousser. Il ne bougea pas mais son geste lui fit faire un bond vers l'arrière.

— Suffit, dit-elle.

Fâchée d'avoir répondu avec autant d'enthousiasme à ses avances, elle le contourna en s'éloignant, tenant haut la main pour lui intimer de ne pas s'approcher d'elle. Il n'obtempéra pas, fit un pas vers elle en modérant sa vitesse, avec lenteur et circonspection, comme un prédateur avec une proie nerveuse.

— C'est trop tard, ajouta-t-elle.

— Tu n'es pas la seule à avoir souffert, Shay, lui dit-il, se reprochant amèrement la douleur qu'il voyait au fond de ses yeux. C'est ma faute, je le reconnais. Je suis responsable de cette situation. Mais je ne te ferai plus jamais souffrir comme ça.

Shaya avait très envie de croire en sa promesse. Elle était séduite par son apparente sincérité et se sentait tellement plus vivante après ces quelques moments passés avec Nick qu'à aucun moment au cours des six derniers mois. Mais elle avait trop souffert et avait donc très peur de s'embarquer dans cette aventure.

— Va-t'en.

— Pas sans toi.

— Ce n'est pas à toi de décider. Je ne peux pas partir avec toi.

— Pourquoi ?

— Parce que je ne peux pas avoir confiance en toi.

Cette déclaration fit à Nick l'impression d'un grand coup de poing dans le plexus solaire. Ses poumons se vidèrent d'un coup. Le fait que tout ça soit sa faute n'avait aucune importance. Il n'y avait rien d'étonnant à cela. Mais cela le faisait néanmoins souffrir. Merde.

— Je ne peux pas avoir confiance, être sûre que tu ne me feras pas souffrir de nouveau, poursuivit-elle, que tu ne me quitteras pas encore une fois.

Nick plissa les yeux quand il entendit Shaya prononcer ces dernières paroles. Il devait y avoir autre chose. Il n'était pas le seul responsable de cette réaction de la part de Shaya. La peur d'être abandonnée était très forte chez la jeune femme et il y avait forcément une explication.

— Cela n'arrivera pas, affirma-t-il en lui prenant le menton.

Elle ricana, lui tapant la main pour l'éloigner.

— Comment puis-je te croire ? Hein ? Comment faire pour savoir que tu ne vas pas décider du jour au lendemain que tu n'aimes pas ne plus être Alpha ? Que tu dois me quitter parce que c'est risqué pour moi d'être ta femelle alpha ? Je n'ai pas envie de revivre ça. Tu as eu l'occasion de me revendiquer et tu l'as bousillée. Va-t'en.

Rien n'aurait pu faire bouger Nick à part peut-être les larmes qu'il voyait affleurer dans les yeux de sa belle. Il voulait la prendre dans ses bras et la réconforter mais, si elle n'avait pas confiance en lui, il ne pourrait rien faire pour elle. Il n'avait respecté aucun de ses désirs jusque-là. S'il voulait gagner sa confiance, il devait commencer de suite.

Il s'obligea à mettre de côté ses propres désirs et ceux de son loup et recula d'un pas. Il leva les mains en signe d'apaisement.

— D'accord, déclara-t-il. Si c'est vraiment ce que tu veux, je vais m'en aller. Je ne pars pas pour de bon cependant, Shay. Je ne t'abandonne pas de nouveau. Répète après moi, la supplia-t-il en voyant son air étonné.

Craignant qu'il ne sente qu'elle voulait tout de même qu'il reste, Shaya lui tourna le dos.

—Va-t'en, redit-elle.

—Pas tant que tu n'auras pas répété ce que j'ai dit. Pas tant que je ne serai pas persuadé que tu comprends que je ne vais pas t'abandonner.

—Tu ne vas pas repartir, dit-elle, prête à tout pour le faire quitter les lieux.

—À bientôt, dit-il en hochant la tête en signe de satisfaction. Surtout, ajouta-t-il en arrivant à la porte, ne va pas essayer de t'enfuir une nouvelle fois. Je te retrouverais. Sens-toi bien libre de téléphoner à Taryn pour lui demander de venir te chercher. Mais je ne te laisserai jamais partir avec qui que ce soit. Je tuerais le premier qui viendrait te chercher. Je t'ai blessée, je le comprends. On prendra tout le temps qu'il faudra. Mais je vais te revendiquer, Shay. Tu es mienne. Je refuse de rester loin de toi.

Quand la porte de la maison se referma derrière lui, Shaya laissa échapper une volée de jurons. Elle n'en avait pas après Nick, plutôt après elle-même. Ridicule. La rapidité et la force avec lesquelles elle avait réagi à ses caresses. C'était peut-être tout à fait naturel puisqu'il était son âme sœur, mais ça ne l'empêchait pas de s'énerver. Ses caresses avaient laissé comme une brûlure dans leur sillage. Elle se retrouvait avec le rouge aux joues et un corps envahi par le désir intense de le retrouver.

Elle jeta un coup d'œil au téléphone sans fil posé sur la table basse. Elle envisagea un instant d'appeler Taryn au secours. Elle abandonna l'idée plus vite même qu'elle lui était venue. Elle n'avait aucun mal à prévoir la suite des événements. Taryn, Trey et certains des lieutenants arriveraient aussitôt et ils s'emporteraient tous contre Nick. Il se défendrait et comme il était doté d'une grande puissance, il se débrouillerait très bien. En d'autres termes, ses amis risquaient d'être blessés. Elle en voulait à Nick mais ne souhaitait pas le faire souffrir. Elle désirait simplement qu'il la laisse tranquille, qu'il la laisse vivre sa vie.

Est-ce vraiment ce que tu souhaites ? lui demanda une petite voix sceptique dans sa tête. Une petite voix qui défendait d'ailleurs complètement le désir de revendication de sa louve.

Oui, tout à fait.

En es-tu bien sûre ?

Et puis merde. Comme si cela ne suffisait pas qu'elle fasse la guerre à Nick, elle allait également devoir livrer bataille contre elle-même et contre sa louve. Ce n'était pas bien. Pas bien du tout.

Chapitre 3

Arrivé au bout de l'allée menant à la maison de Shaya, Nick soupira longuement. Cette rencontre ne s'était pas trop mal passée tout compte fait. Shaya n'avait pas réussi à lui écrabouiller le cerveau avec sa batte. Il ne l'aurait pas cru aussi impitoyable. Il en était même un peu choqué. Peut-être aurait-il dû prendre un peu plus au sérieux le message affiché sur le panneau devant sa maison ? « Les intrus seront abattus, les survivants aussi. » Sans oublier celui de son paillasson : « Revenez avec une commission rogatoire. » Ouais, tout cela était bien clair.

Jamais il n'oublierait qu'il avait été obligé de la mettre KO pour se protéger. Nick, tout comme son loup, était très attiré par le côté rebelle de Shaya. Elle avait beau être une soumise, elle n'avait pas hésité un seul instant à le confronter verbalement et physiquement. Il préférait. C'était très important en effet pour lui que son âme sœur n'ait peur ni de lui ni de son caractère très dominant. Il en souffrirait si c'était le cas.

Nick franchit la courte distance le séparant du camping-car qu'il habitait depuis six mois et aperçut une silhouette familière adossée au véhicule.

Un grand baraqué émergea de l'ombre : Derren, son ancien garde du corps.

— Comment ça s'est passé ? s'enquit-il. (Il esquissa un large sourire quand son regard sombre se posa sur la petite blessure sur le front de Nick.) Pas très bien, si j'ai bien compris ? poursuivit-il.

Nick sourit, fier en réalité que Shaya ait réussi à le blesser.

— Ne t'ai-je pas déjà licencié ? demanda-t-il à Derren.

— À plusieurs reprises, répondit ce dernier.

En réalité, Nick n'avait jamais même embauché Derren. Il lui avait sauvé la vie durant leur séjour en maison de redressement et Derren s'était autoproclamé garde du corps de Nick Axton et l'accompagnait dans tous ses déplacements. Il semblait avoir l'intention de continuer ainsi jusqu'au jour où il pourrait lui rendre la pareille. Nick avait tout essayé pour le renvoyer, mais en vain.

— Je t'ai demandé de rester avec Jon. C'est lui l'Alpha maintenant et il a besoin de toi.

— Jon se débrouille très bien tout seul, dit-il en renâclant. Toi aussi d'ailleurs. Mais tu ne pourras jamais te débarrasser de moi, et tu le sais.

— Je te l'ai déjà dit, tu ne me dois rien, fit Nick en soupirant et en secouant la tête. Comment m'as-tu retrouvé ? Si tu m'avais suivi, je m'en serais aperçu.

Derren ne tint aucun compte des protestations de Nick, comme d'habitude.

— Je suis resté aux côtés de Jon le temps de m'assurer que la meute ne lui faisait pas de difficultés. Tout se passe bien, il a été très bien accueilli. Tu es sans aucun doute déjà au courant de tout. La meute te regrette énormément mais comprend les raisons de ton départ. Dès que j'ai appris que tu avais retrouvé Shaya, je me suis mis en route en me basant sur les infos que tu as données à Jon ce matin. Je suis arrivé il y a une dizaine de minutes à peine. Tu as dû avoir beaucoup de mal à digérer le fait qu'elle se trouvait à cinq heures de route seulement, surtout après avoir sillonné tout le pays à sa recherche.

Effectivement, mais ce n'était pas là son unique sujet de préoccupation.

— Ce ne sera pas facile de la convaincre de me suivre.

— Ça, tu le savais déjà, déclara Derren d'un air compatissant. Pourquoi ne lui dis-tu pas tout ? Vraiment tout… Peut-être que ça changerait la donne.

— Tu as raison, mais cela pose un autre problème.

— Lequel ?

— Shaya éprouverait de la pitié pour moi parce qu'elle a un très grand cœur, et je ne voudrais pas qu'elle m'accorde une chance uniquement par compassion.

— Tu veux mériter sa confiance.

— Oui et ça risque de prendre beaucoup de temps, déclara Nick en hochant la tête.

Puis, assailli par un éclair de douleur particulièrement intense à la tête, il esquissa une grimace.

— Tu as de plus en plus de maux de tête, non ?

Nick avait recommencé à souffrir de migraines environ deux mois auparavant. Elles avaient augmenté en nombre et en intensité. Il en avait maintenant une à deux par jour. Elles avaient été un des premiers symptômes de la dégénérescence de ses fonctions cognitives. Cela ne signifiait pas pour autant la fin de la rémission. Les maux de tête pouvaient être causés par une multitude de facteurs : le stress, l'épuisement, ou les problèmes émotionnels, et il avait subi un peu tout ça ces derniers temps. C'était un problème souvent héréditaire et son père avait souffert de migraines chroniques presque toute sa vie d'adulte.

— Ce n'est pas nécessairement significatif.

— Bien sûr. Dans la mesure où il s'agit uniquement de maux de tête. Par contre, si tu souffres de nouveau de trous de mémoire, de tremblements musculaires ou d'épisodes de confusion mentale, il ne faudra pas essayer de le dissimuler.

— T'inquiète, déclara Nick.

Il était bien décidé à ne plus laisser la peur l'empêcher de se rapprocher de Shaya. À moins de ressentir un des autres symptômes, il n'allait même pas s'autoriser à se demander si ces maux de tête pouvaient être préoccupants

— J'ai simplement besoin d'un antalgique et d'un peu de repos, dit Nick en ouvrant la porte de son camping-car. Tu devrais rentrer chez toi, Derren. Tu es licencié.

— Si c'est ce que tu veux, rétorqua Derren avec un bref hochement de tête.

Ce que Nick voulait vraiment, c'était Shaya. Il lui faudrait beaucoup de temps cependant pour obtenir sa confiance, il le comprenait. Elle était perturbée, perdue, furieuse. Avec raison. Il lui faudrait faire preuve de patience, de compréhension et de gentillesse. La patience ne lui posait aucun problème, c'était même un de ses points forts. Mais il n'avait jamais été très compréhensif ou gentil. Ce n'était pas là ses plus grandes qualités. Il allait devoir essayer d'élargir un peu ses horizons dans ces domaines.

Il lui faudrait commencer par résister à la tentation de l'embrasser tout le temps. Mais il ne pourrait pas s'empêcher de la toucher. Shaya allait devoir s'habituer à son contact, apprendre à être à l'aise avec lui. S'il se laissait aller à l'embrasser, elle pourrait croire qu'il se servait de leur attirance l'un pour l'autre pour chercher à l'amadouer. Il n'aurait aucun mal à la séduire puisqu'ils étaient âmes sœurs et se désiraient déjà ardemment. Nick ne souhaitait pas cependant qu'elle s'ouvre à lui pour cette seule raison. Il voulait tellement plus qu'une relation physique avec Shaya, mais il aurait énormément de mal à réprimer ses instincts dans la mesure où son corps, sa tête et son cœur étaient tous programmés pour la désirer.

Cela ne lui servirait à rien non plus d'implorer son pardon à genoux. Shaya n'était pas du genre à s'intéresser à un mec qui lui inspirerait de la pitié, ni à le respecter d'ailleurs. Ce ne serait en outre pas réellement jouable pour Nick et son loup. Question d'orgueil. Il pouvait lui demander pardon. Ou se comporter en beauf désespéré. Il s'était déjà excusé et il ne lui restait plus qu'à lui montrer que ses excuses n'étaient pas que paroles en l'air.

Il avait besoin d'un plan d'action cohérent et il excellait dans ce domaine. Il allait devoir s'immiscer dans sa vie et lui prouver qu'il n'allait pas l'abandonner. Les mots ne suffiraient pas, surtout parce qu'elle n'avait pas confiance en lui. Il lui faudrait faire preuve de persévérance, sans toutefois trop insister, sans avoir l'air de faire pression sur elle au risque d'aggraver la situation.

Il allait devoir également lui offrir des cadeaux, non ? Il n'était pas très fort à ce jeu. Shaya n'apprécierait sans doute pas les traditionnels bouquets de fleurs ou boîtes de chocolats, il s'en doutait. Elle était plutôt du genre à préférer les attentions plus personnelles. Mais quoi, au juste ? Ce ne serait pas facile. Nick n'était pas trop romantique, ne l'avait jamais été.

Il devrait également veiller à ne rien attendre en retour. Il suivrait le rythme de Shaya… mais jamais il ne la laisserait l'obliger à abandonner sa quête. C'était totalement exclu. Il n'avait jamais imaginé souffrir autant, se sentir aussi déchiré. Il avait vécu des moments très difficiles, mais jamais comme cela. Sa situation actuelle était plus terrible encore que les événements qui avaient mené à l'émergence de son loup, que les incidents qui l'avaient fait condamner à la maison de redressement, ou que la découverte de la dégénérescence de ses fonctions cognitives. Rien de tout cela n'était comparable à la douleur d'être privé de son âme sœur, il en était intimement persuadé.

Une fois de plus, Shaya allait être en retard au travail. Merde. Il fallait voir le bon côté des choses cependant. Elle n'avait jamais encore eu aussi peu de retard. Un peu hébétée après une mauvaise nuit, Shaya sortit de chez elle et se dirigea vers la rue, mais elle pila en remarquant l'immense véhicule garé près de chez elle. On aurait dit un gigantesque car. Elle s'en approcha et essaya de regarder à l'intérieur par une des fenêtres aux vitres teintées, mais elles étaient toutes trop hautes.

Puis elle vit un cabriolet Mercedes se garer derrière le car. L'homme qui était le fléau de son existence en descendit et s'approcha d'elle, tenant à la main un sachet de chez Starbucks. Il avait toujours cet air de mec dangereux et invincible, imperturbable, doté d'une confiance en lui à toute épreuve. Shaya sentit son corps la trahir une nouvelle fois. Elle fut assaillie soudainement d'une bouffée de chaleur et de picotements, comme si elle s'apprêtait à l'accueillir en elle. Ce n'était pas bien du tout.

Pourquoi n'était-il pas un monstre comme Sloth dans les *Goonies* ?

— T'es encore là ? fit-elle en lui lançant un regard noir.

Se sentant de meilleure humeur du fait de la proximité de son âme sœur, sa louve se réveilla et s'étira.

— Bien le bonjour à toi aussi, bébé, fit Nick, étonné par son attitude. Au fait, oui, merci, ma blessure à la tête est guérie. Tu veux du café ?

Son loup appréciait l'insolence de Shaya, il s'en amusait même, ce qui était rarissime pour lui.

La jeune femme eut énormément de mal à s'empêcher de frissonner en entendant la voix autoritaire de Nick qui avait été conçue, elle en était persuadée, pour la narguer, l'intimider et la titiller. Décidée à ne tenir aucun compte de ses effets, Shaya dirigea son attention vers le gobelet qu'il lui tendait en se demandant s'il savait qu'elle était incapable de résister au café de Starbucks.

— Tu m'as pris quoi ?

— Un macchiato au caramel, bien entendu.

Ouais, il savait. Pensait-il vraiment qu'il lui suffisait de lui offrir un café pour se faire pardonner ? Pff. Ce serait dommage par contre de gaspiller le café. Déraisonnable aussi de refuser de le boire uniquement parce que c'était Nick qui le lui offrait. Elle s'en empara donc.

— De rien, lui fit-il.

Sentant qu'on lui léchait l'autre main, elle sursauta, baissa la tête et aperçut un Labrador l'air joueur qui haletait et remuait la queue. Obnubilée par Nick, elle n'avait même pas remarqué le chien qui semblait si heureux des caresses de son maître. Shaya leva les yeux et regarda Nick d'un air interrogateur.

— Shaya, je te présente Bruce. Bruce, voici Shaya.

— Bruce ? Il est à toi ?

— Au départ, il appartenait en principe à mon frère, expliqua Nick en caressant le chien entre les deux oreilles. Mais pour une étrange raison que j'ignore, il m'a adopté. J'ai plus de succès avec les animaux qu'avec les humains.

Il les préférait, même.

Shaya fronça les sourcils en voyant le chien gratter à la porte du car. Nick sortit un trousseau de clés, ouvrit la porte et le chien monta dans le véhicule.

— Il est tellement paresseux, l'andouille. Il passe ses journées allongé devant la télé.

— Attends, ce car, il est à toi ?

— Ce n'est pas un car, c'est un Winnebago, la corrigea-t-il en résistant à la tentation de la toucher.

Nick n'était pas du genre à toujours chercher le contact physique avec les autres, mais c'était différent avec Shaya. Il avait sans cesse envie de la caresser. Ses yeux se braquèrent d'eux-mêmes, il lui sembla, sur les lèvres sensuelles de la jeune femme. Quelle bouche, Dieu du ciel ! Il voulait la goûter de nouveau. Goulûment et impérieusement. Il voulait aussi lui mordre la lèvre inférieure. La marquer.

— Un Winne-quoi ?

— Un Winnebago.

— Comme dans *Mon beau-père, mes parents et moi* ? Mais attends, comment peux-tu conduire à la fois cet engin et le cabriolet Mercedes ?

— Il y a un garage pour la voiture dans le Winnebago. Quand je m'arrête quelque part, je gare le camping-car et j'utilise la voiture pour me déplacer. Tu veux que je te conduise au travail ?

Toutes ses hormones auraient voulu hurler « oui ». Bon sang de bon Dieu, il était beau, viril et attirant à en pleurer. Elle ne souhaitait pas cependant laisser son apparence affaiblir ses résolutions.

— Ce que je veux, c'est que tu te barres. Je te l'ai dit bien clairement il me semble hier soir.

— Tu pensais vraiment que j'allais obtempérer ?

— Non, jamais je n'oserais croire que tu tiendrais compte de mes sentiments, déclara-t-elle en se passant une main dans les cheveux. Je ne devrais pas m'étonner que tu joues à ce petit jeu.

— Ce n'est pas un jeu pour moi, Shay, fit-il en plongeant son regard dans le sien. Tu dis que tu n'as pas confiance et tu penses que je vais t'abandonner de nouveau. Je peux le comprendre même si je n'aime pas ça. J'en conclus que je dois te prouver que je suis sérieux, que je ne te quitterai pas. C'est donc exactement ce que je vais faire.

Il avait parlé d'un ton extrêmement ferme qui excluait toute possibilité de négociation. Même si elle s'était plus ou moins attendue à ce qu'il la harcèle un peu puisque les dominants ne laissaient pas aussi facilement tomber, elle n'avait pas imaginé qu'il serait aussi dévoué. Sa louve, qui commençait à l'énerver au plus haut point, était contente qu'il soit venu la retrouver dans la ferme intention de la revendiquer. Elle n'appréciait donc pas de voir Shaya lui résister. Mais bon, Shaya n'appréciait pas beaucoup la présence de Nick.

—Je ne veux pas de toi ici.

—Ce n'est pas tout à fait vrai, Shay. Il subsiste au fond de toi une bribe de désir pour moi. (Il l'avait sentie et en était très reconnaissant.) Pas grand-chose, certes, mais c'est là tout de même. Tu as beau être très en colère, tu voudrais tout de même un peu que ça marche entre nous.

Il avait raison, l'enfoiré. Avec n'importe qui d'autre, elle aurait pu facilement oublier. Après tout, un de perdu, dix de retrouvés. Mais elle n'aurait jamais qu'une seule âme sœur : Nick. Elle souhaitait par conséquent l'avoir à ses côtés. Elle avait envie de croire en lui, mais elle ne le reconnaîtrait que le jour où les poules auraient des dents.

—Je dois aller travailler, dit-elle en levant la main avant qu'il n'ait le temps de lui proposer de l'accompagner une nouvelle fois. Je préfère marcher.

—Comme tu veux, mais on dirait qu'il va se mettre à pleuvoir d'une minute à l'autre.

Il s'adossa de nouveau contre son camping-car et prit une gorgée de café, tandis que Shaya tapait nerveusement du pied sur le trottoir. Nick n'y fit pas du tout attention.

Comprenant qu'il n'avait pas l'intention de monter à bord de son Winne-machin, Shaya compta mentalement jusqu'à dix, implorant le Ciel de lui accorder un peu de patience.

—Alors, tu vas déplacer cette… chose, oui ou non ?

—Pas question.

— Nick, sérieusement, il faut que tu…, commença-t-elle de plus en plus énervée.

— Tu vas être en retard au travail si tu ne te dépêches pas.

Shaya regarda sa montre et proféra un juron.

— Il vaudrait mieux que ce machin ne soit plus là quand je vais rentrer du travail.

Nick se contenta de lui décocher un sourire de travers. Ce mec était un véritable danger public. Comment faire entendre raison à un type qui avait une ouïe aussi sélective ? Ce n'était peut-être pas vraiment là le problème d'ailleurs, mais plutôt le fait qu'après avoir écouté et compris son point de vue, il n'y accordait aucune importance.

Elle pivota brusquement sur elle-même et s'élança dans la rue d'un bon pas. Il se mit à pleuvoir moins d'une minute plus tard. Super. Elle tourna la tête en entendant une voiture s'approcher. Nick avait garé son cabriolet, dont il avait remonté le toit, le long du trottoir et il lui ouvrait galamment la portière pour l'inviter à monter. Elle se débattit intérieurement pendant environ cinq secondes avant de courir vers la voiture et de sauter à l'intérieur.

— Le fait que je te laisse me conduire au travail ne signifie absolument rien.

Nick lui lança un regard rassurant, l'air de lui dire « bien sûr que non », tout en souriant intérieurement. Il n'était pas assez fou pour montrer sa joie. Il avançait en terrain miné, il le savait.

— Le salon de coiffure où je travaille est situé…, commença-t-elle à lui expliquer quand il démarra.

— Pas de souci, je sais où c'est, lui répondit-il.

Son loup poussa un grognement de satisfaction. Il aimait se retrouver à côté de Shaya dans un espace clos, être enveloppé de son odeur.

— Comment peux-tu le savoir ?

— Tu es mon âme sœur, répondit-il en haussant les épaules comme s'il s'agissait d'une évidence. J'ai envie de tout savoir sur toi, y compris ton adresse, ton lieu de travail, ton numéro de portable. Au fait, je préfère que tu le saches pour que tu ne sois pas étonnée quand je t'enverrai des SMS.

Elle le regarda bouche bée, outrée et choquée à la fois.

— Tu ne peux pas faire ça, fouiller dans la vie des gens et mettre la main sur toutes les données les concernant. Mais enfin, comment as-tu fait pour dégotter tout ça ?

— J'ai des relations utiles.

— Et tu as décidé tout d'un coup de fouiner dans ma vie ?

— Je préfère parler d'une enquête en profondeur. Elle te plaît ? fit-il en lui indiquant la voiture pour l'empêcher de le sermonner davantage

— Ça va, ouais.

Il esquissa un sourire en l'entendant émettre ce petit compliment avec une certaine réticence.

— Je préfère les 4x4 mais il n'y a pas assez de place dans le garage du camping-car.

— Alors pourquoi n'utilises-tu pas simplement un SUV ou un truc dans le genre plutôt que cet énorme engin ?

— Parce que je n'aurais pas pu habiter dans un SUV ces six derniers mois.

— Tu veux dire que tu habites dans ton Winne-machin ? s'exclama-t-elle, choquée. (Nick hocha la tête en signe d'assentiment.) Alors c'était vrai quand tu m'as dit que tu avais passé les six derniers mois à me chercher ?

— Bien sûr, répondit-il perplexe, avant de comprendre le sens de la question de Shaya. Tu pensais que j'avais chargé d'autres personnes de te retrouver ?

— Tu es un Alpha, tu as beaucoup de responsabilités, fit-elle en haussant une épaule.

— Plus maintenant. J'ai abdiqué le jour où j'ai appris ton départ. Je te cherche depuis, poursuivit-il en lui lançant un regard en coin et en apercevant son air sceptique. Tu ne crois pas que j'ai abdiqué ?

— Tu vas finir par réintégrer ta meute, à mon avis, lui répondit-elle, je ne suis vraiment pas sûre du reste mais de ça, je suis convaincue. C'est trop dur pour un métamorphe de vivre loin de sa meute et de son territoire.

— Mais plus dur encore de vivre sans toi.

Il n'avait donné, en disant cela, ni dans la sensiblerie ni dans le pathétique. Il avait semblé plutôt agréablement possessif et protecteur.

— Si tu veux tout savoir, ajouta-t-il, je ne suis pas très grégaire.

— Tu n'es pas grégaire ? répéta-t-elle, sceptique, en clignant par deux fois des yeux d'étonnement. Tu es un métamorphe.

— La présence des autres m'énerve. Je préfère être seul.

Ouais, c'était vraiment étrange pour un métamorphe et il le savait. La plupart d'entre eux avaient besoin du groupe pour vivre, grandir et s'épanouir. Ce n'était pas le cas de Nick cependant. Il n'avait jamais tiré la même satisfaction que ses congénères de la vie en communauté. Après toutes ces années passées en maison de redressement où il n'avait eu ni espace personnel, ni intimité, ni tranquillité, c'était ce qu'il avait fini par désirer le plus ardemment en lieu et place des contacts sociaux. Il n'était pas non plus très doué pour tisser des liens d'amitié.

Shaya allait demander à Nick comment un mec qui préférait être seul pouvait avoir occupé le poste d'Alpha quand quelque chose attira son attention dans le rétroviseur.

— C'est bien Derren dans le SUV derrière nous ?

— Oui, répondit Nick dans un soupir las.

Il avait remarqué son « garde du corps » un peu plus tôt.

Shaya se retourna sur son siège et lui lança un regard accusateur.

— Tiens donc ! Mais tu m'as dit que tu avais quitté la meute.

— C'est vrai.

— Si c'était effectivement le cas, tu n'aurais pas besoin d'un garde du corps, déclara-t-elle, impatiente. Tu me racontes n'importe quoi pour que j'accepte de m'unir à toi.

— Désolé, inspecteur Columbo, tu te trompes. J'essaie de me débarrasser de lui depuis plusieurs années.

— Pourquoi veut-il te protéger si tu n'es plus son Alpha ?

— Notre association n'a jamais rien eu à voir avec mon rôle d'Alpha. C'est une affaire personnelle.

— C'est vrai ça ? voulut-elle savoir, sceptique. Mais encore ?

Il n'avait pas trop envie d'en parler. Il ne souhaitait pas revenir sur cette période de sa vie de peur de la faire fuir.

— Tu ne m'as pas répondu, tu sais, hier soir, quand je t'ai demandé s'il y avait un homme dans ta vie ?

Désarçonnée par le changement brutal de sujet, Shaya garda le silence pendant un moment avant de lui poser à son tour une question en guise de réponse.

— Est-ce qu'il y a une femme dans ta vie ? voulut-elle savoir.

Nick souhaitait d'abord connaître la réponse à sa question avant de répondre à celle de la jeune femme, mais il souffrit de l'absence de confiance qu'il vit dans son regard.

— Il n'y a personne dans ma vie depuis la première fois où je t'ai vue.

— Ouais, d'accord, répondit-elle en reniflant bruyamment et en détournant le regard.

— Jamais je ne t'aurais trahie, fit-il en tendant la main et tirant une mèche de ses cheveux pour attirer son attention.

— Mais on n'est pas unis, bredouilla-t-elle.

— Ça ne fait rien.

— Tu as pris la décision de ne pas me revendiquer.

— Non. J'ai décidé d'accorder la priorité à ta sécurité. Cela ne change rien au fait que tu es la seule femme que je désire.

Si c'était vrai, la réponse de Shaya allait profondément l'énerver et elle se retrouverait enfermée dans une voiture avec un Alpha extrêmement dominant et dans une colère noire. Ce n'était pas idéal comme situation et sa louve était un peu inquiète.

— Je suis sortie avec un ou deux mecs, fit-elle en réponse à l'air interrogateur de Nick.

Elle était sur la défensive, s'attendant à une explosion. Mais rien. Elle le regarda et constata qu'il restait tout à fait calme et imperturbable. Seules ses phalanges blanchies sur le volant trahissaient son énervement.

— Pourquoi ne cries-tu pas ? s'enquit-elle alors.

— Pourquoi est-ce que je crierais ? voulut-il savoir. Tu ne faisais que vivre ta vie après tout.

Elle éprouva subitement des remords. Elle n'était pas obligée, elle le savait. S'il s'était énervé, elle aurait pu lui dire avec raison que s'il ne voulait pas la voir sortir avec d'autres mecs, il n'avait qu'à la revendiquer. Même s'il était manifestement furieux, sa colère semblait s'être résorbée. Il l'avait retournée contre lui-même, assumant la responsabilité de ses actes. Merde. Elle voulait continuer à lui en vouloir et il lui rendait la tâche difficile.

Arrivés devant le salon de coiffure, Shaya lança un regard en coin à Nick et découvrit qu'il ne la regardait toujours pas

— Je n'ai jamais couché avec aucun d'entre eux, déclara-t-elle.

Elle n'était pas obligée de le lui dire, mais elle était émue, elle n'y pouvait rien. Pas uniquement parce qu'il était son âme sœur. C'était ses yeux… ses immenses yeux vert fumé plein d'ombres, marqués par des souffrances qu'aucun être humain ne voudrait avoir à supporter. En le voyant, n'importe quelle femme avec un peu de cœur voudrait tenter de les faire disparaître, de le consoler. Shaya avait mal, mais n'était ni amère ni aigrie et ne souhaitait pas exacerber la douleur de Nick.

Nick réussit à contenir la colère qui montait en lui et déclenchait un goût d'amertume dans sa bouche. Il caressa doucement du pouce la pommette de Shaya.

— Merci de me l'avoir dit, fit-il.

— Je ne peux pas te pardonner de m'avoir abandonnée.

— Je m'en doute.

— Alors pourquoi es-tu venu ici ? Pourquoi fais-tu tout cela ?

— Parce que je veux mériter une seconde chance, fit-il en déglutissant et en étreignant fermement la cuisse de la jeune femme.

— Et si tu ne l'obtiens pas ?

Shaya se crispa quand elle le vit prendre un air de mauvais garçon, lui sembla-t-il, et esquisser un malicieux sourire en coin, plein de promesses.

— Ce que tu ne sais pas à mon sujet, Shay, dit-il en se penchant vers elle, c'est que quand je veux vraiment quelque chose, je fais toujours en sorte de l'obtenir. Que ça te plaise ou non, tu es déjà mienne et j'ai l'intention de m'assurer que tu ne remettes plus cela en cause.

Sa louve se réjouissait. Elle aimait sa détermination, sa décision de concentrer toute son attention sur elle. Elle aimait l'idée de se faire courtiser. À son grand étonnement, Shaya ne trouvait pas cela trop désagréable non plus, mais la colère et l'impression d'avoir été trahie l'emportèrent. Quoi qu'il dise ou quoi qu'il fasse, elle était incapable d'avoir confiance en lui.

Résistant au désir de l'embrasser, il s'éloigna légèrement d'elle.

— Va, tu vas être en retard. Je viendrai te chercher après le travail.

— Je suis parfaitement capable de rentrer chez moi toute seule, fit-elle, indignée.

— Bien sûr, mais je t'attendrai.

Il sourit quand il l'entendit pousser un grognement avant de descendre de la voiture. Après l'avoir regardée pénétrer dans le salon de coiffure, Nick s'arrêta devant un café situé un peu plus loin et y entra. À peine eut-il le temps de s'installer dans un box que Derren le rejoignait.

— Il me semble bien t'avoir licencié une fois de plus, lui dit Nick en souriant et en hochant la tête.

— J'essaie de ne pas m'en formaliser, répondit-il en s'installant sur la banquette en face de Nick. Elle t'a laissé la conduire au travail. Un réel progrès.

— Ouais. On va y arriver. Une toute petite étape à la fois.

— Comment ton loup le vit-il ?

— L'attente le fait souffrir mais il comprend sa douleur. Lui comme moi souhaitons qu'elle vienne à nous quand elle sera prête.

— Ta mère m'a appelé trois fois dans les douze dernières heures, l'informa Derren en hochant la tête, satisfait de cette réponse. Elle veut savoir comment tu vas et si ton âme sœur a fini par t'accepter. Ce serait bien que tu répondes à ton portable et que tu ne te serves pas de moi comme intermédiaire.

— Pourquoi je ferais cela ? Si tu persistes à me coller aux basques comme une mouche, tu peux au moins te rendre utile.

Derren pouffa. La serveuse choisit ce moment pour apparaître et ils commandèrent tous deux un petit déjeuner et du café.

— Ta mère a trouvé Roni, au fait.

— Très bien.

Quand elle prenait sa forme lupine, la sœur de Nick disparaissait parfois des semaines entières. Malheureusement, elle passait le plus clair de son temps ainsi, depuis les événements qui avaient conduit Nick à la maison de redressement. Même si Roni était assez forte pour faire face aux difficultés de la vie, cet événement traumatisant ne cesserait sans doute jamais de la tourmenter. C'était compréhensible.

— Ta mère essaie de lui faire reprendre sa forme humaine, mais sans grand succès.

— Amber a-t-elle essayé ?

Amber était la guérisseuse de la meute qui avait soigné Nick. Elle était également amie avec Roni.

— Elle a essayé, mais en vain. J'ai parlé brièvement à Amber et elle pense que Roni réagit mal à ton départ et a pris sa forme lupine pour mieux supporter son chagrin.

Nick fut vraiment malheureux de l'entendre.

— Je ne peux pas rentrer, Derren, dit-il.

— Je sais. Je l'ai dit à Amber quand elle a émis l'idée que tu pourrais revenir pour un petit moment.

— Très bien, fit Nick en se croisant les bras. Sur un tout autre sujet… On nous surveille de très près.

Quatre mecs – des métamorphes – installés dans un box non loin d'eux ne les quittaient pas des yeux depuis leur arrivée. Trois autres faisaient de même depuis le fond du café.

— Les locaux ont envie de savoir ce que tu es venu faire dans leur territoire. Même si tu n'es plus l'Alpha de la meute de Ryland, tu es né Alpha et cela se voit dans ton comportement. Putain, tu es comme un phare pour les métamorphes avec toute la puissance que tu dégages.

Derren cessa de parler tandis que la serveuse apportait leurs plats. Quand elle fut repartie, il se pencha vers Nick :

— As-tu remarqué la distinction évidente qui est faite entre les métamorphes ici ? lui demanda-t-il.

— Soit il existe des distinctions entre les métamorphes d'une même meute, soit il y a deux meutes différentes.

— Deux meutes dans une seule ville… Je me demande comment cela peut marcher.

— Ça ne peut pas marcher. D'où la tension.

Derren réfléchit un instant puis haussa les épaules, reportant toute son attention sur sa pile de pancakes.

— Je sais que la meute du Séquoia est la plus importante ici.

Il fallut un moment à Nick pour mettre un visage sur ce nom.

— Ah, le Nazi, fit-il.

— D'où lui vient ce surnom ?

— Ce n'est pas un surnom, c'est la réalité.

— Personnellement, je suis plutôt gêné par sa réputation de « baron de la drogue ».

Ouais, c'était vrai, ce n'était pas une idée très réconfortante.

— Je suis étonné qu'il n'ait pas abordé Shaya pour l'obliger à intégrer sa meute ou à se barrer, déclara Derren après avoir avalé une gorgée de café. Mais sa louve n'est pas très apparente. Si je ne savais pas déjà qu'elle est une demi-métamorphe, je ne l'aurais jamais deviné, je pense. C'est peut-être la raison pour laquelle ils l'ont laissée tranquille.

C'était bien Derren ça : il ne ratait pas grand-chose.

— Son père est un humain, lui expliqua Nick après avoir avalé un morceau de pain grillé. Je l'ai appris en faisant des recherches sur elle pour essayer de trouver où elle avait bien pu se cacher.

— Tu sais ce que cela signifie, non ?

— Elle souffre beaucoup moins du désir de s'unir. C'est une bonne chose, je n'aimerais pas la voir malheureuse.

Les sens des demi-métamorphes étaient aussi développés que ceux des métamorphes. Ils étaient également très rapides. Mais leurs instincts animaux et primitifs étaient dilués.

— Par contre cela signifie également qu'elle sera incapable de comprendre la douleur que tu éprouves quand tu es près d'elle sans pouvoir la revendiquer, n'est-ce pas ? Elle se sentira mal à l'aise, inquiète, excitée, mais elle n'aura pas la moindre idée de ce que toi tu vis. Elle ne sait absolument pas à quel point tu souffres depuis votre première rencontre.

C'était vrai. Shaya imaginait que Nick avait eu la vie facile, que cela ne lui avait pas posé de problème de démissionner. C'était une des raisons pour lesquelles elle lui en voulait tellement.

— C'est comme je te l'ai dit hier soir, déclara-t-il après avoir fini d'engouffrer son petit déjeuner. Je ne veux pas qu'elle s'intéresse à moi par pitié.

— Mais si elle savait que la vie n'a pas été facile pour toi, loin de là, elle serait peut-être moins dure envers toi. Je continue à penser que tu devrais tout lui dire. Il vaudrait mieux qu'elle connaisse toute l'histoire.

Derren but une longue gorgée de café après avoir avalé son petit déjeuner en un temps record.

— Quoi ? fit Nick en souriant et en renâclant. Tu veux être mon conseiller matrimonial maintenant ?

— Tu me trouves assez intelligent pour ça ? s'enquit Derren en inclinant un peu la tête sur le côté.

— Va te faire voir, rétorqua Nick sans agressivité. Je vais aux toilettes.

Constatant que Derren s'apprêtait à le suivre, sans doute en raison de la présence de métamorphes à l'air féroce dans le resto, Nick lui lança un regard impatient.

— Je n'ai pas besoin que tu m'accompagnes pour aller pisser, maugréa-t-il.

— Amuse-toi bien alors, fit Derren en riant.

Oh, comme ce serait sympa si un des autres métamorphes venait le confronter. Une bonne bagarre lui permettrait de relâcher un peu la pression et cela lui ferait le plus grand bien.

Son désir se réalisa. Nick finissait tout juste de reboutonner sa braguette quand quatre mâles dominants pénétrèrent dans les toilettes. Pas du tout impressionné par leur air menaçant ni par leur agressivité manifeste, il ne leur prêta aucune attention et alla se laver les mains au lavabo. Pendant qu'il se les séchait, ils formèrent un demi-cercle autour de lui pour lui bloquer le passage. Il pivota sur lui-même et les regarda curieusement, comme s'ils étaient des insectes. Ils ne semblèrent pas apprécier.

— Qui es-tu ? s'enquit celui du milieu en avançant d'un pas et en inclinant légèrement la tête.

— C'est vous qui m'avez suivi pour vous en prendre à moi. C'est donc à moi de poser les questions. Que me voulez-vous ?

L'attitude de Nick sembla l'ébranler un peu. Très bien. Le connard était peut-être un dominant, mais il n'était pas un Alpha. Cela ne l'empêchait pas pour autant de le défier et de les mettre en danger, lui-même et ses camarades de meute. Il aurait dû se méfier et on aurait dû mieux lui apprendre.

— Notre Alpha veut te parler.

— Ah oui ? demanda Nick d'une voix traînante. Pourquoi donc ?

— Tu es venu sur notre territoire, déclara-t-il en serrant les poings et en grognant sauvagement. Il veut savoir pourquoi tu es ici.

— C'est vrai ? demanda Nick, l'air ennuyé.

Il l'était vraiment, d'ailleurs. Quand il occupait le poste d'Alpha, il était arrivé que des loups solitaires viennent rôder autour de sa meute. Nick n'intervenait jamais, à moins bien entendu qu'il n'y ait des soucis. Quand il avait besoin de leur parler, il y allait directement, sans faire tout un cinéma pour essayer de les impressionner. Il n'y avait là rien de grave ou d'important. Le comportement de ces métamorphes trahissait à la fois un manque de respect et un mauvais leadership.

— Tu vas devoir nous suivre.

— Si votre Alpha veut me parler, affirma Nick en faisant un pas vers lui, il n'a qu'à venir me trouver.

— Il vaudrait mieux pour toi ne pas jouer à ce jeu. On est tous membres de la meute du Séquoia. Notre Alpha est le Nazi.

Nick lui lança un regard neutre.

— Je l'ai dit et je le répète : si votre Alpha veut me parler, il n'a qu'à venir me trouver.

— Tu ne sais vraiment pas à qui tu t'en prends.

— C'est pareil pour vous.

— Tu es soit très courageux, soit complètement barjot, lui répondit-il en plissant les yeux.

— Je meurs d'ennui là.

— Tu es barjot, lui assena-t-il enfin.

— Comment t'en es-tu aperçu ? lui demanda Nick en souriant.

— Écoute-moi : j'obéis aux ordres. Cela signifie que tu vas me suivre. Conscient ou inconscient. Je te demande juste de faire le bon choix.

Personne n'allait l'obliger à aller où que ce soit. Dans un geste rapide mais très fluide, Nick donna au métamorphe un grand coup dans la tempe et le mit KO. Avant que les autres n'aient le temps de réagir, il avait arraché le sèche-mains du mur derrière lui et le lançait à la tête du métamorphe à ses côtés, le faisant tomber au sol dans un grand bruit sourd. En pivotant, il aperçut un autre de ses assaillants se diriger vers lui. Nick fut le plus rapide. Il se servit du sèche-mains encore une fois pour le repousser et du même coup déséquilibrer l'autre métamorphe derrière lui. Il lui donna ensuite un grand coup dans les côtes, réussissant à lui en casser au moins une. Comme il se penchait, Nick en profita pour l'attraper par les cheveux et lui cogner la tête contre un urinoir. Il s'affaissa et tomba au sol.

De surprise, Nick jura quand il reçut un jet d'eau en plein visage. Le dernier métamorphe avait ouvert le robinet et se servait de sa main pour créer un jet qu'il dirigeait vers lui. Profitant de la vision altérée de Nick, il lui balança un grand coup de pied au visage. Nick réussit à l'esquiver presque complètement mais fut touché à l'épaule. Vraiment énervé, Nick lui attrapa la jambe pendant qu'il tentait de lui donner un autre coup de pied et la lui retourna férocement, lui brisant les os. Il laissa échapper un hurlement de douleur d'entre ses dents et tomba assis au sol. Le loup de Nick se sentit enfin satisfait.

Nick balaya les toilettes du regard et évalua les dégâts. Le loup à la jambe cassée pâlissait à vue d'œil. Le méchant loup et celui qui avait vu l'urinoir d'un peu trop près étaient tous deux KO, celui qui avait reçu le coup de sèche-mains gisait au sol, geignant et se tenant la tête. Il regarda Nick, qui leva un sourcil, le mettant au défi de se relever. L'autre préféra ne pas bouger.

— Ça les enfants, leur dit Nick en soupirant, c'est la raison pour laquelle vous ne devriez jamais vous en prendre à un Alpha, même si vous êtes plus nombreux. Votre Alpha aurait dû vous prévenir. Je vous ai donné la leçon à sa place.

En sortant des toilettes, Nick lança un regard rapide aux trois autres métamorphes installés au fond du café. Ils n'avaient pas l'air agressifs. Satisfait, il retourna à sa place.

— Leur as-tu laissé la vie sauve ? s'enquit Derren qui se leva en le voyant.

Nick mit de l'argent sur la table pour payer son repas.

— Si je les avais butés, ils n'auraient pas pu aller informer leur Alpha que je ne suis pas une proie facile, n'est-ce pas ? Je n'ai pas besoin de ce genre d'ennui.

— Pas que je te reproche de leur avoir donné une leçon, dit Derren en sortant du café. Mais si tu veux séduire ton âme sœur, il vaut mieux rester en vie que de faire chier un baron de la drogue.

— Je ne sais pas. Au point où j'en suis, j'ai l'impression qu'elle préférerait me voir mort.

Chapitre 4

— Tu avais l'air bien distraite aujourd'hui, dit Kent à Shaya pendant qu'ils enfilaient leurs manteaux à la fin d'une longue journée de travail. Fatiguée aussi.

— Ça, c'est la manière polie de me dire que j'ai l'air d'une vraie loque, lui répondit-elle, narquoise.

— Allez, raconte, je veux tout savoir. J'aime bien que tu me confies tes soucis. Ça me donne l'impression de compter pour toi. Je me sens important du coup.

Mais Shaya ne pipa mot. Kent prit le sac de la jeune femme et lui en donna un petit coup sur la poitrine.

— Allez, dis-moi, insista-t-il.

— Hé, je ne te harcèle pas, moi, pour que tu me racontes tes histoires personnelles, répondit Shaya en passant la courroie de son sac sur son épaule. D'ailleurs, si je le faisais, je ne me priverais pas de te dire que tu devrais avoir honte de draguer aussi outrageusement tes clients.

— Je ne drague pas. J'ai juste été hyper sympa avec un client particulièrement canon.

— Mouais. Essaie de ne pas coucher avec lui, d'accord ?

Estomaqué, il suivit Shaya jusqu'à la porte.

— Je n'ai pas couché avec Mark, déclara-t-il en bafouillant.

— Non, bien sûr, fit Shaya. C'est lui qui a couché avec toi.

— Si tu veux tout savoir, Mark n'est pas mon client mais celui de Paisley. Je la remplaçais ce jour-là.

— Donc, tu l'as pris et il s'est laissé… ?

Elle passa le pas de la porte et se raidit complètement à la vue de la silhouette familière appuyée contre un véhicule. Nick l'attendait. Son cœur bondit dans sa poitrine et sa louve s'éveilla, ravie de retrouver son âme sœur.

Shaya s'était un peu demandé s'il tiendrait sa promesse de venir la chercher au travail pour la ramener à la maison. Rendue méfiante par la trahison de Mason jadis, elle avait préféré ne pas entretenir d'espoir, ne pas se fier à Nick. Elle ne savait pas si elle devait se réjouir ou non de sa venue. Elle avait éprouvé la même chose quand elle avait reçu ce SMS :

« J'avais envie d'envoyer un message à une personne intelligente, sexy, et agréable… Mais je ne voulais pas m'écrire à moi-même. Alors, je t'adresse ce petit mot. »

Elle s'était juré de ne pas rire, mais n'avait pas réussi à réprimer un sourire à la lecture du SMS. Elle ne savait pas trop que faire de ce mec, mais elle était sûre d'une chose, c'était qu'elle n'avait aucune intention de l'encourager en montant dans sa voiture, même si elle avait très mal aux pieds, s'il faisait froid, si elle était épuisée et même si elle se rappelait que la voiture de Nick était bien chauffée et très confortable.

— Je me demande si ce n'est pas là par hasard la raison pour laquelle tu es tellement distraite en ce moment ? demanda Kent en regardant par-dessus l'épaule de Shaya, l'air de se marrer.

Shaya s'écarta pour laisser passer Kent et il verrouilla la porte derrière lui. Pendant ce temps, Nick se dirigeait vers elle, une lueur prédatrice dans le regard. Il ne voyait même pas Kent à ses côtés, il n'avait d'yeux que pour elle. C'était à la fois intimidant et excitant d'avoir toute cette attention braquée sur elle. La louve de Shaya en était ravie. Les vibrations dangereuses émanant de Nick ne la perturbaient pas. Elle avait même de plus en plus confiance, persuadée que son âme sœur ne lui voulait aucun mal.

Shaya aurait préféré se sentir énervée par la possessivité qu'elle lisait dans le regard de Nick. Mais c'était tout le contraire qui se produisait : elle se sentait réconfortée… et soulagée de ses inquiétudes qu'elle aurait aimé voir disparaître complètement. Sa voix, grave et autoritaire, la fit presque sursauter.

— Prête ? lui demanda-t-il.

— Dis-moi qu'on a injecté une substance hallucinogène dans mon café parce que ça me déprime trop de penser que tu es vraiment là.

Si son loup avait été capable de rire, il l'aurait fait, pensa Nick. Personne d'autre que Shaya n'avait cet effet sur lui.

— Je t'avais dit que je viendrais te chercher à ton travail.

— Et moi, je t'ai dit que j'étais parfaitement capable de rentrer toute seule.

Elle remarqua alors que Kent observait Nick avec une admiration évidente. Il se tourna vers Shaya en articulant silencieusement : « Oh mon Dieu ! » ce qui n'était vraiment pas étonnant de sa part.

— Je t'offre simplement de te raccompagner chez toi, déclara Nick innocemment en haussant les épaules. C'est toi-même qui as dit ce matin que ça n'engageait à rien.

Elle plissa les yeux. Il déformait ses paroles et les retournait contre elle. C'était sournois de sa part. Malin aussi, elle devait bien le reconnaître.

Kent tendit la main à Nick.

— Shaya semble avoir laissé ses bonnes manières au vestiaire. Je vais donc me présenter : Kent.

Détournant enfin les yeux de Shaya, Nick serra la main du patron de la jeune femme. Il savait qui était Kent, s'étant appliqué à tout découvrir sur la vie de son âme sœur. Il ne s'en était d'ailleurs pas caché.

— Nick, répondit-il.

Kent fronça les sourcils et Nick en déduisit que Shaya n'avait jamais parlé de lui à son employeur. Il se sentit vexé comme son loup qui poussa un grognement parce qu'il aurait voulu que Shaya reconnaisse son importance dans sa vie. Nick ressentait la même chose. Il avait même envie d'en informer Kent sur le champ. Il préférait cependant que cela vienne de Shaya. Il voulait l'entendre faire cette déclaration avec fierté et non pas les dents serrées, comme à contrecœur.

— Tu es un demi-métamorphe, fit Nick.

— Bravo, répondit Kent. Ce n'est pas souvent qu'un métamorphe le détecte.

Shaya fut étonnée que Nick n'ait pas d'emblée déclaré qu'il était son âme sœur. Il était un Alpha super dominant et en tant que tel, il était normal qu'il ne souhaite pas qu'il subsiste le moindre malentendu à cet égard. Il n'avait rien dit cependant et elle en était étrangement assez vexée. Il n'avait même pas précisé qu'il était venu spécialement pour la voir. Non, il était même resté extrêmement vague dans sa conversation avec Kent, le laissant libre d'interpréter sa relation avec Shaya comme bon lui semblait. Kent en déduirait probablement qu'ils venaient tout juste de se rencontrer. Elle en était piquée au vif, voilà tout.

Dieu du ciel! C'était quoi son problème? Elle souhaitait ardemment le voir disparaître et, l'instant d'après, elle aurait voulu qu'il annonce au monde entier qu'il était son âme sœur. Ce n'était peut-être pas si étrange que cela, car son orgueil en avait pris un grand coup. Le fait que Nick ne parle pas de son rôle dans la vie de la jeune femme la blessait terriblement, ce qui signifiait qu'elle avait encore un peu envie quelque part qu'il le reconnaisse, qu'il soit fier de l'avoir comme âme sœur.

Sentant le trouble de Shaya et son questionnement intérieur, Nick eut le réflexe de s'approcher d'elle pour la réconforter. Il prit une des boucles de la jeune femme entre ses doigts et joua distraitement avec tandis que Kent lui parlait de la meute locale et des groupes d'extrémistes humains des alentours. Shaya balaya sa main d'un geste comme s'il s'était agi d'un insecte nuisible mais soit Nick ne le remarqua pas, soit il s'en fichait, car il n'arrêta pas. Elle lui donna alors une assez forte claque sur la main. Sans même la regarder, il lui attrapa le poignet et lui mordilla l'oreille pour la réprimander. Il lui étreignit fermement la main, ne tenant aucun compte des efforts de la jeune femme pour se libérer. C'était bizarre mais il semblait plus amusé que frustré.

—Je ne serais pas étonné que la meute du Séquoia cherche à te rencontrer, à savoir ce que tu fais ici, déclara Kent. Tu ne passes pas exactement inaperçu.

— J'ai déjà fait leur connaissance, si je puis m'exprimer ainsi, fit Nick.

— Quoi ? voulut savoir Shaya qui se demandait bien ce qu'il entendait par « faire leur connaissance ». Tu as rencontré des membres de cette meute ? Nick, ce sont des voyous. J'espère que tu n'envisages pas de te joindre à eux.

Nick apprécia l'intérêt manifesté par la jeune femme et il lui caressa la lèvre inférieure du doigt.

— Je ne souhaite pas intégrer leur meute ni une quelconque autre meute, soit dit en passant.

Nick rit quand Shaya lui tapa de nouveau la main.

— Si tu veux mon avis, fit Kent, il y a de bonnes chances pour que les humains obtiennent l'adoption de tous leurs projets de lois. Ce sont des métamorphes comme ceux de la meute du Séquoia qui sont responsables de notre mauvaise réputation.

— Y a-t-il une autre meute dans les parages ? s'enquit Nick.

— Non. Il y a un petit groupe de rebelles qui ont quitté la meute sans pour autant partir d'ici. Il y a donc parfois des bagarres entre eux et les membres de la meute du Séquoia. Les extrémistes se basent là-dessus pour dire qu'on est de dangereux sauvages. Les humains sont parfaitement au courant des sources de revenu du Nazi mais ne peuvent rien prouver, alors ils le suivent partout dans l'espoir de l'attraper sur le fait. Les humains surveillent également les rebelles de loin.

— Les extrémistes de cette ville sont donc particulièrement actifs ?

— Oui, et je pense qu'ils souhaitent te parler, fit Kent en désignant un fourgon à l'autre bout de la rue. Les voilà qui s'approchent lentement.

Nick les avait déjà sentis avant que Kent en parle. Un fourgon blanc les avait suivis, lui et Derren, toute la journée et il s'était douté qu'il devait s'agir des extrémistes. Des métamorphes n'auraient jamais attendu aussi longtemps avant de les confronter. Il savait que ce ne serait plus qu'une question de temps avant que ces humains ne les abordent.

— Je vois, fit Nick en se retournant.

Shaya frissonna en percevant le sérieux menaçant de sa voix. Le mec doux et cool s'était transformé en homme autoritaire et dur en un clin d'œil. C'était typique de Nick. Même s'il avait toujours l'air parfaitement calme et détendu, à l'aise dans ses baskets, il ne se laissait jamais complètement aller. Il restait toujours sur ses gardes, prêt à agir. Il exsudait une énergie sombre, un petit rappel de sa dangerosité. Pas qu'il ait besoin d'en faire constamment état. Il était capable d'une grande gentillesse à son endroit, mais elle sentait qu'elle était l'exception.

— Shay, va dans le SUV avec Derren.

Son loup grogna en voyant les horribles humains s'approcher en faisant preuve de la plus grande circonspection. Il préférait éloigner son âme sœur.

— Derren ? demanda Shaya.

Ce fut alors qu'elle remarqua le SUV garé derrière le cabriolet de Nick.

— Prenez Kent avec vous.

Avant que Shaya ait pu dire un seul mot, Kent l'avait prise par le bras et l'entraînait vers le SUV. Derren était descendu de voiture et leur ouvrit la portière arrière.

— Monte, dit Kent en la poussant à l'intérieur.

Elle aurait préféré rester avec Nick et user de son aura à l'effet naturellement calmant pour désamorcer une éventuelle confrontation violente. Sa présence pouvait par contre exacerber le problème, le loup de Nick risquant de péter un plomb. Seuls les couples véritablement unis pouvaient faire front commun et ce n'était pas leur cas. La louve de Shaya émit un grognement, mécontente que la jeune femme ne soit pas restée aux côtés de son âme sœur.

Quand Derren regagna sa place au volant du SUV, Shaya fronça les sourcils.

— Ne devrais-tu pas être là-bas à ses côtés ? lui demanda-t-elle.

— Ça va aller.

— Tu ne penses pas qu'ils vont l'attaquer ?

— Ça ne t'est pas égal, alors ? lui demanda-t-il en lui lançant un regard étrange dans le rétroviseur.

— Bien sûr que non, répondit-elle.

Elle ne souhaitait peut-être pas s'unir à Nick, mais elle ne désirait pas pour autant le voir souffrir.

Derren se retourna pour voir comment se déroulait la confrontation.

— S'ils ont un poil d'intelligence, ils n'oseront pas le menacer, et encore moins l'attaquer.

Interrompant le fil de ses pensées, Kent donna un coup de coude à Shaya en indiquant Derren.

— Désolé, Kent. Je te présente Derren, le garde du corps de Nick. Derren, voici Kent, mon ami et employeur.

— Nick a un garde du corps ? demanda Kent, perplexe.

— En fait, il l'a licencié, il me l'a dit.

— Oui et même plus d'une fois, confirma Derren en souriant.

— Alors pourquoi restes-tu avec lui ? demanda Shaya qui se rappelait que Nick lui avait expliqué que c'était pour des motifs personnels.

— Il y a plusieurs raisons mais la principale est que je lui dois la vie, répondit Derren tout en continuant à surveiller ce qu'il se passait à l'extérieur.

Voilà qui était étonnant.

— Tu vas rester avec lui jusqu'à ce que tu puisses lui rendre la pareille ?

— Non. Je tiens juste à m'assurer que je n'aurai jamais à lui sauver la vie.

— Donc, tu vas toujours rester à ses côtés pour le protéger. Est-ce que tu es… gay ? demanda Shaya, trouvant cette situation pour le moins étrange.

— Ça dépend. En prison…, fit-il. Je rigole, s'empressa-t-il d'ajouter en la regardant du coin de l'œil et en la voyant complètement estomaquée. Tu peux être rassurée. Je n'ai pas de vues sur ton âme sœur.

— Nick est ton âme sœur ? s'exclama Kent, stupéfait.

Derren adressa un regard indéchiffrable à Shaya dans le rétroviseur.

— Tu veux dire que tu ne le lui en avais pas parlé ? lui demanda-t-il, l'air très déçu. Quelle que soit ton opinion de lui, je suis en mesure d'affirmer qu'il ne t'a pas préféré son poste d'Alpha. Il n'a même jamais voulu être Alpha, pour tout te dire.

— Alors pourquoi a-t-il accepté ce poste ? demanda-t-elle, étonnée.

— Il vaut mieux que tu lui poses toi-même la question.

Les humains étant arrivés devant Nick, Shaya commença à s'inquiéter.

— Es-tu sûr qu'il ne vaudrait pas mieux que tu sois à ses côtés ?

Derren se contenta de hausser les épaules avec indifférence en réponse à sa question.

— Tu ne connais pas très bien ton âme sœur si tu penses qu'il a besoin de moi.

C'était tout à fait vrai mais elle fut piquée au vif de l'entendre.

— Nick est un très puissant métamorphe, poursuivit Derren. Il est capable, tout comme son loup, d'être froid, distant et calculateur quand les circonstances l'exigent. C'est un mec tout ce qu'il y a de plus létal. Quand il laisse éclater sa colère, les autres l'écoutent toujours et en ce moment, il n'est pas du tout content.

— Pourquoi continues-tu à le suivre si tu penses vraiment qu'il n'a pas besoin de toi ?

— Le problème avec Nick, c'est qu'il fait tout son possible pour protéger les gens dont il se sent responsable. Tout. Il lui arrive donc parfois de commettre des imprudences, et même de risquer sa vie…

— Il est imprudent… ou barjot ? demanda Shaya en apercevant une expression de rage sur le visage de Nick.

— Un peu des deux, répondit Derren dont les lèvres tremblèrent d'un rire contenu.

— Waouh ! Il dégage une telle puissance ! s'exclama Kent, bouche bée.

— Ouais, fit Derren. Profitons du spectacle tant qu'à faire. Merde… mais est-ce que c'est ? Putain !

Ce n'était pas la première fois que Nick se trouvait encerclé par un groupe d'humains pleins de préjugés. C'était la première fois cependant qu'il risquait de péter un câble, tout ça parce qu'il connaissait le chef des extrémistes et que lui et son loup l'exécraient. Ce dernier vibrait même de colère, Nick le sentait. Il dut se faire violence pour ne pas littéralement étriper le salopard.

Arborant une expression impitoyable, l'humain avança d'un pas, exsudant la haine, une incroyable étroitesse d'esprit et la peur.

— Tu es un métamorphe, je le sais, déclara-t-il. Pas la peine de le nier. Je sais les reconnaître. Je ne connais pas ton nom, par contre.

— Je te laisse le soin de le deviner, répondit Nick. Tu as trois chances. Si tu ne trouves pas, ton premier-né m'appartient.

— Tu te trouves malin, je suppose.

— Uniquement avec les imbéciles. C'est toi le chef des humains pleins de préjugés, je pense.

— Je dirais plutôt clairvoyants, vois-tu. Je veux savoir ce que vous faites ici dans ma ville, toi et ton ami.

— Mes affaires ne regardent que moi, comme je viens de le dire au chef de la meute du Séquoia.

— Cette ville m'appartient, fit l'humain dont les traits se durcirent. Laisse-moi te dire que, entre le Nazi et moi, c'est moi que tu devrais craindre le plus.

— Vraiment ? fit Nick en haussant un sourcil. Alors pourquoi as-tu tellement peur que je le sens jusqu'ici ?

Le loup de Nick appréciait cette odeur, en redemandait même.

— Tu penses que mes hommes vont me laisser tomber si tu leur fais croire que j'ai peur de toi ? demanda l'humain sur un ton ironique et en se raidissant. Il vaudrait mieux pour toi que tu quittes cette ville, ajouta-t-il en faisant quelques pas d'un air agressif.

— Vraiment ?

Nick avança vers lui et l'arrogance de l'homme sembla en prendre un coup tant étaient grandes la puissance, la domination et l'énergie qui émanaient de l'Alpha.

— Tu dois comprendre que si tu décides de rester, déclara l'humain dont la voix s'était mise à trembler, je t'aurai à l'œil. À la moindre erreur tu m'auras si vite sur le dos que tu ne verras même pas ce qui te tombe dessus.

— Pardonne-moi si je ne tremble pas de peur, Logan, fit Nick en souriant méchamment de voir l'étonnement se dessiner dans le visage de l'humain. Tu ne te souviens pas de moi ? Moi, je ne t'ai pas oublié, conclut-il d'une voix grave.

L'humain inclina la tête sur le côté et dévisagea Nick. Puis il écarquilla les yeux. L'expression de méfiance sur ses traits s'exacerba, tout comme l'odeur de sa peur.

— Ouais, c'est bien cela, poursuivit Nick la voix empreinte de colère. Je me souviens aussi de la façon dont tu aimes prendre ton pied. J'ai souvent été obligé de me défendre contre toi. Étrange, non, que tu dises à qui veut l'entendre que tu nous méprises quand tu ne te privais pas de harceler sexuellement les métamorphes en taule, d'abuser d'eux ?

— De quoi parle-t-il ? demanda un autre des humains à Logan.

— Je parle de la période où votre chef était gardien dans une maison de redressement. Logan aime beaucoup les jeunes garçons. J'ai été obligé de me défendre contre lui à plusieurs reprises. Ouais… ce ne sont pas de très bons souvenirs pour moi, continua Nick en adressant un regard lourd de sens à Logan. Tu as donc un problème.

— Tu me menaces ? demanda Logan en déglutissant bruyamment.

— J'énonce simplement les faits, répondit Nick en haussant les épaules. Ça s'est toujours mal terminé pour toi dans le passé, à chaque fois que tu t'en es pris à moi. Tu pourrais peut-être en tenir compte. L'homme sage sait tirer leçon de ses erreurs. En parlant d'erreurs, comment va ton épaule ? Il y en a qui prétendent qu'on ne se remet jamais complètement de ce genre de blessure. C'est vrai, ça ?

Nick lui avait disloqué l'épaule une des fois où ce salopard de malade avait essayé de le tripoter.

Le visage de Logan fut traversé par une expression amère confirmant que Nick ne s'était pas trompé.

— Comment peux-tu parler d'abus ? Vous n'êtes même pas humains. Vous n'êtes que des animaux.

— Si j'ai bien compris, tu donnes dans la zoophilie ? dit Nick en haussant un sourcil.

Logan recula d'un pas et le silence régna pendant un court instant.

— Je t'aurai à l'œil, Axton. Une seule erreur et je serai sur ton dos.

— Ouais, ouais, fit Nick.

L'expression de Nick lui fit comprendre qu'il avait intérêt à ne pas insister. Logan eut la sagesse de se retirer avec ses sbires. Nick ne quitta des yeux le fourgon blanc que quand il eut disparu au loin. Puis il retourna au SUV de Derren.

— Tu as reconnu Logan, j'imagine ? demanda-t-il à son ami quand il baissa sa vitre.

Nick était si en colère qu'il en bafouillait.

— Je n'avais qu'une envie, fit Derren en serrant les dents, c'était d'aller lui arracher la gorge.

— J'ai plus de self-control que bien des gens, fit Nick en poussant un long soupir, mais je dois avouer que j'ai failli le buter moi-même, cet enfoiré.

— Vous le connaissez ? leur demanda Shaya.

Contrôlant sa colère du mieux qu'il le pouvait, Nick ouvrit la portière arrière du véhicule, côté passager, mais sans laisser Shaya en descendre.

— Malheureusement, oui. Ça va, toi ?

Nick savait que sa voix était encore empreinte de colère, mais il était incapable de se calmer d'un seul coup. Il inspira longuement, humant l'odeur apaisante de Shaya. Une seule chose aurait pu faire disparaître complètement sa colère, c'était d'étreindre son âme sœur. Mais il ne pouvait malheureusement pas se laisser aller à la toucher.

Shaya hocha la tête, curieuse de savoir comment ils connaissaient cet humain. Elle sentait cependant que le loup de Nick était profondément perturbé. Cela ne ferait qu'aggraver les choses de s'étendre sur ce qu'il venait de se passer.

—Oui, répondit-elle.

—Derren va te conduire chez toi.

Nick n'avait pas confiance en ses réactions s'il restait seul avec Shaya. Pas dans son état de surexcitation. Il avait trop envie de la prendre dans ses bras et de l'embrasser. Il serait incapable de s'en empêcher. D'autant plus que Shaya serait capable de lui faire retrouver le calme dont il avait tellement besoin.

La jeune femme n'apprécia pas son désir de la surprotéger. Elle était d'autant plus énervée qu'elle aurait voulu rester avec lui et le réconforter. C'était une question d'instinct : Nick était son âme sœur et il souffrait manifestement. Mais ce même instinct lui donnait également l'envie de pester intérieurement.

—Il n'a pas besoin de…

—Kent, veux-tu qu'on te raccompagne ? lui demanda Nick en n'accordant aucune attention à Shaya.

—Non, merci, fit-il en descendant de l'autre côté du SUV. J'ai ma Mini Cooper juste à côté.

Nick lui fit un bref signe de tête avant de se retourner vers Shaya.

—Je te verrai…

Frustrée, Shaya s'apprêtait à descendre du véhicule, mais se figea sur place en entendant Nick émettre un grognement sourd.

—Je ne peux pas rester avec toi, Shay, là tout de suite. Tu sais pourquoi, je pense. Mais si tu refuses que Derren te raccompagne, je vais te conduire moi-même. Le problème, c'est que je ne peux pas te promettre de ne pas te toucher.

Jamais il ne laisserait son âme sœur rentrer toute seule à pied par une soirée aussi froide. Aucun mec ne le ferait. Quand Shaya ouvrit une nouvelle fois la bouche pour manifester son désaccord, il la fit taire d'un regard signifiant qu'il était prêt à discuter toute la nuit s'il le fallait. Elle finit par pousser un soupir et se laissa aller sur son siège.

— Très bien. Je te verrai demain matin.

— Va te faire voir, connard.

— D'accord, fit-il en esquissant presque un sourire.

De retour dans son camping-car un peu plus tard, Nick avala plusieurs comprimés. Il en prenait tellement ces derniers temps qu'il n'aurait pas été étonné de les entendre s'entrechoquer dans son estomac à chaque fois qu'il faisait un pas.

Derren était assis sur un des sièges en cuir noir du coin repas.

— Tu ne m'avais pas dit que tes maux de tête étaient si rapprochés, dit-il à Nick.

— Pourquoi l'aurais-je fait ? Ça n'a aucune importance, répondit-il en haussant les épaules.

— Tu ne devrais pas être aussi désinvolte à ce sujet, Nick.

— Le traitement a été efficace, tu te souviens ? Tu m'as même dit, et tu n'étais d'ailleurs pas le seul, de ne pas laisser la peur me dicter ma conduite et de partir à la recherche de Shaya. Je ne l'ai pas oublié.

— Je fais également partie de ceux qui ont entendu Amber te dire que les symptômes pouvaient revenir.

Nick se laissa tomber sur le canapé également de cuir noir en face du coin repas, ferma les yeux et se pinça l'arête du nez. Bruce le rejoignit et lui donna de petits coups de tête sur l'épaule pour attirer son attention. Nick le caressa de sa main libre.

— Ce sont de simples maux de tête, Derren, rien d'autre. J'en ai souvent, d'accord. Mais ce ne sont que des maux de tête.

— Je te comprends, fit Derren, exaspéré. Tu ne veux pas envisager la possibilité que ça puisse être grave. Tu ne veux pas abandonner Shaya encore une fois et ça aussi, je le comprends. Mais tu ne dois pas te mettre en danger pour protéger les autres. C'est sérieux.

— Tu penses que je ne sais pas tout ça ? lui demanda Nick en ouvrant brusquement les yeux. Laisse-moi te dire que je suis déterminé à partir dès l'instant où j'aurai compris que les symptômes reviennent et que les traitements d'Amber ont échoué. Je ne veux pas obliger Shaya à devenir ma garde-malade. Autrement, je ne bougerai pas d'ici.

— D'accord, fit Derren en soupirant après une courte pause. Changement de sujet. Logan sera-t-il assez intelligent pour ne pas revenir à la charge, à ton avis ?

— Non. Il a un compte à régler et pas uniquement parce que je lui ai démis l'épaule. J'ai toujours réussi à me défendre contre lui et je suis souvent intervenu quand il tentait d'abuser d'autres métamorphes. Il doit également se douter que je meurs d'envie de le voir souffrir. Il aimerait bien que je riposte et il croit sans doute être capable de me faire réagir sans trop de mal.

— Il va t'asticoter jusqu'à ce que tu réagisses violemment, c'est sa stratégie tu penses ? Histoire de prouver que les extrémistes ont raison ?

— Réfléchis bien. S'il me provoque et que je riposte, il pourra aller expliquer au tribunal qu'il y a en Arizona un ancien condamné à la maison de redressement qui est loin d'être réinséré dans la société et qui s'en prend à des humains. Il prouvera ainsi que la manière dont sont traités les métamorphes délinquants ne donne pas de bons résultats et qu'il faut changer d'approche.

— Putain, Nick, fit Derren en secouant la tête et en expirant fortement. Tu dois partir d'ici. Tous les métamorphes raisonnables cherchent à faire profil bas en ce moment, tant que le tribunal n'aura pas rendu sa décision.

— J'ai dit que Logan cherchait à me faire réagir. Je n'ai pas dit que je le ferais.

Logan et ses acolytes feraient bien ce qu'ils voudraient, Nick était décidé à ne pas réagir. Pas seulement parce que son loup risquait de flipper complètement s'il se retrouvait de nouveau derrière les barreaux, mais aussi parce que s'il était emprisonné, cela reviendrait à abandonner Shaya encore une fois. Il ne pouvait pas lui faire cela. Il ne voulait pas non plus faire quoi que ce soit qui puisse exacerber les tensions créées par les extrémistes. Cela équivaudrait à trahir sa race.

Dans le coin repas, Derren posa les coudes sur la luxueuse table, en merisier comme presque tout l'ameublement du camping-car.

— Que feras-tu si Shaya ne change pas d'avis ? Elle est très remontée, Nick.

— Elle est bien en droit de l'être.

— Je ne suis pas d'accord. Elle pense avoir le droit parce que tu ne lui as pas tout dit. En ce moment, quand elle te regarde, elle voit le mec qui l'a rejetée, qui l'a abandonnée. Elle voit un mec en qui elle ne peut pas avoir confiance et qui mérite de souffrir. Quand elle découvrira qu'elle t'a fait subir des trucs que tu ne méritais pas, elle s'en voudra et se sentira coupable, même si rien de tout cela n'est sa faute. Ce n'est pas juste, ni pour toi ni pour elle.

— Tu ne l'aimes pas beaucoup, pas vrai ?

— Je n'aime pas qu'elle ne soit pas d'accord pour te donner une autre chance.

— Tu verras quand tu auras trouvé ton âme sœur, fit Nick avec un petit sourire. Toutes tes émotions sont multipliées par dix, surtout la douleur. Elle a raison de montrer autant de réticence.

Derren lui lança un regard, l'air de dire : « Comme tu veux ! »

— Je continue de croire que tu devrais tout lui raconter.

— D'accord, j'ai compris. On joue au poker, maintenant ? Ça m'a manqué, j'avoue, de te massacrer à ce petit jeu.

— Je ne trouverais pas bien drôle de gagner contre un mec qui a tellement mal à la tête qu'il voit à peine. Mais ma conscience n'étant pas trop du genre à m'empêcher de dormir la nuit, allons-y.

Chapitre 5

Quand Shaya sortit de chez elle le lendemain matin, Nick l'attendait appuyé contre sa voiture, tenant dans les mains deux gobelets de café du Starbucks. Il avait l'air beaucoup plus calme. Mais elle était loin d'être dans le même état d'esprit.

— Tu sais, vous vous ressemblez beaucoup, Derren et toi. Vous ne comprenez rien et vous vous foutez complètement des désirs des autres.

Elle s'empara néanmoins d'un des gobelets de café.

Nick et son loup continuaient de s'amuser de l'insolence de la jeune femme.

— Toujours aussi charmante, fit-il.

Voulant replacer une des boucles de cheveux de la jeune femme derrière son oreille, Nick tendit une main mais Shaya la lui balaya d'un geste, comme il s'y était attendu.

La jeune femme souleva son gobelet pour prendre une gorgée de café, mais s'arrêta brusquement.

— J'espère que ce n'est pas le tien ?

— Tu dis ça comme si je souffrais d'une maladie contagieuse.

— J'ai horreur de partager une paille, un verre ou une tasse avec qui que ce soit.

— Vraiment ?

— C'est une manie chez moi.

— Tu en as d'autres, comme ça ? demanda-t-il, curieux.

— Oh oui. Chaque fois que je suis extrêmement énervée, je me vernis les ongles. Je dors dans la diagonale du lit. J'ai un gros problème avec les oiseaux. Je perds toujours mes stylos. Et je déteste tellement utiliser les toilettes publiques que je préfère me retenir jusqu'à la maison. J'ai même du mal à utiliser celles du salon de coiffure.

Nick rit et alla ouvrir la portière côté passager en faisant signe à Shaya de monter. Bruce se prélassait sur le siège arrière.

— Je vais te conduire au travail.

— Je suis parfaitement capable de m'y rendre par mes propres moyens, merci.

L'offre était alléchante, cependant. Shaya devait le reconnaître. Elle était épuisée, ayant très mal dormi en raison de tout ce stress. Elle était allée courir dans le bois derrière chez elle sous sa forme lupine, mais cela n'avait pas suffi à la détendre.

— Je te laisse conduire, si tu veux.

Son offre avait éveillé la curiosité de la jeune femme et il le savait, à en croire son sourire satisfait.

— Ouais, comme si je te croyais.

— Pourquoi est-ce que je ne te laisserais pas conduire ?

— Parce que les hommes sont bizarres avec leur voiture. Ils ne veulent même pas qu'on y touche.

— Tu es mon âme sœur. Ce qui est à moi est à toi.

Il lui tendit les clés et l'observa, essayant de réprimer son vif désir de prendre le volant. Du coin de l'œil, il capta des mouvements qui attirèrent son attention. Trois mecs étaient rassemblés au bout de la rue et ils les regardaient subrepticement.

— Ce sont des rebelles, non ?

Percevant la nervosité de la louve de Shaya, Nick se rapprocha de la jeune femme.

— Ne t'inquiète pas, dit-il.

Ils n'avaient pas l'air de chercher à en découdre, mais Nick ne voulait pas compromettre la sécurité de sa belle.

— Alors, qui conduit ? Toi ou moi ?

— Tu ne vas tout de même pas te mettre en mode « homme des cavernes hyperprotecteur » et me pousser dans ta voiture uniquement parce que des inconnus traînent dans les parages ? demanda-t-elle en lui lançant un regard curieux.

Ce serait un comportement tout à fait normal pour un loup dominant.

— Non, mais j'espère que tu vas être raisonnable et accepter que je te conduise au travail.

Shaya en avait très envie mais cela lui laisserait entendre qu'il réalisait des progrès dans leur relation.

— Je préfère marcher, dit-elle.

Nick haussa les épaules, ne se laissant pas emporter par la colère.

— Alors on fera le trajet à pied.

— Je ne voulais pas dire…, fit-elle en poussant un grognement. Est-ce que tu es toujours aussi pénible ?

Nick lui souleva le menton et, du pouce, lui caressa la lèvre inférieure, puis il plongea son regard dans le sien.

— Je ne sais pas ce que veulent ces mecs, Shay. Mais je n'ai aucune intention de les laisser te faire du mal. Si ça t'énerve que je veille sur ta sécurité sur le chemin de ton travail, je prends le risque. J'ai besoin de savoir que tu ne cours aucun danger.

Elle aurait pu lui expliquer qu'il n'avait pas le droit de réapparaître au bout de six mois et de s'autoproclamer son garde du corps, mais cela n'aurait servi à rien. Il resterait à ses côtés quoi qu'elle en dise s'il pensait que sa sécurité était compromise. Cela ne donnerait rien d'essayer de le faire changer d'avis. Elle n'en serait que plus en retard au travail.

— Si tu ne me donnes pas le choix, si je dois te supporter, je préfère la voiture. Mais c'est toi qui conduis. Comme ça, je pourrai boire mon café tranquillement.

Nick hocha la tête, heureux de cette décision. Shaya grommela quelques propos désobligeants au sujet des mâles dominants paranos en s'installant sur son siège. Avec la jeune femme bien en sécurité dans la voiture, Nick défia les rebelles du regard, mais ils ne réagirent pas. Que voulaient-ils donc ? Nick se promit d'y réfléchir plus tard et monta dans sa voiture.

Dans son rétroviseur, Shaya vit Derren sortir du camping-car et monter dans son SUV.

— Il a dormi dans ton Winne-machin ? demanda-t-elle à Nick.

— Je lui ai dit qu'il pouvait profiter du confort de mon camping-car pour passer une bonne nuit avant de repartir vers la Californie ce matin, répondit Nick en démarrant.

— Il ne va pas partir, tu t'en doutes, je suppose ?

— Derren fait ce que Derren a envie de faire, affirma Nick en soupirant.

— Il ne m'aime pas beaucoup, déclara la jeune femme.

Elle grimaça de s'entendre proférer des propos aussi puérils.

— Il ne peut pas avoir d'opinion. Il ne te connaît pas.

— Tu ne me connais pas plus.

— Tu te trompes, bébé. Je sais beaucoup de choses sur toi. Tu aimes danser, tu adores les cocktails, tu as une nette prédilection pour les talons aiguilles, tu détestes les champignons et les anchois, tu écoutes de la musique en dessinant des vêtements.

Shaya en était bouche bée. Il n'avait jamais l'air de la regarder. Il lui donnait même parfois l'impression d'être transparente tant il ne lui accordait aucune attention. Comment pouvait-il donc en avoir autant appris sur elle ?

— Comment le sais-tu ? Tu as demandé à Taryn ?

— Je te l'ai dit le soir de mon arrivée. Ta présence m'a beaucoup manqué. Même si je ne t'adressais jamais la parole quand j'allais rendre visite à la meute du Phénix, cela ne m'empêchait pas de remarquer tout ce que tu faisais.

Elle fut réconfortée de l'apprendre. Sa louve aussi fut ravie de l'entendre. Son orgueil durement touché fut quelque peu apaisé. Shaya préférait nettement le voir moins agréable par contre, parce que cela le rendait plus facile à rejeter.

— Tu pensais que je n'en avais rien à cirer de toi. Je le sais, lui dit-il en lui caressant la nuque. C'est ma faute. Derren n'arrêtait pas de m'enquiquiner parce que je passais tout mon temps à te regarder.

— Il m'a dit que tu lui avais sauvé la vie. C'est vrai ? voulut savoir Shaya.

Elle ne voulait pas être indiscrète, mais elle n'arrêtait pas d'y penser depuis que Derren lui en avait parlé.

— Il ne me doit rien. Il arrêtera peut-être de me suivre quand il aura trouvé son âme sœur.

Derren méritait de connaître ce bonheur. Mais il vouait une telle loyauté à Nick, même si ce n'était pas vraiment nécessaire, que c'était à se demander s'il serait capable de reconnaître son âme sœur.

Derren lui était certes reconnaissant de lui avoir sauvé la vie. Mais il n'y avait pas que ça. Derren s'était juré de retrouver et de buter le mec responsable de sa condamnation. C'était ce qui lui avait permis de survivre à toutes ses années de détention. Mis au courant de l'affaire, Nick l'avait parfaitement compris. Il avait aidé son ami à retrouver le salaud, lequel était maintenant bel et bien six pieds sous terre. Derren ne s'en sentait que plus reconnaissant. Quel imbécile.

Il valait mieux ne pas insister, Shaya le savait. Elle aurait dû jouer les indifférentes. De nature très curieuse, cependant, elle ne tarda pas à repasser à l'attaque.

— Comment lui as-tu sauvé la vie ? Dans une guerre entre meutes, ou quoi ?

Nick prit une longue inspiration. Il hésitait à tout lui raconter. Il aurait voulu ne pas lui parler de son passé. Mais il lui cachait déjà tellement de choses. Il le lui devait. En outre, en étant trop réservé, il diminuait les chances qu'elle s'ouvre à lui.

— À l'époque où on était en maison de redressement…

— Tu étais en taule ? cria presque Shaya.

— … un groupe de gardiens humains l'avaient encerclé et s'amusaient à le torturer à la matraque électrique et au Taser tout en le tabassant. Ils avaient l'air d'avoir envie de le violer aussi avant d'en avoir fini avec lui. Ce n'était pas un incident isolé, loin de là. Beaucoup des nôtres mourraient derrière les barreaux. Cette fois-là, j'ai pu intervenir et empêcher Derren de finir comme un de ces pauvres métamorphes.

Il fallut au moins deux minutes à Shaya pour se remettre de sa surprise. Elle ne s'était pas attendue à entendre cela. Surtout pas raconté de cette manière, froidement, sans émotion. Nick n'était pas un mec détaché. Mais plus intense était sa colère, plus monotone devenait son expression, elle le savait. Elle lui laissa donc le temps de se calmer.

— Comment as-tu abouti en taule ? lui demanda-t-elle enfin. Que s'est-il passé ? Nick ? insista-t-elle devant son silence.

— On est arrivés, dit-il en s'arrêtant devant le salon de coiffure, soulagé de pouvoir mettre fin à cette conversation.

Shaya se sentit vexée. Elle avait l'impression que Nick ne la prenait pas au sérieux. Sa louve aussi d'ailleurs. S'il voulait faire le cachottier, d'accord. Tant pis pour lui. Mais c'était désagréable. Pas uniquement parce qu'elle voulait savoir ce qu'il s'était passé, mais aussi parce qu'elle désirait apprendre à mieux le connaître. N'en avait-elle pas le droit, après tout ?

Elle se sentit un peu bête de réagir aussi fortement et s'en voulut. Elle ne devait pas bouder parce qu'il ne lui disait pas tout. Elle aurait même dû préférer qu'il ne lui raconte rien. Ce serait plus difficile de garder leurs distances s'ils échangeaient trop de confidences.

— Je n'aurais pas dû te le demander, dit-elle alors en haussant les épaules, et en essayant de jouer les nonchalantes. Ton passé ne regarde que toi.

Avant qu'elle ait pu ouvrir la portière, Nick l'empoigna par la gorge et l'obligea à tourner la tête. Sa louve céda devant le caractère dominant de ce geste.

— Ce n'est pas pour te manquer de respect que je ne t'ai pas répondu, Shay, lui dit-il d'une voix grave. Mais je ne veux pas t'effrayer. Je ne peux pas te raconter de jolies histoires bien emballées avec des petits nœuds rouges. Je n'ai pas de bons souvenirs à échanger avec toi. J'aimerais que ce soit le cas, crois-moi. (Il lui caressa la gorge d'une geste circulaire du pouce.) Tu mérites mieux que moi, je suis sérieux. Mais c'est vrai aussi que je ne suis pas suffisamment altruiste pour rester loin de toi. Je refuse de courir le risque que tu t'enfuies plus vite que tu l'as déjà fait. (Il poussa un grognement quand il la vit se lécher nerveusement la lèvre inférieure.) Sais-tu au moins à quel point je te désire ? À quel point j'ai envie d'être en toi ?

Shaya réagit comme une biche surprise par les phares d'une voiture. Nick l'enserra à la gorge de sa main puissante. Elle sentit la tension dans son corps et eut conscience du regard affamé qu'il posait sur sa bouche. Tout cela exacerbait le besoin qui montait en elle, qui lui nouait le ventre. Elle se sentit suprêmement vulnérable. Il avait le pouvoir de la blesser, profondément et avec une grande facilité. Mais jamais il ne le ferait. Elle en était persuadée.

Avant de perdre complètement le contrôle et de l'embrasser, Nick relâcha son étreinte et se carra dans son siège.

— Il vaut mieux que tu partes.

— Merci de m'avoir accompagnée, lui dit-elle en déglutissant bruyamment et en hochant la tête. Au revoir, Bruce.

Une fois Shaya à l'intérieur du salon de coiffure, Nick regarda dans son rétroviseur et aperçut derrière le SUV de Derren une Rolls Royce rouge qui les suivait depuis quelques minutes ainsi qu'un fourgon blanc, celui des extrémistes. Tout cela n'augurait rien de bon. Soupçonnant fortement que la Rolls appartenait au Nazi et qu'il voudrait lui parler, Nick démarra et s'éloigna, préférant garder tous ces gens loin de sa belle. Comme prévu, la Rolls rouge et le fourgon blanc le suivirent jusqu'au parc où il avait promené Bruce la veille.

Nick gara sa voiture dans le petit parking à moitié vide non loin du parc. Derren arriva dans son SUV à sa gauche et la Rolls se mit en face du cabriolet de Nick. Le fourgon se gara un peu plus loin et Nick put voir le chauffeur : c'était bien Logan. L'enfoiré.

Nick et Derren n'accordèrent pas la moindre attention aux deux véhicules et empruntèrent l'étroit sentier à travers les fourrés, Bruce suivant son maître. Quelques instants plus tard, cinq métamorphes s'approchèrent suffisamment d'eux pour les obliger à réagir. L'un d'eux, un chauve, était un des agresseurs de Nick la veille. Bruce grogna tant la tension était grande.

— Je ne pense pas qu'il m'aime beaucoup, fit un mec au teint mat et aux yeux marron foncé.

Même si Nick ne l'avait pas reconnu, il aurait deviné qu'il s'agissait du Nazi en raison des vibrations de mâle alpha dominant qu'il projetait.

— Mais c'est normal, poursuivit-il, on ne m'aime pas beaucoup.

Il dévisagea Nick, essayant de lui faire détourner le regard, de l'intimider jusqu'à ce qu'il baisse la tête. Comme si Nick allait lui donner cette satisfaction.

— Tu as attaqué quatre de mes loups hier, ajouta-t-il ensuite.

— Ils m'énervaient, répondit Nick sèchement.

— Je n'ai vraiment pas apprécié.

— C'est ta faute. À toi de voir.

— Ma faute ? fit-il en riant.

— Tu leur avais ordonné de convoquer un loup qui est non seulement beaucoup plus dominant qu'eux, mais qui est aussi un Alpha. Que pensais-tu qu'il allait arriver ?

— Je m'attendais à ce que tu sois suffisamment intelligent pour venir me parler, fit-il, toute lueur d'amusement ayant disparu de ses yeux.

— Je ne m'intéresse absolument pas à toi, ni à ta meute. Si tout ce que tu veux c'est me parler un peu, eh bien fais-le.

— On pourrait peut-être commencer par les présentations : je suis Petrus Hadley.

Nick remarqua que Petrus Hadley s'attendait à une réaction de sa part. Il n'allait pas lui donner cette satisfaction.

— Nick Axton.

— Nick Axton, l'Alpha de la meute de Ryland ? fit-il après un bref instant de réflexion.

— L'ancien Alpha de la meute de Ryland. J'ai abdiqué. Je ne fais plus partie de cette meute.

— Tu en as intégré une autre ?

— Non.

— L'Alpha d'une meute devenu un loup solitaire ? Je me demande bien ce qui peut pousser un Alpha aussi puissant que toi à vivre loin de sa meute. Tu es trop fort pour qu'on t'ait évincé. Tu as donc dû partir volontairement. Je ne comprends pas, conclut-il en secouant la tête.

— Tu n'as pas besoin de chercher à comprendre. Cela ne te regarde pas.

— Tu es ici chez moi, déclara Hadley en avançant d'un pas. Par conséquent, tes affaires sont…

— Mes affaires ne regardent que moi et moi seul, déclara Nick fermement et son loup grogna son approbation.

S'ensuivit une minute de silence total.

— Deux seules choses poussent les mecs à faire des bêtises : les femmes et la cupidité. Comme je t'ai vu en compagnie de cette belle rousse, j'en déduis que tu es ici pour une femme. J'en déduis également que tu ne vas pas te mêler des affaires de ma meute, déclara-t-il.

C'était une affirmation et non pas une question.

— Je l'ai dit et je le répète, je ne m'intéresse ni à toi ni à ta meute.

— Très bien. On pourra trouver un terrain d'entente à moins qu'un changement ne se produise. Auquel cas… Comme s'appelle cette rousse, au fait ?

Connard d'enfoiré.

Nick avança d'un pas.

— Si je n'étais pas persuadé du contraire, je me dirais que tu viens de menacer ma compagne. Je préfère penser que je me trompe. Parce que si tu la menaçais réellement, je serais obligé de te buter… et je suis à peu près persuadé que tu n'as pas envie de mourir.

— C'est ta compagne ? fit Hadley en souriant. Cela explique tout, alors. Je me sens bien mieux maintenant.

Puis reprenant un air grave :

— Je voulais également aborder un autre sujet avec toi. Tu as sûrement entendu les rumeurs selon lesquelles je serais un « baron de la drogue » et que certains de mes loups disparaîtraient subitement ?

— Ce sont des rumeurs ? Tu veux dire que ce n'est pas vrai ?

— Tu n'es pas ici depuis très longtemps, mais sans doute suffisamment pour avoir remarqué que les extrémistes humains sont vraiment tordus. Ils ont lancé cette rumeur de baron de la drogue pour noircir ma réputation. Cela fait de moi le suspect idéal à chaque fois qu'un de mes loups disparaît.

Le scepticisme de Nick fut émoussé par le chagrin et la colère qu'il décela dans la voix de Hadley.

— Tu veux dire que tu n'as rien à voir avec ces disparitions ?

— Il m'a fallu un certain temps pour élucider ce mystère. Les humains à la tête de cette activité sont très rusés et surtout très prudents.

— Quelle activité ?

— Je parle d'un domaine de chasse.

— Un domaine de chasse ? répéta-t-il, son loup se figeant.

— D'après ce que j'ai pu découvrir, ils kidnappent des métamorphes, les abandonnent en pleine nature et s'amusent à les pister et à les chasser, comme des chiens après une proie.

Derren plissa les yeux et examina Hadley attentivement.

— Qu'en est-il du trio de solitaires, des rebelles qu'on a aperçus traînant en ville ? voulut-il savoir. Si les rumeurs à ton sujet sont infondées, pourquoi ont-ils décidé de quitter la meute ?

— Chacun de ces loups a perdu un être cher à cause de ces humains, répondit Hadley. Plus je passais de temps à chercher les responsables sans y parvenir, plus les rebelles commençaient à se demander si j'avais quelque chose à voir avec ces disparitions. Ils ont donc décidé de partir. Certains membres de ma meute gardent un œil sur eux. Ils sont devenus des proies faciles, seuls sans la protection de la meute.

— Pourquoi n'as-tu pas fait fermer ce domaine de chasse ? demanda Nick.

— Je ne l'ai pas encore trouvé. C'est comme je viens de te le dire : ces humains sont rusés et prudents. Peux-tu imaginer combien de fric ils arrivent à gagner en faisant payer des humains pleins de préjugés et de haine pour nous chasser ? Ils sont sans doute également conscients des graves répercussions qu'entraînerait la révélation de leur petit secret. Ils seraient alors recherchés non plus uniquement par des métamorphes, mais aussi par des humains. En ce moment, les extrémistes cherchent à nous faire passer pour des monstres. Si leur domaine de chasse était exposé au grand jour, leur position ne tiendrait plus.

La révélation de l'existence de ce domaine de chasse serait tout à l'avantage des métamorphes du monde entier.

— Je vais contacter certaines de mes relations, leur demander de se renseigner sur ce domaine de chasse et voir si on ne peut pas découvrir où il se situe.

— Des personnes de confiance ? Qui ne vont pas ébruiter la chose ? Je ne voudrais pas que les humains aient vent de tout ce que l'on sait. Cela leur donnerait le temps de plier bagage et de déguerpir.

— Oui, des gens en qui j'ai toute confiance. Tiens-moi au courant de ce que tu trouves. Je ferai la même chose de mon côté.

Hadley observa Derren et Nick en silence un court instant.

— Faites très attention, leur dit-il ensuite en hochant la tête. Vous avez beau être forts tous les deux, vous devenez des proies faciles loin d'une meute. Si ta compagne est une métamorphe, elle est aussi en danger. Je ne suis pas très à l'aise de vous laisser sans protection. Vous êtes sur mon territoire, après tout.

— On n'a pas besoin de protection.

— J'ai beaucoup entendu parler de toi, de tes nombreux alliés parmi les métamorphes, autres que les loups, ce qui est assez rare. Je ne voudrais pas qu'il t'arrive quelque chose et être envahi par des hordes de métamorphes me tenant plus ou moins pour responsable de ne pas t'avoir protégé. Donc j'espère que vous ne m'en voudrez pas de vous affecter quelques gardes du corps.

Hadley partit avant que Nick ait pu ajouter quoi que ce soit.

— Au début, commença Derren, quand le Nazi se fut suffisamment éloigné pour ne plus entendre, je pensais qu'il déconnait quand il parlait de ce domaine de chasse. Mais il disait la vérité.

— Je n'en serais pas étonné, lui répondit Nick qui ne pouvait faire autrement que partager l'avis de son ami, surtout si Logan est mêlé à cette histoire. Je me souviens très bien que lui et certains autres gardiens aimaient pister et chasser des métamorphes quand on était en maison de redressement.

— Je n'ai pas oublié non plus, grogna Derren. Ce ne serait pas étonnant que des extrémistes soient impliqués dans cette affaire même si Logan n'est pas personnellement intéressé.

— De toute manière, il faut mettre fin à cette activité.

— Ce sera fait. Plusieurs des membres de la meute du Nazi ont disparu dans ce domaine de chasse. N'importe quel Alpha voudrait découvrir de quoi il retourne. Je ne suis pas étonné qu'il nous affecte des gardes du corps.

— Super, fit Nick en renâclant. Encore plus de gens à nos trousses.

— Tu as toujours su attirer l'attention.

— En parlant d'attention… C'est l'heure d'aller voir si j'ai réussi à attirer celle de mon âme sœur. J'espère juste que mon plan a fonctionné.

Shaya regarda encore une fois le cadeau que lui avait envoyé Nick et réprima un grognement. Pas de fleurs ni de chocolat de sa part. Heureusement d'ailleurs, car ce genre de cadeau témoignait d'un manque de réflexion et de créativité de l'expéditeur et elle n'aurait pu faire autrement que de lever les yeux au ciel. Il n'avait pas non plus choisi de lui envoyer un poème ou une carte sentimentale, des trucs cucul dont elle se serait moquée. Il ne lui avait pas offert de bijoux ni de parfum de luxe qui lui auraient permis de critiquer ses tentatives pour l'acheter. Non, rien de tout ça. Il lui avait fait parvenir quelque chose d'amusant, qui l'avait bien fait rigoler. Kent s'en était emparé encore une fois et elle eut envie de récupérer son bien, ce qu'elle fit.

— Pas touche, dit-elle.

— Ah, que tu es égoïste, fit Kent en rigolant et en se remettant au ménage avant de fermer sa boutique. C'est trop drôle.

— Qu'y a-t-il de si drôle dans une trousse de survie pour toilettes publiques ?

Elle refusait de partager l'hilarité de Kent uniquement parce qu'elle était bien énervée. Nick essayait d'être gentil. Il n'en avait manifestement pas l'habitude. Il faisait des efforts. Pour elle. Elle était touchée.

— Tu lui as sans doute parlé de ta phobie des toilettes publiques.

Elle lui en avait parlé le matin même et il avait réagi immédiatement. Il avait fait fort, c'était indéniable. Elle avait eu une autre raison de sourire. Ouais. Elle avait reçu un SMS de Nick peu après le cadeau : « As-tu déjà joué à Jacques a dit, mais à poil ? »

Elle aurait aimé lui en vouloir terriblement de lui envoyer de tels messages. Elle ne lui avait même pas donné son numéro de portable. Elle lui avait bel et bien intimé l'ordre de disparaître. Au lieu de cela, elle essayait de réprimer un sourire amusé à chaque fois qu'elle repensait à son SMS. Tout comme la veille d'ailleurs.

— Pourquoi es-tu aussi énervée ? lui demanda Kent à voix basse, conscient de la proximité de Paisley. Ton âme sœur t'a offert un cadeau qui t'a fait sourire. Pourquoi est-ce que ça t'énerve autant ?

— Je ne veux pas qu'il me fasse sourire, dit-elle, grognon. Je veux continuer à le détester.

— C'est à cause de lui que tu t'es sauvée, fit Kent, comprenant soudain pourquoi Shaya avait quitté sa meute. Dis-moi tout.

La jeune femme lui raconta son histoire. Mais Kent ne réagit pas du tout comme elle s'y attendait. Il ne lui témoigna aucune compassion.

— C'est si romantique, pas vrai ? fit-il d'une voix rêveuse en poussant un soupir.

— Tu trouves ? rétorqua Shaya, estomaquée par sa réaction.

— Tu n'as pas dû apprécier d'être rejetée. Ça, je le comprends. Mais regarde tout ce qu'il a fait pour toi depuis. Il n'a pas uniquement démissionné de son poste d'Alpha. Il a aussi quitté sa meute, sa maison, tout. Puis il a passé six mois à te chercher sans jamais abandonner. Il ne t'a pas demandé de te joindre à son ancienne meute. Il t'a même offert d'intégrer ta meute avec toi. As-tu la moindre idée de la difficulté que cela représenterait pour lui de faire partie d'une meute dont il ne serait pas l'Alpha ? Mais il est d'accord. Il s'est pratiquement installé sur le pas de ta porte et il essaie d'entrer dans ta vie tout en respectant ton rythme à toi ce qui va à l'encontre de tous ses instincts d'Alpha. Tu ne vois pas les choses de cette façon parce que tu ne veux pas regarder la réalité en face. Tu ne veux pas être tentée de lui donner une autre chance.

— Toi, tu le ferais ? demanda-t-elle en bégayant presque.

— Absolument. Oui, sans aucune hésitation. Il est juste trop canon ! Il a une telle présence, une telle autorité naturelle, tu ne trouves pas ? Je parie qu'il est comme ça au lit. Je n'ai encore jamais couché avec un Alpha. Je peux te l'emprunter ?

Shaya émit un grognement et s'admonesta intérieurement pour cette réaction, un simple réflexe de possessivité. Elle était véritablement perturbée. Elle avait hésité à demander son avis à Taryn quand elles avaient parlé par Skype la veille car elle s'inquiétait beaucoup trop de la réaction de son amie si elle apprenait que Nick l'avait retrouvée.

— C'est quoi, cette messe basse ? s'enquit Paisley, s'approchant d'eux avec toujours la même expression désagréable sur le visage.

— On parlait de la météo, répondit Kent.

— N'allez pas croire que je ne sais pas que vous parlez de moi dans mon dos, fit-elle en levant les yeux au ciel. Je ne suis pas bête.

Shaya et Kent échangèrent un regard amusé.

— Bien sûr que non, dit Kent en tapotant la main de la blonde, histoire de la rassurer. Personne n'insinuerait jamais le contraire.

Apaisée par ces paroles, Paisley hocha la tête dans sa direction. Kent alla mettre son manteau et elle en profita pour lancer à Shaya un regard méprisant.

— Je ne lui reproche rien. C'est toi la coupable. Ne va surtout pas croire que je vais te laisser le retourner contre moi. Je n'arrive même pas à croire qu'il soit ami avec toi. Sa mère aurait dû lui apprendre à ne pas jouer avec les allumettes.

Suffit, ces blagues sur les rousses !

— Ton espèce n'hiberne-t-elle jamais ?

— Tout doux, tout doux, espèce de ninja rouge, fit Paisley avec un sourire suffisant.

— Pour le cas où tu ne l'aurais pas remarqué, mes cheveux ne sont pas rouges, mais roux. Tu es coiffeuse, tu devrais connaître la différence. Même sans être une professionnelle du cheveu, le simple fait d'avoir des yeux devrait suffire à faire la différence entre rouge et roux.

— Comme tu veux, Agent Orange.

Pouffiasse.

— Oups, j'ai laissé tomber ma pince à tes pieds. Écarte les jambes, blondinette, fit-elle en se penchant et en posant doucement les mains sur les escarpins noirs de Paisley. Je parie que ce n'est pas la première fois que tu entends ça.

— Quelle grossièreté ! s'exclama Paisley.

Elle avait l'air prête à exploser quand son attention fut attirée par quelque chose dans le dos de Shaya.

— Ouais, ouais, ouais, fit Paisley.

Un beau mec devait venir d'entrer dans le salon. C'était la seule explication possible. Shaya se redressa, se retourna, et… resta bouche bée. Nick pénétrait dans la boutique. Il vit tout de suite Shaya et esquissa un sourire. Il se dirigea vers elle à pas lents et sûrs. Shaya aurait peut-être reculé si elle n'avait été surprise par toute cette attention braquée sur elle, mais elle se sentait clouée au sol par le regard fixe qu'il posait sur elle. Sa louve aussi s'était figée.

— Je peux vous aider ? demanda Paisley d'une voix aguicheuse, pleine de promesses. Elle arborait également son sourire le plus invitant, mais Nick ne la regarda même pas. Il n'avait d'yeux que pour Shaya, comme si personne d'autre ne comptait pour lui. Pour le plus grand plaisir de la jeune femme.

Se plantant devant elle, Nick dut lutter contre l'envie de l'étreindre, de la serrer contre lui et de prendre ce qui lui appartenait. Le désir qui émanait de Shaya ne l'aidait pas.

— Alors tu l'as reçu, fit-il en remarquant son cadeau au poste de Shaya.

Il vit la lueur d'amusement dans le regard de la jeune femme. Il esquissa un grand sourire.

— Oh, bonjour, fit Kent en se rapprochant de Shaya et en faisant un grand sourire à Nick. Tu es revenu pour la conduire chez elle, j'imagine. Super. Il fait froid dehors. À demain, dit-il à Shaya en la poussant dans le dos. À demain matin, en retard comme d'habitude.

Shaya lança un regard noir à son soi-disant ami.

— Je n'ai pas besoin qu'on me raccompagne. Je…, commença-t-elle.

— … suis parfaitement capable de rentrer chez moi par mes propres moyens, compléta Nick. Mais pourquoi préfères-tu aller à pied quand tu peux profiter des services d'un chauffeur ?

Passant un bras autour des épaules de Shaya, Nick l'attira vers la sortie.

Shaya l'aurait peut-être repoussé, ou pas. Ce fut l'expression sur le visage de Paisley qui la stoppa net. Il y avait dans le regard de sa collègue un peu trop d'admiration et de convoitise à son goût. Shaya avait beau ne pas avoir envie de désirer Nick, elle ne souhaitait pas pour autant que Paisley le croit libre. C'était peut-être un peu mesquin de sa part… Bon, d'accord, c'était très mesquin. Mais elle n'aimait pas du tout l'idée de Nick avec une autre femme et ne voulait surtout pas le voir se faire draguer par une autre nana.

— Eh bien, as-tu aimé mon cadeau ? lui demanda Nick dans la voiture.

— C'est le cadeau le moins romantique que j'ai reçu de toute ma vie.

— Il t'a amusé, avoue, dit-il en souriant. Il te plaît.

Avouer ? Pff.

— Tu peux le reprendre, si tu veux. Je n'aime pas les cadeaux.

Elle éprouvait toujours une sensation étrange quand elle en recevait.

— Il faudra que tu t'habitues, Shay. J'ai bien l'intention de t'en offrir souvent.

Elle allait lui assener une repartie arrogante quand elle remarqua qu'il fixait sa bouche. Se rappelant alors leur baiser, elle eut l'impression de manquer d'air. Le regard de braise de Nick indiquait qu'il pensait à la même chose qu'elle.

Il préféra cependant ne pas donner suite à son fantasme concernant ce qu'il avait envie de faire à la bouche sensuelle de Shaya et démarra. Il allait raccompagner la jeune femme chez elle.

— As-tu faim ? lui demanda-t-il.

Ça dépend de ce que tu entends par « faim ».

Shaya avait compris le sens de sa question : une délicieuse odeur de curry s'était répandue dans la voiture. Il avait sans doute acheté des plats à emporter et espérait qu'elle accepte de les partager avec lui.

— Je te l'ai dit hier. Le fait que je te laisse me raccompagner chez moi ne signifie rien du tout, fit-elle.

— Je ne te comprends pas, fit Nick en fronçant les sourcils.

— Je ne vais pas t'inviter à entrer chez moi uniquement parce que tu m'as raccompagnée et que tu as acheté un plat de curry.

— Tu te trompes, fit-il en comprenant enfin où voulait en venir la jeune femme. Je t'ai cuisiné ce plat pour toi toute seule, pas pour nous deux.

Il ne voulait pas lui mettre trop de pression, ni aller trop vite.

— Tu m'as cuisiné un plat ?

— Tu es debout toute la journée au travail. J'ai pensé que tu n'avais sans doute pas vraiment envie de faire la cuisine en rentrant. Cela te fera un souci en moins.

Shaya ne savait pas comment réagir. Il avait un but, cela ne faisait aucun doute. Il cherchait à la séduire. Il le lui avait même dit. Mais il ne la jouait pas comme un Alpha normal qui lui aurait mis la pression, ni comme une âme sœur qui aurait cherché à envahir son espace personnel. Il avait simplement fait un truc sympa pour elle sans rien demander en retour. Il cherchait à lui prouver son intention de faire tout ce qu'il lui avait dit, lui montrer que ce n'était pas des paroles en l'air.

Il ne pouvait pas avoir la moindre idée du peu de valeur qu'elle attachait aux mots. Mason était un beau parleur. Il n'arrêtait pas de lui dire qu'elle était spéciale et tellement belle. Combien il était fier d'être son âme sœur. Il avait utilisé tous les mots qu'elle avait désespérément besoin d'entendre, profitant du besoin d'affection de la jeune femme pour arriver à ses fins.

Seules les actions de Nick pouvaient l'inciter à le croire, mais elle rejetait tout en bloc. Elle voulait continuer de lui en vouloir et de le garder à distance par tous les moyens. Elle n'était donc pas très heureuse d'apprendre que ce grand méchant Alpha, très puissant et parfois fort distant, concentrait toutes ses énergies sur elle pour la séduire et lui avait même réservé une petite attention de son cru.

Mais il n'a pas dit à Kent que tu es son âme sœur, fit la petite voix dans sa tête. *Il n'est pas fier d'être avec toi.*

— Tu m'en veux d'avoir fait la cuisine pour toi ? lui demanda Nick en sentant le changement d'humeur de la jeune femme.

Il aurait voulu voir l'expression de son visage mais elle regardait par la fenêtre. Son loup se raidit, utilisant tous ses sens pour l'observer.

— Non, c'est sympa, fit-elle.

D'autant plus qu'elle était une très piètre cuisinière et se nourrissait essentiellement de céréales, de pâtes et de plats à emporter.

— Alors pourquoi es-tu en colère contre moi ?

— Mais je ne suis pas en colère contre toi, affirma-t-elle en croisant les bras.

— Tu es en colère, je le vois bien.

— Non. C'est faux. Je te l'ai dit, c'est sympa ce que tu as fait.

Alors pourquoi avait-elle l'air de vouloir lui arracher le cœur et de le lui faire bouffer ?

— Tu m'en veux d'avoir fait quelque chose de sympa ?

— Non.

— Alors quel est le problème ?

Shaya ne répondit pas, se contentant de regarder par la fenêtre. Le loup de Nick poussa un grognement d'impatience.

— Shay, j'ai besoin que tu me dises ce qui ne va pas. Je ne peux pas m'excuser si je ne sais pas ce que j'ai fait de mal.

— Je ne veux pas de tes excuses.

— Dis-moi ce qu'il y a, Shay.

Sa voix empreinte de domination et de pouvoir la fit frissonner. Elle fut incapable de se contenir plus longtemps.

— Tu n'as pas dit à Kent que j'étais ton…, dit la jeune femme en s'interrompant, s'en voulant d'avoir parlé.

— C'est ça qui t'a énervée ? demanda Nick en se disant qu'il ne comprenait ni ne comprendrait jamais rien aux femmes. Shay, je ne suis pas très doué pour ce genre de choses. Quand je sortais avec des filles avant… Ce n'était pas des vraies relations. C'était toujours uniquement superficiel. Je ne voulais pas m'engager parce que j'aurais eu l'impression de tromper mon âme sœur. Certains métamorphes sont ouverts à une imprégnation, je le sais. Mais ce n'était pas mon cas. Je voulais te trouver.

— Alors, tu dois être super déçu, non ?

— Pardon ? fit-il, abasourdi.

— Tu ne me trouves pas assez bien pour toi, cela a toujours été le cas, c'est évident.

Nick rangea la voiture sur le bas-côté, freina brutalement et Shaya fut projetée vers l'avant.

— Qu'est-ce que…

— Tu veux bien répéter ce que tu viens de dire ? exigea Nick en grognant.

— Honnêtement, Nick, tu as toujours fait comme si je n'existais pas, comme si tu ne m'accordais aucune importance. Ce que je n'arrive pas à comprendre, c'est pourquoi si je n'étais pas assez bien pour toi à l'époque, tu me trouves subitement assez bien pour toi maintenant.

— C'est vraiment ce que tu crois ? demanda-t-il doucement, choqué. Que je ne te trouve pas assez bien pour moi ? Merde, Shay.

Nick se cala sur son siège, sonné.

Toute la colère avait disparu de la voix de Shaya quand elle se remit à parler.

— Quelle autre raison aurais-tu pu avoir de me snober autant ? Je peux comprendre que ce soit un problème que je sois une soumise. Cela n'explique pas cependant que tu aies toujours fait comme si je n'existais pas, que tu m'aies poussée à partir. Maintenant que je me suis installée ici, que je suis heureuse, tu te pointes et tu t'excuses, tu me dis que tu as changé d'avis et que tu as abdiqué de ton poste d'Alpha. C'est insensé.

Nick se passa une main sur le visage en soupirant. Il n'avait jamais imaginé qu'elle aurait pu interpréter ainsi son comportement. Merde. La seule manière de lui faire comprendre sa décision était de tout lui dire, de lui expliquer toutes les raisons pour lesquelles il était resté loin d'elle. Même les raisons qu'elle ne connaissait pas. Mais en lui disant tout, il risquait qu'elle accepte de lui donner une nouvelle chance uniquement par pitié. Elle pourrait même penser qu'il voulait lui soutirer cette chance en faisant en sorte qu'elle se sente coupable. Nick tenait à mériter cette chance, voulait obtenir la confiance de son âme sœur. C'était ça le plus important. Sans confiance, ils n'auraient aucun espoir de s'en sortir.

— Il faut que tu comprennes une chose, commença-t-il.

Il parlait doucement mais il dégageait une telle autorité que Shaya lui accorda immédiatement toute son attention. Elle n'aurait pas pu s'en empêcher même si elle l'avait voulu. Son regard l'hypnotisait, des lueurs de colères luisaient dans ses yeux. Elle ne savait pas s'il lui en voulait ou s'il s'en voulait à lui-même.

— Tu es tout ce que j'aurais jamais pu désirer, poursuivit-il. Tout ce que je ne savais même pas que je désirais. Tu es belle, intelligente, indépendante, loyale et tu as en plus ce charme insolent et pétillant que je trouve si attirant. Je ne savais pas que ça me plairait autant. Si je pensais que tu n'étais pas assez bien pour moi, si j'étais capable de te résister, je ne serais pas ici. Tu ne dois jamais plus penser cela.

Sentant une douleur devenue un peu trop familière commencer à s'insinuer dans sa tête, Nick eut du mal à réprimer un juron. Super. Encore une migraine.

Shaya préféra garder le silence, ne sachant pas trop comment répondre à Nick.

— Mon grand-oncle est décédé dernièrement. Il vivait avec une autre meute.

Shaya s'apprêtait à lui faire ses condoléances quand Nick lui posa un doigt sur les lèvres pour l'empêcher de parler. Il avait des choses à lui dire.

— Il n'a jamais contracté d'union. Il m'a raconté une fois, il y a très longtemps de cela, qu'il avait failli s'imprégner à vingt et un ans. Mais il ne l'a pas fait parce qu'il continuait d'espérer rencontrer son âme sœur. Malheureusement, cela n'est jamais arrivé. Beaucoup de métamorphes estiment que ça va de soi, qu'ils vont rencontrer un jour leur âme sœur. Mais ce n'est pas toujours le cas. On a énormément de chance de s'être trouvés tous les deux. J'ai mal agi, je le sais. Je suis sincèrement désolé de t'avoir fait souffrir. Je t'ai promis de ne plus jamais te laisser tomber et je suis sérieux. Tu ne me crois peut-être pas, mais ça viendra. Je ferai en sorte de gagner ta confiance. Tu es mienne et je refuse de vivre sans toi.

Ils n'échangèrent pas un seul autre mot de tout le trajet, même en arrivant à destination. Nick se gara derrière le camping-car et tendit à Shaya la barquette contenant le repas qu'il lui avait préparé. Il n'avait pas l'air de lui en vouloir, mais son regard reflétait une certaine souffrance. Une autre douleur aussi… Une douleur incompréhensible pour Shaya. Sa louve se mit à gémir. Elle voulait le réconforter. Puis Nick hocha la tête et fit signe à Shaya d'entrer chez elle. Elle aurait voulu qu'il lui parle, savoir en quoi consistait cette douleur qu'il taisait, qu'il semblait vouloir lui cacher. Shaya préféra ne pas lui montrer son inquiétude de peur qu'il ne l'interprète mal. C'était trop risqué, pas vrai ? Elle n'accorda donc aucune attention à sa louve ni d'ailleurs à ses propres inquiétudes.

—Merci, se contenta-t-elle de lui dire.

La douleur semblant s'intensifier, elle s'apprêtait à lui demander ce qui n'allait pas quand Derren se précipita aux côtés de son ami. Il lui témoigna énormément de sollicitude, il semblait même très protecteur. Il regarda Shaya, l'air déçu.

—On se fait une petite partie de poker ? demanda-t-il à Nick en pointant le camping-car du doigt.

Nick comprit immédiatement que Derren – toujours aussi perspicace – avait remarqué sa céphalée et l'incitait ainsi à entrer prendre des antalgiques. Il n'avait pas vraiment besoin d'encouragement, sa vue commençait même à se brouiller.

—Bonne idée, fit-il en réponse à l'invitation de Derren.

Il fit encore une fois signe à Shaya avant qu'elle entre chez elle. Il ne voulait pas bouger tant qu'elle n'était pas en sécurité dans sa maison.

—C'est une blague ! fit-il alors en entendant un moteur de voiture et en levant les yeux.

—Quoi ? demanda Shaya à Nick, ne comprenant pas trop ce qu'il se passait après avoir aperçu le Chevy.

—Waouh ! s'exclama Derren en esquissant une grimace qui attira l'attention de Nick et de Shaya. Je ne pensais pas qu'elle viendrait.

—Tu savais qu'elle allait venir ? s'enquit Nick en se retournant brusquement vers son ami. Et tu ne m'as rien dit ?

—Qui ? voulut savoir Shaya.

—Ma mère, soupira Nick en regardant Shaya.

—Elle m'a téléphoné un peu plus tôt, expliqua Derren. Elle voulait prendre de tes nouvelles et savoir comment ça se passait entre Shaya et toi. Tu n'aimes pas beaucoup parler de ta vie privée, je le sais, alors je suis resté très vague. Ce n'était manifestement pas la meilleure chose à faire.

Et comment ! Sa mère avait décidé de venir aux nouvelles. Nick jura.

— C'est un problème ? s'enquit Shaya. Vous ne vous entendez pas bien, ta mère et toi ?

— Là n'est pas le problème. Je suis venu en Arizona pour te trouver, me faire pardonner et te revendiquer. J'aurais aimé être un peu seul avec toi. Mais personne ne semble vouloir respecter notre intimité.

En outre, sa mère ne se priverait pas d'exercer des pressions sur lui pour qu'il dise tout à Shaya quand elle aurait compris qu'il ne lui avait pas encore parlé. Elle risquait même de faire quelques petites révélations inopinées, croyant qu'il avait déjà tout dit à Shaya. Il ne voulait rien de tout cela.

— Rentre chez toi, bébé. Je m'occupe de ma mère.

— Tu ne veux pas que je rencontre ta mère ? voulut savoir Shaya.

Pas qu'elle ait particulièrement envie d'être officiellement présentée aux parents de Nick, surtout compte tenu de leur situation. Elle ne pouvait toutefois pas s'empêcher d'être vexée par son comportement.

Nick remarqua le regard empli d'insécurité de la jeune femme et perçut sa crainte qu'il ne la considère pas suffisamment bien pour lui, qu'il soit gêné de sa présence.

— Tu me donnes envie de te mordre, grogna Nick dont le loup partageait les sentiments. Je préférerais que personne ne vienne s'immiscer dans notre relation. Ma mère estime avoir tous les droits du fait de notre lien familial.

Le claquement de hauts talons sur le trottoir annonça l'arrivée de Kathy Axton, qui se précipita sur Nick et l'embrassa sur les deux joues.

— Derren m'a juré que tu allais bien, mais j'ai voulu venir m'en assurer personnellement. (Elle se tourna ensuite vers Shaya et la regarda avec un grand sourire.) Tu dois être Shaya. (Elle la serra très fort dans ses bras.) Je suis Kathy, la mère de Nick. Tu es très belle, je le savais. Et tu comprends les raisons qui l'incitent à garder ses distances.

Cette dernière affirmation ressemblait plutôt à une question. Shaya hocha donc la tête en signe d'assentiment envers la jolie brune dynamique et chaleureuse, tout le contraire de sa propre mère.

— Je suis heureuse de faire ta connaissance.

Même dans des circonstances pour le moins étranges.

— Derrière moi se trouvent Roni, la sœur de Nick, et Amber, la guérisseuse de notre meute.

Ne voyant qu'une seule femme, Shaya s'étonna. Puis Nick s'accroupit et caressa une magnifique louve au pelage d'un beau gris sombre en lui murmurant des mots doux à l'oreille. Avant que Shaya puisse demander qui était cet animal, une dominante aux cheveux violets et à la démarche de mannequin sur un podium s'avança, passa devant Kathy et étreignit Shaya.

— Tu dois être Shaya. Bonjour ! s'exclama-t-elle avant de faire un pas en arrière. Je suis Amber, une bonne amie de Nick. Sa mère m'a un peu parlé de toi. Tu es parfaite pour lui, à mon avis.

Elle regardait Shaya d'un air admiratif, mais il y avait autre chose dans son regard, une certaine jalousie qu'elle s'étonnait d'y découvrir. Eh ben, dis donc. La guérisseuse en pinçait pour Nick. La louve de Shaya n'apprécia pas.

— Tu ne l'as pas revendiquée ? demanda Amber étonnée, en regardant le cou de Shaya.

— Je le ferai quand Shaya sera prête.

Nick n'avait aucune envie de s'étendre sur le sujet. Il tira sur la main de Shaya pour qu'elle s'accroupisse à ses côtés.

— Shay, je te présente Roni, ma sœur. Roni, voici Shaya, mon âme sœur.

La louve gris sombre examina Shaya pendant un court instant avant de lui donner des petits coups de tête pour lui réclamer des caresses qu'elle obtint.

— Ne va pas penser qu'elle est impolie envers toi en ne se présentant pas sous sa forme humaine. Roni passe beaucoup de temps dans sa forme lupine, lui expliqua Nick.

Il déglutit bruyamment. Nick croyait que ce n'était sans doute pas uniquement le traumatisme de la tentative de viol qu'elle avait subie qui poussait sa sœur à s'évader en passant de très longues périodes dans sa forme lupine, et que le fait d'avoir vu son frère déchiqueter des humains à mains nues devant elle y était également pour quelque chose. Elle avait été terrorisée après son agression et il avait contribué à exacerber sa peur en tentant de la protéger. Il s'en voulait énormément pour ce qu'il lui avait fait.

Les narines de Roni se dilatèrent et elle balaya les alentours du regard. Nick avait à peine eu le temps d'entendre Derren saluer Roni qu'elle était déjà à ses côtés. Ils étaient très proches tous les deux.

— C'est merveilleux de te voir, dit Amber à Nick quand il se redressa.

Elle l'étreignit alors avant qu'il ait le temps de réagir. Contrairement à Nick, Amber était assez câline. La repoussant par les épaules, il hocha simplement la tête en la regardant. C'était un comportement suicidaire pour un métamorphe de laisser une autre femme le toucher devant son âme sœur. Il émit des ondes d'impatience qui déferlèrent sur elle.

—Allez m'attendre dans le camping-car, dit Nick en donnant ses clés à Derren, pendant que je dis au revoir à Shaya.

Sa mère et sa sœur le dévisagèrent, ne comprenant pas pourquoi elle ne venait pas avec eux. Si Nick n'avait pas été dans l'obligation de demander à sa mère de ne pas révéler certaines choses à Shaya, il l'aurait invitée à se joindre à eux. Il ne pensait pas qu'elle aurait accepté, mais il l'aurait tout de même fait.

Sa mère et Amber avaient l'air de s'apprêter à dire quelque chose, mais il arqua un sourcil et elles hochèrent toutes deux la tête en signe d'assentiment. Elles emboîtèrent le pas à Derren pour monter dans le camping-car, suivies de Roni.

—Ah, au fait, Roni. Bruce est à l'intérieur. Ne va surtout pas jouer à la course-poursuite avec lui comme la dernière fois, lança-t-il en ne croyant pas vraiment que sa sœur obtempérerait.

Accordant de nouveau son attention à Shaya, il s'approcha d'elle et lui caressa la bouche du pouce.

—Elles ne seront plus là demain, je vais m'en assurer. Mais pour ce soir… Elles devront passer la nuit dans le camping-car. Je ne peux pas éviter de leur offrir l'hospitalité.

Ma mère va refuser de bouger tant qu'on n'aura pas parlé, elle et moi.

La situation était d'autant plus compliquée qu'une des deux femmes était célibataire, sans liens de parenté avec lui.

— Ça va, fit Shaya.

Mais ça n'allait pas du tout en réalité. Comment aurait-il pu en être autrement s'il hébergeait dans son camping-car une dominante qui en pinçait pour lui ? Shaya éprouvait maintenant un besoin très primitif, celui de le toucher, de le marquer de son odeur, un moyen de faire fuir les autres femelles. D'habitude Shaya n'éprouvait pas autant ces instincts de métamorphes, mais là, ils remontaient de plus belle. Sa louve exigeait ce contact.

Mais je ne veux pas de lui, se répétait inlassablement Shaya. Ce détail perdait tout son sens en présence d'autres femmes qui lui témoignaient un certain intérêt. Merde. Elle se sentait toute chamboulée et elle détestait cela.

— Tu ne me dois aucune explication, se força-t-elle à dire. Ce que tu fais dans ton camping-car et avec qui…

Shaya suffoqua quand Nick plaqua sa bouche sur la sienne et y inséra sa langue. Ce fut un baiser brutal, profond, intense. Nick ne cherchait pas à la punir mais à attirer toute son attention. Il y réussit. Elle s'en voulut de sa faiblesse, tenta de reculer, mais n'y parvint pas. Elle en était empêchée par son très grand désir d'union, ses inquiétudes et la perplexité qu'elle ressentait. Elle se sentait réconfortée et rassurée par ce contact avec son âme sœur. En la libérant, il lui mordit très fort la lèvre inférieure et elle sursauta.

— Que t'ai-je dit il y a à peine quelques minutes ? Tu es tout ce que je veux. Tout. Je veux que tu le saches. Ce que je fais te regarde, et vice versa… C'est pourquoi elles vont dormir dans le camping-car avec Derren, alors que moi, je vais dormir dans son SUV.

— Je voulais simplement dire que… Attends. Quoi ?

— Tu pensais vraiment que j'allais dormir à proximité d'une célibataire, sachant que ça ne te plairait pas du tout ?

Si elle avait voulu inviter un célibataire à dormir chez elle en l'absence de Nick, il aurait été furieux.

— Tu n'es pas obligé de faire ça. Tu n'as pas besoin de le faire. C'est idiot et…

— Mais c'est préférable pour ta tranquillité d'esprit, avoue ?

Bon, d'accord. Elle se sentait un peu mieux. Sa louve était un peu plus rassurée aussi, même si elle avait encore envie de mordre Amber. Par contre, Shaya n'aimait pas beaucoup l'idée de Nick passant une nuit inconfortable dans la voiture.

— Ce n'est pas nécessaire. Vraiment, insista-t-elle.

— Ça l'est.

— Mais… tu ne dormiras pas très bien.

— Shay, j'ai passé plusieurs années en taule, dit-il après avoir éclaté d'un rire bref et doux. J'ai dormi dans des endroits bien pires. Avec ton goût dans ma bouche et enveloppé de ton odeur, je vais passer une excellente nuit, ajouta-t-il après lui avoir léché la lèvre inférieure.

Enveloppé de son odeur… Sa louve était ravie. Shaya se détendit donc. Elle fut très surprise cependant quand il la fit tourner et lui administra une claque sur les fesses avant de la pousser vers sa maison.

— Hé ! fit-elle.

— Va, lui ordonna-t-il. Et surtout, mange bien tout ton repas.

S'amusant de son air mécontent, il la regarda jusqu'à ce qu'elle disparaisse à l'intérieur de sa maison.

Ce fut le moment que choisit sa mère pour passer la tête par la porte du camping-car.

— Nick, qu'est-ce que Derren me raconte ? Que tu n'as pas tout dit à Shaya ?

Ça commençait bien.

Chapitre 6

Deux heures plus tard, Nick discutait toujours avec sa mère de sa décision de ne pas révéler certains détails à Shaya. Bien sûr, Kathy avait tout à fait raison de dire qu'il ne devrait y avoir aucun secret entre âmes sœurs et qu'un mensonge par omission n'en demeurait pas moins un mensonge. Il aurait beaucoup plus de chances d'obtenir le pardon de Shaya en lui expliquant son problème de santé. Sauf qu'il estimait que Shaya méritait qu'il fasse quelques efforts pour la séduire. En lui révélant son secret d'emblée, jamais il ne saurait si elle lui accordait une seconde chance par pitié ou parce qu'elle le désirait vraiment. Il préférait cette seconde possibilité.

— Oublie ça, maman, dit Nick. Tu ne réussiras jamais à me faire changer d'avis.

Kathy posa un regard tellement chargé d'intensité sur son fils qu'il commença à se sentir mal à l'aise. Elle avait un don pour insuffler des sentiments de culpabilité chez des gens qui n'avaient pourtant rien à se reprocher. Du vivant de son père, elle était passée maîtresse dans l'art de l'obliger à s'excuser pour des fautes qu'elle avait elle-même commises. Elle était très forte quand il s'agissait d'imposer son point de vue en rabâchant sans cesse les mêmes choses. Mais Nick n'était pas homme à se laisser faire.

Kathy finit par lever les bras en signe d'exaspération et se laissa retomber sur le canapé.

—Ce n'est pas la peine de discuter avec toi, déclara-t-elle en croisant les bras. Tu as toujours été trop têtu. Comme ton frère.

—Il a essayé de te faire changer d'avis ? De te convaincre de ne pas venir ici, c'est ça ?

Nick était installé dans le coin repas et donnait des restes de viande à Bruce. Eli, son frère, ne se mêlait jamais des affaires des autres. En cela, il était tout le contraire de sa mère.

Kathy poussa un grognement qui ne fit que confirmer les soupçons de Nick.

—Je voulais avoir de tes nouvelles. Je n'allais pas laisser qui que ce soit me faire changer d'avis.

—Et tu dis que mon frère est têtu ?

Kathy, elle, était bien plus que têtue. Une véritable force de la nature, mère de trois dominants, elle n'avait pas trop le choix.

—Je comprends mieux pourquoi Shaya était mal à l'aise quand on s'est rencontrés, dit-elle en reniflant. Peut-être que si tu me laissais…

—Je ne veux pas que tu interviennes.

—Je n'allais pas proposer de tout lui dire. Je pensais juste passer un peu de temps avec elle.

Elle avait l'air si parfaitement innocente que Derren, installé confortablement dans un fauteuil inclinable noir, ne put retenir un éclat de rire. Derren connaissait assez bien Kathy pour savoir qu'elle avait déjà élaboré une stratégie.

— Puis tu laisserais échapper quelques détails « accidentellement » ? lui demanda Nick, sarcastique. Pas question. Tu apprendras à mieux la connaître quand je l'aurai revendiquée. Tu peux dormir ici ce soir. Mais demain, tu rentres chez toi.

— Je refuse de rentrer chez moi tant que je n'aurai pas vraiment appris à la connaître. (Cela lui donnait une bonne excuse pour s'incruster.) Il y a un motel pour métamorphes non loin d'ici, avec une excellente réputation et beaucoup de place pour courir. Roni, Amber et moi allons nous y installer. Comme ça, on ne sera pas trop loin pour le cas où tu te sentirais seul ou si tu avais besoin de nous.

Tout cela semblait certes raisonnable. Mais Nick connaissait la vraie raison qui poussait sa mère à vouloir rester près de lui. En effet, dès qu'il s'absentait un moment, elle finissait par ressasser des souvenirs de ses années de taule. Elle venait de passer six mois sans le voir… ce qui expliquait qu'elle l'avait étreint pendant au moins dix minutes quand il était entré dans le camping-car.

— Si tu vas t'installer au motel, d'accord, dit Nick en soupirant, mentalement épuisé. Mais ne te mêle pas de ça, maman. Je suis sérieux. Je t'interdis d'aller chez Shaya à l'improviste, ou de chercher des occasions pour lui parler en tête en tête. Pas question non plus d'aller te faire coiffer par elle uniquement pour avoir l'occasion de bavarder. (Nick comprit qu'il avait vu juste en voyant l'air coupable de Kathy.) Je ne veux pas que tu interviennes pour quelque motif que ce soit. Je n'ai vraiment pas besoin de ça.

— D'accord, dit-elle, ses traits s'adoucissant enfin. Je vais garder mes distances. Je ne peux rien promettre pour ce qui est de Roni par contre. Elle ressent toujours le besoin de te protéger, comme tu le sais.

Derren rit de voir le sourire un peu fourbe de Kathy.

— Oui, Roni cherche toujours à me protéger. Elle ne va donc pas m'espionner pour ton compte.

— Sais-tu si tu réalises quelques progrès avec Shaya ? lui demanda Amber, assise en face de lui.

— Je n'ai absolument pas l'intention de parler de ce qui se passe entre Shaya et moi, déclara Nick catégoriquement en se tournant vers la guérisseuse.

— La réponse est donc « non », marmonna-t-elle.

— Pardon ?

— Comme ta mère, dit-elle après avoir expiré bruyamment, je pense d'abord à ton bonheur.

— Je serai extrêmement heureux quand vous serez parties demain, parce qu'une nuit de plus dans le SUV va m'achever.

— Tu dors dans la voiture à cause d'Amber ? fit Kathy, surprise. Shaya est très forte. Elle mérite toute mon approbation.

— Elle ne m'a pas ordonné d'aller dormir ailleurs, fit Nick en lançant un regard furieux à sa mère. Je n'ai pas d'autre choix. C'est ma décision.

— C'est nul de sa part de ne pas t'inviter à dormir sur son canapé, déclara Amber. Mais les filles ont parfois du mal à pardonner un mec qui les a rejetées.

C'était tout à fait vrai. Il commençait à le comprendre. Shaya l'avait rejeté encore et encore et, même s'il s'y attendait, il en avait terriblement souffert à chaque fois. Il n'était donc pas étonné qu'elle ne lui propose pas son canapé. Elle devait se sentir un peu coupable de ne pas l'avoir fait, il s'en doutait. Elle avait un si grand cœur et il désirait ardemment qu'elle le lui ouvre.

Il avait eu raison de penser qu'il ne passerait pas une trop mauvaise nuit après avoir goûté à Shaya et s'être enveloppé de son odeur. Même privé de son lit. Au réveil, il était tout de même passablement courbaturé et souffrait d'un mal de tête lancinant. Il avait besoin de prendre une douche et de se changer avant d'accompagner Shaya au travail. Il entra donc dans son camping-car et trouva tout le monde attablé devant le petit déjeuner qu'avait préparé Amber. N'ayant pas vraiment le temps de manger, il refusa leur invitation de se joindre à eux et passa à la salle de bains pour faire sa toilette et avaler quelques comprimés. En sortant, il repoussa toutes les tentatives de sa mère pour lui parler. Il lui promit de la retrouver plus tard. Quand il parvint à la porte, Amber lui bloquait le passage.

— Ça va ? lui demanda-t-elle doucement, l'air inquiète.

— Très bien, répondit-il en esquivant la main qu'elle tendait pour le toucher.

Il n'était pas très câlin et Amber le savait. En plus, il était vraiment préférable qu'il ne s'approche pas de son âme sœur avec l'odeur d'une autre femelle sur lui.

— Tu n'as vraiment pas l'air bien, Nick.

— Je te l'ai déjà dit, ça va.

— Ne te moque pas de moi. Je suis guérisseuse. Je sens ta douleur.

— J'ai mal à la tête, c'est tout, lui répondit-il après avoir vérifié que les autres parlaient ensemble et ne les écoutaient pas. Je gère. Tout va bien.

— En prenant des comprimés ? dit-elle, sarcastique. Laisse-moi t'aider.

— Non, fit Nick avec un geste de recul.

Pour lui venir en aide, Amber serait obligée de le toucher mais Shaya flipperait s'il avait l'odeur de la guérisseuse sur lui. Il préférait avaler des comprimés qui feraient effet d'une minute à l'autre.

— Voyons, Nick. Tu souffres, dit Amber en levant les yeux au ciel. Je parie qu'il y a autre chose, en plus du mal de tête. Ton désir d'union doit te perturber aussi, puisque Shaya refuse de te laisser la revendiquer. C'est vraiment cruel de sa part. Elle était vraiment fâchée au début que tu ne l'aies pas fait, je le sais. Mais tu as tout laissé tomber et…

— Cela ne regarde que Shaya et moi, Amber, déclara-t-il fermement.

— Je suis ton amie, Nick, fit Amber en esquissant un petit sourire. Je ne veux pas te voir souffrir. Je veux ton bonheur.

— Shaya me rend heureux.

— On ne dirait pas, vu d'ici.

En sortant de chez elle, Shaya ne s'étonna pas de ne pas voir Nick puisqu'elle avait quinze minutes d'avance. Elle aurait aimé pouvoir dire qu'elle faisait un effort pour être plus ponctuelle, mais la vraie raison était qu'elle savait que Nick allait devoir entrer dans son camping-car pour prendre une douche et se changer et elle n'aimait pas du tout penser qu'il allait se retrouver à proximité d'Amber. Cela n'aurait pas dû être un souci vu qu'elle ne souhaitait pas s'unir à lui. Mais elle ne pouvait pas s'empêcher d'y penser, qu'elle le veuille ou non.

Comment l'idée de son âme sœur avec une autre femelle aurait-elle pu être autre chose qu'insoutenable ?

Ses angoisses et sa nervosité lui avaient donné l'énergie dont elle avait besoin pour s'activer. Sa louve avait hâte de retrouver Nick, de l'éloigner de l'autre femelle, et elle poussait Shaya à partir à sa recherche. En s'approchant du camping-car, Shaya perçut des bruits de voix. Elle tendit donc l'oreille.

— Shaya me rend heureux, entendit-elle Nick déclarer.

— On ne dirait pas, vu d'ici, répondit Amber.

Connasse.

Au lieu d'entrer brusquement, de se manifester, Shaya demeura immobile pour épier le reste de la conversation. La meilleure manière selon elle d'en apprendre un peu plus sur la supposée « amitié » entre Amber et Nick. Sa louve n'était pas d'accord, elle voulait entrer tout de suite et montrer ses crocs à la guérisseuse, même si cette dernière était une louve dominante.

C'est alors qu'elle entendit la voix de Nick. Elle s'était faite douce et caressante, beaucoup trop au goût de Shaya.

— Que fais-tu debout si tôt ? Tu as toujours aimé faire la grasse matinée.

Shaya entendit un doux rire cristallin empreint de coquetterie.

— C'est vrai. Mais il se passe tellement de choses en ce moment et le tribunal va bientôt se réunir… C'est assez pour donner de l'insomnie à n'importe qui. Tu nous as tellement manqué, à Roni et à moi.

— Ah, je t'ai manqué, hé ? Mais tu m'as manqué aussi.

Une onde de colère noire envahit Shaya et sa louve. Ce n'était pas tant les paroles de Nick qui la blessaient, mais le fait que sa voix était empreinte d'une émotion profonde. Amber comptait manifestement beaucoup pour lui.

— J'aimerais que tu rentres à la maison, Nick. (Vraiment ? Bordel de merde !) Jon a beau être un excellent Alpha, ce n'est pas la même chose sans toi. Toute la meute souhaite ton retour. Roni serait tellement heureuse si tu revenais parmi nous.

— Alors, ça te plaît toujours quand on te grattouille là ? fit Nick après une courte pause, la voix toujours aussi douce et caressante.

Shaya sentit la colère gronder, monter en elle. Elle allait les assassiner tous les deux ! Amber parce qu'elle était une vraie pétasse et Nick parce qu'il avait rompu toutes les promesses qu'il lui avait faites depuis son arrivée. Elle monta donc les quelques marches menant au camping-car à la vitesse de l'éclair et ouvrit brusquement la porte. Abasourdie, elle se figea sur place et fronça les sourcils. Nick leva la tête. Il était accroupi sur le plancher et caressait Roni dans sa forme lupine. Shaya comprit alors ce qu'elle venait d'entendre. Nick ne parlait pas à Amber, mais à Roni pendant qu'Amber restait à ses côtés et continuait de bavarder. Shaya fut immensément soulagée, sa colère commença à s'estomper. Sa louve n'arrivait pas trop à se détendre par contre. Elle concentrait toute son attention sur Amber, cette pétasse de fouineuse.

— Tout va bien, bébé ? voulut savoir Nick, sentant Shaya furieuse.

La jeune femme s'obligea à sourire, pas encore tout à fait soulagée de son accès de colère.

— Je ne suis venue voir s'il y avait un problème, puisque tu ne m'attendais pas devant chez moi.

Il ne la croyait pas, elle le vit bien. Roni non plus, sans doute, car elle vint se frotter aux jambes de Shaya comme pour la soutenir. Elle s'assit ensuite devant la jeune femme dans une attitude protectrice tout en dévisageant Amber, l'air d'avoir choisi son camp. Appréciant son geste, Shaya se pencha et caressa le cou de la louve. Sentant qu'on l'observait, elle leva la tête et aperçut Kathy et Derren lui adressant tous deux un sourire gêné. Si elle n'avait pas été aussi angoissée, elle aurait sans doute dit qu'elle trouvait le camping-car beaucoup plus luxueux qu'elle ne l'aurait imaginé.

Le regard de Nick alla de Shaya à Roni, de Roni à Amber, puis revint à Shaya. Il ne s'étonnait pas que Shaya se sente menacée par la présence d'Amber, une célibataire. Elle était possessive de nature et c'était normal qu'elle fasse une crise de jalousie. Cependant, Nick ne voulait pas que Shaya ait l'impression qu'il puisse désirer une autre femme qu'elle. Il se leva donc prestement et s'approcha d'elle.

— Viens, bébé. Je t'accompagne au travail.

Shaya hocha la tête une seule fois, mais ne bougea pas comme pour s'assurer qu'il ne traîne pas.

Roni se frotta le museau contre sa main une dernière fois et alla s'installer devant la télé, bousculant un peu Bruce au passage. Sans un dernier regard pour Amber, Nick guida Shaya vers l'extérieur du véhicule.

— Je ne veux pas que tu aies des inquiétudes par rapport à nous deux. Jamais. Je ne veux pas te voir souffrir, fit-il quand ils se retrouvèrent seuls dans sa voiture. Je ne désire personne d'autre que toi.

Shaya eut d'abord envie de s'exclamer : « Mais il n'y a pas de nous deux ! », puis elle changea d'avis.

— Je vous ai entendu parler, avoua-t-elle plutôt. Je pensais que tu parlais à Amber, je n'avais pas compris que tu t'adressais à Roni.

Content qu'elle lui ait confié le motif de sa colère, et confirmant ses soupçons, Nick lui massa la nuque.

— Il n'y a jamais rien eu et il n'y aura jamais rien entre Amber et moi.

— Elle en pince pour toi.

Shaya le regardait l'air de le mettre au défi de le nier. À son grand étonnement, Nick semblait véritablement perplexe.

— Amber est peut-être un peu trop câline. Mais elle est comme ça. Avec tout le monde, d'ailleurs.

— Fais-moi confiance, dit Shaya en renâclant. Elle en pince pour toi.

Nick trouvait cela insensé, car les dominantes ne cachaient habituellement pas leur jeu quand elles s'intéressaient à un mec.

— Je ne le pense pas, bébé. Amber ne m'a jamais donné le moindre indice en ce sens. Les dominantes n'y vont pas par quatre chemins en règle générale.

Il avait raison à cet égard, Shaya devait le reconnaître.

— Si tu trouves une autre raison pour expliquer sa jalousie, tu me le diras.

Nick n'était pas convaincu par l'argument de Shaya mais ne voulait pas se disputer avec elle.

— De toute manière, elles partent aujourd'hui. Malheureusement, elles ne vont pas bien loin. Ma mère veut passer quelque temps au motel pour métamorphes mais, ne t'inquiète pas, elle te laissera tranquille.

En fait, Shaya s'étonnait un peu qu'il n'encourage pas sa mère à vanter ses louanges dans l'espoir d'amadouer un peu la jeune femme. Étonnée, elle fronça les sourcils quand elle le vit arrêter la voiture après une seule minute de trajet. Ils étaient devant le Starbucks.

— Attends-moi ici, je vais chercher du café. Je ne t'ai pas apporté ton macchiato au caramel ce matin. C'est inexcusable.

Touchée, la jeune femme ne put s'empêcher de lever les yeux au ciel.

— Je peux me passer de café pour une fois.

— Non, tu ne peux pas t'en passer, je le sais, et rien ne t'oblige à t'en passer. Alors pourquoi le ferais-tu ?

Sur ces paroles, Nick descendit de la voiture et laissa Shaya seule, confrontée à toute une gamme d'émotions assez contradictoires. Elle se sentait à la fois heureuse, perplexe et furieuse. Heureuse parce qu'il avait toutes ces petites attentions pour elle. Perplexe parce que même si elle essayait de se convaincre qu'elle n'avait pas envie d'être avec lui, elle commençait à n'en être plus si sûre. Et furieuse parce qu'elle ne voulait pas qu'il la rende heureuse… mais était-ce vraiment le cas ?

Merde. Elle avait besoin de comprendre ce qui se passait, besoin de se rappeler pourquoi elle ne voulait pas de lui. Elle passa même une grosse partie de sa matinée de travail à réfléchir à tout ça. Mais Nick réussit encore une fois à lui changer complètement les idées en lui faisant parvenir un autre cadeau. Rien de romantique ou de sentimental. Non. Il lui avait fait livrer un porte-stylo *Dead Fred*. L'objet consistait en une base en silicone rouge moulée en forme de cadavre. Le stylo s'insérait dans un trou à la place du cœur.

Il s'était manifestement rappelé sa petite manie de toujours égarer ses stylos. Cet objet trouverait tout à fait sa place chez elle près du téléphone de l'entrée. Nick avait ajouté un message dans lequel il lui disait qu'elle n'avait qu'à l'imaginer lui à la place du porte-stylo et qu'elle pourrait lui enfoncer son stylo en plein cœur autant de fois qu'elle le souhaiterait. Elle le fit. C'était très thérapeutique. Kent s'y mit également en pensant à la mère de son compagnon. Nick avait encore une fois réussi à la faire rire. Puis il lui avait envoyé un SMS.

« Je t'ai manqué ? »

Même si elle s'était juré de ne jamais, jamais répondre à ses textos pour ne pas risquer de l'encourager à continuer à l'énerver, elle ne put résister à la tentation de le faire.

« Malheureusement, oui. Je suis toujours là. Peut-être as-tu besoin d'un nouveau fusil. »

Elle avait ensuite attendu impatiemment sa réponse, incapable de se raisonner. Nick se manifesta rapidement, heureusement.

« Je pourrais te demander comment tu vas et si tu as beaucoup de travail, mais mes nouvelles jumelles fonctionnent à merveille. Un outil indispensable à tout enquêteur vraiment sérieux. »

Elle tenta encore une fois de réprimer un sourire, mais n'y parvint pas. Elle s'en voulut aussi énormément de se réjouir de le voir arriver à l'improviste le midi.

Paisley aussi, visiblement. Elle s'approcha immédiatement de lui, lui emboîtant le pas tandis qu'il se dirigeait vers Shaya.

— Êtes-vous venu prendre un rendez-vous, monsieur, ou souhaitez-vous…

— Je ne suis pas venu me faire coiffer, fit Nick en la regardant. Je suis venu voir Shaya. Je suis son…

— Petit ami, l'interrompit Shaya.

La jeune femme préférait qu'il n'utilise pas le terme « âme sœur » et révèle ainsi qu'elle n'était pas complètement humaine. Surtout après tout ce qu'elle lui avait dit la veille concernant le fait qu'il n'avait pas informé Kent qu'elle était son âme sœur. Il l'aurait sans aucun doute déclaré bien directement cette fois.

— Petit ami ? fit Paisley étonnée, en se tournant vers Shaya.

Nick se serait énervé si elle avait dit uniquement « ami ». « Petit ami » suffirait sans doute pour l'apaiser et l'empêcher d'en révéler plus.

— Nick, que fais-tu ici ? lui demanda-t-elle, s'efforçant de garder le sourire.

Comprenant que Shaya n'avait pas parlé de ses ascendants métamorphes à sa collègue, Nick n'insista pas.

— Viens déjeuner avec moi, dit-il en s'approchant de la jeune femme, et en jouant avec une boucle de ses cheveux.

Ce n'était ni une requête ni une invitation. Plutôt un ordre, même s'il l'avait proféré doucement.

— Impossible. J'ai encore une cliente.

— Je vais t'attendre. Je sais être très patient quand il s'agit d'obtenir ce que je veux.

Il ne faisait pas uniquement allusion au déjeuner et Shaya le savait. Énervée, tout comme sa louve, de se sentir attirée par sa persévérance et sa détermination, Shaya faillit se laisser aller à pousser un grognement. C'était une chose que de la conduire au travail, de lui cuisiner un repas, ou de lui offrir des cadeaux, mais une tout autre chose que de sortir ensemble en public. Un déjeuner n'était peut-être pas un vrai rencard après tout, mais presque.

— Nick, je ne pense pas…

Il l'interrompit en lui mettant un doigt sur la bouche. Il avait prévu sa réticence, la comprenait même. Il ne pourrait pas obtenir sa confiance si elle ne lui donnait pas l'occasion de prouver sa fiabilité. Il leur fallait donc passer du temps ensemble.

— Shay, tu as besoin de manger. Moi aussi. C'est donc une excellente idée d'aller ensemble au resto.

Ce salopard sournois réussissait même à faire en sorte que sa visite paraisse tout à fait normale et innocente. C'était ça, le problème avec Nick. Il n'était pas dominateur, étouffant ou tyrannique comme les autres Alphas, il manifestait plutôt sa domination de manière subtile et douce. Il se servait des mots, de son charisme pour commander, projetant la calme assurance qu'il arriverait à ses fins sans avoir besoin de hausser la voix ou d'intimider qui quc ce soit.

Il irradiait une puissance telle qu'il était clairement prêt à se mesurer à quiconque refuserait de se plier à ses désirs.

Shaya aurait bien aimé ne pas trouver sa puissance et sa domination subtile aussi attirantes. Mais c'était plus fort qu'elle. Nick représentait pour elle une promesse de sûreté, de sécurité, et de satisfaction sexuelle comme elle n'en avait jamais connu jusque-là.

— Kent n'appréciera peut-être pas trop si je…

— Ça ne me pose aucun problème, ne t'inquiète pas, déclara son patron et ami en lui faisant signe de la main de s'en aller.

Le traître.

— Je vais t'attendre sur cette chaise à côté de la caisse, dit Nick, satisfait, en faisant un signe de tête à Kent. On pourra y aller dès que tu auras fini.

Shaya n'eut pas le temps d'ajouter quoi que ce soit qu'il s'était déjà éloigné. Il ne la quitta pas des yeux pendant qu'elle travaillait, dardant sur elle son regard qui ne ratait rien, qui ne cachait pas son besoin d'elle. C'était bien la première fois que Paisley ne collait pas aux basques de Shaya pendant qu'elle coiffait un client. Cela aurait pu être agréable si elle s'était trouvé une autre occupation que draguer Nick. Le comportement de la blondinette n'étonna pas Shaya. La tranquille assurance de Nick, son aplomb, son magnétisme animal, sa confiance en lui-même formaient un tout extrêmement séduisant pour l'ensemble de la gent féminine.

Shaya était déjà sortie par le passé avec des dominants, mais jamais avec un qui soit aussi puissant que Nick. Ses ex ne lui ressemblaient d'ailleurs en rien. Ils avaient été plutôt du genre incapables d'assumer leurs responsabilités. Chaque fois qu'un problème surgissait, c'était toujours la faute de quelqu'un d'autre. Les loups dominants avaient d'ailleurs tous un peu tendance à rejeter le blâme sur les autres. Ils étaient trop fiers ou trop égoïstes pour se reconnaître la moindre faiblesse. Être capable de demander pardon ne devrait pas être considéré comme une faiblesse pourtant, non ? Il fallait être fort pour reconnaître ses erreurs. Nick était assez costaud, assez viril et adulte pour assumer l'entière responsabilité de ses actes, accepter le blâme, et demander pardon. Il l'avait d'ailleurs déjà fait.

Ces autres dominants qu'elle avait connus avaient aussi essayé de l'obliger à leur obéir. Shaya avait beau être une soumise, elle n'était pas faible et avait même autant de cran, sinon plus, qu'un loup dominant. Au lieu de la respecter et de la traiter en égale, ces mecs avaient cru que le fait qu'elle soit soumise signifiait qu'elle n'avait pas de volonté propre, et ils avaient essayé de la dominer.

Nick était très différent. Il comptait bien entendu parvenir à ses fins, il s'attendait à ce qu'on lui obéisse. Mais il ne se fâchait pas quand elle lui résistait. Il cherchait plutôt à l'amadouer et à imposer subtilement sa volonté. Il respectait ses désirs tout en essayant de la faire plier, sans jamais être rebuté par ses réticences. Il l'acceptait telle qu'elle était. Elle ne s'était pas attendue à cela.

Nick se leva dès qu'elle eut terminé avec Vivien, sa cliente âgée d'une soixantaine d'années, qui remarqua sa présence.

— C'est votre fiancé ? demanda-t-elle à Shaya en esquissant un sourire entendu. Je ne pensais pas qu'on en faisait encore des comme lui. Une femme ne peut faire autrement que de se sentir féminine avec un homme aussi viril. Regardez-moi ces larges épaules et ce visage à se damner. Vous avez de la chance. Lui aussi, cela dit. J'espère que vous allez bien la traiter, poursuivit-elle en allant payer. C'est une fille bien.

Le sourire qu'esquissa Nick la fit rougir.

— Je suis entièrement d'accord avec vous. C'est pour cela que je la veux tout à moi. Je ne vais pas arrêter de lui faire la cour, tant qu'elle n'aura pas craqué.

Vivien regarda Shaya, lui sourit et l'obligea à accepter un pourboire.

— Il me plaît bien votre fiancé. Si j'avais quarante ans de moins…, conclut-elle en soupirant, rêveuse.

Puis elle sortit et Nick esquissa un grand sourire.

— J'étais sérieux, dit doucement Nick à Shaya quand elle s'approcha de lui. Je n'arrêterai pas tant que tu ne seras pas mienne.

— Tu ne pourras jamais te rattraper pour ce que tu m'as fait, dit-elle d'une voix grave, tendue. Ce n'est pas possible.

Elle fut étonnée de voir Nick garder le sourire.

— Prouve-le.

— Quoi ?

— N'essaie pas de contrer chacune de mes tentatives de réconciliation. Prouve-moi qu'elles te laissent indifférentes.

Puis il lui tendit la main. Venant de n'importe qui d'autre, ce geste aurait pu être considéré comme une invitation. Mais de la part de Nick, il s'agissait plutôt d'un défi. Shaya n'avait jamais reculé devant ce genre de provocation. Quel mal pouvait-il y avoir à déjeuner avec le mec qu'elle désirait de toutes les fibres de son corps et dont la seule proximité faisait monter le désir en elle ? Elle était foutue. Complètement.

Tu aimerais bien être dans ses bras, avoue, la taquinait la petite voix fonceuse dans sa tête.

Ce n'est pas le moment pour ces âneries, répondit-elle sèchement.

Elle hésita mais finit par mettre sa main dans la sienne. Nick lui témoigna son approbation en lui adressant un grand sourire fier. Il entrelaça ses doigts avec ceux de Shaya. Elle aurait parié n'importe quoi qu'il pouvait tout obtenir avec ce sourire. Kent lui tendit son sac. Nick la guida vers sa Mercedes et lui ouvrit la portière. Elle hésita un instant, se demandant si le fait de passer du temps avec lui compensait suffisamment le fait qu'elle doive ravaler son orgueil et accepte de ne pas relever un défi. En acceptant son invitation, elle l'aidait en quelque sorte à s'immiscer dans sa vie.

Elle fut interrompue dans ses pensées par Nick qui lui caressa le menton du pouce. Son visage revêtait une expression de grande douceur, mais elle comprit qu'il ne ferait aucun compromis

—Monte dans la voiture, bébé.

La domination naturelle que dégageait sa voix la fit frissonner. Pire encore, il passa le nez dans le cou de Shaya, humant profondément son odeur avant de la lécher. Ses jambes en fléchirent presque. Elle devrait plutôt lui faire croire que ses efforts étaient vains, se morigéna-t-elle. Tant pis si ce n'était pas vrai. C'était le seul moyen de le faire partir et il finirait bien par le faire tôt ou tard, elle en était persuadée. Ne souhaitant pas risquer de défaillir devant lui, Shaya monta immédiatement dans la voiture. Nick la récompensa une nouvelle fois d'un de ces sourires dont il avait le secret.

Ils ne dirent pas un seul mot dans la voiture, mais Nick se tournait de temps à autre pour jeter un œil du côté de Shaya. Il essayait de capter son regard comme pour s'assurer qu'elle ne pensait pas à autre chose. Nick avait une personnalité très forte, très imposante, intimidante même parfois, et Shaya s'étonnait de ne pas se sentir oppressée par sa présence. Si elle n'avait pas eu besoin de le garder à distance, elle aurait été tout à fait à l'aise avec lui.

En arrivant au resto, Nick étreignit le poignet de Shaya pour la garder près de lui. Ce contact physique améliora grandement le moral de son loup plutôt morose de nature. Shaya lui lança un regard étrange et vérifia la solidité de son étreinte. Elle soupira et se résigna quand elle comprit qu'il ne la relâcherait pas, comme s'il était plus facile de le laisser faire que de lutter. Et c'était vrai.

— Qu'as-tu fait ce matin ? lui demanda Shaya une fois que la serveuse eut pris leur commande.

— Tout d'abord, Derren et moi sommes allés courir dans le bois à l'extérieur de la ville, sous notre forme lupine, répondit-il en se carrant sur son siège en face de la jeune femme. Puis on est allés promener Bruce au parc. Ensuite, on s'est amusés à semer les deux mecs que le Nazi avait envoyés nous filer.

Shaya fut quelque peu intriguée de le voir conserver son attitude dominatrice, même assis au resto. Il se tenait droit, la tête haute, le ventre rentré et les pieds bien écartés.

— Il te fait suivre ? demanda-t-elle en écarquillant les yeux après avoir assimilé ce qu'il venait de lui dire.

— Il me considère comme un étranger dans la ville, répondit-il en haussant les épaules. Il voulait savoir pourquoi je suis ici.

Nick préférait ne pas inquiéter Shaya en lui parlant du domaine de chasse. Elle serait en sécurité tant que les humains la croyaient l'une d'eux.

— Il a peut-être peur que tu rassembles les rebelles pour former une nouvelle meute. Tu vas le faire ?

— Non. C'est plus important pour moi d'être avec toi que d'intégrer une meute, je te l'ai déjà dit.

— Tu penses vraiment que je te crois quand tu prétends que ton rôle d'Alpha ne te manque pas ? Que ton territoire, ta famille et tes amis ne te manquent pas ? Ta mère et ta sœur sont venues te voir, mais pas ton frère.

— J'ai trois choses à te dire, déclara Nick en levant une main : premièrement, je n'ai jamais voulu être Alpha ; deuxièmement, ma famille compte beaucoup pour moi, mais toi aussi ; et troisièmement, je n'ai pas d'amis.

— Qu'est-ce que tu veux dire, que tu n'as pas d'amis ? demanda-t-elle en clignant deux fois des yeux d'étonnement.

— Exactement ce que je viens de dire.

— Et Derren alors ? Il est quoi pour toi ?

— Un désagrément majeur. Je te l'ai déjà dit. Je n'aime pas la compagnie de mes semblables. Tu es la seule exception.

Il se plaisait beaucoup avec elle. Son loup aussi. Il se détendait même un peu en sa présence.

Un métamorphe misanthrope… Ouais, ce n'était pas courant.

— C'est très étrange ça, tu le sais au moins ?

— Je n'ai jamais été comme qui dirait sociable, déclara-t-il en haussant les épaules. Mais quand je suis sorti de taule… je ne me sentais pas capable de fréquenter qui que ce soit, à l'exception de Derren. Tandis que les autres jeunes… Ils avaient passé toute leur adolescence à sortir ensemble, à faire la fête en cachette de leurs parents en plus d'aller au bal de leur promo. Moi, pendant ce temps, j'essayais de survivre derrière les barreaux.

La louve de Shaya grogna à cette idée. Elle n'appréciait pas plus que la jeune femme les difficultés qu'avait connues Nick. Il parvenait à décrire posément les faits. Cela ne lui servirait à rien de s'apitoyer sur son sort, sinon à faire souffrir Shaya davantage.

— J'ai entendu parler des maisons de redressement. Sont-elles aussi terribles qu'on le dit ?

— Ces endroits sont des communautés fermées complètement tordues où les gardiens sont des malades qui privent les détenus de tous leurs droits et contrôlent entièrement leur vie. Comme si cela ne suffisait pas, il faut également faire attention au « code », une sorte de règlement implicite que les détenus doivent appliquer au péril de leur vie. La bagarre devient une sorte de mécanisme de survie. L'établissement où j'ai été enfermé… n'avait pas de programme de rééducation. Aucun effort n'était fait pour nous aider à intégrer la société. Les gardiens ne faisaient pas grand-chose d'autre que cultiver la colère, la haine et le goût de la vengeance. On y apprenait aussi le « système D » ainsi que l'art de survivre dans les pires conditions imaginables. C'est comme je te l'ai dit, conclut-il en souriant, je n'ai pas de jolies histoires à te raconter.

— J'ai peut-être quand même envie de savoir ce que tu as vécu.

— Pour avoir plus de raisons encore de me garder à distance ? lui demanda-t-il en secouant la tête. Tu comptes trop pour moi. J'ai besoin de toi.

— Es-tu sûr que ce n'est pas plutôt une question d'orgueil, d'obstination ou encore de possessivité ? C'est normal pour un Alpha, après tout, sans parler du désir d'union. Tu as même failli attaquer Dom…

Nick l'interrompit en se penchant vers elle et en posant un doigt sur ses lèvres.

— Ne prononce même pas son nom, Shay. Tu ne sais pas le mal que j'ai eu à me retenir de buter ce dragueur.

Shaya l'aurait volontiers houspillé d'avoir dit cela, mais il avait au fond des yeux une lueur témoignant d'une véritable souffrance. Il avait cruellement souffert, elle le remarqua, à l'idée qu'elle sorte avec Dominic. Pas uniquement parce qu'il était possessif. Non, il avait simplement souffert. Elle aurait sans doute dû n'y attacher aucune importance, mais Nick n'était pas sorti avec une seule autre fille depuis leur première rencontre, il le lui avait dit, elle s'en souvint. Il n'avait même pas cherché de réconfort auprès d'une autre quand il croyait qu'elle sortait avec Dominic. Même s'il souffrait, même s'il avait l'impression d'avoir été trahi.

— Dominic est un ami. Il n'a jamais été rien d'autre.

— Je sais. Ryan, ton ancien camarade de meute me l'a affirmé.

— Ryan ?

— Oui. Je l'ai croisé un soir dans une boîte avec le beau dragueur. Je pense que Ryan craignait, et à juste titre, que j'attaque son camarade de meute. Il m'a expliqué la situation dans l'espoir de me faire entendre raison. Ryan m'a dit qu'il ne souhaitait pas massacrer l'âme sœur de Shaya et que ce serait bien que je ne prête aucune attention à ce play-boy. N'empêche, quand tu dis son nom, ça me donne envie de te mordre. Je pense que ça te plairait.

Il avait surtout envie de la mordre pour la marquer, pour lui rappeler qu'elle lui appartenait et pas à Dominic.

— Va te faire foutre, fit-elle sèchement en rougissant et en réprimant un sourire.

— Tout de suite ? Devant tous ces gens ? Pourquoi pas !

Elle lui tapa le bras. Il rit.

— Tu as besoin d'amis, déclara-t-elle, désireuse de changer de sujet. Que tu sois sociable ou non, c'est important d'avoir des amis.

— Pourquoi aurais-je besoin d'amis ? Je t'ai, toi.

— Tu ne m'as pas.

— Tu seras mienne. Veux-tu savoir comment je peux en être aussi sûr ? C'est parce que le contraire est inenvisageable pour moi.

La vie sans Shaya était trop terne. Il n'en voulait plus. Il se sentait si vivant en sa compagnie, même quand ils se disputaient. En outre, son loup était de meilleure humeur. C'était étrange mais elle avait cet effet sur lui.

— Je ne laisserai pas tomber. Quoi que tu dises, quoi que tu fasses. Tu comptes trop pour moi, je te l'ai dit. On sera tellement plus heureux tous les deux quand tu l'auras accepté.

Sa détermination était comme une caresse pour sa louve. La serveuse leur apporta leurs plats et Nick sembla ne plus avoir envie de bavarder. N'importe quel mec normal aurait préféré accorder toute son attention à sa nourriture. Mais Nick n'était pas comme les autres. Il joua à exacerber la tension sexuelle qui existait entre eux. Il donnait des bouchées à Shaya, regardait fixement sa bouche pendant qu'elle mastiquait ses aliments, jouait avec sa main et lui mordillait la paume. Ou alors il se penchait, attrapait une mèche des cheveux de la jeune femme et jouait avec. Ou bien il lui piquait des frites, même s'il savait qu'elle n'aimait pas partager sa nourriture. Il essaya également de lui faire du pied mais elle s'impatienta et lui donna un grand coup dans les tibias. Ils se contentèrent ensuite de se faire du pied discrètement sous la table.

Shaya s'amusait et en était la première étonnée, sinon choquée. Elle passa plus de temps à rire et à sourire qu'à rougir, à sa grande surprise au vu des pensées lubriques qui lui traversaient l'esprit. Son sourire s'effaça cependant quand ils retournèrent à la voiture et virent l'humain au regard glacial et arrogant qui les attendait avec deux de ses acolytes, qui avaient l'air de vouloir buter Nick. Elle reconnut certains des extrémistes de la veille.

Nick soutint le regard froid de leur chef sans se laisser intimider et Shaya ne fut pas étonnée, ni d'ailleurs de le voir se placer devant elle pour la protéger. Derren se matérialisa subitement à côté de Nick sans qu'elle l'ait vu apparaître, mais c'était à prévoir. Certains humains étaient cruels et racistes, mais cette… rage devait avoir ses origines ailleurs.

— Tu es manifestement la copine de Nick, fit le chef en souriant à Shaya, lui donnant la trouille. Je me demandais par contre si tu savais que ce mec était un animal.

— Un métamorphe n'est pas un animal, répondit-elle.

Sa louve montra les crocs.

— Alors, tu es une groupie de métamorphes ? dit-il, et tous les humains s'esclaffèrent. Il y en a beaucoup par ici.

Shaya eut envie de les détromper, de leur dire qu'elle était une demi-métamorphe et fière de l'être. Mais Nick lui prit la main et la serra. Il ne souhaitait pas qu'elle le leur révèle. Il voulait éviter qu'ils s'attaquent à elle. Merde, son orgueil en prenait un coup.

— Ça ne te dérange pas que ton mec ne soit pas humain ? Tu trahis notre espèce.

— Mais toi, Logan, tu es un pédophile, un violeur et un sadique… Pas vrai ? dit Derren en claquant des dents à la fin de sa phrase. Tu aimes bien les garçons, si je me souviens bien.

Shaya fut choquée quand elle comprit tout ce que cela supposait. Elle découvrait enfin comment Derren et Nick l'avaient connu, pourquoi ils éprouvaient une telle colère à son endroit. Elle comprenait également que si Logan avait réussi à abuser de Derren ou de Nick, ils ne l'auraient pas laissé parler. Il aurait été mort avant d'ouvrir la bouche. Elle aurait regardé et même applaudi. Un vrai malade. Un salopard.

Logan se tourna alors vers Derren, plissa les yeux, prit un air nostalgique.

— J'aurais dû me douter que ce serait toi, son garde du corps. Tu l'as toujours suivi partout.

— Toi aussi, fit Derren en inclinant la tête sur le côté. Tu n'étais pas comme les autres au début, n'est-ce pas ? Eh non, tu refusais de participer aux séances de tortures ordinaires de la maison de redressement. Mais tu as fini par te laisser convaincre et tu y as pris goût. Tu t'en voulais cependant d'aimer ce genre de comportement de malade. Une petite voix dans ta tête te disait que c'était mal. Ce devait donc être la faute de quelqu'un d'autre, n'est-ce pas ? Ce devait être la faute des métamorphes s'ils t'attiraient, si tu n'étais pas capable d'arrêter. C'est pour cela que tu nous détestes. Ce que tu as fait aux métamorphes en taule t'a permis de découvrir qui tu étais vraiment et à quel point tes désirs étaient tordus. La vérité, c'est que tu éprouves la même envie de faire du mal aux humains, pas vrai ? Ce sont les pauvres malades de salopards de ton espèce qui devraient être tenus à l'écart du reste du monde.

En entendant ces paroles, Logan s'était empourpré et semblait prêt à exploser. Les autres avaient l'air mal à l'aise et perplexes.

— Ces lois seront appliquées, vous verrez.

— Peut-être, répondit Nick.

Il se retint cependant d'accuser Logan d'être impliqué dans la création du domaine de chasse. Il voulait éviter de mettre la puce à l'oreille des responsables. Il serait grand temps de les informer quand il aurait découvert des preuves de la participation de Logan dans cette entreprise.

— Mais tu seras toujours un vrai malade de salopard qui ne mérite pas de vivre depuis très longtemps.

Shaya et sa louve frissonnèrent toutes deux en percevant les menaces que contenait la voix pourtant si soyeuse de Nick.

— Barrez-vous. Et tout de suite, grogna Nick.

Les humains eurent la sagesse de céder et de retourner à leur fourgon. Mais ils ne démarrèrent pas, clairement déterminés à continuer à le suivre partout.

—Aucune personne qui abuse d'une autre, et encore moins d'un enfant, ne mérite de continuer à vivre, déclara Shaya fermement. Mais tu ne dois pas le laisser te piéger, te provoquer à l'attaquer.

—Je sais, fit Nick en lui passant une main dans les cheveux. Ne t'inquiète pas. Je suis patient. Allez, viens. Ta pause déjeuner tire à sa fin et tu dois retourner au travail.

—Récapitulons : tu es suivi par deux des acolytes du Nazi, fit Shaya une fois installée dans la voiture et après avoir mis sa ceinture de sécurité, inclinant la tête sur le côté pour analyser la situation. Mais aussi par des extrémistes et des rebelles.

Nick sourit, même s'il était d'humeur sombre. Shaya était la seule capable de le dérider dans de telles conditions.

—Tu as dit que je devais me faire des amis.

—Ce n'est pas du tout amusant. Il y a des gens dangereux qui te suivent à la trace.

—Je ne les laisserai pas te faire du mal, lui dit-il pour la rassurer, l'air féroce, si c'est ce qui t'inquiète.

—C'est pour toi que je me fais du souci, Beavis.

—Tu as des sentiments pour moi, je le savais, déclara Nick en souriant encore une fois.

Shaya ne fut pas étonnée quand il revint la chercher après sa journée de travail pour la raccompagner chez elle. Elle résista un peu pour la forme… mais elle partit avec lui parce qu'elle sentait qu'elle devait le faire et non pas parce qu'elle en avait véritablement envie. Il était rusé, retournant ses propres paroles contre elle, lui faisant valoir que cela ne l'engageait vraiment à rien de se laisser conduire jusque chez elle. Il insista même pour qu'elle lui prouve que cela ne faisait vraiment aucune différence. Il était très fort, le connard.

Vexée, elle prit place sur le siège du passager à peine quelques minutes plus tard. Elle fut immédiatement assaillie par les délicieux effluves d'une sauce bolognaise. Il avait encore une fois fait la cuisine pour elle. L'enfoiré.

— Tu sais, je suis parfaitement capable de m'occuper de moi-même, affirma-t-elle quand il la rejoignit dans la voiture.

— Mais cela ne veut pas dire que je ne peux pas cuisiner pour toi et te faciliter la vie.

— Tu t'es occupé de mon déjeuner. Ça ne te suffit pas ?

— Non.

— Tu es tellement égoïste, dit Shaya en secouant la tête.

— Je ne suis pas égoïste, bébé, fit-il l'air parfaitement innocent. C'est juste que j'aime bien quand les choses se passent comme je le veux. Et dans ce cas, je suis très raisonnable et même accommodant.

Shaya ne put faire autrement que grogner. Quand ils arrivèrent chez elle, ils furent accueillis par des bruits assourdissants provenant de chez son voisin. Super. Il avait organisé une fête chez lui.

— C'est quoi ce bordel ? demanda Nick.

— C'est le rituel du vendredi soir d'Eric. Il fait aussi parfois la fête certains soirs de semaine.

— Ce n'est pas une simple fête là. J'ai déjà assisté à des concerts moins bruyants. Ne lui as-tu pas fait de remarques à ce sujet ? demanda Nick en descendant de la voiture. Shay ?

insista-t-il en détectant une expression étrange sur le visage de la jeune femme.

— Bien sûr que je lui ai parlé, répondit-elle, vexée.

La première fois, elle lui avait gentiment demandé de baisser le volume de la musique. Il lui avait répondu que c'était bien entendu possible, mais qu'il n'avait pas l'intention de le faire et qu'elle n'avait qu'à se barrer… tout ça parce qu'elle avait poliment refusé de sortir avec lui. Ils avaient un peu discuté. Shaya était douée pour la négociation, mais le mec voulait la faire payer pour l'avoir snobé, avoir rejeté ses avances. Il était même allé jusqu'à lui cracher au visage.

Shaya avait mal réagi. Elle avait sorti sa batte de base-ball et s'était attaquée à sa voiture. Il y avait tellement de bruit chez lui qu'il n'avait rien entendu. Il était allé la voir chez elle le lendemain, la soupçonnant naturellement d'être l'auteur du vandalisme. Elle avait tout nié, ne souhaitant pas finir derrière les barreaux. Il n'avait rien pu prouver et la police n'avait pas retenu de charge contre elle.

— Et alors ? demanda Nick.

— Rien. Il fait le con avec moi.

— Il fait le con avec toi ?

Cela n'avait vraiment pas été une bonne idée de tout lui raconter. En effet, furieux, Nick partit vers la maison du voisin.

— Laisse tomber, Nick, dit Shaya en courant après lui.

— Laisser tomber ? dit Nick en colère, sans même ralentir le pas. Pas question.

— Ce n'est pas grave.

— Bien sûr que c'est grave.

Ce genre de nuisance sonore était gênant pour les humains, mais carrément insupportable pour les métamorphes avec leurs sens exacerbés.

— Il fait ça pour m'emmerder parce que je l'ai énervé en le rejetant et que j'ai vandalisé sa voiture. Ne lui fais pas le plaisir de réagir.

— Tu as vandalisé sa voiture ?

Il aurait été prêt à jurer qu'elle s'était servi de sa bien-aimée batte pour ce faire.

— C'est juste une fête.

— Ce n'est pas une fête. C'est un plan pour t'énerver.

Il avait raison.

— As-tu oublié que tu étais suivi par deux des sbires de Logan ?

Elle ne voulait surtout pas que Nick fasse usage de violence envers un humain devant témoins.

Il semblait effectivement avoir oublié ses poursuivants.

— Ce n'est pas un souci. Ils vont croire qu'on va à la fête. Derren saura comment s'occuper d'eux s'ils commencent à avoir l'air bizarre.

Nick avança alors dans l'entrée de la maison du voisin.

— Nick, écoute-moi, merde.

Mais Nick fit la sourde oreille et cogna très fort à la porte du voisin. Elle s'ouvrit quelques secondes plus tard sur une grande blonde revêtue de… presque rien du tout et qui dévisagea Nick comme si elle le trouvait parfaitement comestible. Shaya n'apprécia pas. Elle grogna. Nick lui prit la main pour la rassurer.

Gardant Shaya près de lui, Nick pénétra dans la maison et referma la porte derrière eux, ne souhaitant pas que les extrémistes assistent à la scène.

— Où est Eric ? demanda Nick à la blonde.

L'air tout d'un coup nerveuse, ce qui ne l'empêcha pas de mater Nick, énervant grandement Shaya, elle indiqua le couloir du doigt.

— Dans la cuisine.

Tenant toujours fermement la main de Shaya, Nick se dirigea dans la direction indiquée. Il devait avoir une expression féroce sur le visage, parce que personne ne s'interposa. Il avait déjà aperçu le voisin et savait donc qui il cherchait. Dès qu'il le vit, il lui mit sa main libre sur la gorge.

— Qu'est-ce que…, dit Eric manifestement choqué, les yeux exorbités.

— Ne dis rien. Contente-toi de m'écouter.

Les conversations s'arrêtèrent subitement dans la pièce. Shaya était à peu près sûre que les invités auraient réagi s'il s'était agi de quelqu'un d'autre que Nick. Derren l'avait bien dit : quand Nick était en colère, tout le monde lui prêtait attention. Et là, il était furieux et il aurait fallu être fou pour vouloir attirer cette colère sur soi. La louve de Shaya était assez satisfaite. Elle aimait se sentir protégée par son âme sœur. C'était important pour elle de savoir qu'il était capable de le faire.

— Tu vois Shaya, ici, à mes côtés, grogna Nick. (Eric lui jeta un bref coup d'œil.) Je ne pense pas être obligé de t'expliquer pourquoi je suis ici ni pourquoi j'ai envie de te casser le cou, pas vrai ?

Eric fit comme toutes les petites brutes et se rendit dès qu'il se sentit confronté à un mec plus fort que lui. Il cessa donc de bouger et ne chercha pas à lutter contre la prise de Nick.

— Non, dit-il.

— Je ne pense pas avoir à t'expliquer ce qu'il va se passer si tu n'arrêtes pas de l'embêter, n'est-ce pas ? (Nick resserra sa main comme un étau sur la gorge du voisin quand il regarda Shaya.) Ne la regarde pas. Réponds-moi. Je n'ai pas besoin de t'expliquer, n'est-ce pas ?

Eric secoua la tête autant que le lui permettait la prise de Nick.

— Dis-moi, grogna Nick, dis-moi ce que je vais te faire si tu oses essayer de l'énerver encore une fois.

— Tu vas me tabasser, dit-il, la voix tendue, rauque.

— Tss-tss, fit Nick. Je vais t'ouvrir le ventre, en extraire tes intestins et te pendre avec. Shaya compte énormément pour moi. Tu connais cette petite voix intérieure qui te dit quand tu fais quelque chose de mal ? J'en ai une aussi. Mais elle oublie toute notion du bien et du mal quand il s'agit de Shaya ou de qui que ce soit qui s'est mis en tête de l'énerver.

Voyant qu'Eric était prêt à faire dans son froc et que Nick semblait avoir du mal à se contrôler, Shaya serra doucement la main libre de son compagnon pour le calmer.

— C'est bon, laisse-le, lui murmura-t-elle à l'oreille, assez bas pour qu'Eric ne l'entende pas.

(Nick relâcha légèrement son étreinte sans toutefois libérer le voisin de Shaya.) Laisse-le maintenant, Nick, répéta Shaya en lui serrant de nouveau la main et en se collant à lui.

Nick prit alors une longue inspiration, libéra Eric et mit un bras autour des épaules de Shaya. Elle aurait dû s'éloigner mais comprenant qu'il avait besoin de ce contact, elle se plaqua contre lui.

— Partons, fit-elle.

Puis elle se retourna et aperçut Derren dans l'embrasure de la porte de la cuisine, mais ne s'en étonna pas.

— Tout va bien ? s'enquit-il en leur lançant un regard interrogateur.

Nick commença alors à guider Shaya vers la sortie, Derren à leurs côtés.

— On faisait connaissance. Shay pense que j'ai besoin d'amis.

— Shaya pense que tu as surtout besoin de faire profil bas, déclara-t-elle en renâclant, et de ne pas confronter des humains.

Nick haussa simplement les épaules comme si rien de tout cela n'avait d'importance quand il s'agissait d'elle. Il ne connaissait littéralement pas d'autre loi que la sienne. Elle comprit alors quelque chose le concernant. Elle avait pensé au début qu'il finirait par se lasser d'essayer de la séduire si elle le rejetait suffisamment de fois. Elle n'en était plus si sûre.

— Personne ne pourra jamais te faire changer d'avis, n'est-ce pas ? voulut-elle savoir quand ils sortirent de la maison d'Eric.

— Certains ont essayé, affirma Derren dans un grand éclat de rire.

Nick lança un regard désapprobateur à Derren et se tourna ensuite vers Shaya.

— Tu commences à comprendre, lui dit-il, que ce ne sera pas facile de te débarrasser de moi. C'est bien. Continue de me repousser si tu penses que c'est ce que tu dois faire, bébé. Mais sache que cela ne fera aucune différence.

C'était à la fois une affirmation et un avertissement. Il leva un doigt et lui caressa la joue, puis la mâchoire et le cou avant d'atteindre l'encolure de son tee-shirt.

— Jamais je ne te lâcherai. Pour rien au monde. Même pas pour toi.

Chapitre 7

Nick n'avait jamais eu de mal à mettre un pied devant l'autre. Mais avec un aussi joli petit cul juste là, dans son champ de vision, il n'avait pas la moindre envie de bouger. Il se contenta donc d'admirer, bouche bée, le spectacle de Shaya penchée devant un rayon de boîtes de conserve. Il aurait donné toute sa fortune pour apercevoir la culotte sous le jean ultraslim. D'habitude, il n'aimait pas trop les femmes en jean. Ce vêtement était trop couvrant à son goût. Mais avec Shaya, c'était une véritable torture de tout laisser à l'imagination. Il ne percevait pas de ligne de culotte. Peut-être portait-elle un string. Ou alors rien du tout. Bordel de merde.

Des images hautement érotiques lui vinrent à l'esprit, et cela lui arrivait d'ailleurs souvent quand il était avec Shaya. Il n'avait aucun mal à l'imaginer à poil dans cette position, appuyée contre une table par exemple, et lui en train de la pénétrer encore et encore. Dans ses fantasmes, il s'imaginait donnant la fessée à la jeune femme jusqu'à ce qu'elle le supplie de la prendre.

Avec toutes ces pensées lubriques, il finit par avoir une érection tellement dure qu'elle en était douloureuse.

Au beau milieu d'un putain de supermarché.

Le dimanche était le jour de congé de Shaya. Ses longues journées de travail étaient tellement éreintantes que Nick était persuadé qu'elle en profiterait pour faire la grasse matinée. Il semblait cependant que Shaya aimait se lever aux aurores, ce jour-là pour aller faire ses courses. Il l'avait vue entrer dans le supermarché en allant faire le plein.

Soit elle avait détecté son odeur, soit elle s'était sentie épiée, mais elle tourna soudainement la tête et l'aperçut. Il contint à peine un éclat de rire en la voyant écarquiller les yeux et se redresser prestement. Elle avait sans doute deviné ses fantasmes.

— Qu'est-ce que tu fais ici ? s'enquit-elle énervée et se reprochant aussitôt sa réaction.

Shaya avait laissé paraître sa mauvaise humeur, elle le savait. Mais elle n'était pas très en forme, comme bien des filles au moment de leurs règles.

— Tu me suis ? voulut-elle savoir.

— C'est plus difficile que je ne l'aurais cru.

— À ta place, je ferais preuve d'un peu d'intelligence et je m'en irais, grogna-t-elle.

— Non, fit-il.

— Est-ce qu'on t'a déjà dit que tu es incroyablement têtu ? lui demanda-t-elle en grognant.

— Souvent. Mais je ne suis pas vraiment têtu, tu sais. C'est juste que je suis capable de dire « non » sans me sentir coupable.

— Qu'est-ce que tu veux ? insista-t-elle en sentant que son sourire en coin risquait de lui donner miraculeusement envie de sourire à son tour.

Une lueur langoureuse apparut dans le regard de Nick.

— Toi. Dans mon lit. À poil. Mouillée. Prête à me recevoir.

Elle lui lança un regard abasourdi.

— J'ai répondu à ta question, c'est tout, fit-il en haussant innocemment les épaules.

Elle ferma les yeux un court instant, le temps de se calmer. Mais la patience n'était pas sa principale qualité.

— Je n'ai pas de temps à perdre avec ces âneries. Dégage.

— Je suis venu t'aider, fit-il.

— Pas aujourd'hui, Nick, d'accord, dit-elle les dents serrées.

L'andouille venait de mettre un pot de sauce bolognaise dans son chariot. Elle le replaça sur le rayon.

— Tu pourras recommencer à me harceler demain.

— Je ne te harcèle pas. Je fréquente les mêmes endroits que toi, c'est tout.

— Arrête de mettre n'importe quoi dans mon chariot, fit-elle en grognant quand il y remit le pot de bolognaise et y ajouta une bouteille d'huile parfumée à l'ail.

L'humeur ombrageuse de la louve de la jeune femme rendit Nick perplexe. Shaya et sa louve étaient de nature assez brusque, mais il percevait autre chose.

— Pourquoi ta louve est-elle… différente aujourd'hui ? Ton odeur est différente aussi, il me semble.

Il approcha son nez du cou de la jeune femme pour humer son parfum.

— Oh, fit-il.

— Ouais, dit-elle avec un sourire sarcastique.

Il y avait au moins un avantage à avoir ses règles : il la laisserait tranquille pendant quelques jours, sachant qu'il ne pourrait pas la séduire. Il ne lui enverrait pas non plus de SMS comme celui de la veille, qui disait à peu près ceci : « Si j'étais au lit avec toi et que je m'apprêtais à te caresser, où voudrais-tu que je commence ? »

Son corps l'avait trahie en réagissant à son message tout comme il le faisait maintenant en sa présence. Elle aurait moins de mal à se débarrasser de lui dans la situation actuelle. En général, les métamorphes n'aimaient pas rester près de leurs femmes pendant leurs règles parce que c'était une période très difficile pour elles. Elles souffraient alors de grande fatigue, d'importantes sautes d'humeur, de crises d'anxiété, d'un surcroît d'appétit, d'insomnies et de bouffées de chaleur.

— Je viens de comprendre pourquoi tu es encore plus ronchon que d'habitude, dit Nick. C'est sans doute aussi la raison pour laquelle tu es sortie du lit si tôt ce matin. Tu as plus de mal à te lever d'habitude.

Cela expliquait également que ses seins soient gonflés, mais il jugea préférable de ne pas y faire allusion. Il n'était pas bête.

— Je n'ai pas de mal à sortir du lit le matin, s'exclama-t-elle, estomaquée, indignée même. Et je ne suis pas ronchon, merde.

Il aurait mieux fait de partir. Les louves pendant leurs règles étaient susceptibles de vous sauter à la gorge à la moindre provocation. Mais Shaya était sienne et elle avait besoin d'être dorlotée, qu'elle le reconnaisse ou non. Il passa alors un bras autour de ses épaules et posa l'autre main sur la barre de son chariot.

— Allez, bébé. Dis-moi ce dont tu as besoin et je vais t'aider. Puis on rentrera et tu passeras toute la journée allongée sur le canapé. Ça te va comme programme ?

— Je suis parfaitement capable de faire mes putains de courses et de pousser mon propre chariot, dit-elle sèchement, même si son offre lui paraissait alléchante.

— Je n'en doute pas une minute. Mais tu sortiras d'ici beaucoup plus vite si tu me laisses te donner un coup de main.

Nick aida Shaya à finir ses courses, même si elle ne se gêna pas pour grogner et l'abreuver d'injures imméritées en arpentant tous les rayons du supermarché. Il l'aida à remplir ses sacs et il lui proposa de payer, mais Shaya faillit lui casser la gueule.

— Je n'ai pas besoin de charité, siffla-t-elle.

Elle se calma un peu en voyant l'air contrit de Nick. Elle sortit de l'argent de son sac et le tendit à la caissière qui mangeait Nick des yeux en lui adressant des sourires séducteurs.

— Tu vois quelque chose qui te plaît ? lui demanda Shaya après s'être raclé bruyamment la gorge. Parce que lui, non, ajouta-t-elle sèchement.

Le client derrière eux dans la queue sembla trouver cette remarque très amusante. Mais Shaya n'avait pas du tout envie de rire.

Nick prit les sacs de courses d'une main et la main de Shaya de l'autre, et il l'attira à lui.

— Prête à rentrer chez toi, bébé ? lui demanda-t-il.

La jeune femme émit un grognement sourd pour toute réponse, ce qui le fit sourire. Il mit les sacs dans le coffre de sa voiture tandis qu'elle râlait dans le parking, lui expliquant qu'elle préférait marcher, merci. Il la guida ensuite vers le siège passager.

Elle continua de rouspéter pendant tout le trajet du retour. Nick fit comme tout métamorphe intelligent quand sa compagne subit les affres de ses règles : il garda le silence et se contenta de hocher la tête. Elle pestait encore en arrivant chez elle. Quand il ouvrit le coffre pour en sortir les courses, Shaya fit mine de s'en emparer. Il secoua la tête et la précéda dans l'allée menant à sa porte.

— Je suis…, commença-t-elle en grognant.

— … parfaitement capable de porter tes propres sacs, conclut-il pour la calmer. Mais cela ne signifie pas pour autant que je ne peux pas te donner un coup de main, n'est-ce pas ?

— Arrête de jouer au psy !

La jeune femme remarqua que la pelouse devant la maison semblait différente. Elle l'examina un peu plus attentivement.

— Tu as tondu ma pelouse ? lui demanda-t-elle.

— Elle en avait un peu besoin, fit-il en haussant les épaules. Tu viens de t'en rendre compte ? Je m'en suis occupé hier pendant que tu étais au travail.

Furieuse, Shaya alla ouvrir sa porte d'entrée.

— Pourquoi faut-il que tu sois toujours sympa et serviable, putain ? grogna-t-elle.

— Shay, je veux…

— C'est dur de détester un mec sympa et serviable.

— Très bien. Parce que je n'ai pas du tout envie que tu me détestes.

Nick entra alors chez la jeune femme comme s'il avait tous les droits, ne tenant aucun compte des regards assassins qu'elle lui lançait. De plus en plus énervée, comme si elle avait besoin de ça, elle le regarda à l'œuvre dans sa cuisine.

— Bon d'accord, tu as mérité une étoile dorée pour tes bons services. Maintenant, barre-toi et…

Elle lança un cri d'étonnement quand il l'attrapa dans ses bras, la souleva et l'assit sur le plan de travail, se plaçant entre ses jambes.

Il lui tendit des comprimés de paracétamol et un verre d'eau.

— Allez, prends ça. Tu as mal bébé, ça te fera du bien. Prends ces cachets.

Elle hésitait à obtempérer, par pur entêtement.

Nick avait parlé avec suffisamment d'autorité pour qu'elle ravale les propos désobligeants qu'elle s'apprêtait à lui lancer. Sa louve avait dû faire marche arrière aussi, mais avec beaucoup de réticence. Reconnaissant enfin qu'elle avait besoin de ce médicament et qu'il serait idiot de refuser, elle soupira intérieurement et s'en empara. Quand elle l'eut avalé, il reprit le verre et le posa sur le comptoir.

— Très bien, fit-il.

Il tendit la main et lui massa doucement le ventre, n'aimant pas la voir souffrir, mais bien incapable de la soulager.

— Préfères-tu aller t'allonger sur le canapé ou dans ton lit ?

— Je ne suis pas malade.

— Tous les métamorphes savent que quand leur compagne a ses règles, il n'y a rien de mieux à faire pour elle que de s'allonger sur un canapé ou dans un lit et, surtout, de se reposer et de ne rien entreprendre d'autre.

— Je ne suis pas ta compagne, déclara-t-elle.

Sa louve donna quelques coups de queue impertinents pour manifester son désaccord par rapport à cette remarque négative.

— Mais oui, tu es ma compagne, bébé, insista Nick doucement, l'air contrarié, en lui tapotant le bout du nez. Tu es faite pour moi, tu m'appartiens comme tu ne pourras jamais appartenir à qui que ce soit d'autre. (Il passa la main tendrement dans la masse rousse de ses cheveux aux boucles serrés pour la calmer.) J'adore la texture de tes cheveux. Ils sont tellement soyeux. (Le compliment sembla la désarmer. Nick eut l'impression qu'on ne lui en avait pas souvent fait dans sa vie.) Alors, tu préfères quoi : le canapé ou ton lit ?

— Le canapé, dit-elle en baissant un peu les épaules en signe de reddition.

Elle écarquilla les yeux quand il enroula ses jambes autour de sa taille et la transporta jusqu'au séjour. Il la déposa doucement sur le canapé où elle s'installa en position fœtale. Puis il lui tendit la télécommande, mais il ne s'en alla pas. Il retourna dans la cuisine et Shaya comprit qu'il rangeait ses courses quand elle entendit claquer les portes des placards. Elle aurait voulu lui crier de se barrer, mais elle aurait été obligée de s'occuper du rangement et elle préférait nettement rester là où elle se trouvait. Elle alluma donc la télé et elle zappa jusqu'à ce qu'elle trouve un programme qu'elle avait envie de regarder.

Quand Nick revint un peu plus tard dans le séjour, Shaya pleurait à chaudes larmes. Il posa sur la table basse la tablette de chocolat et la tasse de café qu'il lui apportait, s'accroupit à ses côtés et lui prit le visage entre ses mains.

— Qu'est-ce qu'il y a ?

— C'est ce putain de film, répondit-elle en reniflant. Le chien vient de mourir.

— Tu devrais peut-être regarder autre chose, lui dit-il en réprimant un sourire avec difficulté et en l'embrassant sur les cheveux.

— Je ne peux pas croire qu'ils aient choisi un titre comme *Le chien de Skip*. On pourrait croire que c'est un petit film sympa, non ? Jamais on n'imaginerait que le chien meurt.

— Tu as raison, fit-il en séchant ses larmes avec les pouces.

— Tu essaies de t'empêcher de rire, Beavis, je le sais.

— Si on parlait d'autre chose ? Pour te changer les idées ?

Elle eut d'abord l'air d'avoir envie de l'envoyer paître. Énervée au départ, elle devint cependant rapidement curieuse.

— Qu'est-ce que tu voudrais savoir ? s'enquit-il.

Shaya haussa les épaules comme si cela n'avait aucune importance.

— Dis, insista-t-il.

Shaya se mordilla les lèvres, manquant un peu d'assurance. Remarquant que Nick l'observait attentivement, elle cessa aussitôt. Il plongea son regard dans le sien, la mettant au défi de poser sa question.

— Pourquoi as-tu été condamné à la maison de redressement ?

— Demande-moi n'importe quoi sauf ça, dit-il en inspirant profondément.

— Je veux savoir.

Il retira ses mains du visage de la jeune femme et ses traits se durcirent. Elle pouvait presque le sentir se fermer à elle. Quand il fit mine de se lever, elle l'empoigna par le tee-shirt pour l'en empêcher.

— Tu ne peux pas espérer obtenir la confiance de quelqu'un en lui cachant des choses.

Elle avait raison, il le savait. Fatigué, il poussa un long soupir.

— Pourquoi veux-tu le savoir ? As-tu vraiment besoin de plus de raisons de me détester ?

— Tu ne peux pas dire que je suis ta compagne et ne pas me raconter ça, insista-t-elle doucement. Dis-moi.

Nick finit par hocher la tête au bout d'un court instant de silence. Mais Shaya ne le laissa pas s'éloigner.

Il prit une profonde inspiration pour se préparer à revivre le passé et à lui faire des révélations susceptibles de lui compliquer encore davantage la tâche dans ses efforts pour s'immiscer dans sa vie.

— Je ne suis pas né dans la meute de Ryland. Ma famille est originaire d'une meute de Manhattan où il n'y a pas de grands espaces pour se défouler. Elle avait acheté un immeuble entièrement habité par des membres de la meute. C'était près d'un bois où l'on pouvait aller courir. Un jour que je me baladais dans ce bois avec ma sœur, on a croisé quatre hommes, âgés entre dix-sept et vingt et un ans.

— Quel âge avais-tu ?

— Treize ans. Ma sœur en avait douze. Ils savaient qu'on était des métamorphes et, comme beaucoup d'humains, ils ne nous appréciaient pas tellement. Mais cela ne les empêcha pas de vouloir violer ou du moins de tenter de violer ma sœur. Deux d'entre eux me retenaient pour m'obliger à les regarder faire tandis qu'un troisième s'occupait de ma sœur. Ils l'ont menacée, lui disant que si elle prenait sa forme lupine, les autres me tueraient. Puis ils m'ont menacé à mon tour, me disant qu'ils la tueraient si je me transformais. Le quatrième était chargé de filmer la scène.

— Nick ? fit Shaya quand elle le vit commencer à se perdre dans ses souvenirs.

— Je me suis transformé, poursuivit Nick en prêtant de nouveau attention à Shaya. Mon loup était trop en colère pour se retenir. Il a agi contre ma volonté. Ces humains voulaient nous faire du mal de toute manière, cela semblait donc inutile de leur obéir. J'ai tué le mec qui s'apprêtait à violer ma sœur et j'en ai estropié deux autres. Le quatrième a préféré fuir et aller chercher de l'aide.

Nick s'attendait à ce que Shaya soit dégoûtée ou effrayée. Elle ne dit rien cependant et conserva une expression neutre sur son visage.

— J'aurais pu être condamné à la peine de mort plutôt qu'à la maison de redressement, continua-t-il en gardant quelque espoir de ne pas être rejeté par Shaya. La vidéo montrait très bien les intentions des humains et prouvait que j'avais agi en état de légitime défense. Je n'avais que treize ans, j'avais tué un humain et j'en avais estropié deux autres, sans aucune aide. Les autorités des humains n'appréciaient pas beaucoup. Ils pensaient sans doute que je ne sortirais pas vivant de la maison de redressement et que ça réglerait le problème. Mais j'ai survécu et j'en suis sorti.

Shaya était très fière qu'il ait réussi à survivre. Comment avait-il pu penser qu'elle porterait un jugement sur lui ? N'avait-il pas agi comme la plupart des métamorphes dans la même situation ? Comme le loup de Trey qui entrait assez souvent en frénésie.

— J'ai rapidement compris que les gardiens étaient payés pour attaquer certains d'entre nous, sans aucun doute par la famille de leurs victimes. J'ai donc encouragé les métamorphes emprisonnés dans cette maison de redressement à se regrouper en meutes plutôt qu'en petites bandes. On était mieux protégés comme cela. On veillait les uns sur les autres et c'était donc plus difficile pour les gardiens de cibler l'un d'entre nous en particulier.

— Tu étais leur chef, leur Alpha, devina-t-elle aisément.

Nick était un chef-né, fait pour devenir Alpha… mais il avait abdiqué pour elle. Combien de temps est-ce que cela pourrait durer ?

— Pas au début. Il y avait un autre Alpha, Merrick. Mais personne ne lui obéissait vraiment sans pour autant avoir envie de le défier. Ils ne voulaient pas d'un psychopathe pour chef, même s'il leur pourrissait la vie comme le font souvent les petites brutes.

— Alors toi, tu l'as défié.

— Je l'ai tué, dit-il. (Il s'en voudrait éternellement de l'avoir fait.) Je n'en avais pas vraiment l'intention. Je ne voulais pas le buter. Mais il refusait de se rendre, de reculer. Il aimait se battre, souffrir, faire couler le sang. C'était étrange. Merrick n'était pas bien dans sa tête et les choses sont allées beaucoup trop loin.

— S'il refusait de se soumettre, tu n'avais pas d'autre choix, n'est-ce pas ?

— Ça me fait encore plus de sang sur les mains, Shay. C'est comme je te disais, Merrick n'était pas très bien dans sa tête… Mais est-ce qu'il méritait de mourir pour autant ? Il n'avait que quinze ans.

— Et toi, tu n'en avais que treize et tu étais dans une situation où c'était toi ou lui. Tu as choisi de vivre. N'importe qui d'autre aurait fait le même choix.

Shaya fut déconcertée de constater qu'il n'en semblait pas convaincu, qu'il se sentait encore beaucoup trop coupable.

— Ce n'était pas facile pour toi de me raconter tout cela, j'en suis consciente, reprit-elle. Merci. (Nick ne dit rien, se contentant de hausser les épaules.) Comment es-tu devenu Alpha de la meute de Ryland ?

— Ma famille est partie s'installer là-bas quand j'ai été envoyé en taule. Ils voulaient s'éloigner des lieux qui leur rappelaient trop de mauvais souvenirs. Malheureusement, un autre Alpha a pris le pouvoir trois ans après leur arrivée. Il gouvernait par la peur et l'intimidation. Il sanctionnait la moindre transgression, créait des fractures au sein de la meute, isolait les membres les plus faibles, allant même jusqu'à obliger plusieurs d'entre eux, dont Eli, à participer à des combats dans son club de boxe underground.

» Après toutes ces années passées dans cet enfer, mon loup n'était pas dans un très bon état d'esprit. À ma sortie de taule, j'ai retrouvé ma famille dans un très piteux état et cela l'a fait complètement flipper. J'ai donc défié cet Alpha et je l'ai tué. (Nick se retrouvait alors avec encore plus de sang sur les mains.) Je ne voulais pas de ce poste mais il n'y avait personne d'autre pour prendre la relève. La meute était mal en point et personne ne voulait assumer la responsabilité de la remettre sur pied. J'avais tué l'Alpha et je n'avais donc pas d'autre choix que de prendre sa place et de veiller sur la meute. C'est ce que j'ai fait.

Shaya ne pouvait qu'imaginer les difficultés qu'il avait dû affronter en devenant l'Alpha d'une meute alors qu'il sortait à peine de taule. Il avait simplement échangé une prison contre une autre. Un Alpha avait d'énormes responsabilités. La meute et ses membres passaient avant lui. Il devait toujours se montrer fort sans égard pour ses propres soucis. Nick n'avait jamais eu de temps pour lui, n'avait jamais pris de vacances. Cet intermède lui ferait sans doute beaucoup de bien. Elle refusait de croire qu'il avait vraiment démissionné de son poste.

— Je t'avais prévenu. Ce n'est pas une bien belle histoire.

Shaya déglutit bruyamment.

— Tu protégeais ta sœur. Personne ne peut t'en tenir rigueur. Personne ne peut reprocher à ton loup d'être entré en frénésie dans de telles circonstances.

Nick laissa échapper un rire amer.

— Ce n'était pas le cas, Shay. Je savais parfaitement ce que je faisais. Je n'avais pas besoin de tuer. Ni de les blesser. Ils ont eu tellement peur quand je me suis transformé qu'ils s'apprêtaient à détaler. Ils avaient l'air de penser que je ne laisserais pas émerger mon loup. Mais moi, cela ne me suffisait pas de les effrayer. J'ai tué cet humain parce que j'en avais envie. Comme j'ai attaqué les deux autres qui cherchaient à me retenir pour la même raison.

Si personne n'était intervenu pour m'en empêcher, je les aurais également massacrés.

Shaya fut subitement prise d'un frisson. Non pas à cause de la confession de Nick, mais en raison de l'immense solitude qu'elle percevait en lui, un sentiment qu'elle connaissait bien. Pouvait-elle lui en vouloir d'avoir eu envie de massacrer les agresseurs de sa petite sœur ? Des mecs qui voulaient violer une gamine de douze ans ? Jamais elle ne lui reprocherait son geste, même si d'autres ne se gêneraient sans doute pas pour le faire.

— C'est normal que tu aies eu envie de les massacrer. Ils s'en prenaient à une gamine de douze ans…

— Je ne regrette pas mon geste, Shay.

Il préférait savoir tout de suite si elle était capable ou non de l'accepter tel qu'il était. Il ne la laisserait cependant jamais utiliser cette révélation comme prétexte pour l'éloigner davantage.

— D'ailleurs, je ne l'ai jamais regretté. Même pas quand je me suis retrouvé dans l'enfer de la maison de redressement, ni quand je pensais crever en taule. Je ne l'ai jamais regretté et je ne le regretterai jamais.

L'expression, la voix de Nick continuaient de dégager une grande impression de solitude, comme s'il croyait que jamais personne ne saurait le comprendre ou l'accepter tel qu'il était. Mais il se trompait.

— Taryn est comme une sœur pour moi. Je serais capable d'arracher le cœur du premier qui chercherait à lui faire du mal.

— Mais tu es à moitié humaine, lui rétorqua Nick, disposé à la croire au vu de son expression déterminée. Les gens que j'ai blessés étaient de ta race.

— Je suis également à moitié métamorphe. Ils s'en prenaient à ta sœur, et à toi aussi. C'est inexcusable.

Qu'elle souhaite ou non être revendiquée par lui, ils n'en demeuraient pas moins liés, il était sien. Elle ne pouvait pas accepter ni tolérer l'idée que quiconque cherche à lui faire du mal. Encore moins pardonner.

Nick fut réconforté par l'absence totale de reproches de la part de Shaya. Cela lui faisait l'effet d'un baume guérisseur pour sa pauvre âme mutilée. Il n'avait plus qu'une envie : l'embrasser passionnément. Il s'obligea à résister à la tentation. Mais il avait un tel besoin de la sentir qu'il s'approcha d'elle, plaqua son front contre celui de la jeune femme et lui caressa la pommette du bout du doigt.

— Tu mérites beaucoup mieux que moi, déclara-t-il. Mais je refuse de te quitter. C'est égoïste de ma part, j'en conviens. D'autres métamorphes seraient sans doute capables de se barrer. En ce qui me concerne, ce n'est pas possible. J'ai essayé, mais je n'y arrive pas. Tu n'as pas encore compris que la vie sans toi est complètement dénuée d'intérêt pour moi ?

Shaya essaya de ne pas tenir compte des propos de Nick, de ne pas les laisser s'insinuer dans son cœur. Mais malgré tous ses vaillants efforts, elle ne réussit pas à les empêcher de s'introduire au plus profond de son âme solitaire et de la réchauffer. La possessivité qu'elle décelait dans son regard fit littéralement fondre sa louve. Shaya réprima difficilement un frisson quand Nick lui caressa la lèvre inférieure du pouce. Elle aurait dû s'énerver qu'il envahisse ainsi son espace personnel et qu'il la touche, au lieu de quoi elle se sentit tout émoustillée. Ses tétons avaient durci et son sexe la démangeait. Elle était si excitée depuis son arrivée qu'elle en était fébrile. Il aurait mieux valu qu'elle s'éloigne un peu, mais elle sentait que son contact produisait un effet calmant sur Nick, le réconfortait et l'aidait à tourner la page sur des souvenirs douloureux. Comment aurait-elle pu le priver de son aide ? Cela étant, elle n'avait pas vraiment envie de s'éloigner non plus.

Le regard ardent de Shaya fit grogner Nick. Il l'empoigna par les cheveux, cherchant de toutes ses forces à résister à la tentation de la posséder, se servant de l'influence calmante de la jeune femme pour y parvenir.

— Ne me regarde pas ainsi, Shay. Mon membre est déjà dur comme le roc et j'ai du mal à m'empêcher de t'embrasser voracement. Tu es contente d'avoir cet effet sur moi, non ?

— Espèce d'enfoiré, fit-elle en rougissant et confirmant du coup sa théorie.

— Ça me rassure de savoir que je ne suis pas le seul à être excité, dit-il en haussant un sourcil quand il l'entendit renâcler. Tu veux que je te dise à quoi je pense là, tout de suite ? lui demanda-t-il doucement.

— Je ne préfère pas, fit-elle en fermant les yeux et en rougissant de plus belle.

Elle avait de plus en plus de difficulté à contenir ses propres désirs d'union. Elle ne voulait surtout pas qu'il les exacerbe encore davantage. Pas en cette période où elle souffrait d'un cruel manque d'affection. Sa louve était très curieuse cependant.

— Je t'imagine ligotée sur mon lit, poursuivit-il. Tu veux savoir ce que je ferais à ces tétons durcis que je vois pointer sous ton tee-shirt ? Je les sucerais et les mordillerais jusqu'à ce que tout ton corps s'arque d'excitation et que tu me supplies de te prendre. Mais je ne le ferais pas tout de suite. Je commencerais par te goûter. Tu ne peux pas imaginer à quel point j'ai envie de découvrir ta saveur. Et puis je ne te prendrais qu'après t'avoir fait jouir avec ma langue, pas avant. Tu m'appartiens. Je ne serais pas tendre, Shay. Je serais rapide, violent, dur.

Quand Shaya ouvrit les yeux, ils paraissaient beaucoup plus sombres en raison de ses pupilles dilatées. Nick s'en rendit compte. La jeune femme avait également la bouche entrouverte et la respiration courte. Clairement, ses propos l'avaient excitée. Nick commençait d'ailleurs à se demander pourquoi il lui avait parlé ainsi. Il se sentait tout aussi émoustillé qu'elle. Il devait avoir un penchant masochiste dont il avait jusque-là ignoré l'existence.

Shaya inspira profondément avant de lui répondre.

— Tu me provoques, espèce d'abruti prétentieux.

Nick éclata de rire et réussit, au prix de vaillants efforts, à se lever et à mettre ainsi fin à cette séance de torture.

— Je t'en ai assez raconté pour aujourd'hui. Mange ton chocolat et repose-toi. Je vais aller réparer ton extracteur de jus.

Nick sortit de la pièce et Shaya se tourna de nouveau vers la télé. Elle n'avait pas prévu de dormir, mais le fit néanmoins. Il faisait nuit quand elle se réveilla. Elle vit Nick assis sur le canapé. Il avait pris les pieds de la jeune femme sur ses genoux et il regardait la télé dont il avait réglé le son au minimum. Sentant sans doute qu'elle ouvrait les yeux, il se tourna vers elle.

— Hé, bébé. Ça va mieux ?

Elle se sentait effectivement beaucoup mieux. Elle n'avait plus de crampes et se sentait beaucoup plus calme. Elle fit donc « oui » de la tête.

— Super. Je voulais juste te dire : j'ai réparé ton extracteur de jus, le robinet de la cuisine ne fuit plus et ton dîner t'attend au four.

Avait-il vraiment besoin de la gâter autant ?

— Tu as aussi un problème de chauffe-eau. C'est à ton propriétaire de le réparer. Je ne voudrais pas que tu sois obligée de prendre des douches froides.

Merde. Son propriétaire ne voulait jamais s'occuper de quoi que ce soit. Il répondrait un truc dans le genre : « Ah, je vais sans doute devoir vendre la maison. Je n'ai pas les moyens de faire tous ces travaux. » C'était une sorte de menace indirecte de sa part. Il lui laissait entendre que si elle n'effectuait pas elle-même les réparations, elle serait obligée de se loger ailleurs.

— Je vais lui en parler demain, dit-elle à Nick, tout en sachant cette partie perdue d'avance.

— Ce ne sera pas nécessaire. Je l'ai appelé pendant que tu faisais la sieste. Il a promis de s'en occuper.

La mâchoire lui en tomba.

— Tu l'as appelé ? Comment as-tu obtenu son numéro de téléphone ? Qu'est-ce que tu entends par « il a promis » ?

Qu'avait-il encore fait, merde !

— Je l'ai eu de la même manière que le tien, lui répondit-il en haussant les épaules, les yeux rivés sur la télé. N'oublie pas que j'ai énormément de relations. Il n'était pas très coopératif au début, je dois dire. Il a commencé par prétendre qu'il n'avait pas les moyens d'effectuer ces réparations, qu'il serait obligé de vendre la maison. Je lui ai alors parlé de son solde bancaire en nette contradiction avec ses propos, je lui ai expliqué que je tenais beaucoup à toi et il a fini par changer complètement d'attitude.

— Tu sais combien d'argent il a en banque ?

Shaya commençait à croire que Nick était capable d'obtenir toutes les informations qu'il voulait sur n'importe qui. Il haussa simplement les épaules comme si tout cela n'avait aucune importance.

— Tu l'as menacé aussi, je suppose ?

Son visage revêtit une expression offusquée.

— Je n'ai pas été obligé de le faire. Il a été suffisamment choqué que j'aie accès à ce genre d'information, en plus de quelques autres broutilles comme le fait qu'il couche avec sa belle-sœur.

— Tu me fais peur parfois, dit-elle surprise en secouant la tête.

— Tu ne dois jamais avoir peur de moi, affirma-t-il en lui caressant la jambe. Tu n'as pas à craindre que je te fasse du mal. Pas toi. Jamais. Quoi qu'il arrive.

Elle en était convaincue à présent. Une semaine plus tôt, elle n'aurait pas cru une seule de ses paroles. Mais la situation avait changé. Elle en déduisait qu'il commençait à prendre une certaine importance dans sa vie et ça, c'était dangereux. Mais comment aurait-il pu en être autrement ? Le fait était qu'elle appréciait sa présence, qu'elle le veuille ou non. Il lui facilitait la vie en s'occupant des petites tâches et il continuait à la dorloter en dépit de ses sautes d'humeur et de ses protestations. Personne ne l'avait jamais aussi bien traitée. Ne s'était jamais autant concentré sur son bien-être. Pas même ses propres parents.

— Je vais te laisser seule maintenant que tu te sens mieux.

Nick n'avait vraiment pas envie de partir, mais il ne voulait pas rester jusqu'à ce qu'elle lui demande de s'en aller. Il ne voulait pas que Shaya pense qu'il avait fait toutes ces choses uniquement pour passer du temps avec elle. Il avait agi sans arrière-pensée. N'ayant malheureusement pas d'aussi bonnes manières qu'elle l'aurait peut-être souhaité, il ne résista pas à la tentation d'embrasser la bouche pulpeuse de la jeune femme.

— Si tu as besoin de moi pour quoi que ce soit, tu sais où me trouver, lui dit-il en se levant.

— Nick..., commença Shaya, à peine avait-il fait deux pas. Merci... pour ton aide, dit-elle gauchement.

Nick lui adressa un sourire charmeur qui fit frissonner la louve de Shaya, et puis s'en alla. Shaya eut envie de le rappeler. Ouais, elle commençait à l'avoir vraiment dans la peau. Plus qu'elle ne l'aurait voulu. Merde.

Chapitre 8

Nick fit tout son possible pour s'immerger totalement dans la vie de Shaya. Au bout de trois semaines de sollicitude, Shaya se sentit au bord des larmes… parce que le subterfuge fonctionnait à merveille. En effet, au grand désarroi de Shaya, Nick s'avérait être un homme de parole qui ne manquait à aucun de ses engagements. Il l'attendait tous les matins avec un café pour la conduire au travail. Shaya avait fini par arrêter de lutter et accepter son offre. En outre, elle recevait tous les jours au travail un SMS et un petit cadeau qui la faisait rire. Il venait ensuite la chercher à midi pour l'inviter à manger au restaurant de son choix. Puis il l'attendait tous les soirs après le travail pour la raccompagner chez elle et il lui remettait le dîner qu'il avait préparé pour elle. Tous les dimanches, il l'aidait à faire ses courses et lui proposait son aide pour les petites tâches domestiques

Même s'il ne se privait pas de la toucher fréquemment et de la taquiner en lui décrivant tout ce qu'il aimerait lui faire, il ne demandait rien à la jeune femme. Il ne profitait jamais de l'excitation qui la gagnait inexorablement pour aller plus loin avec elle. Nick jouait un rôle de premier plan dans tous les rêves de Shaya qui étaient loin d'être romantiques et sentimentaux. Ainsi, celui de la veille avait été particulièrement chaud. Dans son rêve, elle était non seulement allongée nue sur le dos, dans son lit avec les mains liées au-dessus de la tête, mais elle portait aussi un plug anal et Nick s'enfonçait en elle vigoureusement et profondément. Elle tenait Kent responsable de l'orientation que prenaient ses rêves en raison de ses nombreux commentaires du genre : « *Je parie que Nick est aussi dominant au lit qu'à la ville.* » Sans oublier les allusions incessantes de Nick.

Donc, quand il fit son apparition au salon de coiffure ce midi-là, tellement canon que cela en était injuste, elle ne savait plus si elle devait simplement l'engueuler ou bien lui sauter dessus. Elle choisit la première option.

— Je t'ai déjà dit ce matin que je ne pourrais pas aller déjeuner avec toi aujourd'hui, qu'on est beaucoup trop occupés le vendredi.

— Je sais, fit Nick sur un ton apaisant. (Il ne se laissait jamais démonter par les sautes d'humeur de la jeune femme.) Je t'ai apporté à manger. Je ne voulais pas que tu sois obligée de sauter un repas en raison de ton travail.

Cette fille avait un appétit d'oiseau, elle picorait dans ses plats, et allait jusqu'à oublier carrément de manger. Nick le savait et il faisait tout son possible pour l'empêcher de se négliger. Ces mauvaises habitudes pouvaient être néfastes pour une métamorphe.

Shaya aurait peut-être refusé le sac que lui tendait Nick si son contenu n'avait pas eu une odeur aussi alléchante. Elle accepta donc le sandwich du Subway qu'il lui avait apporté, le maudissant intérieurement d'être si sympa et de si bien la gâter. Il ne s'en privait d'ailleurs pas. Kent trouvait son comportement tout à fait charmant, tout comme les clients réguliers qui avaient tous rencontré Nick au moins une fois et le tenaient en très haute estime. Du reste, le client qu'elle s'affairait à coiffer le saluait et conversait avec lui du putain de temps qu'il faisait.

—N'oublie pas de manger ton sandwich, dit Nick à Shaya en se tournant enfin vers elle et en pointant le sac du doigt. Sinon je te donne la fessée, ajouta-t-il dans un murmure que seul un métamorphe était capable d'entendre.

—Tu te prends pour qui, pour me donner des ordres et me menacer d'une fessée ? lui répondit-elle sur le même ton, estomaquée, la main sur la hanche.

—Tu m'appartiens, bébé. Ton cul aussi. Et je n'aime pas te voir le maltraiter.

Sur ces bonnes paroles, il se pencha, l'embrassa sur la joue et sortit.

Shaya n'était toujours pas revenue de son étonnement. Elle se tourna vers Kent qui travaillait à côté d'elle et qui n'avait eu aucun mal à entendre les propos de Nick avec son ouïe de métamorphe.

—Tu as vu ça, ce mec ?

Kent se contenta de la regarder d'un air désapprobateur. Et pourquoi ? Parce qu'elle avait accepté un rencard avec un client nouvellement arrivé en ville. D'habitude elle refusait toujours de sortir avec ses clients, mais elle avait décidé de faire une exception. Elle pouvait toujours essayer de se mentir à elle-même quant à ses motivations. Essayer de se dire que c'était parce qu'elle ne voulait pas sortir avec Nick ou parce qu'elle avait un gros béguin pour le mec en question, mais la vérité était qu'elle voulait mettre Nick à l'épreuve.

Il commençait à prendre énormément d'importance pour elle. Elle ne pouvait s'empêcher d'être rassurée par sa présence et sa confiance en lui. Elle se sentait en sécurité avec lui, choyée, protégée. Cela jouait également pour sa louve. Elle avait trop longtemps souffert de solitude. Elle s'était toujours sentie seule, même avant toute cette histoire avec Nick… Elle ressentait comme une impression de froid à l'intérieur d'elle-même. Mais elle ne souffrait plus quand Nick était à ses côtés, qu'il la touchait et qu'elle se sentait enveloppée par son odeur.

Il avait désormais intégré son quotidien et, s'il s'en allait, elle en subirait un tel contrecoup qu'elle n'était pas certaine de pouvoir s'en remettre. Si cela devait se produire, elle préférait que ce soit plus tôt que plus tard. Ce rencard avec un client était pour Shaya la meilleure façon de savoir s'il allait ou non la plaquer. S'il ne le faisait pas, elle ne pourrait plus nier qu'il méritait qu'elle lui donne une autre chance. Elle risquait gros et les conséquences pouvaient être très graves, mais elle avait terriblement besoin de savoir s'il tenait vraiment à elle avant d'envisager de lui accorder une nouvelle chance.

Après le départ de son client, Shaya fit le ménage de son poste de travail. Des grognements suspects parvinrent cependant jusqu'à ses oreilles.

— Quand vas-tu arrêter de marmonner ? chuchota-t-elle aigrement pour que seul Kent l'entende.

— Ce que tu fais est mal, Shaya, et tu le sais.

— J'ai besoin de savoir s'il va m'abandonner une nouvelle fois.

— Non. Tu cherches à le punir.

Soit. Elle souhaitait en effet le voir souffrir autant qu'elle autrefois, mais elle commençait à penser qu'il n'avait peut-être pas été plus heureux qu'elle.

— On ne pourra pas avancer tant que je ne serai pas complètement sûre qu'il ne va pas me quitter. Tu connais mon histoire avec Mason. J'ai trop de mal à faire confiance à présent. N'oublie pas que Nick, mon âme sœur, m'a déjà abandonnée. Ce n'est donc pas très étonnant que j'hésite.

— Je sais, fit Kent, radouci. As-tu pensé à la possibilité bien réelle que Nick bute ton pauvre client ? Comment pourras-tu vivre avec sa mort sur la conscience ?

— Pourquoi penses-tu que je ne lui ai rien dit ? que j'ai l'intention de ne le lui en parler qu'après coup ? Je vais lui envoyer un SMS pour lui expliquer que je vais chez toi après le travail.

— Pourquoi te sers-tu de moi ? lui demanda Kent, sidéré.

— Arrête de te lamenter comme ça. Il ne saura jamais que tu étais au courant pour ce rencard. Je ne le lui dirai pas.

— Ne pourrais-tu pas trouver un autre moyen de mettre Nick à l'épreuve ? lui demanda-t-il sur un ton acerbe.

— Pourquoi voulez-vous mettre Nick à l'épreuve ? s'enquit une autre voix, celle de Paisley.

— Pour rien, répondit Shaya dans un grand sourire, tout en rouspétant intérieurement contre sa collègue.

— Je voulais juste te dire… Je ne comprends pas qu'il s'intéresse à toi. Regarde-le… Puis regarde-toi. C'est à n'y rien comprendre.

— Paisley, la prévint Kent.

— Ce n'est pas pour l'insulter, reprit Paisley qui n'avait pas l'air de chercher Shaya et semblait réellement perplexe.

Il est manifestement d'un naturel dominant. Je ne serais pas étonnée d'apprendre qu'il apprécie les activités BDSM. Une fille comme toi, Shaya… Je ne vois pas comment tu pourrais satisfaire Nick et ses besoins. Tu ressembles plus à une version édulcorée de la fille qu'il lui faut. Tu es trop nerveuse, trop rebelle et tu manques d'expérience. Tu… tu serais mieux avec un mec pratique, gentil, sensible, attentionné, tu vois. Un bibliothécaire, par exemple.

— Un bibliothécaire ?

— Ouais, tu sais, un mec raisonnable, un peu timide, ajouta-t-elle en haussant les épaules. Nick est tout le contraire de ce qu'il te faut. Tu n'as aucune expérience des mecs comme lui, j'en suis sûre. Tu es assez jolie, c'est sans doute comme ça que tu as attiré son attention, mais bien honnêtement, je doute que tu puisses le garder bien longtemps.

En réalité Shaya n'avait aucune confiance en ses talents pour y parvenir, et c'était là un autre de ses gros problèmes. Au cours de ces trois dernières semaines, elle avait découvert que ce n'était pas uniquement son incapacité à faire confiance qui l'empêchait de se laisser aller. Elle ne pouvait pas s'empêcher de craindre qu'il regrette un jour que son âme sœur soit une soumise. En règle générale, les Alphas préféraient que leur compagne soit au moins aussi forte qu'eux. Shaya savait que sa force intérieure était égale à celle de Nick, mais cela lui suffirait-il ? Ne préférerait-il pas plutôt une dominante comme Amber ?

Amber… Elle la détestait viscéralement. La guérisseuse était devenue une très grosse épine dans son pied depuis son arrivée. Le nombre de fois où elle s'était pointée tout à fait « par hasard » quand Nick et Shaya passaient du temps ensemble était assez incroyable. Elle trouvait toujours le moyen de le toucher ou de l'embrasser de manière beaucoup trop familière, intime même.

Elle allait aussi très souvent voir Nick dans son camping-car. Shaya regardait par sa fenêtre pour voir ce qu'il se passait dans sa rue. Elle avait remarqué que Nick ne laissait jamais Amber entrer chez lui. Il préférait lui parler brièvement sur le pas de sa porte. Chaque fois que Shaya abordait le sujet, Nick lui disait qu'Amber voulait simplement l'informer de la situation de Roni, mais elle soupçonnait autre chose.

Amber n'était pas désagréable envers Shaya. Non, elle était pire que ça : beaucoup trop gentille et attentionnée. Si Shaya n'avait parfois vu briller une lueur de jalousie et de mépris dans le regard de la guérisseuse, elle ne se serait pas méfiée. Shaya aurait préféré qu'Amber soit vache envers elle, parce que cela lui aurait permis de lui dire sa façon de penser et de lui demander de se tenir loin de Nick. Mais tant qu'Amber se montrait amicale, c'était Shaya qui aurait l'air déraisonnable, bête et irrationnelle, si elle commençait à déblatérer contre la guérisseuse. Cela expliquait sans doute le comportement d'Amber qui parvenait à passer ainsi plus de temps avec Nick.

— Bon, si tu es si déterminée à sortir avec ce client, tu pourrais au moins me dire son nom, déclara Kent une fois Paisley repartie vers l'accueil pour répondre au téléphone.

— Il s'appelle Simon. Il est créateur de sites internet.

— Pas trop rasoir ?

— Tu ne sais rien de lui, à part son nom et ce qu'il fait dans la vie.

— C'est juste, et il me semble déjà rasoir. Si on parlait plutôt d'un certain grand Alpha, blond cendré avec un loup…

— Kent, fit Shaya en grognant.

— D'accord. Où allez-vous ?

— Au restaurant marocain dans ton quartier.

— Oh, je vais peut-être aller y faire un tour, alors, réagit-il en haussant un sourcil.

— Non, tu vas l'interroger comme s'il était accusé de meurtre.

— Bien sûr, mais uniquement pour ton bien. Tu n'en sais rien, ce mec est peut-être un assassin. Un tueur en série. Avec des cadavres enterrés dans son jardin.

— Tu m'embêtes ! grogna-t-elle.

Il continua à l'asticoter tout l'après-midi, passant son temps à se moquer d'un mec qu'il n'avait jamais rencontré, disant qu'il était insipide et trouillard et peut-être même un assassin. Elle lui demanda néanmoins de la conduire au restaurant après le travail. Elle se changea d'abord au salon de coiffure. Kent lui souhaita bonne chance même s'il n'était pas d'accord avec la stratégie de son amie. Cependant elle remarqua une lueur étrange et déplaisante dans son regard quand il repartit chez lui. Était-ce de la culpabilité ?

Déterminée à oublier le comportement de son patron, Shaya haussa les épaules et entra dans le restaurant. Simon était déjà arrivé. Extrêmement poli, il l'aida à enlever son manteau, lui tira sa chaise et la laissa commander la première. Ça augurait bien.

Nick regardait la télé avec Bruce quand il entendit sonner son téléphone portable. L'appel venait de Derren.

— Ouais ?

— Il se passe quelque chose qui ne va pas te plaire.

Nick se redressa rapidement. Il n'avait pas perçu de panique dans la voix de Derren, plutôt de la colère.

— Que se passe-t-il ? demanda-t-il.

— J'ai suivi Shaya pour m'assurer qu'elle arrivait bien chez Kent, comme tu me l'as demandé. La bonne nouvelle, poursuivit-il après une courte pause, c'est qu'aucun des sbires du Nazi n'est sur sa piste, ni aucun des extrémistes.

— Et la mauvaise nouvelle ?

— Elle n'est pas allée chez Kent, continua-t-il après une nouvelle pause. Elle est au restaurant. Selon Kent qui m'avait remarqué et qui est tout de suite venu me parler dans le parking pour me demander de t'appeler, elle a un rencard.

— Quoi ? s'exclama Nick.

Bordel de merde.

Shaya dut encore une fois résister à la tentation de triturer sa nouvelle jupe bleu nuit. C'était un achat coup de cœur. Elle aimait bien la manière dont les côtés semblaient lacés des hanches jusqu'à mi-cuisse, comme si un seul petit geste suffisait pour faire tomber le vêtement au sol. Elle appréciait aussi énormément la caresse du jupon soyeux sur sa peau. Dommage par contre que le vêtement n'ait pas été accompagné d'un avertissement la prévenant qu'il lui remonterait inexorablement le long des jambes dès qu'elle s'assiérait.

Elle adressa un sourire à Simon quand il lui versa du vin. Il avait été très correct jusque-là. La soirée avait été correcte aussi. C'était là, le problème : tout était correct. Il n'y avait aucune tension sexuelle entre eux, même s'il lui avait fait quelques compliments lui laissant croire qu'il ne détesterait pas être à la place de son vibromasseur. Il n'y avait eu aucune taquinerie, aucun badinage entre eux. Simon avait l'air trop nerveux pour la draguer.

Elle devait cependant reconnaître qu'il avait parfaitement réussi à éviter de lui mater les seins, même si elle portait exprès un haut bien décolleté. Chaque fois que ses yeux s'égaraient sur sa poitrine, il rougissait et détournait immédiatement le regard. En l'examinant bien et en réfléchissant à tout ce qu'il lui avait révélé à son sujet, Shaya comprit que Simon était exactement du genre « bibliothécaire » que Paisley lui avait décrit comme étant le compagnon idéal pour elle.

C'était exactement ce qu'il fallait à Shaya, non ? Un homme sensible en qui elle pourrait avoir confiance, un homme qui ne la ferait pas souffrir comme elle avait souffert par le passé. Bien sûr, il n'avait pas ce côté dominant que désirait ardemment sa nature soumise, mais il fallait parfois faire des compromis. Tant pis s'il ne prenait jamais le contrôle de la situation, si elle ne mouillait pas sa culotte quand il la regardait d'une certaine manière, comme seul savait d'ailleurs le faire un certain loup alpha de sa connaissance, n'est-ce pas ? De toute manière elle n'en savait rien. Simon pouvait tout à fait se révéler être un véritable Casanova au lit. Non ? Ils auraient peut-être une relation passionnée après tout. Avec des étincelles.

Mais peut-être aussi vivait-elle au pays des Bisounours ?

Elle était plutôt de ces femmes destinées à passer d'une mauvaise relation à une autre. Si c'était effectivement le cas, il valait mieux pour elle se contenter de relations sans lendemain, sans émotions, sans attaches, sans règles. Il ne lui restait plus qu'à assouvir ses besoins sexuels. Ça pouvait toujours aller un certain temps, mais pour toute la vie… ça manquait de chaleur et Shaya en avait tellement besoin, même qu'elle avait besoin d'une grande passion brûlante.

Elle examina encore une fois Simon et fut bien obligée de reconnaître qu'il n'y aurait jamais rien de passionné entre eux. Un peu de chaleur peut-être. Si elle ne trouvait pas mieux, elle devrait s'en contenter, peut-être…

Le bruit de chaises raclant le sol et l'impression de se faire bousculer la tira de ses rêveries. Trois autres personnes s'étaient subitement installées à leur table. Le mec, qui s'assit à ses côtés et qui s'était déjà collé tout contre elle, passa le bras sur le dossier de sa chaise. Puis il l'empoigna par les cheveux dans un geste typique de métamorphe avec sa compagne. Eh ben dis donc.

— Salut, Shay, fit Nick sans la regarder.

Il n'avait d'yeux que pour le pauvre Simon en face de lui. Même si Nick était sous le coup d'émotions fortes, il parlait d'une voix relativement calme. Il ne parvenait pas à croire que Shaya ait vraiment fait cela. Il pensait avoir réalisé des progrès avec elle, il pensait qu'elle commençait à accepter qu'il joue un rôle dans sa vie. Il espérait sincèrement qu'elle lui accorde bientôt une place à ses côtés, aussi petite soit-elle. Il la laissait avancer à son rythme même s'il était dévoré par l'envie de la revendiquer. Mais jamais il ne pourrait accepter qu'elle sorte avec d'autres mecs. C'était mal le connaître que de penser le contraire.

Shaya osa jeter un œil sur le visage impassible de Nick et ce qu'elle vit confirma ce que trahissait sa raideur. Il bouillait de colère. Quand leurs regards se croisèrent, elle lut dans le sien qu'il valait mieux ne pas le défier. Sa louve s'écrasa, non pas qu'elle ait peur de Nick, mais plutôt parce qu'elle ne souhaitait pas se faire houspiller pour une décision qui n'avait rien à voir avec elle. En outre, elle n'aimait pas la compagnie de ce Simon et avait beaucoup grogné en sa présence. Les bras croisés, Derren et Kent s'étaient bien calés dans leurs chaises et regardaient le pauvre mec comme s'il avait essayé de violer Shaya.

— Euh… hum, est-ce que tout va bien ? s'enquit-il nerveusement.

Se sentant accablée par Nick et par la sombre aura émanant de lui, Shaya tenta de s'éloigner un peu, mais il grogna et lui empoigna fermement le cou. La jeune femme s'immobilisa et il lui caressa la nuque comme pour la récompenser. Sa louve se calma un peu à ce contact.

— Tu veux bien nous présenter, s'il te plaît, Shay ?

— D'accord. Les gars, je vous présente Simon. Simon, voici Kent, Derren et Nick, dit-elle après s'être raclé la gorge.

Puis la jeune femme prit son verre de vin et avala une longue gorgée réconfortante.

— Content de faire votre connaissance, déclara Simon dont le regard ne cessait d'aller de Shaya à Nick, manifestement intrigué par l'attitude possessive de Nick.

— Où travailles-tu, Simon ? Dans quel domaine ? demanda Nick de manière décontractée.

Il ressentait le besoin de tout savoir sur ce Simon, de créer dans sa tête une sorte de profil pour comprendre pourquoi Shaya le préférait à sa propre âme sœur. Son âme sœur, bordel de merde.

— Eh bien, je suis créateur de sites internet, répondit Simon.

Il devait se demander pourquoi Nick lui faisait subir une sorte d'entretien d'embauche, pensa Shaya.

— Créateur de sites internet ? Vraiment ? Ce doit être passionnant, rétorqua-t-il en passant la main dans les cheveux de Shaya.

C'était le seul moyen pour lui de se calmer, parce qu'il était très remonté contre la jeune femme responsable de cette situation qui mettait son self-control à rude épreuve. S'il ne parvenait pas vite à se contrôler, cet homme était en danger de mort.

— Tu as toujours fait ça ? poursuivit-il.

— J'étais bibliothécaire quand j'ai…

Les conversations s'arrêtèrent net quand Shaya avala une gorgée de vin de travers, s'étouffant presque. Bibliothécaire ? Non, le sort ne lui jouerait certainement pas ce genre de tour. Nick lui tapota, puis lui caressa le haut du dos.

— Tu as déjà été marié ? lui demanda Nick.

— Marié ? Oh, non, jamais.

— As-tu des enfants ?

— Non.

Voyant à l'expression du visage de Simon qu'il ne comprenait pas le pourquoi de cet interrogatoire, Shaya voulut y mettre fin.

— Nick…, eut-elle à peine le temps de dire avant que ce dernier ne la fasse taire en lui mordant cruellement l'oreille.

— Quel mot te décrit le mieux, lui demanda Nick en continuant de sourire.

— Et toi, quel mot te décrit le mieux ? demanda Shaya sèchement à Nick.

— Furieux, rétorqua-t-il en la regardant droit dans les yeux.

Entendant Simon se racler nerveusement la gorge, ils se retournèrent tous deux vers lui, lui accordant toute leur attention. Le pauvre esquissait un sourire anxieux.

— Vous avez l'air… très proches, tous les deux.

Shaya devinait parfaitement que Simon mourait d'envie de demander directement à Nick pourquoi il se comportait de manière aussi possessive envers Shaya. Il devait s'inquiéter d'avoir invité sans le savoir une fille déjà maquée. Mais Nick avait pris l'attitude du directeur d'école qui ne veut rien entendre tout en exigeant qu'on l'écoute.

— En effet, on est très proches, affirma Nick en mordillant le cou de Shaya.

Shaya tourna alors vivement la tête pour le dévisager, mais une lueur brillait dans le regard de Nick, une sorte d'avertissement lui faisant comprendre qu'il valait mieux pour elle ne pas le contester sur ce coup. Têtue, elle aurait voulu réagir, mais elle fut stoppée net dans son élan quand elle vit dans les yeux de Nick qu'il souffrait d'avoir été trahi. Il lui laissa voir ses yeux de loup pendant un bref instant et Shaya comprit que son loup était aussi fâché que lui. Ce rencard s'ajoutait aux autres qu'elle avait acceptés depuis son arrivée en Californie après leur rencontre et le refus de

Nick de la revendiquer. Une trahison de plus du point de vue de Nick.

— Dis-moi comment vous vous êtes rencontrés.

— Euh…, commença Simon en bougeant nerveusement sur sa chaise. C'était ce matin au salon quand Shaya me…

Une douleur intense à la tête empêcha Nick d'entendre la suite de l'explication. Super. Encore la migraine. Pas étonnant vu son état de stress. Il allait devoir se barrer de cet endroit. Pas question cependant de quitter Shaya. Putain.

— C'était sympa de faire ta connaissance, Simon. Dis-lui au revoir maintenant, bébé.

— Nick…, commença prudemment Shaya, pas trop sûre que ce soit une bonne idée qu'ils se retrouvent seuls tous les deux.

Nick ne l'écouta pas. Il attrapa la jeune femme par le coude et l'aida à se relever. Il la dévisagea tel un prédateur sa proie s'apprêtant à détaler… ce qui n'était pas trop loin de la vérité.

Shaya se réjouissait en partie de constater l'impact de son subterfuge sur Nick. Elle voyait bien qu'il était loin d'être indifférent, qu'elle comptait beaucoup pour lui, et elle avait besoin que ce soit le cas. Elle n'aurait pas supporté que Nick ne la considère que comme sa chose, et il n'avait pas réagi uniquement en mec possessif. Elle était également très nerveuse. Elle ne craignait pas qu'il lui fasse du mal. Non, pas ça. Jamais. Nick était facilement perturbé par contre. Ce n'était pas bon, pas bon du tout.

La main de Nick enserrant son poignet, ils quittèrent l'établissement et regagnèrent la Mercedes. Shaya boucla sa ceinture de sécurité et attendit l'explosion typique du mâle dominant. Mais il ne se produisit rien du tout. Calmement, Nick démarra le moteur, quitta le parking et s'engagea sur la route en direction de la maison de la jeune femme. Elle comprit rapidement que le silence pouvait être bien pire qu'une crise de colère.

Elle s'attendait à ce qu'il passe à l'attaque d'un instant à l'autre mais il n'en fit rien. Il ne pipa mot de tout le trajet. Il stoppa devant sa maison et sortit du véhicule avant même qu'elle n'ait le temps de défaire sa ceinture. Il n'eut pas un regard pour la jeune femme. D'accord. S'il voulait bouder, libre à lui.

Elle se dirigea vers sa porte d'un pas ferme, déterminée à le laisser mariner dans son jus. Puis changeant d'idée, elle se retourna et poussa un grognement.

— Pourquoi m'avoir traînée jusqu'ici si tu ne dis rien ? Si tu as quelque chose à me reprocher, sors-le, bordel. Vas-y, si tu veux me crier après.

— Entre chez toi. On parlera demain. Je n'ai pas envie de me disputer avec toi sur le trottoir. Surtout pas devant un auditoire.

Les sbires du Nazi étaient garés de l'autre côté de la rue et les humains, à trente mètres du camping-car.

— Alors viens là, dit-elle pour le défier.

Elle n'avait pas vraiment réfléchi avant de lui dire cela et ne comprenait pas trop bien d'ailleurs pourquoi elle l'avait fait. Aucun Alpha ne pouvait résister à ce genre de défi et son Alpha, oui, son Alpha à elle, n'était pas différent des autres.

Nick avait besoin de ses comprimés mais déterminé à oublier la douleur, il s'avança lentement vers Shaya, réduisant la distance entre eux. Il s'attendait à ce qu'elle se précipite à l'intérieur et lui ferme la porte au nez, mais elle ne bougea pas, ne battit pas en retraite, ne baissa pas les yeux, ne gigota ni ne recula. Elle resta plantée là où elle était dans l'embrasure de la porte, tête haute, épaules droites et le regard braqué sur lui. Une vraie femme forte.

— Maintenant, si tu veux me faire un sermon, tu peux y aller.

— Je ne sais pas du tout quoi te dire, Shay. J'ai été très patient. J'ai laissé les choses avancer à ton rythme, même si je souffre terriblement de devoir me retenir, et à tous les niveaux. Toi, qu'est-ce que tu fais ? Tu acceptes un rencard avec un pauvre créateur de sites internet qui rougit encore plus que toi. S'il est encore en vie à l'heure qu'il est, c'est bien parce que Derren et Kent ont réussi à me calmer un peu avant que j'entre dans ce restaurant. Pourquoi ne m'avais-tu pas parlé de ce rendez-vous ? Tu avais décidé de ne rien me dire ? Jamais ?

— J'allais te le dire après.

— Tu sais, Shaya, si tu voulais me faire mal, tu n'avais qu'à me planter un couteau dans la poitrine.

Shaya se sentait de plus en plus coupable à mesure qu'elle voyait à quel point Nick semblait abattu. Elle n'avait pas aimé non plus entendre Nick l'appeler « Shaya ». Elle s'était habituée à ce qu'il utilise le diminutif de son prénom. Même que ça lui faisait plaisir. *Mais il t'a abandonnée*, fit la petite voix intérieure. Oui, c'était vrai. Il s'était excusé aussi. Avait fait preuve d'une grande gentillesse envers elle et ne s'était jamais impatienté quoi qu'elle dise ou fasse. Même quand elle l'avait véritablement blessé le premier soir. Jamais il ne lui avait fait mal, n'avait tenté de l'intimider ou de la dompter avec ses vibrations de dominant. Mais le plus important, c'était qu'il ne l'avait pas quittée quoi qu'elle fît.

— Je ne voulais pas te faire mal.

— Ah ouais ? fit-il, sarcastique.

— Bon, d'accord. Je voulais te faire souffrir un tout petit peu. J'avais également besoin de savoir que tu ne me quitterais pas encore une fois.

— Je vois. Content d'avoir réussi ta petite épreuve alors, rétorqua-t-il amèrement, sa tête le faisant tellement souffrir que même le son de sa propre voix l'irritait. Tu es en train de me dire que tout ce que j'ai fait pour toi depuis mon arrivée n'a rien changé.

— Ce n'est pas ce que je voulais dire. Si tu veux la vérité…

— Oh oui, je veux la vérité.

— Tu as réussi. Tu ne comprends donc pas ? Je ne voulais pas que ça marche entre nous, mais c'est fait. Je n'ai jamais voulu que tu t'immisces dans ma vie, mais tu as réussi. Je ne voulais pas être malheureuse si tu t'en allais, mais ce serait le cas. Je ne voulais pas rêver de toi, mais ça m'arrive et je me réveille tout émoustillée sans pouvoir me soulager.

— Tu as besoin de soulagement ? lui demanda-t-il d'une voix rauque.

Shaya se raidit. Avant même qu'elle ait pu réfléchir à une réponse, il l'avait repoussée à l'intérieur, avait refermé la porte d'un coup de pied et l'avait plaquée contre le mur. Puis il s'empara de ses lèvres et les dévora littéralement dans un baiser qui n'avait rien de doux ni de caressant. Il prit sa bouche et y enfonça brutalement la langue, l'embrassant comme si c'était la dernière chose qu'il ferait avant de mourir. Ce fut un baiser profond, dominateur, dévastateur.

Il l'embrassa tellement passionnément qu'elle aurait dû être effrayée, mais elle ne put que lui rendre son baiser. Il n'aurait accepté rien de moins.

Il lui empoigna la tête des deux mains pour la placer comme il le souhaitait. Elle ne pouvait nier que sa bouche et sa langue la possédaient totalement. Son baiser était comme une revendication, comme une promesse mais aussi comme un avertissement. Il lui suça la langue en plaquant ses hanches contre celles de la jeune femme, se collant à elle de manière à déclencher en elle un paroxysme de désir. Il plaça une de ses mains sur son ventre dans un geste de possessivité et la tira brutalement par les cheveux, l'éloignant de lui et interrompant leur baiser. Il la dévisagea, les traits marqués par la passion.

— Je ne vais pas te baiser, dit-il en caressant le ventre de Shaya, puis en baissant la main jusqu'à l'ourlet de sa jupe et en lui remontant jusqu'à la taille. Je ne veux pas être un simple coup sans lendemain pour toi. Je veux que tu me désires, moi, ton âme sœur. Ce ne doit pas être une simple question de sexe entre nous. Mais si tu as réellement besoin de soulagement, je vais m'en occuper.

Il posa alors brutalement la main sur le sexe de la jeune femme. Elle suffoqua, serra les jambes et maintint ainsi prisonnière la main de Nick.

— Écarte les jambes.

— Quoi ? réussit-elle à souffler en réponse à l'ordre proféré fermement par Nick.

Shaya se sentit complètement désemparée par ce rapide changement d'humeur. Nick ne répéta pas, se contentant de la regarder impatiemment en arquant un sourcil. Shaya déglutit bruyamment en obtempérant lentement.

Il inséra deux doigts dans sa culotte et les plongea en elle. Elle était si chaude, si mouillée.

— Tu es mienne, Shaya, tu comprends ? Tu m'appartiens. Ton sexe m'appartient. Si jamais tu envisages de donner à un autre mec ce qui m'appartient, je le bute. Promis. Je commencerai par le démolir avant de te donner une fessée mémorable qui t'empêchera de t'asseoir pendant toute une semaine.

Shaya avait pleinement l'intention de lui dire qu'elle ne voulait pas coucher avec Simon, mais Nick s'agenouilla devant elle. Il passa une des jambes de la jeune femme sur son épaule et lui arracha sa culotte. Il aurait fallu être fou pour essayer de le déranger pendant qu'il était ainsi occupé. Elle était peut-être une garce, mais elle n'était pas folle.

Quand elle sentit la langue de Nick sur son sexe, elle renversa la tête et ferma les yeux. Elle était excitée depuis si longtemps qu'il suffit d'un bref contact pour qu'elle s'écroule contre le mur en gémissant. Tandis qu'il caressait son sexe de la langue, elle déplaça ses mains qu'elle avait appuyées sur le mur et lui empoigna les cheveux pour lui faire comprendre qu'elle en voulait plus encore. Il poussa un grognement qui lui déclencha des contractions. Heureusement qu'il la retenait fermement par les cuisses, sans quoi elle aurait été bien incapable de tenir debout.

Il la marqua de la langue à chacune de ses caresses, amenant Shaya à un état de grande excitation, si intense qu'elle avait presque peur des réactions de son propre corps. Plus rien n'existait pour elle à part la sensation de sa bouche la suçant, la mordillant, la caressant et la pénétrant. Elle gémit, grogna, suffoqua, et sanglota. Il n'arrêta pas, ne lui donna aucun répit, la torturant quasiment de plaisir. Il avait beau être agenouillé devant elle, elle ne contrôlait rien. Shaya était complètement sous l'emprise de Nick. Il savait exactement que faire, comment procurer du plaisir à la jeune femme tout en contrôlant les réactions de son corps.

—Nick… J'ai besoin de…

Il grogna une nouvelle fois et les vibrations ainsi créées exacerbèrent les sensations de la jeune femme. Ses jambes flageolèrent quand il inséra deux doigts en elle tout en la suçant, lui ordonnant presque de jouir. Il obtint satisfaction puisqu'elle poussa un grand cri quand elle se sentit littéralement ébranlée par une violente explosion libératrice qui l'anéantit. Nick lui mordit brutalement l'intérieur de la cuisse, ce qui eut pour effet de prolonger son orgasme.

Haletante, elle le regarda lui replacer sa jupe et se relever. Il lui donna encore un baiser possessif, envahissant sa bouche et lui mordant très fort la lèvre inférieure pour lui faire comprendre à quel point il était furieux. Puis il partit. Shaya comprit alors que Nick était parfaitement capable de contrôler son côté dominant.

Assis dans le coin repas, Derren fronça les sourcils en regardant Nick avaler une poignée de comprimés. Nick trouvait que cette scène devenait un peu trop familière. Soit les migraines devenaient plus violentes, soit les médicaments ne faisaient plus autant effet, parce qu'il lui fallait nettement augmenter les doses pour que la douleur s'estompe. Le problème était que la douleur, associée aux comprimés, agissait comme un sédatif sur lui. Il se retrouverait bientôt au pays des fées.

— C'est ta troisième crise de migraine de la journée, fit Derren quand Nick s'affala sur le canapé, les yeux fermés.

Derren avait parlé tout doucement ce que Nick appréciait énormément.

— Ouais. Dure journée.

— Nick, tu dois demander à Amber de te faire quelques traitements de plus, déclara Derren après avoir laissé sortir une volée de jurons.

— Non.

— Nick…, reprit Derren après avoir longuement soupiré.

— Ce sont de simples migraines. Tu le sais aussi bien que moi. Si les traitements n'ont rien donné la première fois, ils n'agiront pas plus maintenant.

— Ça vaut quand même le coup d'essayer. Tu pourrais aussi chercher une autre guérisseuse.

— Je refuse de quitter Shaya.

— Ça me fait mal de te dire cela, Nick, et je le fais bien à contrecœur, crois-moi. Tu mérites d'être heureux. Je pense que c'est un combat perdu d'avance avec Shaya. Elle ne va pas changer d'avis, ajouta-t-il avec un peu plus de compassion.

Nick pensait qu'il avait sans doute raison. Elle lui avait dit que sa façon d'agir avec elle la touchait mais en ajoutant qu'elle ne voulait pas que ça marche entre eux. Il n'était pas prêt cependant à s'avouer vaincu ni à le reconnaître publiquement.

— Laisse tomber, Derren.

— J'ai raison, Nick et tu le sais. Elle est même sortie avec un autre mec.

— Pas besoin de me le rappeler.

— Si ce n'est pas là la preuve que tu ne réalises pas de progrès avec Shaya, je ne vois pas ce qu'il te faut de plus.

— Je ne peux pas parler de ça maintenant, Derren.

Il était d'ailleurs incapable de parler de quoi que ce soit. Les bruits de leurs voix s'emmêlaient et il avait l'impression qu'on lui martelait la tête avec une barre de fer.

— Laisse-moi appeler Amber et lui demander de regarder…

— Non.

— S'il le faut, je lui demanderai de passer quand tu dormiras parce que tu dors tellement profondément que rien ni personne ne parvient à te réveiller.

— Si tu fais cela, je te bute, s'écria Nick qui s'était approché rapidement de lui. Tu sais aussi bien que moi que si Amber me touche ne serait-ce qu'une seule fois, je n'aurai aucune chance avec Shaya.

— Il est possible que tu n'aies aucune chance, point barre.

— Sérieux, Derren. Tu fais ça et c'est fini entre nous. Bon, je vais me coucher.

Il avait besoin de se réfugier dans une chambre noire et silencieuse où il pourrait s'endormir avec le goût de son âme sœur dans la bouche et son odeur sur ses mains.

Il n'avait pas voulu se laisser aller à lui exprimer sa passion débordante, mais il avait perdu le contrôle dès l'instant où ses lèvres avaient rencontré celles de Shaya. Elles étaient si douces, si dociles. Merde, elle avait tellement réagi à ses baisers, elle avait gémi, s'était tortillée, accrochée à lui. Il avait découvert aussi sa soumission naturelle. Il avait maintenant envie d'elle plus que jamais.

Il désirait ardemment, de toutes les cellules de son corps, retourner chez elle et posséder ce qui lui appartenait déjà. Son loup lui donnait des coups de griffes, s'énervait après lui de ne pas l'avoir revendiquée pendant que l'occasion se présentait, même s'il était en colère après elle et lui en voulait de l'avoir trahi. Son loup ne voulait pas envisager ce que Nick croyait possible, il refusait d'accepter que la situation soit désespérée et que son âme sœur ne veuille jamais de lui.

Chapitre 9

Le lendemain matin, Shaya s'apprêtait à mettre ses chaussures et à enfiler sa veste quand elle entendit sonner son téléphone portable enfoui au fond de son sac. L'appel provenait de Kent.

— Si tu me téléphones pour me demander si je suis en retard, la réponse est non. Donc…

— Ce serait bien la première fois, fit-il en gloussant. Non, ce n'est pas pour cela que je t'appelle. Je voulais simplement te dire de prendre ta journée.

— Mais pourquoi ? s'enquit-elle, se figeant sur place d'étonnement.

— Je vais peut-être m'avancer en disant cela, mais Nick et toi avez besoin de vous parler sérieusement. Il était furieux hier soir, Shaya. Je le comprends et je me dois de te le dire.

— C'est toi qui lui as dit, pour le rencard ? voulut savoir la jeune femme qui comprenait aussi parfaitement les raisons de la colère de Nick.

— Oui, mais de toute manière, Derren nous suivait et il ne faut pas être un génie pour comprendre de quoi il retournait. Que s'est-il passé quand vous êtes rentrés chez toi ?

La jeune femme soupira, se laissa tomber sur le canapé et raconta tout à son ami.

— Est-il aussi doué avec sa bouche que je l'imaginais ?

— Oui, et plus encore, répondit-elle en esquissant un demi-sourire.

— Je comprends, Shaya, fit-il en soupirant, que tu te protèges autant. Je comprends aussi que tu aies besoin que Nick fasse ses preuves. Tu as beaucoup souffert de son refus de te revendiquer et du fait qu'il a agi comme si tu n'existais pas. Mais il y a une chose que tu ne dois pas oublier : les hommes sont très orgueilleux. En tant qu'Alpha, Nick l'est même peut-être plus que la moyenne, plus que la plupart de ses semblables. Tu as tout fait au cours des trois dernières semaines pour l'atteindre à ce niveau et tu l'as blessé profondément. Si tu ne veux pas le voir partir, tu dois mettre ton propre orgueil de côté et lui donner la chance qu'il mérite.

Il avait raison, Shaya le savait.

En repensant aux conseils de Kent, elle se dirigea vers la cuisine pour mettre sa tasse dans l'évier. Au passage elle remarqua sur la table de la salle à manger les deux places de cinéma que lui avait offertes Nick pour qu'elle puisse aller avec Kent voir un film dont elle lui avait fait l'éloge. Il ne lui avait même pas proposé de l'accompagner. Merde. Elle s'était vraiment comportée comme une garce. Il était temps d'y remédier.

La jeune femme ouvrit la porte d'entrée et chercha du regard la Mercedes de Nick. La voiture était bien là, mais elle était inoccupée. Nick ne l'attendait pas assis à l'intérieur avec son café comme les autres jours. Si elle n'avait pas vu la Mercedes, elle aurait simplement pensé qu'il n'était pas encore revenu du Starbucks. Mais non, il devait donc y avoir un souci. Elle fut tout de suite angoissée, ainsi que sa louve.

Elle inspira longuement et se dirigea vers le camping-car, s'attendant à voir Nick en sortir d'un instant à l'autre. Mais la porte de l'engin ne s'ouvrit que lorsqu'elle l'atteignit. Elle fut étonnée de voir Derren dans l'embrasure et non pas Nick. Elle fronça les sourcils quand il referma la porte derrière lui et se planta devant comme pour lui bloquer le passage.

— C'est moi qui vais te conduire au travail ce matin, déclara-t-il sèchement en avançant d'un pas, obligeant Shaya à reculer.

— Je veux voir Nick.

— Tu devras attendre un peu, fit-il, une expression dure sur le visage.

— Je veux le voir maintenant.

— Pourquoi ? Pour le torturer un peu plus ? lui assena-t-il en arquant un sourcil.

— Je comprends que tu puisses m'en vouloir, dit Shaya après avoir pris une profonde inspiration. Tu veux toujours protéger Nick…

— Inutile d'ajouter quoi que ce soit, donc.

Nick n'était toujours pas sorti, ce qui fit souffrir Shaya davantage que les réprimandes de Derren. Il ne devait pas ignorer que son ami cherchait à l'empêcher d'entrer. Il entendait sans doute leur conversation, mais il avait choisi de ne pas intervenir. De deux choses l'une alors : soit Nick ne souhaitait vraiment pas la voir ni lui parler, soit il lui cachait quelque chose. Un sombre soupçon s'insinua dans son esprit. Et s'il était avec une autre fille ? Avait-il tenté de se réconforter auprès d'une autre ? Amber, par exemple ? Elle ne lui en voudrait pas, mais elle n'hésiterait pas à buter la garce.

Ce fut alors que Shaya se rendit compte à quel point les événements de la veille avaient été durs pour Nick. À quel point il avait dû souffrir d'une situation dont elle était la seule responsable. Il était grand temps pour elle de s'excuser. Là, tout de suite.

— Mon SUV est garé derrière la voiture de Nick, dit Derren en le désignant du doigt.

Il pensait pouvoir l'empêcher de voir son âme sœur ? Pff. Shaya fit alors mine d'obtempérer. Elle hocha la tête et fit semblant de se diriger vers le véhicule de Derren. Puis se retournant brusquement, elle lui donna un coup de coude dans la gorge suivi d'un coup de poing dans la mâchoire avant de se précipiter vers le camping-car. Elle ouvrit la porte et entra, traversa le séjour, le coin repas, la petite cuisine, passa devant la salle de bains, et se dirigea vers l'arrière du véhicule où elle vit deux portes. Pariant que la chambre de Nick se trouvait à gauche, elle ouvrit d'un grand coup et se figea sur place.

Nick était allongé sur le ventre dans son lit. Il était très pâle. Il était tout habillé et il dormait profondément. Tellement que ses sens aiguisés de métamorphe ne l'avaient pas réveillé. Il aurait normalement dû entendre le vif échange entre Derren et Shaya, sentir la tension entre eux, sans parler de son odeur à elle. Son loup aurait également dû percevoir toutes ces choses mais, manifestement, il n'avait pas réussi à le réveiller non plus. Même Bruce assis par terre aux côtés de son maître n'arrivait pas à le faire émerger de son lourd sommeil avec ses multiples coups de langue sur le bras bien bronzé qui pendait du lit.

Derren attrapa doucement la jeune femme par les épaules et la guida hors de la chambre. Trop préoccupée pour réagir, Shaya le laissa l'en éloigner sans résister.

— Pourquoi dort-il aussi profondément ? Qu'est-ce qu'il a ?

Derren soupira et garda le silence un moment. Shaya pensait qu'il n'allait pas répondre.

— Il a des migraines épouvantables.

— Cela n'explique pas pourquoi il ne se réveille pas.

— Plus il souffre, plus il prend de comprimés. Hier, il a eu trois crises d'une douleur à chaque fois insoutenable. Cette souffrance associée à la grande quantité de médicaments qu'il prend pour la soulager le plonge dans un sommeil si profond qu'il est proche de l'inconscience.

Ébranlée par cette découverte, Shaya se sentit défaillir et se laissa tomber sur le canapé. Elle avait bien aperçu à l'occasion des éclairs de douleur dans le regard de Nick, mais elle n'avait pas cherché à en connaître la cause tellement elle était déterminée à ne pas montrer qu'elle s'intéressait à lui et à son bien-être. Tout cela ne lui ressemblait d'ailleurs pas du tout. Elle avait laissé la colère qui l'habitait affecter son comportement. Mais c'était fini maintenant. Elle ne voulait plus être comme cela.

— Je n'étais pas au courant pour ses migraines.

— Comment aurais-tu pu le savoir ? Tu n'as jamais pris le temps d'apprendre à le connaître, il me semble.

— Tu peux te moquer de moi autant que tu veux. Mais pas maintenant, s'il te plaît. Il faut que je sache ce qui arrive à Nick. Si tu m'empêches de le réveiller pour que je le lui demande… (Elle n'avait pas vraiment envie de le déranger, mais Derren n'avait pas besoin de le savoir.) Il faudra bien que tu me dises ce qui lui arrive.

— Après ce que tu as fait hier soir, lui assena-t-il en renâclant, je n'ai pas bien envie de te raconter quoi que ce soit, merde. Tu as sans doute accepté ce rencard pour le faire réagir. C'est ce que je pense en tout cas. Eh bien, tu as réussi. J'espère que tu es satisfaite.

Shaya se sentit commencer à paniquer.

— Tu veux dire que c'est ma faute s'il a eu cette grosse migraine hier soir ? Que j'en suis responsable ?

— Oui, si c'est comme le pense Nick, à savoir que ses maux de tête sont causés par le stress émotif. Il en subit pas mal après tout ces derniers temps, non ?

Shaya tressaillit et baissa la tête.

— Il m'a fait souffrir.

— Oui, c'est vrai. Mais tu pensais tellement à ta propre douleur que tu étais incapable de voir sa souffrance à lui. Ou bien tu l'as perçue mais tu t'en fiches éperdument. Sais-tu qu'il éprouve une véritable souffrance physique quand il est près de toi du fait de ne pas pouvoir te revendiquer ? (Shaya releva la tête quand elle entendit ces paroles.) Ton désir d'union te gêne un peu, j'imagine mais lui, il ressent une véritable douleur. C'était dur pour lui d'être loin de toi, mais c'est pire de t'avoir là, à ses côtés. Son désir est exacerbé et il en souffre terriblement.

— Je l'ignorais, dit Shaya en se passant une main dans les cheveux.

— Aurais-tu agi autrement si tu l'avais su ? lui demanda-t-il tout en semblant persuadé du contraire.

Exaspérée autant par son propre comportement que par les propos de Derren, elle le regarda droit dans les yeux sans se préoccuper du fait qu'il allait trouver étrange qu'une soumise réagisse de cette manière.

— Tu m'en veux, je le sais. Mais je te demande de ne pas me juger, pas tant que tu n'auras pas aussi rencontré ton âme sœur. Tu ne peux pas comprendre ce que cela signifie de faire enfin la connaissance de la personne qui compte tellement pour toi qu'elle rend supportable toutes les souffrances que tu as connues jusque-là. Tu ne sais pas ce que cela fait d'être rejetée par cette personne spécialement faite pour toi, qu'elle ne te prête aucune attention. Quand ton âme sœur t'abandonne, tu te sens mourir à l'intérieur.

— Peut-on se mettre d'accord pour dire que vous avez assez souffert tous les deux ? s'enquit Derren dont les traits et le timbre de voix s'étaient radoucis.

— Oui, répondit-elle dans un long soupir.

— Si tu as trop souffert pour être capable de l'accepter dans ta vie, Shaya, tu dois le lui dire. Je sais que tu t'évertues à essayer de le lui faire comprendre depuis notre arrivée, mais tu n'étais pas sincère et il le sentait. Si tu veux vraiment le voir partir, dis-le-lui de manière à ce qu'il sache que c'est bien ce que tu souhaites. Tu vas en avoir l'occasion maintenant, ajouta-t-il en ayant entendu du bruit provenant de la chambre. Je vais sortir. Je vais vous laisser en tête à tête.

Shaya se leva brusquement, attendant Nick nerveusement. Il émergea de sa chambre quelques secondes plus tard, Bruce sur les talons. La louve de Shaya se calma un peu quand elle vit qu'il n'avait pas l'air trop mal en point. Apercevant Shaya, Nick cligna des yeux d'étonnement.

— Qu'est-ce que tu fais là, Shay ?

Il avait bien entendu repéré son odeur, mais puisqu'il s'était endormi imprégné du parfum de la jeune femme et de son excitation, il n'avait pas pensé qu'elle avait pu entrer chez lui.

Shaya poussa un immense soupir de soulagement. Nick avait utilisé son petit nom, ce qui signifiait qu'il ne lui en voulait plus autant, qu'il n'allait pas la repousser. Il avait l'air simplement étonné de la voir mais il ne semblait pas mécontent.

— Pourquoi ne m'avais-tu pas parlé de tes migraines ?

— Mais comment…, débuta-t-il, perplexe, avant de comprendre et de soupirer. Ah oui, Derren. (Il se sentit ensuite très mal à l'aise, ne sachant pas exactement ce que son ami avait pu révéler à Shaya.) J'ai mal à la tête quand je suis stressé.

Il haussa les épaules comme si ce n'était pas grave, ce qui énerva Shaya.

— N'essaie pas de minimiser tes souffrances comme le ferait n'importe quel mâle alpha typique. Derren m'a dit que tu souffrais beaucoup et souvent.

— On en reparlera plus tard, déclara Nick qui souhaitait manifestement changer de sujet de conversation. Allez, viens. Je t'accompagne au travail. Je ne veux pas que tu sois en retard.

— Je ne vais pas travailler, dit-elle en se raclant la gorge. Je suis venue pour te parler. Je voulais m'excuser, ajouta-t-elle devant son air ahuri.

Les traits de Nick exprimèrent sa surprise. Il n'était pas seulement étonné par les paroles de Shaya, mais aussi par la culpabilité et la sollicitude qu'il lisait dans son regard.

— T'excuser pour quoi ?

— Pour hier soir. Pour avoir piétiné ton orgueil, tes sentiments depuis trois semaines. Par contre je ne m'excuse pas de t'avoir dit de partir, ou d'avoir hésité à te croire. Ta décision de ne pas me revendiquer m'a anéantie. Dans ma tête, j'avais fini par te voir comme un enfoiré. Alors quand tu es arrivé et que tu as commencé à me gâter, ça ne cadrait pas du tout avec mon image de toi. C'était cette image qui me permettait de continuer à te détester. Je te voyais comme un hypocrite et un salaud. J'ai essayé de t'empêcher de m'approcher de trop près. Mais c'est trop dur, espèce de connard.

Nick s'approcha doucement de la jeune femme et replaça une mèche de ses cheveux derrière son oreille.

— Je ne suis pas malheureux que mes efforts aient fini par porter leur fruit. Mais je suis désolé de t'avoir fait souffrir.

— Si tu n'as eu aucun mal à démissionner de ton poste d'Alpha, tu aurais pu le faire beaucoup plus tôt. Il doit y avoir autre chose. C'est ça, non ? ajouta-t-elle en apercevant une lueur étrange dans le regard de Nick.

Dans ce contexte, il aurait préféré que son âme sœur ne soit pas aussi perspicace.

— Assieds-toi, lui demanda-t-il doucement en indiquant le canapé.

Il s'installa à côté d'elle sans pour autant envahir son espace personnel et se tourna de manière à lui faire face. Shaya l'imita. L'heure de vérité avait sonné.

— J'avais cinq ans, débuta-t-il au bout d'un long moment, quand mon loup a émergé pour la première fois.

— Cinq ans ? s'exclama Shaya, estomaquée, complètement ahurie. Mais… pourquoi ton loup a-t-il émergé si tôt ?

— C'était à cause d'un accident de la route. J'étais dans la voiture avec mes parents. Mon père est mort sur le coup. Ma mère était inconsciente. Un passant a réussi à la sortir du véhicule avant qu'il n'explose. J'étais resté coincé à l'arrière, incapable de sortir. Mon loup a paniqué, et moi aussi. Je m'étais cogné la tête et j'étais dans le cirage. J'avais du mal à bouger et j'étais donc incapable de me débattre comme j'aurais pu le faire en d'autres circonstances. Alors mon loup a émergé pour me protéger. Il a réussi à se faufiler entre les sièges avant et à sortir du côté de ma mère en sautant à travers un mur de flammes. Depuis, il a peur du feu.

Shaya était si profondément choquée qu'elle en resta muette. Elle se contenta donc de dévisager Nick. Il avait l'air d'être ailleurs, de revivre l'accident, de se retrouver encore une fois au milieu des flammes.

— Nick ? dit-elle pour essayer de le ramener à la réalité.

— Tu as déjà entendu parler de métamorphes dont l'animal avait émergé précocement, n'est-ce pas ? s'enquit-il en la regardant de nouveau.

— Je n'en connais pas personnellement, lui répondit-elle, mais je sais que cela arrive.

— Sais-tu ce qui peut arriver à ces métamorphes en vieillissant ?

La voix de Nick s'était faite tellement dure quand il posa cette question qu'un grand frisson glacial parcourut l'échine de Shaya.

— Quoi ? demanda-t-elle.

— Les guérisseurs ne comprennent pas vraiment ce qui se passe, mais ils pensent que c'est sans doute parce que le corps et l'esprit subissent des changements auxquels ils ne sont pas tout à fait préparés à un très jeune âge, et que c'est trop stressant pour eux. Ils finissent par souffrir de dégénérescence cognitive. Quand je t'ai rencontrée, j'étais suivi par notre guérisseuse qui essayait de me débarrasser de ce problème. Ses traitements ont donné d'excellents résultats. Mais cette rémission risque de n'être que temporaire et je vis donc avec cette crainte. Je ne voulais pas faire de toi ma garde-malade. Je ne trouvais pas juste de te revendiquer pour que tu te retrouves à assumer le fardeau d'un grand malade plutôt que de partager la vie de ton âme sœur.

Une sorte de déclic se fit alors en Shaya : les paroles et les actes de Nick depuis leur rencontre prenaient un sens. Elle avait enfin compris. Mais…

— Nick, tu es vraiment une andouille, s'exclama-t-elle, sérieusement exaspérée par son attitude, toute sa colère s'étant évanouie. Pourquoi ne me l'as-tu pas dit depuis le début ?

— Parce que tu aurais insisté pour rester à mes côtés.

— N'aurais-tu pas fait la même chose si les rôles avaient été inversés ? Ne va surtout pas me dire que ce n'est pas pareil. C'est faux ! Tu aurais dû m'en parler ! Me donner le choix de rester avec toi ou non, de t'accompagner ou non dans cette épreuve !

— Quand on s'est rencontrés, j'ai compris que je ne pouvais pas te revendiquer sans te mettre en danger et cette décision m'a paru… correcte. Je trouvais cela tout à fait normal d'être privé de mon âme sœur au vu de toutes les fautes que j'avais déjà commises sans jamais les regretter. Tu es si bonne, si parfaite, et moi… eh bien, il y a en moi plus de froideur que je n'oserais l'avouer.

— Tu aurais quand même dû me le dire ! Pourquoi ne m'en as-tu pas parlé quand tu es arrivé il y a trois semaines ? Merde, Nick.

Elle préférait ne pas repenser à quel point elle s'était comportée comme une garce tandis qu'il avait pris la décision, certes malhabile, de ne pas la revendiquer uniquement pour la protéger.

— Je voulais mériter une nouvelle chance, je ne voulais pas que tu me l'accordes uniquement par pitié pour moi.

Oui, les dominants avaient décidément beaucoup d'orgueil.

— J'aurais quand même préféré que tu me dises tout.

— Et toi, tu n'as aucun secret ? Ne va surtout pas croire que je ne me doute pas que tu ne me dis pas tout, Shay. La solitude te pèse énormément, je le vois bien. Je n'ai pas insisté pour que tu m'en parles. J'estimais ne pas en avoir le droit tant que je ne t'avais pas tout dit. Il serait bon que tu me racontes maintenant ce qu'il en est pour toi.

— Je n'aime pas revenir là-dessus.

La souffrance qu'il perçut dans la voix de la jeune femme le hérissa.

— Je n'aime pas parler de ce qu'il s'est passé ce jour-là dans le bois… mais je te l'ai raconté quand tu me l'as demandé.

C'était vrai, ce ne serait que justice.

— J'avais une sœur jumelle, finit-elle par lui raconter après un long silence. Elle s'appelait Mika. Elle est morte dans le ventre de ma mère.

Nick ferma les yeux et proféra un juron. Puis il prit la main de la jeune femme.

— Je suis désolé, bébé, dit-il.

— On était très unies, on avait des liens très forts, même avant la naissance. Cela va sans doute te sembler dramatique, ou impossible. Mais après tout, on dit bien que les bébés entendent la voix de leurs parents avant la naissance, qu'elle les rassure. Mika et moi avons passé plusieurs mois ensemble. J'ai donc souffert d'une impression de manque, de grande solitude, durant toute mon enfance. Quand on était petites, Taryn et moi, on jouait souvent à faire semblant qu'on était des sœurs jumelles, ajouta-t-elle en souriant à ce souvenir.

Nick en eut presque le cœur brisé d'imaginer Shaya, enfant, se sentant si seule et si perdue qu'elle avait besoin de prétendre que Taryn était sa sœur.

— Taryn se prêtait volontiers à ce jeu, je parie.

— Ah oui, sans problème, dit-elle dans un grand sourire. Elle était fille unique alors ce jeu nous plaisait beaucoup à toutes les deux. Mais j'aurais sans doute pu faire face un peu mieux s'il ne s'était pas passé autre chose quand j'avais quatre ans, ajouta-t-elle en cessant de sourire.

Nick eut beaucoup de mal à rester calme tandis qu'il s'énervait d'avance en pensant aux souffrances de Shaya.

— Qu'est-il arrivé, Shay ?

— Mes parents et moi-même avons passé mes quatre premières années d'existence en dehors du territoire de la meute. L'Alpha de la meute à laquelle appartenait ma mère n'était nul autre que le père de Taryn. Il n'approuvait pas l'union de ma mère avec un humain même s'ils étaient âmes sœurs. On vivait donc dans une maison située tout près du territoire. Mes parents… En fait, mon père faisait partie des forces spéciales de la marine, les SEALs. Il était donc souvent en déplacement. Ma mère avait beaucoup de mal à se débrouiller toute seule. Je ne lui reproche rien. Cela ne devait pas être facile. Alors elle sortait en boîte tous les week-ends avec ses amis et elle me laissait seule à la maison pendant ce temps, même quand j'étais toute petite.

Comment pouvait-on laisser une aussi petite enfant toute seule ?

— Il devait bien y avoir des membres de la meute qui ne demandaient pas mieux que de s'occuper de toi en son absence.

— Bien sûr. Mais elle aimait me laisser seule parce qu'elle savait que je détestais ça. Elle voulait me faire souffrir. Sans doute parce que chaque fois qu'elle me regardait, elle ne pouvait s'empêcher de penser que j'aurais dû avoir une sœur. Ou alors elle trouvait que mon père m'accordait plus d'attention qu'à elle quand il était à la maison. Ou bien parce qu'elle est tout simplement très égocentrique. (Sans oublier hypocondriaque.) Je n'en sais pas plus que toi.

Nick avait beaucoup de mal à contenir sa colère. Il y réussit pourtant, pour Shaya. Il lui massa doucement la main.

— Continue.

— Je l'attendais souvent assise dans l'escalier en pleurant, je m'en souviens. Il m'arrivait de m'endormir comme ça. D'autres fois, je restais éveillée jusqu'à son retour. Puis un certain vendredi soir, elle n'est même pas rentrée. Ni le lendemain. Ni le surlendemain. Je paniquais de plus en plus à mesure que se prolongeait son absence. Pas seulement parce qu'elle m'avait laissée seule, mais aussi parce que je craignais qu'il lui soit arrivé quelque chose, qu'elle ait eu un accident, ou pire encore.

Nick fut dévasté par l'intensité de la souffrance de Shaya. Aussi malheureux que lui, son loup poussa un grognement.

— Que lui était-il arrivé, Shay ?

Nick fut très étonné par la réponse de Shaya.

— Rien. Elle allait bien. Elle avait tout simplement eu envie de partir en week-end. Elle a ri de me voir aussi mal. Je te jure, Nick, quand elle est rentrée, j'avais l'impression d'étouffer, que les murs de la maison se refermaient sur moi.

Elle ne résista pas quand Nick l'attira sur ses genoux et la serra fort contre lui. Elle se plaqua contre son torse et apprécia le grand réconfort que lui procurait son contact.

— Mon père s'est énervé à son retour quand je le lui ai raconté, poursuivit-elle. Je n'étais pas censée le lui dire, mais j'en voulais tellement à ma mère que je l'ai fait. Il a insisté pour qu'on s'installe sur le territoire de la meute, pour que je sois en sécurité pendant ses absences. L'Alpha, Lance, n'était pas d'accord, mais la mère de Taryn a gueulé si fort qu'il a fini par capituler. Puis j'ai rencontré Taryn et je n'ai plus jamais été seule.

— Merde, fit Nick après avoir lâché un long soupir.

Enfin il comprenait vraiment pourquoi elle avait autant souffert qu'il ne la revendique pas, qu'il l'abandonne… même s'il pensait avoir pris la bonne décision.

— J'ai bien merdé sur ce coup, non ?

— Il y a encore une autre chose que je ne t'ai pas dite, ajouta-t-elle en se mordant la lèvre inférieure et en reculant un peu pour le regarder dans les yeux. Je suis une soumise prééminente.

Les traits de Nick trahirent un grand étonnement. Il existait bien des métamorphes prééminents tant parmi les dominants que parmi les soumis, mais ils étaient extrêmement rares. Ils se situaient en quelque sorte à la marge, chacun étant un mélange presque parfait des caractéristiques des deux genres. Les prééminents étaient très avantagés, en ce sens qu'il était impossible d'obtenir leur soumission uniquement par la force. Même un Alpha aussi puissant que Nick pourrait être obligé de se soumettre en présence de vibrations de domination suffisamment puissantes. Mais les prééminents, dominants ou soumis, étaient naturellement protégés. Cela expliquait donc pourquoi Taryn avait eu l'air si évasive quand Nick avait dit que des dominantes pourraient se servir de leurs vibrations pour soumettre Shaya. Mais en tant que prééminente, elle ne serait pas sensible à ce genre d'attaque.

Cela ne modifiait en rien ses inquiétudes quant à sa sécurité si elle devenait la femelle alpha d'une meute, même s'il savait à présent que personne ne pourrait l'obliger à se soumettre.

— Tu dois être fière d'être une soumise prééminente.

— Je me suis souvent demandé si Mika aurait été une dominante prééminente. Ça va ? s'enquit-elle en le voyant froncer les sourcils. Une autre migraine ?

— Non, répondit-il en secouant la tête. C'est juste que je déteste percevoir toute cette souffrance dans ta voix et voir tes yeux pleins de larmes. Ça me tue. Je ne veux pas te voir pleurer. Jamais. Je ne le supporte pas.

— Il y a quelque chose que je ne comprends pas. Si tu t'inquiétais tellement au sujet de ta guérison, de savoir si elle était permanente ou non, pourquoi es-tu venu ici ? Qu'est-ce qui a changé ?

— J'ai découvert que tu étais partie. L'idée de ne jamais te revoir, de ne jamais pouvoir te toucher... Cela m'a fait comprendre à quel point tu comptais pour moi. Tous mes autres soucis se sont envolés d'un seul coup, ils ont tout simplement disparu. La meute, mes problèmes, tout cela n'avait plus aucune importance. C'est vrai, comparé à toi. As-tu vraiment été heureuse ces six derniers mois, Shay ? Vraiment ? ajouta-t-il en la dévisageant intensément.

— Si je te disais que oui ?

Mais ce n'était pas le cas, bien entendu.

— Je voudrais tout de même que tu m'accordes la chance de voir si tu ne serais pas plus heureuse avec moi.

En voyant l'inquiétude se dessiner sur les traits de Shaya, il la serra contre lui d'une main tandis qu'il lui passait l'autre dans les cheveux, avant de lui caresser doucement la nuque. Il resserra davantage son étreinte pour bien lui faire comprendre ce qu'il s'apprêtait à lui dire.

— Tu peux me faire confiance, déclara-t-il.

Puis il l'embrassa délicatement dans le cou et continua ainsi jusque sous son oreille. Ensuite il lui racla la peau avec ses dents et la suça au même endroit. Shaya gémit, planta ses doigts dans son épaule. Il pensait qu'elle allait le repousser. Mais non.

— Jamais plus je ne te quitterai, Shay.

Nick releva la tête pour la regarder et aperçut un mélange d'émotions si fugaces qu'il ne put les reconnaître toutes.

— Plus jamais, je te le jure, poursuivit-il en lui caressant la bouche et en lui mordillant les lèvres. Je ne te demande pas de me laisser te revendiquer tout de suite si tu n'es pas encore prête. Mais je voudrais que tu me laisses un peu entrer dans ta vie.

Le regard plongé dans les magnifiques yeux vert fumé de Nick, Shaya pensa qu'il existait peut-être des possibilités d'avenir pour eux. Elle y trouva tout ce qu'elle pourrait jamais désirer. Tout ce qu'elle avait dit et fait au cours des trois dernières semaines avait poussé Nick à bout. Elle l'avait blessé, avait piétiné son orgueil, mais il n'était pas parti. Maintenant qu'il lui avait tout dit, qu'elle connaissait la vérité sur son état et qu'elle savait pourquoi il n'avait pas voulu la revendiquer, la douleur en elle commençait à s'estomper. Elle avait encore envie de le tabasser pour le punir de ne pas lui avoir tout raconté dès le début, mais ayant appris à le connaître, elle comprenait mieux son raisonnement. Plus important encore, elle savait qu'il n'avait jamais eu l'intention de lui faire du mal. Mais…

— Je veux bien t'accorder une nouvelle chance mais, si tu merdes, je t'arrache les couilles et je les mets dans le mixer pour les transformer en smoothie.

— J'ai compris, fit-il, souriant, mais incapable de réprimer un tressaillement. Est-ce que cela veut dire que tu vas m'ouvrir un tout petit peu ta porte ? chuchota-t-il en caressant du pouce sa lèvre inférieure, si douce, si soyeuse.

— Oui.

Nick se sentit envahi par un mélange d'émotions : satisfaction, euphorie et sentiment de victoire.

— Donne-moi ta bouche, Shay, j'en ai besoin, grogna-t-il. Ouvre-la pour moi.

Se frayant un passage avec la langue entre les lèvres de la jeune femme, il grogna de plaisir en reconnaissant sa saveur. Ce n'était pas un simple baiser. Plutôt une explosion de besoin, de chaleur, de désespoir.

Nick agrippa Shaya par les cheveux pour la retenir, pour mieux s'installer. Quand elle voulut prendre le contrôle de leur baiser, il poussa un grognement dans sa bouche et resserra son étreinte. Elle se laissa aller un peu et il grogna de nouveau, mais de satisfaction cette fois. De son autre main, il lui empoigna les reins dans un geste possessif. Elle avait un cul magnifique et il lui appartenait à présent. Il se frotta à elle et ils grognèrent tous deux. Mais ils furent interrompus par des coups frappés à la porte. Ils s'éloignèrent un peu l'un de l'autre.

— Nick, tu dois y aller, lui annonça Derren.

— Que se passe-t-il ? demanda Nick, les dents serrées.

— Tu peux me faire confiance. Il faut partir.

— J'arrive, déclara Nick en fermant les yeux et en prenant une longue inspiration pour retrouver son calme. On devrait remettre la suite à plus tard, bébé, fit-il en rouvrant les yeux et en grognant presque au vu de l'expression de Shaya, tout excitée. Plus tard, quand je t'aurai enfin dans mon lit, rien ne pourra m'empêcher de m'enfouir en toi. (C'était à la fois une promesse et un avertissement. Shaya hocha la tête et il se sentit profondément rasséréné.) Mais d'ici là…

Puis il la mordit. Fort, dans le creux du cou. Comme il avait eu tellement envie de le faire depuis la première fois qu'il avait posé le regard sur elle. Elle gémit et retint sa tête contre lui. Il comprit et suça fort, veillant à lui faire une marque indélébile, visible pour tous.

Nick alla ouvrir, s'assurant de garder Shaya derrière lui. Quoi qu'il ait pensé trouver derrière la porte, ce n'était sûrement pas les rebelles.

— On pensait que tu voudrais le savoir, commença l'un d'entre eux. Le salon de coiffure où travaille ta compagne a été vandalisé la nuit dernière.

Chapitre 10

Nick n'avait pas encore tout à fait arrêté la voiture que Shaya essayait déjà de s'extraire de son siège. Elle aurait sans doute réussi si Nick ne l'avait retenue en passant fermement un bras autour de sa taille.

—Attends un peu, fit-il.

Il ne la libéra que lorsqu'elle lui eut adressé un hochement de tête.

C'était étrange comme il pouvait être à la fois dur et tendre, pensa Shaya. Puis elle se retourna pour mieux apprécier l'état du salon de coiffure. Elle fut estomaquée à la vue des vitrines presque entièrement éclatées et de la porte à moitié arrachée qui pendait sur ses charnières. Des éclats de verre jonchaient le trottoir et brillaient comme mille diamants. Elle remarqua également que l'enseigne de la boutique avait été recouverte de peinture noire.

—Oh mon Dieu! s'exclama-t-elle.

Anxieuse et en colère, sa louve se mit à gémir.

À peine Nick lui avait-il ouvert la portière que Shaya se ruait hors du véhicule et se précipitait vers la boutique. Mais encore une fois, Nick la retint.

—C'est bon, bébé. Kent n'est pas à l'intérieur. Regarde, il est là-bas.

Elle l'aperçut enfin, leurs regards se croisèrent et ils se jetèrent dans les bras l'un de l'autre.

— Dieu merci, tu es indemne, dit-elle précipitamment. Quand j'ai su ce qu'il s'était passé, j'ai eu tellement peur que tu sois blessé. J'ai essayé de t'appeler sur ton portable, mais tu ne répondais pas et je me suis mise à imaginer toutes sortes de choses. Je te voyais mort, ensanglanté et…

— Allez, Shaya, respire normalement, s'exclama Kent en lui tapotant l'épaule. Je vais bien, promis. C'est arrivé hier soir. Je viens juste de renvoyer Paisley chez elle. Elle était blanche comme un drap.

Plaçant un bras protecteur autour des épaules de Shaya, Nick adressa un demi-sourire à Kent.

— Mais toi, comment vas-tu ? lui demanda-t-il juste au moment où Derren les rejoignait.

— Il n'y a pas de mots, je pense, pour expliquer ce que je ressens.

— Il y a beaucoup de dégâts ?

— Dégâts n'est pas un mot assez fort pour décrire la situation, fit Shaya. On dirait que le salon a été frappé de plein fouet par un tsunami.

Nick mit sa main sur la gorge de la jeune femme et lui massa la nuque du pouce pour la calmer. Sa présence et son contact la réconfortaient à un moment où elle aurait cru que rien ni personne n'était en mesure de l'aider.

— Shaya a raison. Ce n'est pas seulement du vandalisme. C'est…, fit Derren, en s'interrompant pour chercher une explication qu'il semblait incapable de fournir malgré ses efforts.

— C'est une attaque personnelle, fit Nick qui avait trouvé les mots justes.

— Peux-tu me décrire l'intérieur du salon ? demanda Shaya à Kent.

— C'est épouvantable, lui répondit Kent en poussant un long soupir. Les vandales ont vidé des bouteilles de shampoing et de démêlant partout. Tous les miroirs sont cassés et le cuir des fauteuils lacéré aux ciseaux. La cuisine est jonchée de débris d'assiettes et de tasses, les aliments qui étaient dans le frigo ont été éparpillés partout. Et le bureau… On dirait qu'il a été dévasté par un ouragan. Il y a des papiers, des journaux et des carnets déchirés çà et là. L'ordinateur, le disque dur, l'écran et le clavier ont été fracassés. Par contre, le coffre-fort et la caisse n'ont pas été touchés ce qui laisse la police perplexe. Je pense avoir une assez bonne idée de ce qu'il a pu se passer. Cela expliquerait pourquoi les vandales sont entrés par-derrière, ajouta-t-il en voyant la confusion se dessiner sur les traits de Nick. C'est vrai. Ce n'est pas par nécessité qu'ils ont démoli la porte avant. Ils l'ont fait uniquement pour le plaisir, comme pour tout le reste. C'est un coup des extrémistes. J'ai reconnu leur odeur.

— Les extrémistes ? reprit Shaya, étonnée.

— Oui. Ils ont dû découvrir que je suis un demi-métamorphe, c'est la seule explication plausible, affirma Kent d'une voix lourdement chargée d'émotion.

Nick avait tout de suite deviné le rôle des extrémistes dans cette affaire, avant même que Kent y ait fait allusion. En effet, il apercevait clairement Logan parmi les badauds. Il arborait une expression orgueilleuse, défiante, même.

Connard. Vandaliser le lieu de travail de l'âme sœur de Nick, ou plutôt de sa copine comme il le pensait, était une attaque tout ce qu'il y avait de plus personnelle et une bonne manière de l'atteindre.

Shaya et Kent devinèrent le cheminement de la pensée de Nick quand ils virent le regard qu'il braquait sur Logan et ils grognèrent tous les deux.

— Il est gonflé de se pointer ici après tout ce qu'il a fait, siffla Kent.

Puis il se dirigea vers lui, mais Derren posa une main sur son bras pour l'arrêter.

— Ce n'est pas tellement qu'il est gonflé, lui expliqua Derren, en lui brossant un rapide tableau de la situation.

Nick s'attendait à ce que Kent lui en veuille un peu, qu'il le tienne en partie responsable des dégâts causés au salon de coiffure. Mais il ne fit que lui adresser un regard plein de compassion.

— Je n'ose même pas imaginer ce que tu as vécu en maison de redressement. Beaucoup de métamorphes y laissent la peau.

— Tu ne m'en veux pas pour la dévastation de ton salon de coiffure ?

— Pourquoi est-ce que je le ferais ? s'enquit Kent en fronçant les sourcils. Si c'est Logan qui a fait ça, c'est parce que c'est un connard, ça n'a rien à voir avec toi. Je dois dire que je m'attendais à ce que cela arrive un jour ou l'autre, mais d'abord et avant tout parce qu'on aurait découvert que je suis un demi-métamorphe.

Nick dévisagea une nouvelle fois Logan et Shaya sentit sa colère. Bien que furieuse, elle jugeait préférable de ne pas affronter directement Logan, surtout pas en présence de tous ces badauds et ces journalistes… Eh ouais, toutes les affaires touchant de près ou de loin les métamorphes faisaient les manchettes.

—Nick, ne lui donne pas ce qu'il cherche, lui dit-elle sans obtenir de réaction de sa part. Regarde-moi. N'entre pas dans son jeu, ajouta-t-elle quand enfin il se tourna vers elle.

—J'ai des appels à passer, leur annonça Kent. J'ai besoin d'aide pour remettre un peu d'ordre ici. Toi, rentre chez toi, dit-il à Shaya en lui tapotant la main. Tu ne peux rien faire pour moi ici, ajouta-t-il quand elle fit mine de protester. Plus tu passes de temps au salon, plus tu seras malheureuse. Alors va-t'en. Tu ferais la même chose si les rôles étaient inversés.

Shaya soupira et finit par accepter. Elle hocha la tête et étreignit Kent une dernière fois. Puis Nick la ramena à la voiture, le regard toujours braqué sur Logan.

—N'entre pas dans son jeu, Nick, répéta Shaya.

Nick n'avait absolument pas l'intention de le faire même s'il bouillait de colère. Cela ne signifiait pas cependant qu'il n'allait pas échanger quelques mots avec lui.

—Je voudrais que tu montes dans la voiture, bébé.

—Ne fais rien, Nick.

—Je ne ferai rien d'autre que lui parler.

—Ta définition de « parler » inclut souvent des échanges de coups, ajouta-t-elle tandis qu'il demeurait immobile. Promets-moi de ne pas réagir à ses provocations.

—Je te le promets. Monte dans la voiture.

—Je te fais confiance pour ne pas revenir sur ta parole. Ne me déçois pas.

Une fois Shaya installée dans la voiture, Nick se dirigea lentement vers Logan qui le regardait avec une compassion tout ce qu'il y avait de plus faux. Assez pour faire grogner le loup de Nick.

— Il y a eu beaucoup de dégâts ici. Ta copine et son ami doivent être bien choqués.

Nick réussit à garder son calme et à ne rien laisser paraître, mais cela lui demanda beaucoup d'efforts.

— La police pense que c'est une histoire de lutte territoriale entre bandes de métamorphes, poursuivit Logan en constatant qu'il ne réagissait pas. C'est possible, fit-il en serrant les lèvres. Tu devrais faire attention si tu veux éviter que ta jolie petite copine rousse soit visée la prochaine fois.

Le loup de Nick poussa un grognement devant cette menace à peine voilée. Il n'incita cependant pas Nick à attaquer parce qu'il savait aussi bien que lui à quel jeu jouait Logan.

— Tu n'as pas assez réfléchi.

— Réfléchi à quoi ? s'enquit l'extrémiste en fronçant les sourcils.

— Tu as sans doute fait cela pour m'énerver. Mais je ne suis pas le seul affecté dans cette histoire. Tu l'as dit, la police pense que les métamorphes du coin sont responsables. Mais tu oublies que si ces derniers veulent connaître l'identité des vandales, il n'y a rien de plus facile pour eux. Il leur suffit d'entrer dans le salon et de humer leur odeur.

Soudainement nerveux, Logan déglutit bruyamment.

— Puis ayant découvert leur identité, les métamorphes seraient capables de partir à la recherche des responsables de ces dégâts, continua Nick. Ils seraient sans doute très en colère d'avoir été impliqués dans un crime dont ils ne sont aucunement responsables, et qui plus est commis sur leur territoire. Félicitations, Logan. Tu as réussi à unir tous les métamorphes du coin et à te faire plus d'ennemis que tu ne l'aurais voulu. C'était déjà une chose que de suivre le Nazi à la trace. Mais là ? Je n'aimerais pas être à ta place, conclut Nick en secouant la tête et en faisant des « tss-tss » pour manifester sa désapprobation.

— Si toi ou un des autres me touchez, commença Logan, d'une voix chevrotante, je…

— Tu serais mort avant même d'avoir aperçu qui que ce soit. Cela ne se passera peut-être pas tout de suite, mais ça arrivera un jour ou l'autre. Tu es un homme condamné. N'as-tu jamais pensé que les métamorphes que tu poursuis pourraient te buter n'importe quand sans que tu voies venir le coup ? Tu accuses les métamorphes de violence, d'agressivité et de manque de respect. Ils n'ont rien fait. Ils ont préféré ne te prêter aucune attention pendant que toi et ta petite bande les harcelez et leur faites des coups fourrés comme celui-là. Je ne sais pas pourquoi, mais c'est le mot « hypocrite » qui me vient immédiatement à l'esprit. Ou plutôt, « connard ».

Sur ces bonnes paroles, Nick fit demi-tour et, tournant le dos à cet être abject, il regagna sa voiture.

— Qu'est-ce qu'il a dit ? voulut savoir Shaya.

— Il voulait se vanter, grogna Nick. Je suis désolé, Shay, mais tu vas être au chômage technique pendant un petit moment. C'est ma faute, alors… Hé ! s'exclama-t-il quand Shaya lui assena un coup assez fort à l'épaule. Pourquoi as-tu fait cela ?

— Tu n'as pas le droit de te rendre responsable des actions des autres, déclara-t-elle, et sa louve partageait tout à fait son avis. C'est comme ça.

Nick ne put s'empêcher de sourire devant la véhémence de la jeune femme.

— C'est vrai ? fit-il.

— Oui, Beavis.

— Je ne suis pas un imbécile.

— Non, bien sûr que non, lui dit-elle en lui tapotant le torse de manière condescendante. C'est simplement que tu n'as pas été très gâté sur le plan neuronal.

Fronçant les sourcils, il démarra la voiture et se dirigea vers la maison de la jeune femme. Malheureusement, à leur arrivée, il trouva sa mère, Roni et Amber qui l'attendaient à la porte de son camping-car. Étonné de voir une réelle inquiétude sur leurs visages, il échangea un regard perplexe avec Shaya. Ils eurent à peine le temps de sortir de la voiture que les trois femmes les avaient entourés.

— Mon Dieu, j'ai vu ce qui était arrivé au salon de coiffure, s'exclama Kathy en regardant Shaya et en lui frottant le bras. Ça va, ma chérie ?

— Tu as vu ce qu'il s'était passé ? s'enquit Nick en grattant la tête de Roni.

— Ils ne parlent que de ça aux infos, répondit Amber qui s'était un peu trop approchée de Nick au goût de Shaya.

Afin de manifester sa désapprobation, Shaya alla se mettre tout à côté de Nick et posa une main sur son torse dans un geste de possession, tout en souriant aimablement à Amber. Leur relation était peut-être vouée à l'échec mais elle ne laisserait jamais cette pouffiasse les séparer.

— Le journaliste a parlé d'une guerre territoriale entre meutes. Pourquoi ne m'en as-tu pas parlé avant ? voulut savoir Kathy.

— Parce qu'ils racontent n'importe quoi, répondit Nick en mettant un bras sur les épaules de Shaya. Il n'y a pas de guerre.

— Alors que se passe-t-il ? s'enquit Amber en croisant les bras.

— Où est ton téléphone ? demanda Derren à Nick au même moment tout en s'approchant d'eux.

— J'ai dû le laisser dans le camping-car, répondit Nick en fronçant les sourcils et en se tâtant les poches.

— Ne sois pas étonné de trouver des tonnes de messages. J'en ai reçu une quinzaine depuis qu'on est partis au salon de coiffure, parce que tu ne répondais pas à ton téléphone. Un grand nombre de gens ont vu le direct à la télé et toi et Shaya êtes bien visibles à l'arrière-plan. On te voit également discuter avec Logan, à ce qu'il paraît. Plusieurs de nos amis l'ont reconnu, tu parles. Ils voulaient tous savoir ce qu'il se passait et si tu avais besoin d'aide.

— Qui est ce Logan ? demanda Kathy.

— Tu leur as dit que ce n'était pas nécessaire, j'espère ? dit Nick à Derren.

Il ne souhaitait pas vraiment avoir encore plus de monde autour de lui.

— Je leur ai dit qu'il n'y avait pas de guerre territoriale et que tu n'avais pas besoin d'aide, mais un certain nombre d'entre eux s'inquiètent par rapport à Logan. Tu vas recevoir encore beaucoup d'appels de nos amis, à mon avis.

— Nicolas Axton, tu me dois des explications.

Apercevant sa mère qui le dévisageait, les mains sur les hanches, Nick soupira et lui indiqua le camping-car de la main.

—Allons parler à l'intérieur.

Ils entrèrent tous, les uns à la suite des autres. La mère de Nick et Amber s'installèrent dans le coin repas tandis que Derren se laissa choir sur le canapé à côté de Nick qui avait pris Shaya sur ses genoux. Roni quant à elle s'était installée devant la télé avec Bruce.

—Alors ? insista Kathy.

—Les métamorphes du coin ne causent aucun problème. Ce sont plutôt les extrémistes humains qui en créent.

Nick leur parla de la meute du Séquoia et des fausses rumeurs circulant au sujet de son Alpha sans toutefois aborder le sujet du domaine de chasse. Il préférait garder le secret là-dessus le plus longtemps possible. Il souhaitait en outre éviter d'inquiéter indûment sa mère, sa sœur ou Shaya.

—Logan, le chef des extrémistes, expliqua-t-il, était gardien à la maison de redressement où j'étais enfermé. (Kathy en frissonna.) Il me cherche, il veut me faire réagir pour montrer à quel point les métamorphes sont capables de violence, ce qui viendrait étayer la thèse des extrémistes. C'est pour cela qu'il a vandalisé le salon de coiffure de Shaya. Cela rentre dans sa stratégie.

—Tu ne vas pas chercher à te venger, dit sa mère.

C'était là plus une recommandation qu'une question.

—Pas maintenant, non.

—S'il te plaît, Nick, ne te mets pas en danger.

—Je ne le ferai pas, promis. Cependant je n'ai aucune idée de sa réaction quand le tribunal rendra son jugement.

Il arrêtera peut-être de me chercher s'il est satisfait de la décision. Mais si le jugement est en notre faveur, je doute qu'il l'accepte facilement. S'il décide de passer à l'attaque, je ne pourrai pas me laisser faire.

Il ne s'était jamais encore abstenu de réagir aux provocations de Logan et il n'avait aucune intention de rester passif en cas d'attaque.

— Il vaudrait peut-être mieux que tu partes, avec Shaya, bien entendu.

— Cela ne changerait rien, expliqua Derren à Kathy. Logan a des sbires qui suivent Nick tout le temps. Ils continueront à le faire où qu'il aille. Ce n'est pas non plus la bonne réponse pour un métamorphe de fuir les extrémistes. Cela ne fait qu'exacerber leur comportement.

Kathy garda le silence un moment, repensant à tout ce qu'elle venait d'entendre. Elle hocha la tête en signe d'approbation quand son regard croisa celui de son fils. Puis elle regarda Shaya en esquissant un demi-sourire.

— Si j'ai bien compris, vous avez décidé de vous mettre en couple.

— Mais vous ne vous êtes pas encore revendiqués, intervint Amber d'une voix morne.

— Pas encore, répondit Nick en embrassant doucement Shaya sur la tête.

— Tu veux sans doute nous souhaiter bonne chance et beaucoup de bonheur, fit Shaya en adressant un sourire mielleux à la pouffiasse.

La sonnerie du portable de Derren retentit alors, les interrompant. Il sortit son téléphone de sa poche et consulta l'écran.

— Un autre ami qui veut savoir ce qu'il se passe. Je vais prendre cet appel dehors et vous laisser votre intimité, conclut-il en lançant un regard chargé d'allusions en direction de Kathy.

— Bien sûr, dit-elle en écarquillant les yeux et en hochant la tête. Roni, Amber, il est temps d'y aller.

Roni lécha rapidement la main de Nick au passage avant de suivre Derren et Kathy vers la sortie.

Amber, pour sa part, se leva lentement de sa place dans le coin repas et adressa un sourire forcé à Nick et Shaya.

— À tout à l'heure, leur dit-elle.

On aurait dit une menace plus qu'un au revoir, mais Shaya s'obligea à lui adresser un charmant sourire en lui faisant un petit signe de la main.

Elle poussa un soupir de soulagement quand la garce fut enfin partie.

— Je la comprends d'en pincer pour toi, mais cela ne m'empêche pas d'avoir envie de verser de l'eau de javel dans son flacon de shampoing et d'attendre tranquillement qu'elle l'utilise.

— Une âme vengeresse ! s'exclama Nick en riant et en la retournant sur ses genoux pour la mettre face à lui. J'adore. Mais, bébé, ne la laisse pas t'énerver. Elle n'est rien pour moi.

— Au moins, tu ne nies plus qu'elle en pince pour toi.

Nick aurait pu continuer à le faire s'il n'avait aperçu une brève lueur de jalousie dans le regard de la guérisseuse.

— Qui sait, c'est peut-être toi qui lui plais.

— C'est plutôt toi, Beavis, enfin je pense, affirma Shaya en renâclant. Es-tu absolument certain de ne pas préférer une nana dans son genre ? Une dominante dotée d'une force physique égale à la tienne ?

— Ne m'oblige pas à te mordre encore une fois, l'avertit Nick, l'air de la gronder mais la voix douce et sensuelle. Ah, tu aimes ça ? ajouta-t-il quand il vit les pupilles de la jeune femme se dilater. (Même pas en rêve, pensa Shaya.) Je sens ton désir, Shay, lui murmura-t-il à l'oreille. Je ne demande qu'une chose, te goûter de nouveau. J'ai tellement envie d'être en toi, si tu savais. J'en ai besoin.

— Qu'est-ce que tu attends, alors ?

— Que tu me supplies, fit-il en souriant, bouche contre bouche.

Il avait besoin surtout qu'elle accepte de se rendre. Il savait qu'il ne pouvait pas encore espérer sa complète reddition émotionnelle, et qu'il devait se contenter de ce qu'il pouvait obtenir d'elle, et c'était déjà bien. Pour le moment.

— Cela n'arrivera jamais, affirma-t-elle, choquée.

— On verra bien, dit-il en penchant la tête de côté et en lui caressant doucement la clavicule. Tu as encore les places de cinéma que je t'avais laissées ?

— Oui. J'allais justement te proposer qu'on y aille ensemble.

— Très bien, on ira ce soir.

— Je n'apprécie pas trop ta manière de dire cela, affirma-t-elle en remarquant son air sournois.

— Je viendrai sonner à ta porte à dix-huit heures, fit-il en souriant avant de l'embrasser fermement. Sois prête.

— Hein ? Elle avait pensé qu'il aurait préféré satisfaire les désirs d'union qui les taraudaient tous deux depuis un moment.

— Bébé, j'ai plus envie de toi que tu ne peux l'imaginer, dit Nick en mettant la main sur le menton de la jeune femme et en lui caressant la mâchoire du pouce. Mais ton organisme a subi un grand choc ce matin. La meilleure à chose à faire pour toi maintenant, c'est d'aller prendre un bon bain chaud pour te détendre un peu.

Cela la mettrait aussi en de meilleures dispositions émotionnelles pour composer avec lui, parce que Nick n'était ni gentil ni délicat au lit.

— Après, tu pourras te préparer pour notre sortie, ajouta-t-il.

— On va où, au juste ?

— On va commencer par aller manger quelque part. Tu peux choisir le resto. Puis on ira voir le film dont tu m'as parlé. Je ne peux pas te promettre de te laisser te concentrer sur l'écran parce que j'ai l'intention de te peloter pendant toute la séance.

— Vas-y, tu m'intéresses. Et ensuite ?

— Après, on passera aux préliminaires. Il y aura beaucoup, beaucoup de préliminaires.

— Je n'aime pas trop les préliminaires. On pourrait même s'en passer et passer directement aux choses sérieuses.

— Ne t'inquiète pas, dit Nick en secouant la tête. Tu aimeras ces préliminaires. Après, je te donnerai ce que tu veux. Dès que tu auras accepté de me supplier.

Shaya aurait dû deviner qu'il serait du genre à aimer voir les femmes le supplier. Il était un dominant après tout.

Même si elle en avait déjà connu d'autres, elle devinait bien que ce qu'elle avait vécu jusque-là n'était rien comparé à ce qu'elle s'apprêtait à découvrir avec Nick, un très puissant Alpha, qui en plus était son âme sœur.

D'aucuns croyaient que les femelles soumises au lit étaient par définition des êtres faibles, mais Shaya ne partageait pas leur avis. Comment pouvait-on la croire faible ? Il fallait énormément de force pour renoncer à tout contrôler, pour accepter de s'en remettre complètement à un autre et lui confier sa sécurité. Shaya se soumettait volontiers au lit, mais cela ne signifiait pas pour autant qu'elle acceptait facilement de se rendre. Non, il fallait tout d'abord qu'elle soit parfaitement à l'aise avec le mec.

La louve de Shaya était également très intriguée par la perspective de la nuit à venir. Elle avait besoin d'un mâle dominant fort et puissant pour se sentir en sécurité. La pensée d'être dominée sexuellement par son compagnon lui plaisait beaucoup. Cependant, Shaya n'avait pas l'intention de faciliter la tâche à Nick. Il fallait faire durer le plaisir après tout, non ?

— Tu penses vraiment que je vais te supplier ? Ah, t'es trop chou, déclara-t-elle.

C'était une chose que de se soumettre, mais une tout autre que de le supplier.

— Oh, bébé, tu vas me supplier. Je peux te le promettre.

Shaya poussa un grognement en direction d'une femme assise un peu plus loin qui se permettait de faire de l'œil à Nick… Tout comme elle avait fait la gueule à la serveuse du restaurant et à la fille qui leur avait servi les pop-corn, ainsi qu'au groupe de jeunes femmes qui faisait la queue derrière eux. C'était énervant, les filles le mataient partout où ils allaient. Même si c'était tout à fait compréhensible, ni Shaya ni sa louve ne l'appréciaient.

La plupart du temps, il n'avait même pas l'air de remarquer qu'on le reluquait, sans doute parce qu'il n'avait d'yeux que pour Shaya. Quand il s'en apercevait, sa réaction était de s'approcher de Shaya ou de la toucher comme s'il se rendait compte que ça l'énervait et qu'elle avait besoin d'être rassurée. C'était d'ailleurs sans doute le cas. Après tout, elle n'était pas très discrète quand il s'agissait d'éloigner les admiratrices de Nick.

C'était un peu plus facile à supporter quand elle avait abandonné l'idée de lui donner une chance et qu'elle le gardait à distance. Cette attitude lui avait permis de brider un peu sa possessivité. Mais maintenant qu'elle avait décidé de lui faire une place dans sa vie, l'effet que Nick semblait avoir sur toutes les femmes l'énervait prodigieusement et la mettait de bien mauvaise humeur.

Cela aurait été plus facile si Nick n'avait pas fait tout son possible pour éveiller ses désirs, tant et si bien que c'était à peine si elle supportait ses vêtements. Il la touchait à chaque fois que l'occasion s'en présentait. Il léchait la marque qu'il lui avait faite au cou. Ou lui mordillait la bouche, lui suçait le lobe de l'oreille et l'embrassait. Même quand il lui passait simplement la main dans les cheveux ou sur le ventre de façon possessive, il y avait dans chacun de ses gestes une telle sensualité et un tel désir de l'émoustiller qu'elle en frissonnait. Pire encore, les préliminaires avaient débuté dès l'instant où elle avait passé le pas de sa porte et avait vu

Nick qui l'attendait. Elle ne savait plus trop si elle avait envie de le gifler ou de le violer. Pour sa part, sa louve préférait la deuxième option.

Fidèle à ses promesses, il avait passé une grande partie du film à embrasser Shaya, à la toucher, mais très doucement, uniquement dans le but de l'allumer, de la pousser à lui en demander plus. Elle ne s'en était pas privée, se collant à lui, lui suçant la langue et sortant les griffes pour l'agripper et l'empêcher de bouger. Il se retirait et elle devina pourquoi : il leur faisait comprendre avec tout son corps, à elle et à sa louve, qu'il contrôlait la situation, que même s'il ne s'attendait pas à ce qu'elle se retienne, même s'il ne voulait pas d'une marionnette, il ne laisserait pas sa place de dominant. Il garderait le contrôle.

En conclusion, Nick s'assurait qu'il n'y aurait aucun malentendu quand ils rentreraient à la maison.

Quand le mot « fin » apparut enfin à l'écran, Shaya était toute rouge, si excitée et si mouillée qu'elle aurait parié que même un humain aurait été capable de sentir son excitation. Nick esquissa un sourire suffisant quand il remarqua l'état de Shaya. Si elle n'avait pas senti l'intensité du désir de Nick, elle aurait pu penser qu'il n'était pas du tout affecté. Shaya lui adressa un regard en coin en quittant sa place et en se dirigeant vers la sortie du cinéma.

— Quel connard tu es.

— Je t'avais prévenu qu'il y aurait beaucoup, beaucoup de préliminaires, dit Nick en passant un bras autour de la taille de la jeune femme et en l'attirant contre lui.

— Je pensais que tu voulais dire tout à l'heure. Quelle idiote je suis.

— Il y aura d'autres préliminaires tout à l'heure, lui chuchota-t-il à l'oreille, retenant toujours la jeune femme par la taille et souriant devant sa véhémence.

Puis il se colla à elle, lui faisant sentir l'intensité de son désir.

— Je vote pour qu'on s'en passe.

— Normal, tu es tellement impatiente.

— Et alors ? rétorqua-t-elle sèchement.

Nick rit et entrelaça leurs doigts en guidant la jeune femme vers la sortie. Ils se dirigeaient vers la voiture quand ils aperçurent deux des sbires du Nazi, ses gardes du corps, planqués dans un véhicule. Nick les salua d'un geste de la main et ils levèrent les yeux au ciel. Ils ne semblaient pas trop l'apprécier, sans doute parce qu'il réussissait toujours à les semer.

Deux extrémistes dans leur fourgon blanc les attendaient un peu plus loin. Ils s'empourprèrent violemment quand Nick les salua également au passage. Derren les attendait dans son SUV près de la Mercedes de Nick. Il avait baissé sa vitre et discutait avec des rebelles.

— S'ils n'étaient pas aussi dangereux, ce serait amusant de voir comment ces trois groupes te collent aux basques, fit Shaya en secouant la tête. Surtout que tu n'as absolument aucun intérêt à t'en prendre à eux.

— C'est assez ironique en effet, acquiesça Nick.

Les rebelles dévisagèrent Nick et le saluèrent d'un hochement de tête quand il arriva à leur niveau. Nick leur rendit leur salut.

— Pourquoi est-ce que tu continues à me suivre ? demanda Nick à Derren en soupirant. Je t'ai encore licencié aujourd'hui, il me semble.

— J'avais juste envie de venir admirer le ciel ici ce soir.

Nick roula les yeux avant d'aller installer Shaya dans la voiture.

— Les rebelles voudraient te rencontrer, annonça Derren.

Nick accorda toute son attention aux trois mecs et attendit la suite.

— Je m'appelle Jesse, dit le baraqué, clairement le chef, aux yeux foncés et au crâne presque rasé. Voici Bracken, fit-il en désignant un grand type au regard enjoué et au sourire jovial qui hocha la tête en regardant Nick. Et Zander, dit-il en indiquant un blond musculeux qui opina brièvement du chef.

— Je n'aspire absolument pas à devenir votre Alpha, pour le cas où vous vous poseriez la question.

— Ouais, on a bien vu que tu ne t'étais pas associé à Hadley, fit Jesse. Il pense que des humains ont créé un domaine pour la chasse aux métamorphes, expliqua-t-il à voix basse, pour ne pas être entendu des extrémistes tout près.

— Je sais, fit Nick en parlant sur le même ton. Il me l'a dit.

— Tu y crois ?

— Oui. Vous devriez vous méfier. Vous pourriez être les prochains métamorphes kidnappés pour cette chasse.

— On n'est pas certains de pouvoir lui faire confiance, dit Jesse après avoir échangé un regard avec ses collègues.

— Je ne le connais pas suffisamment bien pour vous parler de sa personnalité. Ce qu'il dit au sujet de ce domaine de chasse me semble assez vraisemblable toutefois. Donc je me méfierais à votre place. Si Hadley ne s'en prend pas à vous, il y a des chances pour que les humains le fassent.

Les trois rebelles hochèrent alors la tête et finirent par s'éloigner.

— À ton avis, est-ce qu'il y a des chances pour qu'ils arrêtent de nous suivre maintenant ? demanda Nick à Derren en allant prendre le volant de sa voiture.

— Tu ne sais vraiment pas pourquoi ils rôdent autour de toi ? s'enquit Derren en secouant la tête.

— Si je le savais, je ne poserais pas la question.

— Ils ont tout de suite perçu la puissance qui se dégage de toi et ils sont attirés, ainsi que leur loup. Tu serais capable de les aider, de les diriger, et ils le sentent.

— Je ne suis pas venu ici pour créer une nouvelle meute. Je suis là pour Shaya.

— Je le sais et je le leur ai expliqué.

— Très bien, conclut Nick en s'installant dans sa voiture.

— Amuse-toi bien, lui dit Derren au moment où il s'apprêtait à fermer la portière.

Nick sourit. Il allait bien s'amuser.

Nick et Shaya ne pipèrent mot de tout le trajet jusque chez la jeune femme. Il sentait l'impatience monter en lui, envahir son corps. Shaya projetait de fortes vibrations d'excitation qui séduisaient le loup de Nick. Le parfum de leur désir emplissait l'habitacle qui sembla tout d'un coup beaucoup plus petit. Ils furent très soulagés de pouvoir le quitter une fois parvenus à destination.

Nick alla ouvrir la portière de Shaya puis la suivit jusqu'à sa maison.

— Il faut que tu sois absolument sûre que c'est bien ce que tu veux, bébé, lui dit-il après qu'elle eut ouvert la porte et qu'elle se fut écartée pour le laisser passer. Complètement sûre. Je veux bien attendre encore avant de te revendiquer, attendre que tu sois prête. Mais si j'entre chez toi, ce sera pour te baiser. Et non pas doucement et lentement. Mais férocement et profondément. Encore et encore. Jusqu'à ce qu'on ne soit plus capables de bouger, ni toi ni moi. Es-tu prête ?

Nick espéra que son caractère très dominant ne serait pas trop fort pour Shaya. Il ne savait pas comment l'atténuer, c'était sa nature. Il s'attendait un peu à ce que Shaya manifeste quelque inquiétude après ce qu'il avait dit. Elle se contenta cependant de lui adresser un sourire sensuel et d'entrer lentement dans la maison, laissant la porte grande ouverte, une invitation à la rejoindre. Nick ne se fit pas prier.

Shaya était une femme calme à l'esprit pratique, jamais réduite au silence par la simple présence d'un homme. Mais dans l'entrée, face à face avec Nick comme deux cow-boys prêts à en découdre, ce fut exactement ce qu'il se passa. Elle se sentit enveloppée par l'intensité et la puissance de Nick, pas uniquement en tant qu'Alpha, mais aussi simplement en tant qu'homme. Elle fut complètement envoûtée, corps et âme, captivée par ses émanations, par lui.

Shaya éprouvait un besoin primitif et violent qui l'empêchait de respirer normalement, allant jusqu'à lui faire trembler les mains. Elle eut tout d'un coup la bouche sèche et son cœur se mit à palpiter. Nick ne l'avait pas encore touchée mais elle se sentait déjà captivée par la lueur possessive qui brillait dans son regard. Puis il reprit la parole et sa voix calme, grave et autoritaire incita Shaya et sa louve à lui accorder toute leur attention.

— Viens là, lui ordonna-t-il. Hier soir, c'est moi qui ai pris l'initiative. J'aimerais bien que tu viennes à moi cette fois.

Elle avait tout à fait l'intention de le faire, mais elle allait commencer par le mettre un peu à l'épreuve pour voir jusqu'où elle pouvait aller. Elle aimait bien essayer de repousser les limites, c'était dans sa nature.

— Shay, dit Nick doucement, sur le ton de la réprimande. Viens là. Montre-moi que tu me désires. Que tu veux me prendre.

Shaya se redressa avant d'avancer vers lui d'une démarche altière. Il en éprouva un fort sentiment d'orgueil. Quand elle fut enfin parvenue à ses côtés, elle plongea son regard dans le sien.

— Très bien, fit Nick.

Il fut de nouveau pris du désir de la posséder sur le champ tant était forte l'envie de la prendre de toutes les façons possibles. Il avait attendu ce moment si longtemps que seul le désir de savourer chaque instant lui permit de se contrôler. Il voulait d'abord se familiariser avec tous les aspects de ce corps fait pour lui. Shaya était trop excitée cependant pour permettre à Nick de l'explorer longuement. Elle avait, avant tout, besoin d'être un peu soulagée.

Il passa alors brutalement les mains dans les cheveux de la jeune femme, lui lécha les commissures des lèvres, et Shaya ouvrit joyeusement la bouche pour l'accueillir. Il l'explora de la langue et poussa un gémissement. Il ne chercha pas à déclencher en elle une réaction… il la provoqua. Avec l'assurance de l'homme à l'aise avec sa propre sexualité, capable d'aller chercher ce dont il avait besoin. Il séduisit Shaya comme aucun homme ne l'avait fait auparavant.

Shaya se laissa emporter par ce baiser, enroula ses bras autour du cou de Nick et lui caressa la nuque. Il poussa un grognement sourd et taquina les tétons durcis de la jeune femme. Quand Nick l'empoigna par les hanches pour la soulever, Shaya lui enserra la taille de ses jambes. Elle eut le souffle coupé quand il lui appuya fermement le dos contre le mur et poussa son membre contre son sexe. Il se frotta à elle et elle gémit et le griffa. La tension qu'il faisait monter en elle depuis le début de cette soirée atteignit son paroxysme. Elle se sentait hypersensible et terriblement excitée.

Elle perçut son souffle brûlant quand il lui chuchota des propos lubriques à l'oreille, en baissant tellement lentement sa fermeture Éclair qu'elle se sentit à l'agonie.

— Je vais te prendre, Shay, déclara-t-il. Je vais enfouir mon membre entièrement en toi. Je le ferai aussi souvent que je le voudrai. Tu vas adorer, bébé. Mais j'ai d'abord besoin de te voir jouir. Là, tout de suite.

Il glissa alors deux doigts dans la culotte de Shaya et elle était tellement émoustillée qu'elle n'eut pas besoin de plus pour exploser violemment dans un grand cri. Nick lui fit beaucoup de petits baisers doux tout en la maintenant dans cette position, jusqu'à ce que les derniers spasmes cessent de la faire tressaillir. Il la porta ensuite dans ses bras jusqu'à sa chambre à l'étage.

Dès qu'ils y arrivèrent, il posa lentement Shaya sur le parquet en bois dur. Shaya chancela légèrement en clignant des yeux. Elle se remettait d'un orgasme désorientant par sa fulgurance. Elle ne bougea pas quand Nick lui retira délicatement tous ses vêtements comme on déballe un cadeau précieux : son haut argent à paillettes, puis son pantalon noir, et ses dessous de dentelle blanche. Ensuite il tourna autour de la jeune femme, une lueur prédatrice au fond des yeux. Elle avait l'impression d'être sa proie, ce qui la fit frissonner, ainsi que sa louve.

Nick s'attarda sur chacune des plus infimes parties du corps de sa belle. Il déglutit bruyamment et se sentit pris d'un immense désir de posséder son âme sœur. Elle était tellement belle, très bien musclée mais avec de magnifiques rondeurs. Ses seins trouveraient parfaitement leur place dans les mains de Nick, tout comme ses hanches voluptueuses. Il vint devant elle et lui mordit la lèvre.

— J'ai tellement de projets pour cette belle bouche, mais ils devront attendre une autre fois, fit-il. Je vais te demander de t'allonger sur le lit maintenant, les mains au-dessus de la tête.

Shaya alla s'allonger modestement sur les draps de satin blanc. Ses yeux continuaient cependant à briller de la même lueur espiègle que d'habitude.

— Vas-tu venir me rejoindre, lui demanda-t-elle comme il restait immobile, la dévorant des yeux, ou faut-il que je m'occupe de tout ?

— Je t'interdis de te toucher, lui ordonna-t-il sèchement en arquant un sourcil. Pas avant que je ne t'en donne l'autorisation. Sois gentille maintenant et écarte un peu les jambes pour moi.

Shaya ne lui obéit pas. Elle le fixa du regard, le mettant encore une fois à l'épreuve. Il le savait. Ayant l'intention d'aller jusqu'au bout, il n'allait pas accepter qu'elle l'en empêche.

— Je n'aime pas être obligé de me répéter, bébé. Ne m'oblige pas à te retourner pour te donner la fessée.

— Ne me tente pas. Surtout si tu restes là à me contempler sans bouger.

— Laisse-moi plutôt te dire ce que je vais te faire, déclara Nick en se penchant au-dessus d'elle. Je vais explorer ton corps tout entier jusqu'à ce que je le connaisse mieux que toi. J'ai envie de savoir ce que je dois faire pour te faire gémir ou te voir te trémousser, et si tu supportes la douleur.

Tous les métamorphes appréciaient une petite quantité de douleur pendant leurs ébats sexuels et il souhaitait découvrir les limites de Shaya sur ce plan.

— Il me semble que je t'ai demandé de faire quelque chose pour moi, dit-il en se redressant.

Il commença à se déshabiller tout en regardant Shaya. Elle l'examina attentivement et il en était parfaitement conscient. Son magnifique corps d'athlète exsudait une puissance à l'état pur. Elle avait surtout envie de caresser des doigts la fine ligne de poils blonds et drus qui partait de sa poitrine musclée jusqu'à sa superbe érection, impressionnante sans être effrayante. Mmm, elle devrait peut-être le faire.

Shaya se leva et tendit la main vers le sexe de Nick qui l'empêcha de s'en emparer.

— Non, bébé, fit-il en secouant la tête. Allonge-toi et garde les mains au-dessus de ta tête. Je ne veux pas que tu me touches tant que je n'ai pas exploré tout ton corps.

— Tu souffres d'éjaculation précoce, c'est ça ? fit-elle d'un air compatissant. Tu ne seras pas capable de te contrôler si je te touche ?

— Tu me cherches, bébé ? demanda-t-il en arquant un sourcil. Ce n'est pas une bonne idée, ajouta-t-il en secouant la tête pour manifester sa désapprobation. Fais ce que je te demande. Maintenant.

La louve de Shaya frissonna de délice tant elle appréciait la domination qui passait dans sa voix.

— Ne pourrait-on pas laisser tomber les préliminaires ? demanda Shaya sur un ton boudeur tout en obtempérant.

Nick s'allongea au-dessus de Shaya et mit une main de chaque côté de la tête de la jeune femme.

— Je vais bientôt te donner ce que tu veux. Attends encore un peu et tu vas voir.

Puis il lui adressa un regard tellement chargé d'espoir que Shaya s'agrippa des deux mains à la tête du lit.

— Très bien, la félicita Nick en lui mordillant la lèvre.

Shaya frémit quand Nick se laissa aller sur elle, appréciant le contact de sa peau. Son grand corps musclé recouvrait entièrement celui plus délicat de la jeune femme. Elle se sentait un peu envahie mais en sécurité, ce qui l'excita encore davantage. Il s'empara de sa bouche dans un long et brûlant baiser pendant que d'une main, il lui caressait un sein. Ensuite, du pouce, il lui massa tout doucement le téton. Puis il le lui pinça, le tritura et le pétrit tant et si bien qu'elle se mit à gémir et à se tortiller. Il était vraiment doué, merde.

— J'adore entendre tes petits gémissements. Voyons si j'arrive à t'en faire pousser d'autres.

Nick se tourna alors vers l'autre sein de la jeune femme et lui prodigua les mêmes attentions en faisant attention à ce qu'elle aimait.

— Ah, voilà ces gémissements que j'adore.

Puis il se reput lentement du corps de Shaya, la léchant, l'embrassant, la mordillant, la caressant et la massant, apprenant à la connaître, la marquant, découvrant ce qu'elle aimait et comment, enregistrant toutes ces données dans sa mémoire.

Attiré par son odeur, il s'installa entre ses jambes et grogna en découvrant son sexe gonflé et mouillé.

— J'adore ton odeur, déclara-t-il.

Puis il écarta les plis du sexe de Shaya, souffla dessus et la mordit doucement. La jeune femme fit un tel bond qu'elle faillit en tomber du lit. Enfouissant profondément un doigt à l'intérieur de sa compagne, il décrit quelques cercles puis le retira et taquina son joli petit cul.

— As-tu déjà laissé un homme te prendre là, Shay ? lui demanda-t-il.

Il avait posé sa question d'un air tellement détaché que Shaya aurait pu penser qu'il n'accordait aucune importance à sa réponse. Mais elle savait que c'était loin d'être le cas. Les métamorphes aimaient revendiquer leur compagne en la prenant de toutes les manières possibles. Les dominants appréciaient particulièrement de déflorer ainsi leur compagne. Ils souhaitaient qu'elle leur ait gardé quelque chose qui ne soit qu'à eux, que personne d'autre n'ait goûté avant eux.

— Non, répondit-elle alors pour sa plus grande satisfaction.

— Un jour, je te prendrai là aussi. Mais cela exige un peu de préparation. Pour l'instant, je vais me contenter de te goûter. Je ne veux pas que tu jouisses tout de suite par contre. Je vais te demander d'attendre encore un peu.

Il la lécha, la goûta longuement, s'abandonnant à la saveur de son âme sœur. Il avait découvert la veille que sa saveur était aussi douce que son odeur et il s'en repaissait, s'enivrant peu à peu. Puis il inséra sa langue en elle et la chatouilla. Chaque fois qu'elle disait son nom dans un gémissement, il lui répondait d'un grognement sourd. La jeune femme commença à avoir des petits spasmes dans les jambes et à couiner doucement. Sentant qu'elle allait jouir même s'il lui avait demandé de ne pas le faire, il lui mordit une cuisse et plongea son regard dans les yeux gris-bleu de la jeune femme.

— Résiste, lui ordonna-t-il.

— Arrête de m'agacer, espèce de salopard !

— Tss, ce n'est pas bien gentil, fit-il en souriant.

— Ouais ? Tu n'es pas un peu trop susceptible, là tout d'un coup ?

— Non, bébé, dit-il en enfouissant un doigt en elle et en riant de la voir arquer le dos et tressaillir. Mais on ne peut pas en dire autant de ton corps.

Shaya gémit de nouveau et Nick rit. Sentant que Shaya avait des spasmes, il retira son doigt.

— Résiste, répéta-t-il.

— Espèce d'enfoi…

Shaya ne put terminer parce que Nick l'avait retournée brutalement. Elle se retrouva à plat ventre et la main de Nick s'abattit fermement par deux fois sur elle. Elle tressauta, s'étouffa presque quand la brûlure qu'elle ressentait se transforma en douleur exquise. Elle se sentit envahie par une vague de chaleur délicieuse au niveau du ventre et un peu plus bas. Elle tourna la tête et, le regardant par-dessus son épaule, elle grimaça.

— Je suis prêt à recommencer s'il le faut, déclara Nick en soufflant sur la trace rouge qu'il lui avait laissée, une manière de la marquer en réalité. Tu ne sembles pas avoir encore compris, bébé, que ce corps m'appartient. Tout entier. Tu pourras jouir mais uniquement quand j'aurai fini de jouer. Si tu as vraiment besoin de jouir, tu n'as qu'à dire un seul petit mot pour obtenir ce que tu souhaites.

Puis il la retourna et lui enserra la gorge d'une main pour la replacer fermement sur le matelas. Maintenant son étreinte, il enfouit en elle un doigt de sa main restée libre.

— Pour une fille qui prétend ne pas aimer attendre ou ne pas apprécier les fessées, tu es drôlement mouillée.

Shaya poussa un grognement face au mélange de plaisir, d'appréciation et de satisfaction qui transparaissait dans sa voix.

— Je ne vais pas te supplier. Je n'aime pas recevoir la fessée pour mes idées.

— C'est vrai ça ? Mais regarde comme tu es mouillée, fit-il en levant son doigt bien recouvert des sécrétions de la jeune femme.

Ce petit jeu de torture sexuelle pouvait se jouer à deux. Espérant pousser Nick à bout, Shaya sortit la langue et lécha le doigt de Nick.

— Espèce de petite salope sournoise, fit-il en desserrant un peu son étreinte sur la gorge de la jeune femme.

Elle recommença mais cette fois en refermant les lèvres sur son doigt pour mieux le sucer.

— Bordel de merde, fit-il en faisant pénétrer sa langue dans la bouche de la jeune femme de la même manière exactement qu'il avait l'intention de la prendre. Il lui pinça très fort un téton, ainsi qu'il avait découvert qu'elle aimait, lui faisant pousser ce gémissement qu'il appréciait tant. Puis il lui lécha et suça le sexe, goûtant la saveur de Shaya et appréciant la texture de sa peau.

— Si tu veux jouir, tu n'as qu'à me dire « s'il te plaît ».

— Dans tes rêves, Beavis.

Elle se morigéna intérieurement d'entendre sa voix si chargée d'excitation. Elle était tout simplement lamentable.

— Si c'est ce que tu veux, fit-il en haussant les épaules et en aspirant son téton dans sa bouche pour le sucer goulûment.

Shaya perdit toute notion du temps. Elle ne sut pas combien de temps Nick la tortura ainsi. Jusqu'à ce que tout son corps tremble et finisse par être recouvert de sueur. Il avait fait tant et si bien qu'elle était dans une sorte de frénésie sexuelle. Elle était devenue si sensible qu'elle arquait le dos au moindre contact. Elle n'avait jamais imaginé pouvoir se sentir aussi… vide. Elle n'avait jamais eu autant conscience de cette partie de son corps. En dépit de ses couinements et de toutes les insultes qu'elle proférait, il refusait de la laisser jouir.

— Tu n'as qu'à dire « s'il te plaît », bébé, lui rappela-t-il avant de lui mordre un sein et de le sucer pour y laisser sa marque. Une seule petite phrase et tu pourras avoir ce que tu veux.

Shaya essaya de ne pas prêter attention à cette voix si séduisante, à la bouche lui mordillant les tétons, à la langue qui lui caressait le sexe. Cela ne suffit pas cependant. Elle envisagea alors de prononcer les mots fatidiques une fois, une seule. Elle ne le supplierait pas, elle se contenterait de répéter les paroles qu'il voulait lui entendre dire, après tout. Ce n'était pas la même chose.

Nick regardait Shaya se tortiller et se trémousser, il entendait ses gémissants excitants. Il serait incapable de tenir beaucoup plus longtemps. Il se pencha au-dessus d'elle, lui empoigna les cheveux de sa main restée libre, l'obligea à le regarder dans les yeux.

— Dis-le, Shay.

— S'il te plaît.

— Tu ne me sembles pas bien sincère, déclara-t-il en souriant de l'entendre dire ces mots aussi manifestement à contrecœur. Tu sais ce que je veux.

Shaya le savait. Elle n'avait rien contre le fait de le supplier. C'était plutôt le sens de sa requête qui l'énervait. Nick voulait la voir se soumettre et la voir accepter de lui appartenir.

Il déposa une série de petits baisers tout au long du corps de Shaya et s'installa encore une fois entre ses jambes. La douce odeur de sa belle l'attirait plus que n'importe quoi d'autre.

— Ne m'oblige pas à attendre. Je finirais par jouir sur toi. Ne vas surtout pas croire que je n'en suis pas capable.

Ah, elle le croyait. Elle voyait sa détermination dans son regard.

Il lui taquina le sexe du bout de la langue.

— Dis-le. Maintenant, lui ordonna-t-il.

La domination qui passait dans sa voix la fit tressaillir. Elle finit par se détendre après une assez longue pause.

— S'il te plaît, fit-elle.

Il plaqua soudainement sa bouche sur son sexe en même temps qu'il enfouissait un doigt en elle. La jeune femme en eut presque une convulsion quand elle jouit enfin après cette longue attente. Elle cria et serra les poings très forts sur les barreaux de la tête de lit quand elle fut envahie par des vagues de plaisir. Elle eut plusieurs soubresauts avant de retomber sur le lit, se sentant complètement vidée.

— Regarde-moi bien, Shay.

Quand leurs regards se rencontrèrent, Nick s'enfonça brutalement en elle, poussant un gémissement quand il sentit les spasmes des muscles de la jeune femme qui l'enserrait.

— Merde, s'exclama-t-il.

Les mâchoires serrées, il la prit avec force, s'enfonçant en elle, la clouant au matelas. Elle jouit encore une fois après trois grands coups de reins mais il n'arrêta pas. Il continuait d'effectuer des mouvements de va-et-vient à un rythme tellement effréné que Shaya ne put rien faire d'autre que s'accrocher à lui et crier. Ce qu'il souhaitait exactement.

— Ton sexe m'enserre tellement fort, comme s'il voulait m'emprisonner pour toujours.

C'est sans doute le cas, pensa Shaya. C'était incroyable de le sentir enfin en elle. Nick était synonyme de chaleur, de force, d'intensité. Elle lui caressa le dos des deux mains, appréciant les flexions de ses muscles bien développés pendant qu'il la prenait. La faim dévorante qui les hantait depuis si longtemps était enfin assouvie… et c'était mille fois mieux qu'elle n'aurait pu l'imaginer.

— Je suis le seul à pouvoir te faire connaître ce plaisir, Shay. Moi, ton âme sœur.

La jeune femme entendit également le message implicite, à savoir que si elle le repoussait, si elle décidait de vivre avec un autre, jamais il ne pourrait si bien la satisfaire. Il avait raison, elle le savait. Elle n'avait jamais éprouvé ce genre de sensations auparavant. Pas une seule fois. C'était comme cela qu'on faisait l'amour entre âmes sœurs. Même si elle craignait de donner autant de pouvoir à Nick, elle devait bien reconnaître qu'elle était sienne et qu'elle lui appartiendrait toujours, qu'il occupe ou non une place dans sa vie.

— Et vice versa, Beavis.

— C'est vrai, fit Nick en lui mordillant la lèvre.

Il gémit quand elle lui griffa le dos.

— C'est bien Shay, marque-moi, lui dit-il.

Il gémit de nouveau quand elle lui griffa le haut du dos avec suffisamment de force pour laisser une marque permanente. Nick et son loup se sentirent satisfaits. Elle n'était peut-être pas prête à le revendiquer officiellement, mais elle l'était assez pour imprimer sa marque sur lui.

Il voulut la marquer aussi, voulut laisser une marque indélébile de sorte que si un jour elle le quittait, son corps porterait toujours l'empreinte de Nick. Jamais elle ne pourrait l'oublier, ni oublier les moments passés avec lui. Quiconque la toucherait ensuite saurait qu'elle avait d'abord appartenu à Nick et qu'elle lui appartiendrait toujours d'une certaine manière.

—Nick, dit-elle d'une voix rauque en s'agrippant à lui et en se plaquant contre lui, voulant s'emplir de lui jusqu'à en avoir mal.

Nick passa un bras sous Shaya et l'agrippa par les hanches pour la renverser. Puis il s'enfonça en elle si profondément qu'elle en pleura presque.

—Veux-tu que je te fasse jouir maintenant ? lui demanda-t-il.

Shaya hocha la tête, couina et planta ses griffes dans son dos.

—Veux-tu que je jouisse en toi ? Que je laisse ma marque sur ta gorge où tout le monde pourra la voir ?

—Oui, siffla-t-elle. S'il te plaît, Nick. J'ai besoin de jouir.

—Alors jouis pour moi, Shay, lui ordonna-t-il.

Une onde de plaisir envahit Shaya quand elle sentit son ordre résonner en elle, quand il planta ses crocs dans sa gorge, lui bloquant l'échine et lui faisant pousser un grand cri. Elle sentit ses muscles se resserrer autour de Nick, déclenchant en lui une grande explosion.

Nick donna un dernier grand coup de boutoir et poussa un grognement.

—Oui, cria-t-il. Viens, Shay.

Puis il se plaqua contre elle, voulant répandre toute sa semence en elle, voulant la marquer de toutes les manières possibles. Il ne pouvait peut-être pas encore la revendiquer, mais il n'allait pas se priver de la marquer autant que faire se pouvait. Tant pis pour elle. À sa grande surprise, il sentit sa compagne planter les dents dans son épaule dans un geste de possessivité et lécher la petite marque qui s'y trouvait déjà. Il la regarda en arquant un sourcil, amusé par l'air satisfait de Shaya.

— Ce n'était que justice, dit-elle en haussant les épaules.

Nick posa les mains sur le visage de Shaya et plongea son regard dans les yeux brillants de la jeune femme. Il l'embrassa passionnément, dans un baiser triomphant de satisfaction, de possession, de soulagement et d'adoration totale. Cette fille détenait le pouvoir de le faire souffrir comme rien ni personne auparavant. Il ne restait plus qu'à espérer qu'elle ne le ferait pas.

Chapitre 11

Shaya fut réveillée par des baisers brûlants sur la nuque et par les mains de Nick lui caressant doucement la cuisse. Leurs ébats de la veille lui revinrent en mémoire, exacerbant le désir qui montait en elle. Un gémissement lui échappa quand la main de Nick s'égara dans son entrejambe et qu'un de ses doigts se fraya un chemin vers l'entrée de son sexe. Elle se tortilla pour l'y faire pénétrer, mais Nick retira prestement sa main pour bien lui faire comprendre qu'il était aux commandes. Le bel insolent avait agi ainsi toute la nuit.

— Ah, Kade, fit-elle d'une voix rauque en souriant à l'idée qu'elle venait d'avoir, c'est trop bon.

Nick la retourna immédiatement sur le dos et se pencha au-dessus d'elle l'air absolument furieux.

Shaya fut secouée d'un fou rire incontrôlable. Nick sembla alors comprendre sa ruse et la regarda en plissant les yeux.

— Ça, c'était un coup bas. Qui est ce Kade, bordel ?

— Aucune idée. Je voulais simplement te rendre la monnaie de ta pièce. Tu n'arrêtes pas de m'allumer.

— Tu aimes bien que je t'allume, avoue, fit-il, bouche contre bouche.

Son cœur se serra à la pensée de tout ce temps perdu loin l'un de l'autre, du temps qu'ils auraient pu passer ensemble à rire et à se taquiner comme ils le faisaient à présent, si seulement il l'avait revendiquée dès leur première rencontre.

Voyant s'estomper la petite lueur dans ses yeux, Shaya allait dire quelque chose quand retentit la sonnerie du téléphone de Nick.

Le jeune homme alla récupérer son téléphone resté dans une de ses poches et constata que l'appel provenait de Derren.

— Qu'y a-t-il ? lui demanda-t-il en décrochant.

— Tu as des visiteurs, répondit-il l'air légèrement amusé.

— Dis-leur de partir, fit-il.

Après tout, Nick avait beaucoup mieux à faire. Il avait une compagne à explorer, goûter, mordiller et prendre, encore et encore.

— Je pense que tu auras envie de les recevoir.

— Est-ce une question de vie ou de mort ? demanda Nick en crispant les mâchoires.

— Peut-être, répondit Derren dont la voix trahissait l'amusement, ce qui intrigua Nick et son loup.

— J'arrive, fit Nick. Donne-moi une minute.

Il raccrocha et commença à s'habiller. Shaya décida de faire de même. Elle avait entendu le coup de fil. Elle n'avait pas été rassurée par le ton enjoué de Derren, s'étant quelque peu familiarisée avec son sens de l'humour tordu. Si Logan et ses sbires étaient les visiteurs annoncés par Derren, il valait mieux qu'elle accompagne Nick pour l'empêcher de répondre aux provocations de l'extrémiste.

Nick finit d'enfiler ses vêtements et embrassa Shaya sur la tête.

— Attends-moi ici, bébé, fit-il.

— Oh non, répondit-elle. Je veux savoir qui sont ces visiteurs. Je suis ici chez moi, ajouta-t-elle en le voyant prêt à rouspéter. Si on vient me créer des embrouilles, j'ai le droit d'être présente.

Pas faux, pensa Nick en soupirant. En réalité, il n'était pas très inquiet, pas plus que son loup d'ailleurs. En effet, Derren l'aurait prévenu si la situation présentait un quelconque danger. Shaya pouvait l'accompagner, tout compte fait.

— D'accord. Mais si je te demande de rentrer chez toi pour quelque raison que ce soit, ce serait bien que tu obéisses.

Il ne lui prit la main pour descendre que lorsqu'elle eut hoché la tête en signe d'assentiment.

Nick passa devant Shaya pour mieux la protéger, ouvrit la porte d'entrée et… resta complètement ébahi.

Derren était sur le pas de la porte avec les rebelles, mais ce n'étaient pas eux les visiteurs annoncés. En effet, Jesse, Bracken et Zander semblaient plutôt faire bloc avec Derren contre la petite troupe qui s'approchait rapidement de la maison. Énervé, le loup de Nick grogna et se mit en mode attaque.

Shaya fut sidérée de découvrir Taryn, Trey, Tao et Dominic qui lançaient des regards noirs à Nick.

— Qu'est-ce que vous faites ici ?

Oh merde !

— Non, la vraie question est plutôt : que fait-il ici ? s'enquit sèchement Taryn, qui avait l'air plus méfiante qu'étonnée à la vue de Nick.

Shaya ne put qu'en déduire que Taryn avait vu le reportage à la télé où l'on pouvait parfaitement distinguer Nick et Shaya ensemble en arrière-plan. Super. Les membres de la meute du Phénix se tournèrent alors tous vers Shaya pour lui adresser un petit sourire avant de lancer des regards mauvais à son compagnon. La louve de Shaya se sentit très mal à l'aise. Bordel de merde, tout cela n'augurait rien de bon.

— Si vous êtes venus la chercher, commença Nick d'une voix létale, vous allez repartir bredouille.

Le loup de Nick poussa un grognement pour bien montrer que lui et Nick seraient intraitables sur ce point. Personne n'allait leur enlever Shaya.

— Je leur ai déjà expliqué cela, fit Derren, l'air à la fois las et amusé.

— Je t'avais dit de ne pas t'approcher d'elle, éructa Taryn en serrant les poings.

— Tu savais que je ne t'écouterais pas, déclara Nick d'une voix faussement patiente. Shaya est mon âme sœur. Personne ne pourra m'empêcher de rester à ses côtés.

— C'est vrai ça ? demanda Tao en renâclant. C'est bizarre, parce que tu as passé de longs mois loin d'elle et c'est toi-même qui l'avais décidé.

— Tu nous avais laissé le soin de veiller sur elle et de la réconforter, ajouta Dominic, faisant grogner Nick – il avait vraiment très envie de le buter, celui-là. Tu nous trouveras peut-être étranges et tu es libre de croire ce que tu veux, mais on préfère que tu restes loin d'elle s'il y a des chances que tu la fasses souffrir encore une fois.

— Et tu le feras, soutint Taryn en lançant un regard noir à Nick. Parce que tu es un enfoiré de salaud, cruel et insensible, ce que tu as prouvé dès l'instant où tu as commencé à envisager de venir jusqu'ici la relancer ! Tu as perdu le droit de venir la voir quand tu as décidé de faire comme si elle n'existait pas au lieu de la revendiquer ! Ne penses-tu pas que tu as un peu trop attendu pour venir la trouver ?

— Tu ne crois pas que c'est à Shaya de prendre cette décision ? lui rétorqua Nick en levant un sourcil. Je doute qu'elle apprécie que vous essayiez tous de parler en son nom.

Son compagnon la connaissait bien. Quand il leva la main pour l'attirer à lui, Shaya ne se débattit pas. Il ne l'avait pas obligée à rester derrière lui, il la traitait en égale. Elle ne s'était pas attendue à cela. Shaya sentit monter la colère de Taryn, ce qui excita davantage celle des membres de la meute du Phénix et énerva Nick de plus belle, poussant son loup à bout. Elle décida d'intervenir pour désamorcer la situation.

— Taryn, commença-t-elle en caressant Nick sur le torse pour l'apaiser, je te suis très reconnaissante de te faire autant de soucis pour moi. Tu réagis de la même façon que moi quand tu t'es unie à Trey. Je vais maintenant te demander, poursuivit-elle en ne tenant aucun compte du regard offensé de Trey, de me soutenir autant que je l'ai fait pour toi à l'époque.

Dominic et Tao ouvrirent tous deux la bouche comme s'ils s'apprêtaient à intervenir, mais Shaya leur lança un regard sévère pour les faire taire.

— Vous m'avez déjà fait part de votre opinion, vous n'avez pas besoin de la réitérer. On n'est pas ici pour négocier, continua-t-elle en les regardant droit dans les yeux. Si vous ne vous sentez pas capables de donner à Nick la même chance que j'ai décidé de lui accorder, alors partez.

Trey regarda Shaya et elle comprit qu'il avait aperçu les marques que Nick lui avait faites au cou.

— Tu ne l'as pas encore officiellement revendiquée, fit Trey en regardant Nick avec curiosité.

— Pas encore, en effet, répondit prestement Nick. Je le ferai dès que Shaya sera prête.

La bouche plissée, Trey réfléchit un moment puis hocha la tête, satisfait de cette réponse. Tao suivit son exemple mais Dominic se contenta de hausser les épaules.

— Tu es d'accord ? s'écria Taryn, stupéfaite, en regardant son compagnon.

— Bébé, tu te doutais bien que cela allait se produire, fit Trey en passant la main dans la chevelure de sa compagne – qui regroupait à elle seule toutes les teintes de blond – pour essayer de la calmer un peu. Rien ni personne ne pourrait m'éloigner de toi et c'est pareil pour Nick avec Shaya.

— Il aurait dû la revendiquer quand il en avait l'opportunité.

— Oui, mais il ne l'a pas fait, répondit Trey. Et il ne l'a toujours pas fait, ajouta-t-il en indiquant le cou de Shaya. Il attend qu'elle soit prête. C'est plus que la plupart des métamorphes seraient disposés à accepter, on le sait tous.

— Je voudrais parler avec Shaya en tête à tête, dit alors Taryn après une courte pause et en se tournant vers Nick.

Elle le regardait avec l'air de le défier d'oser refuser sa requête.

— C'est à Shaya que tu dois le demander, pas à moi, répondit Nick. Je suis son compagnon, pas son chef.

De surprise, Taryn haussa les sourcils et Shaya remarqua une lueur d'approbation dans les yeux de son amie.

— Vous pourriez tous entrer dans la maison pendant que Taryn et moi discutons ici, proposa Shaya.

Nick se raidit presque imperceptiblement à ses côtés et Shaya comprit qu'il n'aimait pas trop l'idée de s'éloigner et de la laisser discuter avec Taryn, tant il était évident que cette dernière ne souhaitait pas la voir s'unir à Nick. Shaya posa donc une main rassurante sur le torse de Nick et se frotta la mâchoire contre lui. Elle sentit alors toute sa tension s'évanouir. C'était vraiment très facile.

— Je n'en ai que pour quelques minutes ajouta-t-elle en regardant Nick dans les yeux.

Nick comprenait bien qu'il ne serait pas logique pour Taryn de chercher à s'enfuir subrepticement avec Shaya, car il lui faudrait alors partir sans son compagnon et les autres membres de la meute. Taryn était une fille beaucoup trop hardie pour être sournoise. Elle avait plutôt tendance à foncer d'abord quitte à gérer ensuite les conséquences de ses actes. Il ne pouvait pas s'empêcher d'éprouver quelque inquiétude par contre. C'était une chose de laisser les deux amies parler en les gardant dans son champ de vision et une autre qu'elles le fassent pendant qu'il attendait à l'intérieur. Mais quand il plongea son regard dans les prunelles gris-bleu de sa compagne qui le suppliait de lui accorder la même confiance qu'elle essayait de lui donner, Nick fut bien incapable de s'opposer à la requête de Shaya.

Baissant le bras, il fit « oui » de la tête et fut récompensé par un sourire lumineux.

— Mieux vaut ne pas sortir du jardin, à moins que vous teniez à ce que nos chers poursuivants entendent votre conversation.

Shaya hocha alors la tête et s'approcha de son amie.

— Si tu m'enlèves ma compagne, je n'hésiterai pas à te rendre la monnaie de ta pièce, tiens-toi le pour dit, déclara Nick à la petite Alpha blonde en la regardant droit dans les yeux.

Taryn se contenta de le toiser, l'air complètement éberluée.

— Est-ce qu'il délire toujours autant ? demanda-t-elle à son amie.

Nick les suivit des yeux tandis qu'elles s'éloignaient vers le fond du jardin, soulagé de voir qu'elles n'allaient pas plus loin.

— Qui sont ces gens qui surveillent la maison ? demanda Trey.

— Il vaudrait mieux entrer, lui répondit Nick, en soupirant.

Nick, Derren et les loups de la meute du Phénix pénétrèrent donc dans la maison tandis que les trois rebelles restaient à l'extérieur. Ils surveillaient étroitement les deux jeunes femmes et Shaya eut l'impression qu'ils voulaient éviter qu'elle se fasse kidnapper par Taryn. Ils semblaient accorder la plus haute priorité aux intérêts de Nick. C'était plutôt touchant.

— Que me vaut l'honneur de ta visite ?

— On vous a vus aux infos, Nick et toi, répondit Taryn en croisant les bras. On a laissé Dante et Jaime en charge du territoire et on est partis dare-dare. Le journaliste a fait allusion à une guerre entre métamorphes mais j'ai trouvé cela un peu gros. En effet, tous les métamorphes du monde font profil bas en ce moment pour éviter de mettre de l'huile sur le feu des extrémistes.

— Les extrémistes sont seuls responsables de la situation, déclara Shaya en soupirant. Ils veulent faire réagir Nick. Il s'avère qu'un des chefs des extrémistes était gardien à la maison de redressement où Nick a purgé sa peine. Tu étais au courant ? s'enquit-elle, perplexe devant l'absence totale d'étonnement de la part de Taryn.

— Je ne sais que ce que Dante m'a dit, à savoir qu'il a tué un humain et en a blessé deux autres parce qu'ils les agressaient, lui et sa sœur.

Shaya ne le montra pas, mais elle fut profondément soulagée. Nick n'aimerait pas l'idée que tout le monde soit au courant de son passé, elle en était persuadée.

— Tu ne peux pas sérieusement envisager de t'unir à lui, Shaya.

— Il y a tellement de choses que j'ignorais à son sujet, fit Shaya qui préféra rester vague parce que Nick n'aurait pas apprécié qu'elle parle de ses problèmes de santé. Personne ne pourrait prétendre qu'il n'a pas mérité une deuxième chance, Taryn. Je lui ai fait vivre un véritable enfer pour un

Alpha. Je l'ai rejeté, j'ai piétiné son orgueil et je suis même allée jusqu'à sortir avec un autre mec.

— Tu rigoles ! s'exclama Taryn, l'air ravie.

— Mais il est encore là. Il s'est excusé. Puis il m'a gâtée, m'a couverte de cadeaux, s'est occupé de mes petits problèmes et s'est montré tout simplement disponible. Il est toujours là, à mes côtés, comme si…

— Il se comporte en véritable compagnon, conclut Taryn en soupirant. D'accord, j'ai compris, il fait le boy-scout. Mais comment peux-tu être sûre qu'il ne va pas changer ?

— Je n'ai aucune garantie. Je ne peux que lui donner la chance qu'il a méritée.

— Et s'il déconne ?

— Je transforme ses testicules en smoothie.

Taryn éclata de rire en entendant la réponse de Shaya.

— J'ai été impressionnée, je l'avoue, dit-elle, quand j'ai appris qu'il avait abdiqué pour partir à ta recherche. Je m'attendais à ce qu'il finisse par réintégrer sa meute. Mais il ne l'a pas fait. Il a continué à te chercher. Comment vas-tu vivre maintenant qu'il t'a trouvée ? Vas-tu revenir chez nous ? Tu ne vivais en solitaire que pour le fuir, après tout.

— Je ne sais pas encore, répondit Shaya en passant la main dans ses belles boucles rousses. Nick m'a dit qu'il serait d'accord pour intégrer la meute du Phénix.

Taryn fut véritablement abasourdie de l'apprendre.

— Tu plaisantes. Il ne t'a pas demandé de te joindre à son ancienne meute ?

Shaya fit « non » de la tête.

— Son loup supporterait difficilement d'obéir à un Alpha moins dominant que lui et il en est conscient.

Comme il ne veut plus être Alpha, il n'a pas l'intention d'y retourner. Je vais y aller doucement, une étape à la fois. Si les choses tournent mal, je rentrerai sans doute à la maison. Au contraire, si elles… Il faudra qu'on décide ensemble, Nick et moi. Je ne peux pas lui demander d'intégrer la meute du Phénix, Taryn. Je ne peux pas demander à un métamorphe aussi puissant d'obéir à un Alpha moins dominant que lui, et encore moins de le servir.

— Ça ne pourrait effectivement pas marcher, fit Taryn en hochant la tête. Il fait tout son possible pour te séduire, je ne peux pas le nier. N'empêche, je continue à lui en vouloir de t'avoir fait tant souffrir.

— Mais tu vas faire comme moi et lui donner une autre chance. Et nous souhaiter beaucoup de bonheur, comme je l'ai fait pour Trey et toi, insista Shaya.

— D'accord, fit Taryn en levant les yeux au ciel.

Shaya sourit et serra sa meilleure amie dans ses bras. Taryn lui rendit son étreinte.

— Tu m'as manqué, lui dit-elle en le repoussant un peu pour la regarder. Kye aussi. Comment va-t-il ?

Même si elle parlait à la meute par Skype au moins une fois par semaine et suivait ainsi l'évolution du petit bonhomme, ce n'était pas aussi bien que de se voir en vrai.

— Tu pourras le constater par toi-même, dit Taryn en guidant Shaya vers le Toyota Highlander de la meute garé derrière la Mercedes de Nick. Je vais pouvoir le sortir de la voiture maintenant que je suis rassurée qu'il n'y aura ni bagarre ni effusion de sang. Je ne me réjouirais pas trop vite si j'étais toi cependant, ajouta-t-elle devant le grand sourire de Shaya. Tatie Danielle, qui vient de passer cinq heures à essayer de me rendre folle, a insisté pour nous accompagner.

Taryn parlait de la grand-mère de Trey qui veillait jalousement sur lui, ainsi que sur Dante et Tao, de même que sur les autres lieutenants, et qui n'aimait pas du tout que les filles leur tournent autour.

— Elle le surveille de façon aussi maladive que Trey et ses autres petits. C'est très perturbant.

Taryn ouvrit la portière, Greta lui lança un regard noir.

— Je t'ai entendue, garce. Tu n'as aucun respect.

Elles recommencèrent à se chamailler, comme elles le faisaient tous les jours.

— Oh, désolée, fit Taryn en adressant un sourire aimable mais moqueur à la grand-mère de Trey. Étais-je censée rompre l'habitude de toute une vie et essayer d'égayer ta journée ?

Serrant le petit Kye endormi dans ses bras, Greta souffla bruyamment en regardant Taryn puis se tourna vers Shaya.

— Comment vas-tu ma chérie ? lui demanda-t-elle en lui souriant chaleureusement.

— Ah, tu es aimable avec elle parce qu'elle ne va pas te prendre un de tes petits, grogna Taryn. Rends-moi mon fils avant que ta vilaine haleine de vieille bique ne lui décolore les cheveux.

Quand Taryn prit dans ses bras l'adorable bambin de huit mois, ses paupières s'ouvrirent en révélant de magnifiques yeux bleu arctique, exactement les mêmes que son père. Shaya avait déjà remarqué que Kye était le portrait craché de Trey, sauf qu'il avait les cheveux de Taryn.

C'était un très beau garçon qui briserait sans aucun doute de nombreux cœurs quand il serait grand.

— Bonjour toi, lui chuchota Shaya en lui passant une main dans les cheveux. Tu me reconnais ?

— Bien sûr, affirma Taryn. C'est trop mignon quand il pointe l'ordinateur du doigt et fait coucou de la main. Cela veut dire qu'il veut te saluer par Skype. Peux-tu le refaire pour tatie Shaya ? demanda Taryn à son fils en faisant le geste que Kye imita immédiatement en adressant un immense sourire à Shaya. Je vais pouvoir venir te rendre visite à présent, sans craindre que Nick me fasse suivre pour découvrir où tu te caches, et tu pourras venir nous voir quand tu veux.

Shaya esquissa un grand sourire. Cette idée lui plaisait beaucoup. Après quelques cajoleries, Kye ne se fit pas prier pour aller dans les bras de Shaya.

— C'est un gamin vraiment sociable.

— C'est normal. Il vit au sein d'une meute qui le gâte horriblement, déclara Taryn. Il passe beaucoup de temps dans les bras des uns et des autres.

Portant Kye, Shaya guida Taryn et Greta vers la maison. Tous les mecs s'étaient réunis dans la salle à manger. Shaya chercha Nick des yeux et le vit installé à la table. L'air soulagé, il lui sourit et elle comprit qu'il avait vraiment eu peur qu'elle parte. En pénétrant dans la pièce, elle aperçut Dominic qui était adossé au mur. Il se redressa et s'approcha d'elle avec un sourire diabolique. Shaya devina qu'il allait la draguer pour énerver Nick, comme il avait l'habitude de le faire avec toutes les filles en couple, uniquement pour asticoter leur compagnon. Il ne draguait pas vraiment d'ailleurs. Il se contentait de tenir des propos vraiment tartes qui suffisaient pour obtenir la réaction escomptée.

Shaya l'arrêta net d'un seul regard.

— Dominic, si tu tiens à la vie, il vaut mieux ne pas l'asticoter, lui dit-elle.

C'était déjà assez dur en effet pour Nick de voir Shaya entourée de mecs dont deux étaient célibataires. Il ne pourrait faire autrement que se montrer possessif, comme elle le faisait quand Amber collait trop Nick.

Elle fut donc étonnée que Dominic lève les mains en signe de reddition et refrène son sourire.

— D'accord, d'accord. Je voulais juste te donner un petit baiser et, si par hasard il ne te plaisait pas, tu pourrais toujours me le rendre.

— Dominic.

— Fais attention à toi, blondinet, le prévint Nick dont la voix claqua comme un fouet.

— Tu aimes bien vivre dangereusement, déclara Tao en secouant la tête.

— Il n'existe pas de meilleure manière de vivre, répondit Dominic en souriant. Quoi ? fit-il en remarquant le sourire sardonique de Nick.

— Tu sais à quel point ta meute va rigoler quand enfin tu auras rencontré ton âme sœur ? Je me trompe peut-être, mais je pense que tous les mecs voudront se venger pour tout ce que tu leur as fait subir.

— Tout à fait, fit Trey en hochant la tête.

Puis comme son fils lui tendait les bras, Trey le prit sans plus attendre.

— Je suis comme une bouffée d'air frais, affirma Dominic. Pourquoi voudrais-je me caser tandis qu'il y a une telle variété de filles à découvrir ?

Shaya pour sa part n'était pas convaincue. Oui, Dominic aimait les femmes et elles le lui rendaient bien. Comment ne pas être séduite par ce sourire enjôleur, cette peau dorée, ces impressionnantes tablettes de chocolat ? Mais Dominic n'était pas vraiment le play-boy pour lequel il aimait se faire passer. Shaya n'avait pas encore compris pourquoi il jouait cette comédie, ni pourquoi il tenait tous ces propos un peu nuls compte tenu de la facilité avec laquelle il attirait toutes les filles.

Greta s'approcha alors de Shaya et lança un regard mauvais en direction de Nick.

— Je ne suis pas du tout contente de toi, lui dit-elle de sa voix éraillée de sorcière, ce qui lui fit lever les sourcils. Tu avais peut-être tes raisons mais peu m'importe. Tu as fait souffrir notre Shaya et je n'aime pas ça. Tu devrais être reconnaissant d'avoir une compagne aussi gentille et pas une garce comme elle, dit-elle en désignant Taryn d'un signe de tête.

Taryn se contenta d'esquisser un sourire.

— Au fond, Greta, tu m'aimes beaucoup, rétorqua Taryn en lui donnant un petit coup de coude. Avoue, j'occupe une place de choix dans ton cœur de pierre.

Trey leva les yeux au ciel puis se tourna vers Shaya.

— Nick et Derren nous ont mis au courant de la situation avec les humains. Vous n'êtes pas en sécurité.

— C'est la raison pour laquelle je vous ai conseillé de partir avec toute votre meute, déclara Nick.

Ayant perçu la tension tout à fait compréhensible qu'éprouvait Nick, Shaya se rapprocha de lui. Tout en continuant à fixer Trey des yeux, Nick lui passa la main autour de la taille et l'attira sur ses genoux.

— Shaya m'a aussi un peu parlé de ce qu'il se passait, dit Taryn en se rapprochant de Trey et de leur fils. Si elle est en danger, on ne repartira pas sans elle.

Nick voulut discuter mais se ravisa. Il n'aimait pas plus que Taryn l'idée de Shaya dans les parages de Logan.

— Tu devrais peut-être partir, dit-il à Shaya en se tournant vers elle.

Les yeux de Shaya lancèrent des éclairs de furie.

— Non.

— Shay…

— Tu dois absolument faire profil bas pendant les audiences du tribunal. Après, tu feras comme tu voudras.

— Ce sera difficile de faire profil bas avec ce mec qui fait tout son possible pour provoquer Nick, fit tranquillement remarquer Tao en haussant les épaules.

— On pourrait toujours faire semblant de partir et éloigner ainsi les humains, suggéra Derren à Nick.

— Non, insista Shaya d'une voix mal assurée, ce qui lui valut instantanément toute l'attention de Nick. Tu m'as promis de ne plus jamais me quitter.

— J'étais sérieux, fit-il en lui mordillant la lèvre et en lui caressant le bras, comprenant l'origine de sa crainte et se la reprochant amèrement.

— Je ne propose pas de partir pour de bon, la rassura Derren, mais plutôt de leur servir un leurre.

— Nick ne partira pas, ni moi non plus, déclara Shaya avec une réelle autorité qui sembla bien amuser la galerie.

Soit, elle avait peut-être parlé comme une femelle alpha et elle le reconnaissait, mais il n'y avait pas là matière à rire.

— Alors on ne partira pas non plus, décréta Taryn. On va rester jusqu'à la fin des audiences. On veut s'assurer que Logan ne réussira pas à provoquer Nick, ni à vous faire du tort. L'union fait la force.

Ils entendirent alors des voix de femmes qu'ils reconnurent juste avant de voir arriver la mère de Nick, Roni et Amber. Jesse, Bracken et Zander avaient dû les laisser passer. Mais bon, personne n'avait encore jamais réussi à empêcher Kathy de faire quoi que ce soit.

— Quand on a vu le Toyota Highlander dehors, on a pensé qu'il y avait peut-être des problèmes, dit Kathy en examinant ces nouveaux arrivants qu'elle ne connaissait pas.

— Kathy, fit Shaya, se chargeant des présentations, je vous présente Taryn et Trey, mes anciens Alphas. Les autres sont des membres de la meute. Les amis, je vous présente Kathy, la maman de Nick, Roni, sa sœur, et Amber la guérisseuse de leur meute, conclut-elle en grognant presque.

Toute l'assemblée se raidit en voyant Taryn et Amber se diriger subitement l'une vers l'autre, comme des cow-girls s'apprêtant à s'affronter. Super… un duel de guérisseuses. On aurait dit une sorte d'épreuve pour voir laquelle était la plus forte. Elles étaient toutes deux des guérisseuses très puissantes et leur réputation les avait précédées. Une polémique subsistait même parmi les métamorphes sur la question de savoir laquelle des deux était la plus douée.

— Taryn Warner, je suppose, fit Amber d'une voix traînante.

— Tu dois être Amber Lyons, fit la femelle alpha après avoir examiné l'autre guérisseuse des pieds à la tête.

— Ravie de faire ta connaissance, déclara Amber en esquissant un sourire tout ce qu'il y avait de plus faux.

— Tout l'honneur est pour moi, répliqua Taryn avec un sourire encore plus désagréable.

Shaya échangea un regard amusé avec Nick.

— N'est-il pas dommage que Shaya ne nous ait pas tous présentés ? demanda Greta poliment en s'approchant de Kathy la main tendue. Je suis Greta, la grand-mère de Trey, déclara-t-elle comme si cela lui conférait une grande importance. Kathy lui serra la main, totalement séduite par la courtoisie de la vieille dame. Voici deux autres de mes petits, Tao et Dominic.

— Ce sont tous vos petits-fils ? s'enquit Kathy en adressant des sourires charmeurs aux deux hommes.

— Ils le sont dans mon cœur, déclara Greta en souriant fièrement et en plaçant une main sur sa poitrine. Je leur fais la cuisine et je les soutiens depuis toujours. Ils me tiennent en très haute estime, ajouta-t-elle en poussant un soupir mélancolique. Bien entendu j'aurais préféré que Trey et Dante, notre Beta, choisissent des compagnes un peu plus distinguées. Mais tout le monde a le droit de se tromper, n'est-ce pas ?

Kathy lui répondit par un sourire d'entière connivence.

Taryn leva les yeux au ciel.

— Si tu as fini de dramatiser, ma mère l'Oye, on pourrait…

— Nick, cria Jesse depuis l'extérieur. Il y a encore quelqu'un qui voudrait te voir.

— Qui est-ce cette fois ? grogna Nick.

— Le Nazi avec quelques acolytes.

— Super, fit Nick en grognant.

Tout ce qu'il souhaitait, c'était de se retrouver seul avec Shaya, mais de plus en plus de gens arrivaient à l'improviste et personne ne repartait.

— Qui ? demanda Dominic en inclinant la tête.

— L'Alpha de la meute locale, lui répondit Nick.

— Pourquoi ce surnom de Nazi ? voulut savoir Dominic.

— Parce que c'en est un, de Nazi, lui répondit-elle.

Était-ce réellement si compliqué ?

— Allons voir de quoi il s'agit, dit Shaya en se levant et en prenant la main de Nick.

Elle se serait attendue à ce que son compagnon lui ordonne de rester à l'intérieur, de le laisser seul pour parler avec cet Alpha, pour la protéger compte tenu de son statut de soumise, mais il n'en fit rien du tout. Il se dirigea avec elle jusqu'à la porte, disposé à faire front commun en dépit de tout ce que lui dictaient ses instincts. Elle s'en réjouit profondément, et sa louve aussi.

Voyant que toute l'assemblée, à l'exception de Kathy et de Greta, l'avait suivi jusqu'à la porte, Nick secoua la tête. Quels fouineurs ils étaient tous !

— Si tu ne veux pas être entendu des humains dans le fourgon de l'autre côté de la rue, je te conseille de parler doucement, prévint-il Hadley.

— Des membres de ma meute, débuta-t-il en regardant Nick, Shaya et tous les autres derrière eux, m'informent que certains de tes alliés sont venus se joindre à toi. J'ai donc tenu à te dire que je n'ai rien à voir avec la destruction du salon de coiffure. Pour le cas où ce serait à moi que tu voudrais t'en prendre.

— Je n'ai aucune raison d'être en conflit avec toi. Ce sont des extrémistes humains qui ont saccagé le salon de coiffure, je le sais. Je ne peux absolument rien faire par contre en ce moment.

— Tu feras bien quelque chose à un moment donné, avança Hadley. Leur nombre est beaucoup plus important que ce que tu as pu voir jusque-là. Il y a beaucoup de militants, plus encore que tu ne peux l'imaginer. En cas de confrontation, ils seraient beaucoup plus nombreux que les troupes que tu as recrutées.

— C'est bien ce que je pensais.

— Tes contacts ont-ils découvert d'autres informations sur le domaine de chasse ?

— Quel domaine de chasse ? s'enquit Shaya.

Nick pesta intérieurement. Sa compagne allait lui en vouloir terriblement de ne pas l'en avoir informée plus tôt. Pire encore, elle ne pourrait faire autrement que s'inquiéter quand il lui parlerait de cette connerie. Il avait très envie de taper sur quelqu'un pour se défouler. Dominic ferait l'affaire.

— Toujours rien. Et toi ?

— On devrait bientôt réussir à le localiser, je pense, dit Hadley. Mais je n'en suis pas sûr. Si on ne le trouve pas avant les audiences du tribunal, ça pourrait être catastrophique. Même s'ils ne tiennent pas compte des arguments des extrémistes, ça pourrait mal se terminer. Les extrémistes, et surtout ceux du coin, voudront en découdre avec nous.

Nick était d'accord avec ce raisonnement.

— S'il y a une confrontation avec les humains, je viendrai soutenir tes troupes, affirma-t-il.

— Cela vaut pour moi aussi, ajouta Derren

En entendant ces déclarations de soutien, les rebelles manifestèrent leur satisfaction d'un signe de tête.

— Et moi aussi, affirma Shaya en regardant Nick droit dans les yeux.

La jeune femme tenait en effet à montrer à son compagnon que s'il contestait sa décision, ce serait au péril de sa vie. Elle avait beau être une soumise et donc moins forte physiquement que les dominants présents dans la pièce, elle n'en était pas moins capable de se défendre, surtout contre des humains.

Nick pensa qu'il valait mieux attendre plus tard pour discuter entre quatre yeux de cet épineux problème avec sa compagne. Il se contenta donc pour l'heure de l'embrasser sur la tempe pour l'apaiser. Roni émit alors un grognement et Nick eut l'impression que sa sœur se proposait de le soutenir en cas de bagarre. Super.

— Tu peux compter sur moi aussi, déclara Trey tandis que Tao et Dominic manifestaient leur appui d'un hochement de tête.

— Si Nick se bat, je serai à ses côtés, affirma Amber.

Shaya crispa les mâchoires quand elle entendit la guérisseuse faire cette déclaration qui ne pouvait provenir que d'une amie vraiment proche et très loyale.

— Cela vaut pour moi aussi, fit Taryn, et pour Greta également, bien entendu. Quoi ? Comment veux-tu que je me débarrasse de cette vieille sorcière autrement ? ajouta-t-elle devant son regard étonné.

— Je t'ai entendue, petite garce.

— Merde, Greta, rétorqua promptement Taryn en se retournant, on a encore oublié de fermer la porte de ta cage ?

Nick secoua la tête en se demandant pourquoi diable le sort avait jugé bon de lui mettre cette bande de fous sur le dos avant de rediriger son attention vers Hadley.

— Je demanderai à Jesse de t'appeler si mes relations découvrent quoi que ce soit.

— Très bien, fit l'Alpha en hochant la tête tout en s'éloignant. Je te tiens au courant de mon côté.

— Maintenant, veux-tu m'expliquer ce qu'il entendait par « domaine de chasse » ? demanda Shaya à Nick après le départ des membres de la meute du Séquoia.

Ils rentrèrent tous dans la maison et il dut s'exécuter, à contrecœur. Les cris et les jurons fusèrent tant tous leurs amis furent choqués par cette histoire, pas moins d'ailleurs que ne l'avaient été Derren et Nick. Shaya ne se retint pas de houspiller Nick pour ne pas lui en avoir parlé plus tôt.

Elle finit cependant par lui pardonner mais seulement après moult excuses, cajoleries, baisers dans le cou et petits câlins… Elle ne se priva pas non plus de lui dire qu'il devrait y réfléchir à deux fois avant de garder ce genre de secret à l'avenir, parce qu'elle savait où il dormait et elle possédait une superbe batte de base-ball.

— J'ai besoin d'aller courir, lui dit alors Nick en entortillant une des belles boucles rousses de Shaya autour d'un doigt. Accompagne-moi.

Shaya le guida vers l'arrière de la maison et ils sortirent tous deux. Parvenus au petit bosquet au fond de son jardin, ils entreprirent de se déshabiller.

— Tu vois ce trou dans la clôture ? C'est moi qui l'ai fait pour pouvoir aller courir dans le bois derrière la maison, sous ma forme lupine.

— Je vais te poursuivre, tu t'en doutes, non ? lui demanda Nick en souriant d'un air suffisant. Puis je vais t'attraper et te prendre.

— Même pas en rêve, gloussa Shaya, complètement nue.

Elle laissa alors émerger sa louve, un plaisir et une douleur sans cesse renouvelés.

Nick sourit de voir la gracieuse louve rousse. Il voulut la caresser mais elle courait déjà vers le bois, le mettant au défi de la suivre. Quelques secondes plus tard à peine, son loup avait émergé et il se lançait à la poursuite de Shaya à grandes foulées souples.

Les deux loups folâtrèrent pendant plusieurs heures dans les bois. Ils jouèrent à se pourchasser, à se piéger, à faire semblant de se battre, à se donner des coups de mâchoires. Tout cela compensa en partie le temps que leur comportement sous leur forme humaine leur avait fait perdre. Lorsque le ciel commença à s'assombrir, le grand loup gris guida la louve rousse vers le trou dans la clôture par où ils étaient sortis.

Quand ils eurent repris leur forme humaine et se furent rhabillés, Nick embrassa passionnément Shaya, ne lui laissant aucun doute qu'il la considérait comme sienne.

— Allez, entrons, lui dit-il en lui tapotant les fesses. J'ai faim. Je préfère m'assurer que Derren ne se charge pas de la cuisine. Ce mec serait capable de faire brûler de l'eau tellement il n'est pas doué.

— Il me ressemble donc un peu, reconnut Shaya en finissant d'ajuster sa tenue.

— Heureusement que je ne me débrouille pas trop mal en cuisine alors, si j'ai bien compris, conclut Nick.

Tandis qu'ils se dirigeaient vers la porte, celle-ci s'ouvrit et une silhouette familière se dessina dans l'entrée. Nick ne fut pas étonné de sentir Shaya se raidir à ses côtés.

— Ah, salut ! dit Amber avec un grand sourire. J'allais justement vous chercher. On a tous décidé d'aller au restaurant. Tu as l'air un peu plus détendu maintenant, conclut-elle en s'inclinant légèrement pour bien regarder Nick.

— C'est Shay qu'il faut remercier pour cela.

Remarquant des mouvements sur le côté, Shaya tourna la tête et aperçut Roni allongée sur la pelouse près de l'abri de jardin.

— Elle aime bien s'isoler dans un petit coin tranquille, expliqua Amber avant de faire volte-face et de rentrer dans la maison.

— Je voudrais parler un peu à Roni en tête à tête, dit Shaya à Nick.

— Ce n'est pas de la malveillance de sa part si elle ne se transforme pas pour te parler, Shay…

— Ne t'en fais pas, je le sais, le rassura-t-elle. Je voudrais juste lui parler un peu seule à seule. Sa louve ne comprendra pas mes paroles, mais elle, oui.

— D'accord, si c'est ce que tu veux, lui répondit Nick en haussant les épaules. Je vais rentrer.

Shaya s'approcha alors de Roni avec beaucoup de précautions.

— Salut, lui dit-elle après s'être assise à côté d'elle.

Roni ne réagit pas. Elle lui accorda seulement un bref regard.

— C'est bizarre parfois le sentiment de culpabilité, tu ne trouves pas ? Il s'installe même quand on n'a aucune raison de le ressentir. J'avais une sœur jumelle et elle est morte dans le ventre de ma mère. Ce n'est pas ma faute, je le sais. Je ne pouvais pas l'aider de toute manière. C'est terrible pour moi d'avoir survécu tandis qu'elle est morte. Je m'en suis voulu très longtemps. Encore aujourd'hui. Je ne devrais pas me sentir coupable, je le sais. Je suis presque guérie à présent… Mais pas complètement. Il m'est arrivé, quand je me sentais trop coupable ou trop triste, de passer des journées entières sous ma forme lupine. Simplement parce que ces sentiments sont plus faciles à supporter ainsi. Ils s'atténuent un peu, n'est-ce pas ? Cela me permettait de fuir un peu et c'est ce que tu fais, je pense.

Shaya avait toute l'attention de Roni.

— Je n'ai aucune raison de me sentir coupable, poursuivit-elle, je le sais. Je ne suis pas responsable de ce qu'il s'est passé. C'est pareil pour toi. Ce qu'il s'est passé dans le bois ce jour-là n'était pas ta faute. Nick ne comprend pas que tu restes dans ta forme lupine pour éviter de te sentir coupable. Il croit que c'est pour fuir le souvenir des événements. Il pense t'avoir traumatisée. Si vous en parliez un peu tous les deux, cela vous aiderait peut-être à vous soulager du poids de cette culpabilité que vous ressentez bien inutilement tous les deux. À tout à l'heure, conclut-elle en se levant après une ultime caresse à la jeune louve.

Quand elle entra dans la maison, Shaya vit Amber essayer de se coller à Nick tandis que Taryn lui lançait des cacahuètes. Amber se tourna donc naturellement vers Taryn évitant ainsi à Shaya de devoir lui montrer clairement que Nick lui appartenait. Shaya fronça les sourcils quand elle remarqua que Nick évitait également tout contact avec sa mère qui ne semblait ni étonnée ni choquée qu'il esquive ses marques d'affection. Shaya comprit que Nick n'avait pas cette attitude uniquement avec la guérisseuse et avec Kathy. Simplement il n'aimait pas les contacts physiques, ce qui était somme toute assez étrange, autant d'ailleurs que le fait qu'il ne soit pas du tout sociable.

— Il a toujours été comme cela, d'après Kathy.

— Quoi ? fit-elle quand la voix de Derren la ramena à la réalité.

— Il n'a jamais aimé les contacts sociaux. Kathy raconte que même lorsqu'il était bébé, il n'aimait pas les câlins et ne voulait jamais se laisser bercer. Il aimait avoir beaucoup de place et s'étirait de tous ses membres dans son lit. Même aujourd'hui. Il n'étreint que sa sœur et sa mère, point barre. Tu es la seule autre personne à qui je l'ai vu témoigner de l'affection.

— En d'autres termes, je ne dois pas me faire de soucis à propos d'Amber. Est-ce que tout le monde la croit vraiment gentille et aimable ? Personnellement, je la trouve très sournoise.

— Ouais, tout le monde la voit ainsi, dit-il en soupirant. Elle est très rusée. Méfie-toi d'elle. Elle va essayer de faire amie-amie avec toi, mais résiste à toutes ses tentatives, n'entre surtout pas dans son jeu. Si tu la laisses s'immiscer dans ta vie, la communication entre Nick et toi ne se fera plus qu'à trois et elle deviendra votre porte-parole. Si cela devait se produire, elle finirait par vous transmettre des messages déformés ou faussés, mais je suis sûr que tu l'avais deviné.

— Puis Nick et moi finirions par nous fâcher et on finirait par lui demander conseil ce qui lui permettrait d'intervenir directement dans notre relation. (Qu'est-ce qu'elle était sournoise ! Tellement qu'elle en méritait presque le respect.) Cela n'arrivera jamais. Tu es avec moi, n'est-ce pas ?

Derren ferait un bon allié, pensait Shaya.

— As-tu l'intention de continuer à faire souffrir Nick ?

— Non.

— Alors je suis avec toi. (Roni vint alors se frotter la tête sur la jambe de Derren qui se pencha pour la caresser.) Roni est avec toi aussi. Elle a tout de suite vu clair dans le jeu d'Amber. Malheureusement Kathy n'en est pas consciente, mais elle souhaite que Nick reste avec son âme sœur, et c'est toi.

— Le mieux pour moi serait de ne lui prêter aucune attention, je suppose, fit Shaya. Si cela ne marche pas, j'ai de la mort-aux-rats et une pelle.

Nick s'approcha de Shaya à ce moment-là et l'étreignit. Shaya sourit et se laissa aller contre lui. En levant les yeux, elle remarqua Amber qui les regardait depuis l'autre bout de la pièce. La guérisseuse lui adressa un sourire amical, mais Shaya avait perçu la lueur de colère qui avait traversé son regard comme un éclair. Shaya lui rendit son sourire en se collant encore davantage contre Nick, lui montrant clairement qu'il était sien. Cela ne suffisait pas cependant pour sa louve qui l'incitât à le mordre. Elle le fit alors, sur le torse.

Nick tressaillit et regarda sa compagne qui souriait d'un air satisfait.

— Tu viens vraiment de me mordre, bébé ?

— Ouais, répondit-elle.

La lueur de possessivité qui brillait dans les yeux de sa compagne le fit sourire. Il se pencha et mordit fortement la lèvre inférieure de Shaya, puis la lui lécha pour atténuer la douleur.

— Tu ne vas plus jamais me quitter, tu sais. Tu es mienne. Je te garde. Pour toujours.

Il s'était attendu à la voir renâcler, protester ou s'inquiéter, mais elle le surprit en se laissant aller complètement dans ses bras. Son loup poussa un grognement de satisfaction, persuadé que son âme sœur allait bientôt accepter d'être revendiquée. Nick continuait cependant à se demander si ce jour viendrait.

Chapitre 12

Shaya avait toujours été douée pour désamorcer les situations tendues et apaiser les crises. C'était d'ailleurs assez ironique compte tenu de son tempérament plutôt colérique. Au cours des quatre semaines qui venaient de s'écouler, elle avait été obligée de mobiliser toutes ses ressources pour régler les conflits entre Taryn et Amber. Il était donc parfaitement normal qu'elle soit là à taper du pied impatiemment pendant que les deux guérisseuses poussaient un coup de gueule en se désignant de l'index et en se lançant des regards mauvais. Shaya se tourna vers Nick assis sur le canapé, une expression à la fois amusée et exaspérée sur ses traits, et eut du mal à ne pas s'empêcher de rire au vu des insultes qui fusaient de part et d'autre.

Amber avait fait exactement ce que Derren avait prédit : elle avait cherché par tous les moyens à faire amie-amie avec Shaya. Voyant sa stratégie échouer, elle avait essayé de provoquer Shaya en lui faisant des compliments qui n'étaient en fait que des insultes déguisées, qu'un étranger n'aurait pas perçues comme telles tellement elle savait y faire. Taryn avait vu clair dans le jeu d'Amber. Shaya ne s'énervait jamais contre Amber, évitant ainsi de paraître hostile et agressive à son endroit, sans mobile apparent. Elle se montrait très douce et même mielleuse. Pour sa part, Taryn était beaucoup trop directe pour accepter les insultes d'Amber sans riposter. La garce était même allée jusqu'à faire l'impensable au risque de déclencher sa colère : elle avait touché Trey.

— Mais que du bout du doigt, rien de plus, geignit Amber en levant les bras au ciel. Pour guérir une coupure sur sa main.

— Merci, E.T., fit Taryn en gloussant. Je peux tout à fait le guérir moi-même. Si tu le touches encore une fois, je…

— Du calme, les filles, intervint tranquillement Shaya en soupirant. Vous avez toutes deux donné votre version des faits. La solution est simple : Amber, il vaudrait mieux que tu évites tout contact physique avec Trey à l'avenir.

— Ce n'était que sa main !

— Là n'est pas la question, et tu le sais très bien, affirma Taryn en levant un doigt accusateur dans sa direction. Ne va pas croire que je n'ai pas compris que tu es une véritable garce.

— Je voulais juste le guérir, fit-elle l'air parfaitement innocent. (Elle était très douée.) Nick, tu ne vas tout de même pas laisser Taryn me parler sur ce ton ?

— Je ne suis plus ton Alpha, Amber. Tu dois régler tes problèmes toute seule.

Bonne réponse, pensa Shaya.

— Je voulais simplement le guérir. Je suis guérisseuse, c'est mon boulot.

Shaya hocha la tête en signe de compréhension et conserva son air impartial.

— Tu as effectivement fait preuve d'une grande gentillesse, mais ton geste n'était pas vraiment nécessaire.

Trey s'était coupé sur une feuille de papier et sa blessure était loin d'être mortelle. Taryn était juste à côté de lui et pouvait parfaitement intervenir si cela s'était révélé nécessaire. Ce n'est pas très rusé de ta part, toi, une célibataire, de toucher un homme en couple.

— Dominic te touche constamment, je ne vois pas le problème, fit Amber, une main sur la hanche.

— Tu n'as peut-être pas remarqué que cet horrible pervers était couvert d'éruptions, fit Nick en ne cherchant même pas à réprimer un sourire. Je l'ai poussé dans les orties parce qu'il avait embrassé Shaya.

Dominic avait toujours l'air hilare, ce qui était d'autant plus énervant. Nick s'étonnait sincèrement de commencer à le trouver sympa après un mois passé en sa compagnie. Ce mec était doté d'une grande intelligence et il avait en plus un excellent sens de l'observation. Il était également très loyal envers sa meute… mais il ne pouvait pas s'empêcher d'asticoter Nick à chaque fois que l'occasion se présentait.

— Il vaudrait mieux, à mon avis, déclara Shaya, que vous vous évitiez le temps de vous calmer.

Les deux guérisseuses eurent l'air d'avoir envie de protester, mais se contentèrent de s'adresser des regards noirs et de partir dans des directions opposées. Shaya poussa un soupir de soulagement et s'approcha de Nick, se tenant debout entre ses jambes. Il posa ses mains sur ses hanches et la caressa doucement.

— On ne risque pas trop de se tromper en disant que ces deux-là ne deviendront jamais amies, je pense.

Il prit alors Shaya sur ses genoux et l'embrassa passionnément.

— Tu fais très bien cela. Tu es douée pour soulager les tensions et mettre fin aux disputes, ajouta-t-il devant son air interrogateur.

Elle avait un réel talent. Elle avait en effet réussi à calmer deux dominantes qui l'avaient écoutée sans s'énerver contre la soumise qui osait s'interposer. Elle était également demeurée impartiale tout en sachant pertinemment qu'Amber était dans son tort, sans se laisser influencer par sa propre aversion envers elle.

— Ouais, si on veut, répondit-elle en haletant parce que Nick léchait la marque qu'il lui avait récemment faite au cou. Rien ne garantit cependant que Taryn ne pète pas un jour les plombs et n'essaie pas d'arracher les yeux d'Amber.

Cette idée n'était pas sans déplaire à Shaya. La garce. Elle leur rôdait toujours autour, ne semblant pas remarquer qu'elle n'était pas la bienvenue. En outre elle n'était pas la seule à leur coller aux basques. Il y avait aussi Derren qui suivait Nick partout. Il ne les laissait seuls que la nuit quand il allait dormir dans le camping-car qu'il partageait avec Bruce depuis que Nick passait ses nuits avec Shaya.

Les membres de la meute du Phénix étaient tous descendus au motel des métamorphes, ainsi que la famille de Nick, mais ils se pointaient seuls ou en groupe plusieurs fois par jour. Roni passait également beaucoup de temps avec eux, même si elle préférait rester à l'extérieur. En outre, Jesse, Bracken et Zander faisaient des rondes autour du périmètre de la maison. Ils avaient décidé, de leur propre chef, de veiller sur la petite troupe. Ils rentraient chez eux de temps à autre pour se laver et se changer, mais ne s'absentaient jamais bien longtemps. Ils semblaient déterminés à suivre Nick.

Shaya n'en était pas étonnée. Nick était très charismatique. Il suffisait de voir Derren. Nick inspirait confiance mais il ne s'en rendait pas compte. Il était même très énervé d'être toujours entouré d'autant d'amis.

— Tu sais, commença Nick, je suis étonné qu'Amber ait été suffisamment gonflée pour toucher Trey. La plupart des gens évitent d'énerver une Alpha. D'ailleurs, je suis surpris que Taryn ne l'ait pas agressée violemment.

— Moi je pense qu'Amber espérait que Taryn l'attaque pour que tu la protèges. Cela aurait été normal puisqu'elle est sous ta protection.

Puis Shaya en aurait beaucoup voulu à Nick d'avoir défendu Amber, puisqu'elle avait accordé toute sa loyauté à Taryn.

Nick se souvint qu'Amber s'était tournée vers lui pour lui demander son soutien et il donna donc raison à Shaya.

— Si elle croit vraiment que je vais la défendre, elle se trompe complètement.

— Elle commence vraiment à m'énerver à te suivre comme ton ombre. C'est agaçant à la longue de la voir jouer à être ta meilleure amie.

Shaya s'en voulait terriblement de penser qu'elle donnait l'impression d'être jalouse de la guérisseuse.

— Je n'ai pas d'amis, tu le sais.

— Tu en as mais tu ne le sais pas. Si Derren ne te quitte pas d'une semelle, lui expliqua-t-elle au vu de son air perplexe, ce n'est pas uniquement parce qu'il a envie de te protéger. Il le fait par amitié pour toi. Que fais-tu de tous ces amis qui t'ont aidé à me retrouver ?

— Ce ne sont des relations, pas des amis.

— Et tous ces gens qui vous ont appelés, toi et Derren, pour vous proposer leur soutien contre les humains, ce ne sont pas tes amis non plus, je suppose ? s'enquit-elle sèchement.

— Je garde mes distances, fit Nick en haussant les épaules.

— Tu es un cas désespéré, Nick Axton, fit Shaya en secouant la tête et en soupirant.

— Toi, tu n'as aucune raison d'être jalouse, affirma-t-il doucement en lui enserrant la gorge d'une main et en lui faisant pencher la tête vers l'arrière. Je ne désire que toi, ajouta-t-il en lui léchant l'épaule goulûment et en humant son odeur enivrante. Quand tu seras enfin prête à m'accorder toute ta confiance, je te le prouverai en te revendiquant. D'ici là, je passerai tout mon temps à t'embrasser, à te mordre et à te prendre jusqu'à ce que tu acceptes que tu es mienne.

Shaya ne lui dit pas qu'elle avait déjà accepté, mais qu'elle avait du mal à croire que lui, il lui appartiendrait toujours. Le problème concernait de moins en moins le fait qu'il l'avait abandonnée et de plus en plus son propre manque de confiance en elle. Comment ne pas avoir peur qu'il finisse par trouver qu'elle n'était pas à la hauteur parce qu'elle n'était pas aussi forte ou aussi puissante que lui ? Le problème n'aurait pas été aussi grave si Nick avait été un simple dominant. Mais il était un Alpha-né. Comment alors ne pas craindre qu'il finisse par lui reprocher un jour d'être la raison pour laquelle il avait quitté sa meute et ne pouvait plus être Alpha ? Le loup de Nick se sentirait étouffé, ce serait une véritable torture pour lui s'il était obligé d'obéir à un autre Alpha tandis qu'il était lui-même né pour être chef.

C'était vrai, il ne lui avait donné aucune raison de s'inquiéter ainsi. Bien au contraire, elle s'était sentie aimée, adorée même, au cours des dernières semaines. Pas parce que Nick lui avait fait de grandes déclarations ou avait tenté de la rassurer, mais plutôt parce qu'il lui avait accordé toute son attention. Il l'avait réconfortée. Il veillait à satisfaire tous ses besoins, toutes ses envies, et il réglait tous ses problèmes.

Elle avait eu raison de penser qu'il n'était pas un mec « gérable ». Sa volonté inébranlable le rendait insensible à toute influence extérieure. Jamais il n'avait cherché pour autant à la contrôler. Il n'avait jamais essayé de l'écraser comme l'avaient fait d'autres dominants, et il avait tôt fait de s'énerver quand il en voyait tenter de le faire. Il la rendait heureuse. Était-elle capable d'en faire autant pour lui ? Allait-elle réussir à le retenir ? Lui, un puissant Alpha ? Leur lien d'union suffirait-il à le retenir si Nick et son loup étaient obligés de vivre sans meute et sans territoire à eux ? Sans oublier que leurs futurs enfants connaîtraient également cette vie de solitaires.

— Tu penses trop, lui dit Nick en lui relevant la tête et en lui mordant la lèvre. Arrête.

— Comme si c'était facile à faire.

— Si tu as besoin d'aide pour te changer les idées, commença-t-il en esquissant un sourire espiègle et en se frottant contre elle, tu n'as qu'à me le demander, je m'en chargerai avec plaisir.

Puis il la guida vers sa chambre et fit en sorte de lui faire oublier ses soucis.

Quelques heures plus tard, Shaya sirotait un café sur le canapé en souriant, tandis qu'elle regardait Roni veiller sur Kye qui jouait par terre sur le tapis avec Dominic et Taryn. Même si Kye ne pourrait pas utiliser son don de guérisseur d'âmes avant quelques années, il dégageait une telle impression de sécurité qu'il attirait tous ceux qui portaient en eux les cicatrices de blessures anciennes. Comme Roni, par exemple.

Le séjour était bondé, comme c'était souvent le cas. Shaya, Derren et Trey se partageaient le canapé. Greta et Kathy occupaient les fauteuils. Tao et Amber étaient installés sur des chaises de la salle à manger qu'ils avaient déplacées. Amber avait apporté une autre chaise qu'elle avait placée à côté d'elle, dans l'espoir sans doute que Nick s'y poserait après être revenu de la cuisine où il s'entretenait avec Eli par téléphone. La garce était tenace, Shaya devait le reconnaître.

Amber devait penser que Shaya était une empêcheuse de tourner en rond. Elle devait considérer que Nick lui appartenait depuis très longtemps. Elle avait peut-être même réussi à se convaincre qu'ils s'imprégneraient un jour. Connaissant bien la douleur du rejet, Shaya aurait sans doute dû éprouver un peu de compassion à son égard. Mouais, elle aurait pu, éventuellement, si Nick n'avait pas toujours indiqué clairement à tous les membres de son ancienne meute son intention de ne s'unir qu'avec son âme sœur. Si Amber avait réussi à se convaincre du contraire, c'était son problème à elle après tout.

— Ce n'est pas une bonne nouvelle, n'est-ce pas ? demanda Kathy en parlant des infos qui semblaient laisser entendre que les métamorphes constituaient une espèce qu'il fallait à tout prix éradiquer. Les extrémistes seraient donc tout à fait en mesure de sortir vainqueurs de la bataille juridique et d'obtenir la mise en place de leurs projets de lois.

— Ils ne remporteront pas la guerre cependant, affirma Derren. Aucun métamorphe n'acceptera de porter une puce électronique et d'être confiné à une réserve. Ils veulent nous contrôler mais on a besoin de liberté, c'est dans notre nature.

— Penses-tu qu'il pourrait y avoir une guerre entre humains et métamorphes ? s'enquit Dominic.

— Pourrais-tu accepter de les laisser te priver ainsi de ta liberté ? demanda Derren en arquant un sourcil interrogateur.

— Absolument pas.

— Alors voilà ta réponse.

— Mais les humains doivent bien se douter que la situation risque de dégénérer complètement, déclara Tao. Ils ne peuvent pas être assez idiots pour appliquer des lois capables de déclencher une guerre.

— Pourquoi pas ? fit Derren en renâclant. Ils se bagarrent souvent entre eux, beaucoup plus que les métamorphes. Puis ils sont suffisamment arrogants pour croire que leur supériorité numérique leur assurerait la victoire. Ils ignorent qu'il y a beaucoup de meutes de métamorphes qui ne se sont pas encore fait connaître. On est beaucoup plus nombreux que ne l'imaginent les humains. Ils ignorent même l'existence de certaines espèces de métamorphes.

— Le problème, déclara Trey après avoir poussé un long soupir, c'est que même si on est plus forts qu'eux, cela ne présentera pas beaucoup d'avantages dans une vraie guerre.

Ils disposent de tout un arsenal d'armes sophistiquées tandis qu'on ne peut que lutter bec et ongles. Nos pertes seraient plus considérables que les leurs.

— Tu as entièrement raison, fit Greta dans un soupir. Cela ne donne pas grand-chose cependant de gaspiller notre temps en bavardages futiles. Je propose qu'on trouve une autre activité pour nous changer les idées.

— As-tu des propositions à nous faire ? demanda Tao.

— Je ne sais pas moi… une activité constructive et agréable.

— Super, fit Taryn joyeusement. Je veux bien t'aider à faire tes valises.

Greta regarda Taryn en plissant les yeux, mais cette dernière se contenta de lui adresser un grand sourire.

Nick entra alors dans la pièce et la louve de Shaya exprima son contentement en se détendant complètement. Comme d'habitude Nick attirait par sa seule présence l'attention de tous et, plus particulièrement, celle d'Amber qui esquissa un grand sourire et tapota la chaise à côté d'elle pour l'inviter à y prendre place. Il n'en tint aucun compte cependant. Il s'approcha de Shaya, il la souleva délicatement dans ses bras, il s'assit à sa place sur le canapé, et il installa sa compagne sur ses genoux. Satisfaite, elle se lova contre lui et il lui mordilla le cou.

— Comment va Eli ? demanda alors Derren à Nick.

— Il aurait voulu pouvoir se joindre à nous pour prendre part aux réjouissances, lui répondit Nick, qui, connaissant bien son frère, ne s'étonnait pas que ce mec qui n'avait pas froid aux yeux éprouve l'envie de se bagarrer. Autrement, il va bien.

Nick ne put résister à la tentation de lécher la marque qu'il avait faite au cou de Shaya un peu plus tôt. Elle tressaillit, ce qui lui fit grand plaisir, ainsi qu'à son loup.

— Quand retournes-tu au travail ? s'enquit Amber sur un ton agréable.

Elle devait avoir hâte que Shaya reprenne le travail pour que Nick et sa compagne soient séparés pendant la journée. Cela lui donnerait le champ libre avec son ancien Alpha.

— Pas avant que tout ait été remis en ordre au salon de coiffure, lui répondit Shaya sur le même ton.

Les assurances semblaient traîner, ce qui énervait grandement Kent.

— As-tu envisagé de chercher un autre emploi ? s'enquit Kathy sans aucune arrière-pensée.

— C'est déjà fait, répondit Nick.

Surprise par les paroles de son âme sœur, Shaya tourna la tête et le dévisagea.

— Déjà fait ? répéta-t-elle.

— Oui. Tu as déjà postulé pour un autre emploi.

— Qu'est-ce que tu dis ? N'as-tu pas pensé que je n'aurais peut-être pas envie de changer de travail ? demanda-t-elle en ne pouvant s'empêcher de se sentir vexée.

— Si ce boulot ne t'intéresse pas, tu n'es pas obligée de l'accepter. C'est une possibilité que tu pourrais envisager, rien d'autre.

— En quoi consiste ce travail ? demanda Taryn, curieuse.

— Je préfère ne rien dire tant que je n'aurai pas été informé de la clôture de l'appel à candidatures et des dates des entretiens.

— Il y aura un entretien ? demanda Shaya en fronçant les sourcils. Il n'y a donc aucune garantie que je décroche ce boulot.

— Je te connais, fit Nick en caressant le menton de la jeune femme. Tu ne voudrais pas d'un poste que je t'aurais obtenu grâce à mes relations. Tu préfères qu'on te choisisse toi parce que tu es la meilleure candidate pour le poste. Tu n'as pas besoin de mon intervention, cela dit. J'ai entièrement confiance en tes qualifications.

Cela changeait un tant soit peu la donne. Elle se sentit réconfortée de découvrir qu'il avait une telle confiance en elle.

— Merci, lui dit-elle.

Elle n'eut plus qu'une envie : s'installer à califourchon sur lui et l'embrasser passionnément pour lui donner un témoignage physique de sa gratitude. Mais comme d'habitude ils manquaient d'intimité et Shaya n'était pas exhibitionniste.

— J'ai une idée, ajouta-t-elle.

— Si c'est pour un jeu qui se joue à deux et à poil, je suis partant.

Elle leva les yeux au ciel, même si elle était passablement sur la même longueur d'onde que lui. Ce mec était capable de déclencher un violent désir en elle, même quand ils venaient tout juste de faire l'amour.

— Allons quelque part, juste tous les deux.

Derren les suivrait, bien entendu. Mais il était suffisamment poli pour rester à quelques pas d'eux et faire semblant qu'il n'écoutait pas leur conversation.

— Ton idée me plaît bien, fit Nick en esquissant un large sourire.

— Je peux retirer le plug anal avant de partir, n'est-ce pas ? lui chuchota-t-elle de manière à ce que lui seul puisse l'entendre.

— Comment pourrais-je refuser quand tu as été si sympa avec moi tout à l'heure, lui répondit-il en riant.

Il était passé du doigt à une série de plugs anaux de plus en plus gros. D'aucuns prétendraient qu'ils ne servaient à rien puisqu'ils étaient âmes sœurs, ce qui signifiait que Nick devait pouvoir la pénétrer là aussi sans aucune difficulté. Mais il était important pour lui qu'elle n'éprouve absolument aucune douleur le jour où il pourrait enfin passer à l'acte.

Un tout petit peu plus tard, Nick et Shaya se rendirent chez un glacier et partagèrent une coupe de glace nappée de caramel. Pour sa part, Nick se contentait d'admirer la jeune femme lécher sa glace et la faire tourner dans sa bouche tout en lui adressant des sourires coquins, sachant très bien ce qu'elle faisait et comprenant à quel point il enviait la glace.

Puis ils firent un peu de shopping. Shaya acheta des talons aiguilles, ce qui était tout à fait prévisible. Elle n'eut besoin que d'une vingtaine de minutes de plus pour en acquérir deux autres paires. Nick ne se plaignit pas, tellement elle était sexy dans ses chaussures à talons. Elle avait bien vu sa réaction quand elle les essayait dans la boutique. Elle avait même attiré beaucoup de regards concupiscents de la part d'autres mecs et Nick s'était senti obligé d'arborer une expression menaçante.

Après quelques heures de shopping, ils dînèrent dans un restaurant mexicain et Nick fut énervé de voir Shaya picorer dans son assiette plutôt que manger réellement. Devant son refus d'obtempérer quand il lui dit de tout avaler, il lui lança un regard sévère chargé de promesses de représailles. Puis considérant qu'elle le méritait, il la taquina en lui mordillant et en lui léchant les doigts et la main, et en lui chuchotant à l'oreille tout ce qu'il avait l'intention de lui faire plus tard à la maison. Elle avait rougi d'excitation et s'était un peu énervée jusqu'à ce qu'elle remarque son érection. Comprenant alors qu'il partageait son envie désespérée et que ses coquetteries avaient produit le résultat escompté, elle avait arrêté de s'énerver et s'était même sentie plutôt satisfaite.

Selon Nick cette sortie leur avait fait le plus grand bien, et pas uniquement parce qu'il n'appréciait pas la compagnie de ses semblables, Shaya étant la seule exception. C'était assez difficile pour Nick de passer tout son temps à essayer d'obtenir la confiance de la jeune femme quand ils étaient entourés de tous leurs amis. Difficile pour eux de partager des moments d'intimité dans ces circonstances. Il comprenait et acceptait la présence des membres de la meute du Phénix. Ils voulaient rester dans le coin pour le cas où on aurait besoin d'eux. Shaya leur manquait depuis son départ, il le comprenait. Kathy et Roni avaient également souffert de son absence. Taryn surtout passait énormément de temps avec eux. Il sentait bien qu'elle voulait lui faire la vie dure. Il l'acceptait mais cela ne l'empêchait pas de s'énerver parce que Shaya souffrait de l'absence du soutien inconditionnel de sa meilleure amie.

Taryn ne le savait peut-être pas, mais Nick n'avait jamais fait autant d'efforts qu'il en avait déployés pour obtenir la confiance de Shaya… parce que rien n'avait eu autant d'importance qu'elle dans toute sa vie. Kathy, Roni et Eli comptaient énormément pour lui mais il avait besoin de Shaya, là était toute la différence. Il s'était toujours senti seul, un peu à l'écart, même avec sa propre famille. Il avait l'impression d'être responsable de cette distance entre eux, d'avoir été la cause des problèmes de Roni et que c'était sa faute s'ils avaient été obligés de quitter leur meute d'origine après les événements. Mais cette distance émotionnelle pouvait également être uniquement le fruit de son incapacité à tisser des liens avec ses semblables. Il l'ignorait.

C'était différent avec Shaya parce qu'il n'avait aucune envie de garder ses distances avec elle. Comment aurait-il pu le faire ? Elle le comprenait, l'acceptait comme personne avant ne l'avait fait, même pas Derren avec qui il était pourtant capable de communiquer vu tout ce qu'ils avaient partagé durant leur séjour en maison de redressement. Shaya connaissait ses défauts, était au courant de ses erreurs, savait ce qu'il était capable de faire, mais elle ne le jugeait pas pour autant. Elle ne le craignait pas non plus. Elle le stimulait. Elle représentait un défi permanent pour lui et Nick avait toujours aimé les défis. Elle lui insufflait l'espoir que les choses pouvaient changer, qu'il serait enfin capable pour la première fois de sa vie de tisser des liens avec une femme. Tout cela dépendait d'elle cependant : accepterait-elle un jour qu'il la revendique ? Il ne pourrait y avoir de lien d'union entre eux s'ils ne le désiraient pas profondément tous les deux.

Le repas terminé, ils quittèrent le restaurant main dans la main. À peine avaient-ils fait quelques pas dans le parking que Nick éprouva une sorte de prémonition, un picotement au niveau de la nuque. Ralentissant l'allure et faisant appel à ses sens exacerbés, il découvrit qu'ils étaient entourés par plusieurs personnes tapies dans l'ombre. Il sortit son téléphone de sa poche et utilisa la touche d'appel abrégé pour contacter Derren en urgence.

— Merde, chuchota-t-il quand son ami décrocha. On n'est pas seuls. Fais attention.

— Que se passe-t-il ? s'enquit Shaya dans un murmure.

— Des humains, lui répondit-il en l'embrassant sur la tempe. Ne t'inquiète pas, on…

Ce fut le moment que choisirent quatre d'entre eux pour leur barrer le passage. Deux autres mecs se mirent de chaque côté de Nick et de Shaya, et trois derrière eux. Ils gardaient leur distance tout en encerclant complètement Nick et Shaya. C'était bien des extrémistes, Nick en reconnut certains. Logan ne figurait pas parmi eux mais Nick aurait parié que ce guet-apens était son idée. Il se retourna pour se mettre dos à dos avec Shaya. Onze humains étaient venus les affronter.

Dans n'importe quelle autre circonstance, Nick aurait trouvé cette situation tout simplement ennuyeuse. Il avait déjà été confronté à des humains et n'éprouvait aucune crainte. Il n'aimait pas du tout l'idée de blesser qui que ce soit, mais, en cas d'attaque, il était prêt à se défendre et à protéger sa compagne. Il ne s'agissait pas d'une simple bagarre dans le cas présent, mais d'une véritable embuscade, une tentative de provoquer Nick pour l'inciter à la violence. Quel homme, qu'il soit humain ou métamorphe, ne deviendrait pas agressif dès qu'on s'en prenait à sa compagne ? Mais les humains antimétamorphes ne verraient pas les choses du même œil, parce que cela les arrangerait.

Il connaissait le fonctionnement du cerveau de Logan. Ce salaud allait sans aucun doute donner sa propre version des faits aux journalistes et aux membres du tribunal et leur fournir des photos de ses amis extrémistes victimes de morsures, griffures et autres blessures graves. Nick serait obligé de se défendre contre ces extrémistes, il n'aurait pas le choix s'il voulait protéger Shaya, mais ce faisant il entrait dans le jeu imaginé par Logan. Il ne pourrait faire autrement parce qu'il était absolument impensable pour lui – ainsi que pour son loup – que Shaya soit blessée. D'ailleurs le loup de Nick grognait, sortait ses griffes et utilisait ses sens pour jauger les humains.

Nick savait que Derren n'était pas bien loin puisqu'il le suivait toujours partout. Il supposait que les humains étaient également au courant. Il était prêt à parier que sa présence ne les gênait pas car, plus il y avait de métamorphes pris au piège, mieux c'était pour leur cause.

— Tu aurais dû écouter Logan dès le début et quitter la ville depuis longtemps, déclara l'extrémiste en face de Nick, les traits défaits par la haine que reflétaient également ses yeux bleus. Tu n'aurais surtout pas dû pousser Logan à bout. Tu es responsable de ce qu'il va vous arriver, à toi et à ta copine. Je ne m'en ferais pas trop pour elle à ta place, je suis sûre aussi qu'elle appréciera le sort qu'on lui réserve.

Nick eut du mal à se retenir de massacrer tout de suite ce connard. Il comprit alors toute la perfection du piège imaginé par Logan. L'extrémiste connaissait le passé de Nick et les événements qui avaient mené à sa condamnation à la maison de redressement. Il espérait qu'en attaquant Shaya et en reproduisant ce qu'il s'était passé avec sa sœur dans le temps, Nick ne pourrait que réagir de la même façon qu'à l'époque. Une stratégie bien pensée. Qui avait toutes les chances de réussir.

Sentant que Nick risquait de perdre le contrôle, Shaya lui caressa l'arrière de la cuisse. Elle continuait de dévisager les humains dans son champ de vision, surveillant leurs moindres gestes, prête à se défendre dès que l'un d'entre eux ferait un pas dans sa direction. Jusque-là, ils s'étaient contentés de lui lancer des regards mauvais en serrant les poings pour l'effrayer, mais la situation pouvait basculer à tout moment.

— Je n'arrive toujours pas à savoir si cette fille est une métamorphe ou non, poursuivit l'extrémiste. Mais si cette pute baise avec eux, il ne nous reste plus qu'à la considérer comme l'une d'entre eux.

À ces mots, Nick poussa un rugissement. Instinctivement, il fit un pas vers l'extrémiste pour l'étriper vif, mais il fut stoppé net par la voix de sa compagne, l'unique chose capable de lui faire entendre raison dans ces circonstances.

— Arrête, Nick, lui intima-t-elle tout doucement pour que lui seul l'entende, parlant sur le même ton apaisant qu'elle avait utilisé plus tôt avec Taryn et Amber. Il veut te pousser à l'attaquer pour nous séparer, pour que je me retrouve seule.

Elle avait raison, pensa Nick tandis que commençait à se dissiper l'immense colère qui lui avait envahi l'esprit et embrouillé les idées.

— Mais il t'a traitée de pute, dit-il les mâchoires crispées.

— Et alors ? Je suis ta pute à toi, fit-elle d'une voix amusée.

— Votre espèce a fait une grosse connerie en révélant son existence, fit l'extrémiste. Comment avez-vous pu croire que vous seriez bien reçus ? Que vous seriez acceptés ? Vous êtes exactement ce que disent les fanatiques religieux : une aberration de la nature. Vous devez tous disparaître.

Comme s'il apprenait quelque chose à Nick.

L'humain ricana, énervé de voir Nick conserver un calme olympien.

— Tu es un peu moins courageux et prétentieux ainsi encerclé, pas vrai ?

— Ne prends pas mon silence pour de la peur, fit Nick, en tremblant de colère. Je sais reconnaître un piège. Je sais ce que vous espérez obtenir. Ne vous inquiétez pas, je vais vous donner la réaction que vous attendez de moi. Mais si vous pensez en ressortir vivants, vous vous trompez. J'ai déjà tué un humain pour me protéger et je n'hésiterai pas à le refaire. Méfie-toi, si je commence à m'intéresser à toi, c'est que je vais te buter, je préfère te prévenir. Ceux qui attachent plus d'importance à leur vie qu'aux grands projets de Logan auraient intérêt à s'éloigner de nous.

L'extrémiste qui les confrontait se sentit manifestement envahi par la peur. Il émit une sorte de ricanement qui manquait de conviction.

— Vous ne présentez aucune menace pour nous.

— Peut-être que l'union fait la force en ce qui vous concerne, mais cela ne suffit pas pour affronter un métamorphe qui protège sa compagne. Ses forces sont décuplées dans ce genre de situation. Je serais capable d'arracher la tête du premier qui s'en prendrait à elle. Elle n'est pas non plus une cible facile. Je préfère vous prévenir avant que vous n'envisagiez de vous attaquer à elle plutôt qu'à moi, tellement vous êtes poltrons.

Shaya sentit un sourire se dessiner sur ses lèvres en dépit de leur situation. Nick n'avait jamais méprisé ni sa force ni ses capacités à se défendre. Il ne l'avait jamais traitée autrement que comme son égale en toutes choses. Même là, tandis qu'elle était confrontée à un grave danger, il ne la traitait pas comme une pauvre demoiselle en détresse.

— Eh ben, dis donc. Qu'est-ce qu'on a là ?

Au son de la voix de Derren, Shaya tourna brusquement la tête vers la droite et prit un air étonné. Il se tenait à la périphérie du cercle d'humains, un sourire plaqué sur le visage tandis qu'il filmait la scène avec son smartphone.

— Onze humains – qui plus est, des extrémistes – encerclant et intimidant un métamorphe et sa copine, un couple qui vaquait tranquillement à ses occupations, fit Derren en secouant la tête pour manifester sa désapprobation. J'ai hâte de voir les réactions quand je vais mettre ça sur YouTube.

Trois choses se produisirent alors soudainement : un des humains s'élança pour essayer d'attraper le téléphone de Derren ; Nick prit Shaya par la main en criant « Au sol ! » tandis que deux balles passaient en sifflant, les ratant de peu ; et les humains déguerpirent. À l'exception d'un d'entre eux, constata Shaya rapidement quand elle vit Derren, continuant de brandir son téléphone, mais se servant de sa main restée libre pour retenir un extrémiste par la peau du cou.

— Je pensais qu'il pourrait peut-être nous donner quelques renseignements, déclara Derren en indiquant l'extrémiste d'un geste de la tête.

Shaya n'aimait vraiment pas voir qui que ce soit souffrir. Elle ne le supportait pas. Mais elle ne ressentit pas la moindre compassion à l'idée que l'extrémiste ligoté sur une chaise dans sa chambre d'invités et qu'elle regardait – en compagnie de Taryn et de Trey – être interrogé par Nick et Derren, allait bientôt se retrouver en fort mauvaise posture.

D'abord, ce mec, Lee-Roy, d'après son permis de conduire, était le mal incarné. Il avait passé la précédente demi-heure à se vanter du nombre de métamorphes qu'il avait tabassés dans le passé, ainsi que du plaisir qu'il avait éprouvé à saccager le salon de coiffure. Il ne se privait pas non plus de traiter Shaya de pute et de condamner aux flammes éternelles toute « la progéniture du diable » qu'elle pourrait engendrer. Comment pouvait-il oser être aussi téméraire ? Sans doute pensait-il que Nick ne lui ferait aucun mal par peur des répercussions possibles. Il était peut-être simplement trop cinglé pour avoir l'intelligence d'avoir peur.

— Dommage que Dante ne soit pas ici, déclara Taryn qui connaissait bien les talents d'interrogateur du Beta de la meute du Phénix. Il tirerait les vers du nez de ce mec en un rien de temps.

— On n'a pas besoin de Dante, affirma Trey. Un homme dont on a menacé la compagne est plus fort qu'aucun autre. Ce connard aurait aimé faire souffrir Shaya. Nick n'aura aucun mal à le faire parler. Avant de le buter. Il ne va pas lui laisser la vie sauve bien longtemps.

Lee-Roy sourit en voyant Derren examiner le pistolet qu'il avait trouvé dans ses poches.

— Si tu penses que tu vas me faire baliser en jouant avec mon arme, tu te trompes. Vous n'allez pas me buter.

— Pourquoi utiliser un pistolet quand on a nos propres armes ? lui demanda Nick en sortant ses griffes pour les lui montrer.

Lee-Roy tressaillit de surprise. Nick eut du mal à s'empêcher de lui ouvrir immédiatement la gorge. S'ils lui avaient laissé la vie sauve jusque-là, c'était surtout qu'ils avaient besoin d'information.

— Vous n'allez pas me buter, se contenta de répéter Lee-Roy en secouant la tête.

— J'ai remarqué que tu portais une alliance, Lee-Roy, fit Nick en s'agenouillant pour regarder l'extrémiste dans les yeux. Aimes-tu ta femme ?

— Si tu touches à un seul de ses cheveux…, commença Lee-Roy, les yeux exorbités.

— Ce que tu ressens, cette boule d'émotion… C'est spécial, non ? Un mélange de peur, de colère et de désespoir. Eh bien, c'est exactement ce que j'ai éprouvé quand vous avez menacé Shaya, déclara Nick d'une voix gutturale en crispant la mâchoire. Ne va donc pas croire un seul instant que j'attache une quelconque importance à ta vie. Je serais capable de t'entailler la gorge sans aucun putain de remords, crois-moi.

— Mes amis vont remarquer ma disparition, rétorqua Lee-Roy en déglutissant bruyamment. Ils sauront que vous m'avez chopé. Ils viendront à ma rescousse.

— Tu crois vraiment cela ? intervint Derren en esquissant un sourire amusé. Je n'en serais pas si sûr à ta place. Tes copains et toi, vous êtes célèbres à l'heure qu'il est. Oui, c'est vrai. La petite vidéo que j'ai faite plus tôt tourne déjà sur YouTube. Les métamorphes ne vont pas apprécier. Tous tes amis se promènent maintenant avec une cible dans le dos. Ils n'auront pas d'autre choix que de se cacher des métamorphes et de la police. Si tes amis n'arrivent pas à te joindre, ils penseront que c'est parce que tu t'es planqué, comme eux.

— Ma femme ne va pas croire que je suis parti, fit Lee-Roy en ricanant après avoir réfléchi un instant.

— Tss, fit Derren. Elle pourrait recevoir des SMS envoyés depuis ton téléphone l'informant de ta décision de disparaître pendant un moment. Elle fait partie de ton groupe, n'est-ce pas ? Elle ne risque donc pas de signaler ta disparition à la police pour le cas où ils te reconnaîtraient dans la vidéo postée sur YouTube. En d'autres termes, Lee-Roy, il n'y aurait rien de plus simple que de te faire disparaître.

— Vu qu'on a tiré sur ma compagne, fit Nick en grognant, je souhaite vraiment vivement ta disparition.

Nick avait même hâte de s'en charger personnellement. Il ne le regretterait jamais, il le savait.

— Ce n'est pas moi qui ai tiré, fit Lee-Roy en commençant à avoir l'air un peu nerveux.

— Si c'était toi qui l'avais fait, affirma Nick en renâclant, puis en se levant et en tournant autour du prisonnier, tu ne serais plus qu'une mauvaise odeur à l'heure qu'il est. Tu peux me faire confiance sur ce point. Je suis curieux : aviez-vous l'intention de nous attaquer avant de nous tirer dessus ou aviez-vous prévu de nous buter dès le départ ?

— Logan nous avait dit de prendre nos armes pour le cas où tu deviendrais ingérable. Ou si on était importunés.

— Il vous a aussi demandé de tirer sur Shaya, c'est ça ?

— On avait reçu l'ordre de lui tirer dessus si tu ne réagissais pas.

Nick poussa un tel grognement que Lee-Roy sursauta.

— Dis-nous tout ce que tu sais sur le domaine de chasse, lui ordonna Nick.

Lee-Roy écarquilla les yeux et regarda bêtement son interrogateur.

— Je ne sais pas de quoi…, fit-il au bout d'un long moment de silence.

— Ne fais pas l'idiot avec moi, Lee-Roy, grogna Nick. Je ne sais pas combien de temps encore je vais réussir à me contrôler. Réponds-moi.

— Je ne sais pas où se trouve le domaine. On nous met un bandeau sur les yeux pour nous y emmener, répondit-il, l'air content de ne pas pouvoir répondre à la question.

— Tu y es donc allé ? s'enquit Derren d'une voix qui trahissait sa colère.

— Tu ne devrais pas critiquer une activité que tu ne connais pas, fit Lee-Roy en souriant à Derren. C'est étonnamment addictif. On commence par droguer les métamorphes pour les empêcher de se transformer tout de suite. Puis on les conduit au milieu de nulle part. Quand ils se réveillent et commencent à bouger, les chasseurs se mettent en route. Sans faire de bruit, pour qu'ils ne nous repèrent pas tout de suite. Puis on sort les armes : des pistolets, des couteaux, des fouets et même des masses, tout ce que vous pouvez imaginer. Ils finissent toujours par nous supplier à la fin.

Oh le malade. Nick secoua légèrement la tête comme s'il avait senti l'envie qu'avait éprouvée Shaya de gifler ce connard. Il ne voulait pas interrompre le salaud, elle l'avait compris.

— Puis ils se mettent à crier, poursuivit Lee-Roy. Et ils crient, croyez-moi. Surtout les femmes. C'est un des avantages de bosser avec Logan.

— Espèce d'enculé de salaud de connard de crétin de bordel de merde, éructa Taryn que seul Trey put retenir en l'attrapant fermement par le bras.

— C'est donc Logan le responsable ? fit Nick tremblant de rage.

L'imbécile éclata alors de rire.

— Il y a quelque chose de drôle ? demanda Nick.

— Vous me traitez de tous les noms d'oiseaux alors que le créateur du domaine est lui-même un métamorphe.

Le choc les fit tous taire un moment.

— Peux-tu répéter ce que tu viens de dire ? s'enquit Nick au bout d'un moment.

— Oh, j'étais choqué aussi au début, déclara Lee-Roy en secouant la tête pour manifester son incrédulité. J'étais également très étonné que Logan ait pu s'associer à un métamorphe. Mais il ne se considère pas comme tel. Il déteste toute cette race au moins autant que nous. Il s'est engagé à lutter contre vous avec nous.

— N'importe quoi, le railla Shaya.

— Tu veux savoir quelque chose d'encore plus drôle ? fit-il à Nick. Tu le connais, conclut-il avec un sourire cruel et moqueur.

— Nick, si tu ne le butes pas, grogna Trey, c'est moi qui m'en charge.

— Ce ne sera pas nécessaire. Je m'en occupe personnellement.

Puis Nick trancha la gorge de Lee-Roy d'un rapide coup de griffe. Le salaud aurait mérité une fin moins douce, mais Nick avait suffisamment traumatisé sa sœur dans le passé en donnant librement cours à sa colère et à son instinct de vengeance. Pas question donc d'imposer le même traitement à Shaya. Elle avait un très grand cœur et il tenait beaucoup à la protéger. Il s'inquiétait de savoir si cette exécution instantanée ne l'avait pas trop perturbée et il se tourna vers elle pour l'observer. Il fut rassuré de ne voir aucun dégoût sur ses traits, mais plutôt de l'inquiétude. Pour lui, comprit-il. Elle se préoccupait de le sentir dans un état d'énervement qu'il avait du mal à maîtriser.

Sachant que Nick s'attendait à être jugé par elle – ce qui lui déplaisait intensément – Shaya s'approcha de lui et l'étreignit par la taille.

— Il méritait bien pire, fit-elle.

Nick prit la serviette en papier que lui tendait Derren pour essuyer le sang qui maculait encore sa griffe avant de la rentrer. Il mit ensuite un bras autour des épaules de sa compagne et huma son odeur, le meilleur moyen pour lui de se calmer.

— Je pense que ce connard était un fou furieux.

— D'accord, mais il n'était pas menteur, déclara Trey. Il disait vrai quand il nous a raconté que c'est un métamorphe qui dirige le domaine de chasse et que tu le connais.

Nick hocha la tête en signe d'assentiment.

— Cela pourrait s'appliquer à beaucoup de gens. Je connais énormément de métamorphes.

— Mais si c'est un métamorphe proche de Logan, avança Shaya en regardant Nick dans les yeux, c'est sans doute un gars du coin. On peut au moins en conclure qu'il s'agit d'un métamorphe de sexe masculin quelque part en Arizona.

— Il nous faut donc une liste à jour de tous les métamorphes résidant en Arizona, déclara Derren.

— Appelle Donovan, fit Nick en se tournant vers lui. Il devrait pouvoir trouver ces informations.

— Laisse-moi deviner, intervint Shaya. C'est une de tes relations, pas un ami.

Derren rit doucement tandis que Nick regardait Shaya en fronçant les sourcils.

— Moi, ce qui me gêne, dit Taryn, c'est pourquoi un métamorphe détesterait à ce point ses semblables ?

— À mon avis, affirma Derren en soupirant, le métamorphe en question ne serait pas assez con pour le déclarer publiquement.

— Si on part du principe que c'est un gars du coin, fit Taryn, Jesse, Bracken et Zander font des suspects idéaux, non ? Pensez-y. Ils ont l'air de vouloir nous protéger, mais peut-être visent-ils tout à fait autre chose. À ce compte-là, Hadley devient également suspect. Après tout, la grosse majorité des métamorphes disparus provenait de sa meute et il a la réputation d'être un impitoyable salopard. Il ne faut pas oublier non plus qu'il te fait également suivre par des acolytes tout aussi capables de le tenir au courant de nos faits et gestes.

Nick hocha la tête en caressant le bras de Shaya.

— Quand j'aurai cette liste, on pourra l'examiner ensemble. Jusque-là, il faudra faire preuve de la plus grande prudence quant aux informations qu'on partagera avec les rebelles et les sbires du Nazi.

Chapitre 13

Assis dans l'escalier menant à la terrasse, Nick regardait s'ébattre ses amis et ne put que rire en remarquant un loup au pelage poivre et sel – Dominic – se faire jeter au sol par un loup sombre avec des taches de couleur crème – Ryan. Les vaillants efforts déployés par Dominic pour inciter ce loup à jouer avec les autres restèrent vains. Le loup de Ryan était beaucoup trop sérieux pour se laisser aller, tout comme le grand Alpha gris – Trey – occupé à regarder deux loups noir de jais – Derren et Tao – qui jouaient à se bagarrer. Une louve rousse – Shaya – et une autre, gris sombre – Roni – batifolaient ensemble.

Ils étaient nombreux à avoir décidé d'aller courir dans le bois derrière la maison de Shaya, sans toutefois trop s'éloigner. En ce qui le concernait, Nick se méfiait beaucoup trop d'une éventuelle attaque des rebelles – seuls ou en groupe – pour laisser émerger son loup. Il les avait bien surveillés ces trois dernières semaines sans jamais laisser voir qu'il les soupçonnait de quoi que ce soit. Il avait découvert que Jesse était un activiste plutôt bourru, mais calme. Pour sa part, Bracken était un dragueur et un farceur qui, contrairement à un certain pervers blond, semblait connaître les limites à ne pas franchir. Quant à Zander, il était drôlement rusé, plus que bien d'autres métamorphes que connaissait Nick, mais il était également doté d'une force et d'une rapidité incroyables. Aucun d'entre eux ne lui avait donné de raisons de croire qu'ils auraient pu être associés avec Logan, mais Nick ne voulait prendre aucun risque en ce qui concernait la sécurité de Shaya.

Par ailleurs, même si les extrémistes faisaient preuve d'un peu plus de circonspection en se tenant loin de la maison de Shaya, cela ne signifiait pas pour autant qu'ils les avaient oubliés. La vidéo de la tentative d'attaque contre Shaya et Nick postée sur YouTube trois semaines plus tôt avait vite été reprise par les infos à la télévision. Les extrémistes avaient perdu une grosse part de leur crédibilité quand ils avaient été vus ayant recours à la violence et aux armes de feu, ce dont ils accusaient justement les métamorphes. Logan n'allait pas être content, Nick s'en doutait. Il s'attendait à ce que ce connard cherche à se venger en s'attaquant à son unique point faible, Shaya. Il restait donc constamment en état d'alerte.

Nick avait fini par obtenir la liste de tous les métamorphes de sexe masculin résidant en Arizona, mais il n'avait pas réussi à découvrir l'identité du responsable du domaine de chasse. Les seuls qu'il connaissait personnellement étaient Jesse, Bracken, Zander et Hadley, ainsi qu'un mec du nom de Flint né au sein de la même meute que Nick. Ce Flint était un mec bien, avec une compagne et deux louveteaux. Il n'aurait jamais pris le risque de mettre sa famille en danger.

Taryn avait déclaré qu'elle ne serait pas étonnée si le responsable s'avérait être son père. Elle le croyait capable de tout. Mais Nick ne partageait pas son avis. Lance était un beau salaud, il en convenait. Après tout, c'était à cause de lui si Shaya et ses parents avaient été exclus de la meute jusqu'à ses quatre ans. Mais Lance était connu pour son mépris des humains. Il estimait que les métamorphes étaient la race supérieure.

Un jappement familier vint le tirer de ses pensées. Nick vit sa compagne montrer les dents à une louve brun-roux. Amber. Elle lui faisait comprendre en termes très clairs qu'elle voulait qu'elle dégage. Shaya faisait preuve d'énormément de patience avec Amber, mais ce n'était pas le cas de sa louve. En règle générale jamais une soumise n'aurait osé se montrer aussi agressive envers une dominante, mais cela ne valait pas pour la louve de Shaya parce qu'elle considérait Amber comme une rivale. Son instinct de possession et la jalousie pure et simple dictaient sa conduite.

La louve brun-roux se dressa sur ses pattes arrière et grogna sourdement pour essayer d'intimider la louve rousse. Que fit Shaya ? Elle releva la tête dans un geste hautain et tourna le dos à la dominante en lui balayant la face d'un coup de queue pour faire bonne mesure, la rejetant avec beaucoup de mépris. Nick ne put que ricaner. La louve brun-roux poussa un nouveau grognement et se dirigea vers Shaya. Avant que Nick ait le temps de réagir, Roni s'était interposée. Elle retroussa la lèvre supérieure, découvrant ses dents et ses gencives en réaction à cette tentative d'intimider la louve de Shaya. La sœur de Nick était beaucoup plus dominante qu'Amber et toutes les deux le savaient. La louve brun-roux fit alors preuve de sagesse et s'éloigna.

— La garce semble avoir un peu d'instinct de conservation, déclara Taryn, assise à côté de Nick. Personnellement, je suis déçue, je l'avoue.

— Tu n'es pas allée courir avec Trey ? lui demanda Nick.

— Je n'ai pas trop le temps. Kye va se réveiller de sa sieste d'une minute à l'autre. Pourquoi me poses-tu la question ? Tu voulais te débarrasser de moi ?

Nick renâcla puis se retourna pour regarder sa compagne s'ébattre dans sa forme lupine.

— Je n'aime pas trop discuter avec toi, je dois le reconnaître.

— Pourquoi ? Je suis une fille sympa.

— Avec toi, c'est comme avec les flics : tout ce que je fais et dis peut être utilisé contre moi.

Taryn ne put s'empêcher d'éclater de rire.

— Comment ça va avec Shaya ?

— Comme si tu ne nous surveillais pas étroitement et comme si tu n'interrogeais pas Shaya dix fois par jour sur notre relation.

— Elle refuse de me dire pourquoi le fait qu'elle soit une soumise ne te pose plus de problème. C'est insensé. D'après Jaime et Dante, quand tu en as parlé avec eux, tu leur as dit clairement que c'était ce qui t'empêchait de revendiquer Shaya.

— J'ai changé d'avis, déclara Nick en haussant les épaules.

— T'en as fait quoi alors ? De ton avis précédent ?

— N'as-tu rien de mieux à faire que m'énerver ? lui demanda-t-il en lui lançant un regard exaspéré.

— Ça m'amuse.

— Plus sérieusement, commença Nick en levant les yeux au ciel, pourquoi essaies-tu toujours de me compliquer la vie en ce qui concerne Shaya ?

— C'est simple. Ce n'est pas sur ton épaule qu'elle est allée pleurer, Nick. Elle a été anéantie par ton attitude. Tu n'as rien à dire à ce propos ? lui demanda-t-elle en inclinant légèrement la tête et en plissant le front.

— Je n'ai pas de comptes à te rendre, Taryn, lui dit-il sur un ton catégorique. À Shaya, oui, mais à personne d'autre.

— C'est ma meilleure amie.

— Alors comporte-toi comme telle et accorde-lui ton soutien, au lieu de nous mener la vie dure. Te souviens-tu de la fois, commença-t-il quand Taryn eut l'air de vouloir le contredire, où tu es venue rendre visite à ton oncle Don ? Il n'a vraiment pas été sympa avec Trey quand tu le lui as présenté, mais cela ne t'a pas empêchée de continuer à aimer ton oncle. Qu'as-tu fait ? Quelle a été ta réaction ? Tu as accordé la priorité à Trey, tu l'as choisi, lui. C'était la bonne décision. N'oblige pas Shaya à choisir entre son amie et son compagnon, soutiens-la.

Nick ne craignait pas que Shaya lui préfère Taryn, ce n'était pas pour cela qu'il parlait ainsi à son amie. Simplement il détestait voir Shaya souffrir pour quelque raison que ce soit.

— Mais je la soutiens. Je lui ai même dit que je te donnerais une chance.

Nick comprit alors que Taryn venait de se rendre compte que son comportement était en nette contradiction avec ses paroles.

— Tu ne l'as pas encore vraiment fait. Tu désires encore me détester. Pour être honnête, je n'accorde aucune importance à l'opinion que les autres ont de moi, à l'exception de Shaya. Mais elle souffre et tu ne souhaites pas ça pour elle. Je le sais.

Taryn se tut pendant un moment, ce qui était assez inusité pour elle.

— Est-ce qu'elle compte pour toi ? lui demanda-t-elle enfin en tournant son regard perspicace vers lui. Je ne veux pas dire simplement en tant que ta compagne, ta moitié. C'est naturel d'éprouver des sentiments pour son âme sœur. Je voudrais savoir si Shaya compte pour toi en tant que personne ?

— Oui. Le contraire serait difficile, lui dit-il en regardant de nouveau la louve rousse qui jouait avec Roni.

— D'accord, fit Taryn en inclinant la tête. Sais-tu pourquoi elle ne se laisse pas aller à s'ouvrir complètement à toi ?

Le ton qu'avait employé Taryn pour poser la question semblait laisser entendre qu'elle connaissait les raisons de Shaya. Nick savait que Shaya se confiait beaucoup à son amie.

— Elle a peur que je décide soudainement que je préfère la compagnie d'une dominante et que je l'abandonne, déclara-t-il en soupirant longuement.

— Elle te l'a dit ? s'enquit Taryn dont les traits revêtirent une expression de profonde surprise.

— Non. Simplement j'ai appris à bien la connaître et je comprends mieux toutes ses inquiétudes. Je dois dire que je ne suis pas trop étonné vu la manière dont sa mère la rabaisse constamment. J'ai dit et redit à Shaya que je ne voulais personne d'autre qu'elle, mais j'ai fini par m'apercevoir que les paroles ne comptent pas beaucoup pour elle. Je dois lui prouver par mes actions que je ne désire personne d'autre. Je n'ai pas le choix.

Nick ne savait pas ce qu'il pouvait faire de plus pour convaincre son âme sœur qu'il n'allait pas l'abandonner.

— Je suppose qu'on peut dire, poursuivit Taryn après une courte pause, que tu as été très persévérant jusque-là. Mais si tu finis par obtenir ce que tu veux, n'y a-t-il pas le risque que tu te désintéresses d'elle tout d'un coup ? C'est cela que j'aimerais savoir.

— Comment pourrais-je me désintéresser d'une fille aussi audacieuse ? demanda Nick en désignant du doigt la louve rousse qui s'approchait de lui.

Même sa démarche quand elle vint réclamer des câlins à Nick en s'installant entre ses genoux témoignait de son culot. Comprenant ce qu'elle voulait, il lui grattouilla la tête. La louve ne semblait pas beaucoup apprécier la trop grande proximité physique entre son compagnon et Taryn et elle lui montra les dents.

— Hé, fit la femelle alpha, abasourdie. Ce n'est pas bien ça.

Amusé, Nick esquissa un grand sourire et continua à caresser joyeusement sa compagne, se frottant le visage contre celui de la louve. Elle lui lécha le menton et se colla ensuite contre lui.

— Je ne m'attendais pas à ce qu'elle soit aussi possessive, fit Taryn en les regardant tous les deux avant de pousser un soupir résigné. D'accord, je vais arrêter de vous enquiquiner. Je vais continuer à venir vous voir par contre. C'est important pour moi de lui apporter mon soutien. Mais je ne vais pas intervenir dans votre relation ni agir comme une garce. En revanche… sache que si tu la fais souffrir, je vais te fourrer un scarabée dans le cul, lui broyer la tête avec tes sphincters et rigoler avec tout le monde quand tu hurleras de douleur.

— Parce qu'il y en a qui trouveraient cela amusant ?

— Moi, ça me ferait rire, affirma-t-elle en haussant les épaules.

Quand la louve lui lécha le menton une dernière fois avant d'entrer dans la maison suivie de Roni, Nick comprit que sa compagne allait se transformer et s'habiller.

— Elle sera une excellente femelle alpha.

Il ne comprit pas tout de suite les paroles de Taryn. Il lui lança même un regard perplexe.

— Quoi ? fit-il.

— Est-ce que tu vas aussi laisser Kent se joindre à vous ? Parce que je l'ai entendu l'autre jour au téléphone, il disait qu'il serait ravi de…

— Holà, holà, holà. Qu'est-ce que tu racontes ? Je n'ai pas créé de nouvelle meute.

— C'est déjà plus ou moins chose faite, mon cher, fit-elle en lui adressant un sourire chargé de compassion.

Elle se tut ensuite et attendit jusqu'à ce que Derren, qui avait repris sa forme humaine, vienne s'installer de l'autre côté de Nick. Elle le salua d'un signe de tête.

— Tu sais, je ne serais pas étonnée que mon oncle décide de quitter la meute de Ryland et de se joindre à toi. Je pense que ton frère fera le même choix.

— Mais il n'y a pas de nouvelle meute.

— En es-tu bien sûr ? Demanda Taryn en haussant un sourcil. Si tu comptes : toi, Shaya, Derren, Kathy, Roni,

Amber – elle ne put s'empêcher de grogner en mentionnant son nom – Jesse, Bracken, Zander... Mmm, cela ressemble bien à un début de meute. Quand Roni et les autres célibataires auront rencontré leur âme sœur, les effectifs...

— Ça suffit maintenant, s'exclama Nick, trop exaspéré et impatient pour en écouter plus. Derren, occupe-toi d'elle.

— Taryn a raison, on est presque en nombre suffisant pour former une meute, dit-il en haussant les épaules.

— Tu ne penses pas que Shaya puisse devenir ta femelle alpha sans courir de graves dangers, je le sais, débuta Taryn. Mais cela ne changerait rien si elle était une dominante.

— Que veux-tu dire ?

— Ce que je veux dire, c'est qu'il existe un réel danger physique auquel je suis également confrontée. Le fait que je sois une dominante puissante incite les autres dominantes à me défier parce que leur réputation y gagnerait énormément si elles réussissaient à me battre. Shaya serait confrontée au même danger si elle était une dominante.

Ouais. Il n'avait pas réfléchi à cela auparavant. Nick ne savait pas trop non plus ce qu'il pensait de l'idée de redevenir l'Alpha d'une meute. Son loup serait content de relever le défi, il le savait. Il était un chef-né. C'était ce qu'il faisait de mieux, ce qu'il aimait faire. Mais comme lui, son loup désirait Shaya plus que tout au monde, plus que n'importe quel boulot.

— Elle ne voudrait pas être la femelle alpha d'une meute. Je ne le pense pas.

— Tu ne le sauras pas tant que tu ne lui en auras pas parlé. Une chose est sûre, c'est qu'elle serait bien meilleure à ce poste que bien des femelles alphas que j'ai connues.

Nick devait en convenir. Mais le fait était que…

— Mon seul objectif à l'heure actuelle est d'obtenir la confiance de Shaya. La décision de créer une nouvelle meute ne viendra que beaucoup plus tard.

— Est-ce que j'ai raison de penser qu'une partie de son problème, reprit Taryn en s'adressant à Derren une fois que Nick se fut éloigné suffisamment pour ne pas l'entendre, consiste en ce qu'il ne veut pas du tout partager Shaya ?

— Ouais. Mais il y a aussi le fait que Nick préfère être seul, continua Derren en soupirant. S'il avait le choix, il voudrait s'isoler quelque part avec Shaya, loin de tout le monde. Mais c'est impossible. La force de Nick le rend charismatique. Il l'a toujours été et le sera toujours. Si tu avais vu comment il avait organisé les choses à la maison de redressement… Même les plus âgés le suivaient. Un seul, Merrick, lui a résisté. Nick a été obligé de le défier et, même s'il ne souhaitait pas que les choses se terminent de cette manière, il a été obligé de le tuer. Nick ne s'est pas autoproclamé chef, n'aspirait même pas du tout à le devenir, mais il a été plébiscité par l'ensemble des taulards. Je vais faire la même chose à présent qu'à l'époque. J'agirai avec toute la subtilité nécessaire pour l'obliger à accepter ce poste d'Alpha d'une nouvelle meute, même s'il n'en a pas envie.

— Cela ne va pas lui plaire, déclara Taryn en souriant. Comment puis-je t'aider ?

En entendant sa mère lui débiter la litanie de ses doléances et lui faire de nombreux reproches à la limite de l'insulte, Shaya regretta d'avoir répondu au téléphone. Elle n'avait pris son appel que parce qu'elle se sentait coupable de ne pas lui avoir parlé au cours des quinze derniers jours. Elle avait terriblement envie d'envoyer valdinguer son téléphone. Gabrielle Critchley se plaignait encore quand Shaya posa le téléphone sur son lit le temps d'enfiler un short en jean et un petit haut noir. Son ouïe exacerbée de métamorphe lui permettait malheureusement de ne rien louper des propos de sa mère. Shaya reprit son téléphone après avoir chaussé ses talons aiguilles noirs. Le moment était venu de mettre clairement et rapidement fin à la communication.

— Je sais, maman, mais…, dit-elle en imitant le bruit des parasites sur la ligne. Je dois… (bruit de parasite) il doit y avoir un problème sur… (bruit de parasite) je ne t'entends plus… (bruit de parasite) je te rappelle demain et…, fit-elle en raccrochant avec un soupir de soulagement.

Elle se dirigeait vers l'escalier quand la porte de la salle de bains s'ouvrit sur une inconnue enveloppée dans une serviette blanche. Sous le coup de la surprise, les deux femmes se figèrent sur place. Shaya s'apprêtait à lui demander sèchement ce qu'elle faisait là quand elle aperçut les prunelles vert fumé de la jeune femme, les mêmes que celles de Nick.

— Roni ? fit-elle.

— Oui, salut, lui répondit-elle en souriant gauchement. Euh, j'aurais besoin de vêtements, ajouta-t-elle en se raclant la gorge et en replaçant ses longues mèches blond cendré derrière ses oreilles. Je pourrais toujours demander à Amber mais…

— Non, non. Pas de souci, déclara Shaya en se remettant rapidement du choc de cette rencontre. Suis-moi, lui dit-elle.

Elle guida la jeune fille jusqu'à sa chambre et referma la porte derrière elles.

—Assieds-toi, lui dit-elle en lui désignant le lit du doigt.

Roni s'installa timidement sur le bout du lit et adressa un petit sourire à Shaya.

—C'est sympa de te voir dans ta forme humaine, fit Shaya.

—Ouais, lui répondit Roni en riant d'une voix un peu rauque, comme si elle n'avait pas parlé depuis très longtemps. En toute honnêteté, je n'avais pas envisagé de reprendre ma forme humaine jusqu'à ce que tu me parles il y a quinze jours. Je n'ai pas cessé de repenser à tout ce que tu m'as dit.

Shaya n'arrivait pas à déterminer si Roni trouvait cela bien ou non. Si elle était comme son frère, elle devait être très réservée.

—Vous avez vraiment besoin de parler tous les deux, Nick et toi. Il pense que tu passes tout ce temps dans ta forme lupine parce que tu es hantée par le souvenir de ce que vous avez vécu. Il souffre énormément de cette situation et il se sent très mal. Mais ce n'est pas ça le problème en ce qui te concerne, n'est-ce pas ? Tu te sens coupable de la spirale infernale dans laquelle a été plongée la vie de Nick depuis votre agression et tu es hantée par ce sentiment, je pense. Mais c'est absurde parce que tu n'y es pour rien.

—C'est très perspicace de ta part, déclara Roni en attrapant la brosse à cheveux que lui lançait Shaya. Je ne me rendais pas trop compte qu'il se sentait coupable. C'est idiot. Comment peut-il penser que je puisse éprouver autre chose que de la gratitude pour tout ce qu'il a fait pour moi ? demanda-t-elle en se démêlant les cheveux.

— Nick n'est pas très doué quand il s'agit de comprendre les sentiments des autres.

— Il ne l'a jamais été, fit Roni en hochant la tête. J'aurais les mêmes problèmes dans ce domaine si ma louve avait émergé aussi précocement. Son esprit n'avait pas atteint la maturité nécessaire pour l'assumer. Il a été confronté à une nouvelle étape de la vie avant d'être prêt psychologiquement. Peux-tu imaginer ça ? Il était trop jeune et il a eu du mal à assumer son loup qui était à la fois froid et très colérique. C'est difficile à gérer à n'importe quel âge. Je le sais. Ma louve était très fâchée aussi après le drame dans la forêt, mais elle a fini par se remettre.

Mais Roni n'était pas complètement guérie, Shaya le savait.

— Le loup de Nick n'est pas guéri ?

— Dans mon cas, la colère était accompagnée d'un véritable traumatisme, au contraire du loup de Nick qui n'a pas été vraiment traumatisé. Il est né dans la colère et cela a été déterminant dans l'évolution de sa personnalité. Ça ne se soigne pas. On peut toujours réaliser quelques progrès, mais on n'en guérit jamais vraiment complètement.

Shaya sortit un tee-shirt et un jean de sa commode, et elle les posa délicatement sur le lit à côté de Roni.

— Ces vêtements devraient t'aller, lui dit-elle.

— Ça me stresse un peu de descendre rencontrer tous ces gens, avoua-t-elle doucement en lissant le tissu du tee-shirt.

— Combien de temps depuis la dernière fois où tu as pris ta forme humaine ?

— Six mois, environ.

Waouh !

— Par choix ? Sans que ta louve cherche à t'empêcher de reprendre ta forme humaine ?

— C'est ça. Elle aime bien passer plusieurs mois dehors, mais elle ne cherche jamais à m'empêcher de revenir. Elle comprend la nécessité de conserver un certain équilibre.

Pour le moment, il n'y avait pas vraiment d'équilibre, songea Shaya, et il ne pourrait pas y en avoir tant que Roni ne serait pas guérie.

— Ce sentiment de culpabilité qui te hante… les choses vont s'améliorer… quand tu le voudras vraiment. Il arrive qu'on s'accroche à ce genre de sentiment parce qu'on a l'impression de mériter de souffrir. C'est très différent de la vraie culpabilité.

Roni fronça les sourcils mais ne dit rien.

— Ce n'est pas comme si tu avais quelque chose à te faire pardonner. Ce n'est vraiment pas le cas.

— Et toi ? As-tu pardonné à Nick de ne pas t'avoir revendiquée depuis le début ? Il ne voulait pas t'abandonner. Si tu avais vu dans quel état il était quand il a commencé à souffrir de dégénérescence de ses fonctions cognitives. C'était horrible. On a tous un peu paniqué. On craignait le pire. Je me souviens du jour où vous vous êtes rencontrés. Il était dans une humeur exécrable quand il est rentré ce soir-là. Je ne l'avais jamais vu comme cela. Il m'a parlé de toi et m'a dit à quel point il avait souffert de partir sans toi. Je ne l'avais jamais vu aussi troublé, pas même quand il a été condamné à la maison de redressement, ni quand on allait lui rendre visite là-bas. Quand il t'a rencontrée, il se faisait soigner et son avenir était des plus incertains. Il ne souhaitait pas devenir une charge pour toi. Il craignait aussi que tu finisses par le détester, je pense, s'il te revendiquait puis changeait ensuite tellement que tu ne le reconnaissais plus, ou pire encore que lui ne te reconnaissait plus.

— Quel idiot.

— Peut-être. Mais Nick est quelqu'un de bien, de vraiment formidable. Il me rend folle, parfois, tellement il est têtu. Et il veut toujours faire les choses à sa manière, mais il fera toujours son possible pour te rendre heureuse.

Shaya ne pouvait pas le nier. C'était exactement ce qu'il avait fait depuis qu'il l'avait retrouvée et avait décidé de la revendiquer. Il veillait jalousement sur Shaya et ce n'était pas seulement parce qu'il la désirait ou voulait la posséder. Elle était sienne et il le montrait clairement que ce soit par son timbre de voix, son allure, son regard ou encore par sa manière de la tenir dans le creux de son épaule comme pour la protéger. C'était très intense et elle se sentait en sécurité, mais l'attitude de Nick n'avait rien d'étouffant. Il n'était pas vraiment quelqu'un de gentil. Il lui arrivait parfois d'être réservé et distant, mais il était aussi capable de se montrer généreux, attentionné, patient, chaleureux et bienveillant. Il était rassurant et solide, exactement ce qu'il fallait à une soumise, exactement ce que désirait Shaya.

— Bien sûr que je lui ai pardonné. Comment aurais-je pu faire autrement ?

— Mais tu ne l'as pas encore laissé te revendiquer.

— Parce que – et je l'ai dit à Taryn – j'ai peur qu'il finisse par vouloir une compagne qui soit aussi forte que lui tant sur le plan physique que mental.

— Je me doute que tu n'as pas nécessairement envie que je te parle de la vie sentimentale de Nick, déclara Roni après avoir longuement réfléchi. Mais je pense que ce sera peut-être utile que je te dise que mon frère n'a jamais cherché uniquement la compagnie de dominantes. Il a également fréquenté des soumises. Il n'a jamais accordé d'importance au rang social. Il n'a jamais traité aucune de ses copines comme il te traite toi. Il ne les a jamais regardées comme si elles étaient la seule chose qui comptait pour lui. Tu peux le guérir, Shaya. Mais tu peux aussi le démolir complètement. N'oublie pas que s'il voulait vraiment une dominante, il aurait pu revendiquer Amber, fit-elle en crispant les mâchoires au moment de prononcer le nom de la guérisseuse.

— Vous n'êtes pas très copines, elle et toi ?

— Non. Elle me colle aux basques pour se rapprocher de Nick, fit Roni en renâclant.

— Il y a une chose que je ne comprends pas. Nick est un mec très intelligent, très perspicace, mais il n'a toujours pas saisi qu'Amber en pinçait pour lui.

— Oh, elle est rusée, déclara Roni. Il a toujours dit très clairement à toutes ses copines qu'il n'avait aucune intention de s'imprégner avec elles. Plusieurs d'entre elles ont essayé de le faire changer d'avis, mais Amber l'a joué autrement. Elle a cherché à se rapprocher de lui d'une autre façon, à s'infiltrer dans sa vie en devenant d'abord son « amie ». Mais si tu poses la question à Nick, il te dira qu'il n'a pas d'amis. Il ne comprend pas qu'il a une telle aura que tout le monde l'admire automatiquement. Il est tellement charismatique. Manifestement, Amber espérait devenir d'abord son amie puis plus si affinités. Mais sa stratégie a échoué parce que Nick ne se lie pas facilement. Il lui est reconnaissant de s'occuper de moi, mais il ne comprend pas qu'elle le fait surtout pour l'impressionner, pour gagner sa loyauté et occuper une petite place dans sa vie.

— Est-ce qu'elle a des sentiments pour Nick ? demanda Shaya en croisant les bras et en inclinant la tête sur le côté.

— Oui, je pense. Ce doit être difficile pour elle de le voir avec une autre. Une torture, même. Si vous vous unissez, je doute qu'elle continue d'essayer de te le prendre par contre. Elle n'est pas folle. Si vous vous revendiquez mutuellement, votre union sera trop forte. Si ses sentiments pour lui sont sincères, elle s'éclipsera et vous souhaitera bonne chance. Sinon… eh bien, tu devras te méfier. Que tu le veuilles ou non, elle est plus forte que toi et n'aimerait rien de mieux que se débarrasser de toi.

— Pas de problème, fit Shaya en souriant. Je sais assez bien me servir d'une batte. Et si cela ne suffisait pas, je peux lui faire une démonstration de mes talents au lancer de couteaux.

— On va bien s'entendre, toi et moi, déclara Roni avec un grand sourire.

Commençant à trouver que Shaya prenait beaucoup de temps, Nick partit à sa recherche, suivi de près par Amber qui bavardait de choses et d'autres. Quand il parvint au pied de l'escalier, il entendit des bruits de pas et leva la tête, s'attendant à voir Shaya. Il fut abasourdi de découvrir sa sœur.

— Roni ? fit-il.

Elle s'approcha de son frère et sourit un peu timidement, comme si elle se demandait comment il allait l'accueillir. Nick s'avança et l'étreignit chaleureusement.

— Salut, lui dit-il.

Il déglutit bruyamment quand elle passa les bras autour de son cou pour le serrer contre elle. Il se tourna alors vers Shaya et la regarda en articulant silencieusement le mot « merci ». Inutile de le lui demander pour deviner qu'elle avait joué un rôle dans la décision de Roni de reprendre forme humaine.

Shaya se réjouit de voir Nick et Roni bavarder et se taquiner comme n'importe quels frère et sœur jusqu'à ce qu'Amber s'approche d'elle. Elle se raidit alors automatiquement et sa louve montra les dents.

— C'est super, fit-elle en désignant Roni. C'est si rare de la voir dans sa forme humaine et en plus si sociable. Elle préfère habituellement se tenir à l'écart. Merci, conclut-elle en mettant la main sur le bras de Shaya, l'incarnation de l'amabilité.

— De rien, ma chérie, lui répondit Shaya en lui tapotant la main de manière fort condescendante, ce qui déplut intensément à la guérisseuse.

Eh bien ! Tant pis pour elle.

Ce fut le moment que choisirent Taryn, Trey, Dominic et Tao pour les rejoindre. Ils stoppèrent net et grognèrent. Shaya comprit que c'était parce qu'ils avaient vu Nick étreindre une autre fille.

— Les amis, voici Roni, fit-elle précipitamment.

Les grognements s'arrêtèrent aussitôt et ils vinrent tous se présenter.

Puis Roni fit quelque chose de vraiment étrange. Elle inclina la tête, regarda Dominic et s'approcha de lui. D'un doigt elle gratta le col de sa chemise de manière très aguicheuse. Surpris et curieux, il lui adressa un grand sourire.

— Es-tu croyant ? lui demanda-t-elle sur le même ton que lui quand il sortait des propos vraiment tartes. Parce que j'ai l'impression en te voyant que toutes mes prières ont été exaucées.

Roni fit ensuite un clin d'œil complice à Nick et s'éloigna, sans doute pour aller trouver sa mère. Selon toute apparence, elle avait réussi à venger un peu son frère.

Ahuri, Dominic la regarda s'éloigner les yeux tout écarquillés et se tourna vers Shaya.

— Elle vient de…, commença-t-il en bégayant. L'as-tu entendue… ? fit-il en expirant longuement. Dieu du Ciel, j'espère qu'elle acceptera de m'épouser.

Ils éclatèrent tous de rire en le regardant se précipiter à la poursuite de Roni.

— Elle n'en fera qu'une bouchée, fit Nick en étreignant Shaya. Tu verras, ma sœur sait y faire avec les mecs. Je ne l'ai jamais vue perdre son sens de la repartie ou rougir devant eux. Elle est imperméable à leur charme.

— Tu n'as pas besoin de te faire du souci pour Dominic, fit Tao en secouant la tête. Il va taquiner ta sœur, la draguer peut-être, mais jamais il ne la touchera.

— Comment peux-tu en être aussi sûr ?

— C'est le genre de fille qu'il apprécie comme amie, et Dominic ne couche jamais avec les filles qu'il aime bien.

Shaya comprit alors que Tao avait raison et elle s'apprêtait à le lui dire quand elle sentit Nick tressaillir à ses côtés.

— Encore une migraine ? lui demanda-t-elle en voyant ses traits esquisser une expression douloureuse.

Il en avait au moins deux par jour en ce moment. C'était sans doute à cause du stress lié à leur incapacité à localiser le domaine de chasse et à découvrir l'identité du métamorphe qui le gérait.

Il se pinça l'arête du nez et ferma les yeux pour essayer de contrôler l'intense douleur qu'il ressentait.

— C'est bon, j'ai des cach…

— Laisse-moi t'aider, fit Amber en s'approchant.

Elle s'était arrêtée devant lui et s'apprêtait à poser sa main sur sa tête quand le regard noir que lui lança Nick la fit stopper net.

— Non, déclara-t-il sèchement.

— Ne fais pas l'andouille, Nick, dit-elle en soupirant. Tu as mal.

— Ce n'est rien du tout, laisse tomber.

— Pourquoi veux-tu absolument souffrir ?

— J'ai des cachets à l'étage. Ça va aller.

— Dis-lui toi, Shaya, dit-elle en se tournant vers la jeune femme en soupirant d'impatience. Dis-lui d'arrêter de faire l'idiot. Tu ne veux pas le voir souffrir, n'est-ce pas ?

Elle était forte et très rusée. Elle donnait envie à Shaya de la buter. Elle ne souhaitait pas, bien évidemment, voir souffrir son compagnon. Mais elle ferait preuve de cruauté et de mesquinerie si elle disait à Amber de ne pas s'approcher de Nick quand elle aurait pu le soulager. Elle avait donc mis Shaya au pied du mur.

— C'est bon, Nick, dit-elle, et c'était l'unique réponse possible dans ces circonstances.

— Non, ce n'est pas bon du tout, la contredit-il immédiatement.

Il avait bien compris le manège d'Amber.

— Je pourrai le guérir, si vous voulez, déclara Taryn en s'approchant d'eux.

— Je ne veux absolument pas être guéri. Laissez-moi tranquille.

S'éloignant de Shaya et évitant prestement qu'Amber ne le touche, il gravit l'escalier.

— Il préfère souffrir que me laisser le toucher ? voulut savoir Amber en affichant une expression boudeuse.

— Eh bien, dis donc…, fit Taryn. Mon estime pour Nick augmente de jour en jour.

Shaya leva les yeux au ciel et monta à son tour. Sentant qu'on la suivait, elle se retourna une fois arrivée sur le palier.

— Tout va bien ? demanda-t-elle à Taryn qui avait l'air évasive et hésitante, ce qui ne lui ressemblait vraiment pas du tout.

— Je suis désolée, lui répondit-elle.

— Mais pourquoi ? s'enquit Shaya, perplexe.

— De m'être si mal comportée envers Nick. Et d'avoir essayé d'intervenir, ajouta-t-elle en s'approchant de son amie. Au début, mon comportement était dicté par mon envie de le voir faire tous les efforts que tu méritais qu'il fasse. Puis j'ai continué parce que je voulais quelque part le punir un peu pour tout ce qu'il t'avait fait subir. Que je sois ou non ta meilleure amie, je n'avais pas le droit d'agir ainsi envers ton compagnon, ton âme sœur. Je n'aurais pas du tout apprécié que tu agisses de cette manière avec Trey.

Shaya lui caressa le bras en esquissant un petit sourire. Toute cette histoire avait tellement irrité Shaya qu'elle avait failli s'emporter contre son amie plus d'une fois. Elle s'était retenue de le faire parce qu'elle connaissait le grand cœur de Taryn.

— Je ne t'en veux pas, lui dit-elle. Je comprends tes raisons. Tes intentions étaient bonnes.

— Cela n'empêche. Ce n'est pas juste. C'est juste que je lui en veux de t'avoir fait autant souffrir.

— Ouais, soupira Shaya. Mais je l'ai également fait souffrir. Comme Trey avec toi dans le temps, ou Dante avec Jaime. C'est normal dans une relation. Si c'est parfois difficile et compliqué, c'est uniquement parce qu'on est tous nous-mêmes des êtres difficiles et compliqués. Peux-tu imaginer à quel point ta vie aurait été différente si tu avais rejeté Trey parce qu'il t'a fait souffrir ? Tu ne te serais jamais unie à lui et vous n'auriez pas eu ce merveilleux petit garçon qui dort en bas.

— Je voulais juste te demander pardon, fit Taryn en hochant la tête. Et te dire que je vais arrêter.

— Merci, dit Shaya en serrant son amie dans ses bras, et en se sentant soulagée d'un énorme poids.

— Une dernière chose : j'ai parlé à Nick un peu plus tôt. Il a deviné que tu craignais qu'il te quitte pour une dominante.

Shaya fut embêtée par la perspicacité de son amie.

— C'est normal que je m'inquiète, rétorqua-t-elle, sur la défensive.

— Je ne suis pas d'accord, Shaya. Tu es une fille extraordinaire. Comment peux-tu penser que tu n'es pas assez bien pour lui telle que tu es ? Écoute-moi. Je sais que ta mère t'a passablement maltraitée et que ta relation avec Mason n'a fait qu'empirer les choses. Mais ne laisse pas le passé bousiller le présent. Ne laisse pas ta mère et Mason t'empêcher d'accorder ta confiance à Nick. Je ne le défendrais pas ainsi s'il ne venait pas de me dire à quel point tu comptes pour lui. Tu mérites son amour.

— J'ai envie de lui accorder ma confiance, déclara Shaya en se frottant le front. Mais je ne sais pas comment y parvenir entièrement. J'ai confiance en toi plus qu'en aucune autre personne. Mais ce n'est pas la même chose avec Nick. C'est… mon âme sœur et il pourrait très bien me demander plus que je ne suis capable de donner pour le moment.

Taryn resta silencieuse un court instant.

— D'accord. Mais réfléchis à ce que je t'ai dit. Ah oui, autre chose. Derren va faire tout son possible pour rassembler une meute et il va demander à Nick d'en être l'Alpha.

— Je mentirais si je disais que je suis étonnée, déclara Shaya en laissant poindre un petit sourire.

— En t'unissant à lui, tu deviendrais la femelle alpha de cette nouvelle meute. Est-ce que tu serais d'accord ? Ne me dis pas que tu ne serais pas capable d'assumer cette fonction. Tu ferais un excellent travail et tu le sais.

— Je ne sais pas encore comment je réagirai si les choses se passent effectivement ainsi.

— Voilà donc un autre sujet de réflexion pour toi. Je dois y aller, il me semble entendre pleurer mon fils.

— OK. On se reparle plus tard.

Taryn redescendit l'escalier pour aller s'occuper de Kye et Shaya partit à la recherche de Nick. Elle l'avait vu entrer dans la salle de bains un peu plus tôt pour aller chercher des comprimés. Elle fut très étonnée de le trouver allongé dans un bain chaud, les yeux fermés. Il entrouvrit les paupières quand il l'entendit refermer la porte derrière elle.

— Eh, bébé, fit-il en essayant, fidèle à ses habitudes, de minimiser l'importance de sa crise.

Mais sa voix qui trahissait sa souffrance fut indubitablement la cause des tressaillements que ressentit Shaya.

— Tu aurais dû laisser Amber te soigner, le gronda-t-elle doucement, sachant qu'il avait l'ouïe particulièrement sensible quand il souffrait d'une de ses migraines. Je n'aime pas qu'elle te touche, mais je préfère encore cela que te voir souffrir.

Retirant ses talons aiguilles, Shaya s'accroupit près de la baignoire et plongea ses mains dans l'eau chaude.

Peut-être. Mais il préférait souffrir que voir Shaya s'énerver parce qu'une autre femme, et plus particulièrement Amber, le touchait.

— Mon mal de tête commence déjà à s'estomper, déclara-t-il.

Puis il grogna de plaisir et referma les yeux quand Shaya commença à lui masser les tempes.

— Je comprends maintenant pourquoi mon père allait s'enfermer dans sa chambre quand il avait mal à la tête, ajouta-t-il.

Il ressentait le moindre bruit comme des coups de marteau sur la tête.

— Je n'aime pas te voir avaler autant de cachets. Cela ne doit pas être très bon pour ta santé. Que puis-je faire pour toi ?

Shaya et sa louve souffraient de ne pas savoir comment l'aider.

— Viens là. Tu me fais plus de bien que n'importe quel médicament.

Il passa une main derrière la tête de la jeune femme, dans ses belles boucles rousses, et l'attira doucement à lui. Il posa ses lèvres sur celles de Shaya et l'embrassa lentement, longuement, la mordillant, la léchant et lui suçant la lèvre inférieure. Resserrant son étreinte, il l'éteignit encore plus fermement tout en glissant au fond de la baignoire dans une invitation à l'y rejoindre. Elle ne résista pas, comme il s'y attendait, et s'installa à califourchon sur lui, se lovant contre lui. Il eut envie de sentir sa peau contre la sienne et lui retira son haut et son soutien-gorge. Puis il l'écrasa contre son torse et sentit ses tétons durcis. Il lui relâcha la bouche et passa les deux mains dans sa chevelure.

— Comme tu es belle, déclara-t-il, lui faisant monter joliment le rouge aux joues.

Shaya lui massa la tête des deux mains et l'embrassa délicatement.

— Est-ce que je pourrais te demander, commença-t-elle dans l'espoir de lui faire oublier son mal de tête, d'éviter à l'avenir de me mordre les seins ? Tu y laisses des suçons que tout le monde peut voir.

— Je laisse ma marque sur toi pour que le monde entier sache que tu es mienne, déclara-t-il en arborant un sourire de satisfaction. J'aime bien voir ma marque sur tes seins et cela me plaît également de penser que si un autre ose seulement les regarder, il saura que tu es prise.

Il dit cela de façon si catégorique que ce fut comme un baume soulageant ses inquiétudes qu'il puisse un jour la quitter de nouveau.

— Ce serait pas mal aussi, ajouta-t-elle, si tu pouvais laisser guérir les marques que tu m'as faites sur le haut de la cuisse avant de m'en faire d'autres. Je ne pourrai pas porter de bikini tant que j'aurai toutes ces marques qui me donnent l'air d'une femme maltraitée.

— Pas question pour toi de porter un bikini autrement que dans notre intimité. C'est dit, bébé. Tes bikinis ne sont pas assez couvrants. Ils te vont très bien, mais j'aurais trop de mal à supporter que les autres mecs te matent encore plus qu'ils ne le font à l'heure actuelle.

— Tu exagères. Les autres mecs ne me matent pas. Tu es trop possessif, un brin parano même.

Elle ne se rendait vraiment pas compte à quel point elle était belle et Nick avait du mal à le comprendre.

— Crois-moi. Ils te reluquent. Ils te matent. Je ne le leur reproche pas, remarque.

Puis il lui caressa doucement le dos et la serra contre lui.

— Je suis trop maigre, trop pâle, le contredit-elle en reprenant les propos de Paisley.

Pas qu'elle n'ait jamais entendu ces remarques désobligeantes auparavant. Sa mère se plaisait à le lui répéter.

— Pas d'accord, lui dit Nick en la regardant d'un air sévère. Tu es parfaite. Jamais avant toi je n'avais osé rêver à une telle perfection. Tu es belle tout partout, et surtout ici, déclara-t-il en lui empoignant les hanches sous son short en jean. Tous les hommes fantasment sur cette partie de ton anatomie.

Peu de filles aujourd'hui avaient des formes comme Shaya. Elles n'avaient certes pas de quoi remplir les mains d'un honnête homme. Mais Shaya avait exactement ce qu'il fallait et où il fallait. Elle était parfaite pour lui.

— C'est plutôt toi qu'on mate tout le temps, insista Shaya. C'est franchement énervant.

— Je n'ai jamais remarqué. Je n'ai d'yeux que pour toi.

Cette réponse aurait pu sembler un tantinet mièvre, voire fayote, si Shaya n'avait pas été persuadée qu'il disait la vérité. Il ne s'intéressait qu'à elle. Quand il remarquait qu'une autre femme le matait, il se rapprochait de Shaya, la touchait ou l'attirait à lui comme pour lui montrer qu'elle seule comptait pour lui. Elle regrettait amèrement d'avoir autant besoin d'être rassurée mais une partie d'elle-même lui demeurerait à jamais inaccessible tant et aussi longtemps qu'elle ne lui faisait pas entièrement confiance.

Nick vit Shaya s'éloigner légèrement de lui et la sentit se refermer un peu sur le plan émotionnel.

— Pourquoi te protèges-tu autant, Shay ? lui demanda-t-il tendrement en resserrant son étreinte. Pas seulement avec moi, ajouta-t-il, ayant bien compris sa compagne. Tu crées facilement des liens avec les autres, mais tu ne te livres jamais complètement. Pourquoi ?

Il lisait en elle comme dans un livre ouvert, et elle trouvait cela déconcertant.

— Quand j'avais seize ans, j'ai connu un mec, Mason, qui avait dix ans de plus que moi.

Le loup de Nick poussa un grognement. Il ne supportait pas d'entendre Shaya prononcer le nom d'un autre mec. Nick n'aimait pas trop cela non plus, mais cette histoire semblait importante.

— Vas-y, fit-il.

— Il savait y faire, savait exactement ce qu'avait besoin d'entendre une adolescente de seize ans souffrant d'un vide terrible à l'intérieur d'elle-même. Si je n'avais pas eu autant besoin d'attention, je ne serais sans doute pas tombée dans le panneau. Je ne l'aurais pas laissé me convaincre qu'on était faits l'un pour l'autre. Je n'étais d'ailleurs pas la seule adolescente qu'il avait réussi à berner. Ce salaud avait une préférence marquée pour les jeunes filles innocentes. Quand j'ai compris que j'avais donné ma virginité à un salaud consommé, je m'en suis voulu amèrement et me suis juré de ne plus jamais être aussi naïve. Je suis devenue très méfiante et prudente, déterminée à ne plus jamais me livrer autant sauf à mon âme sœur, un mec en qui je pourrais avoir entièrement confiance.

Assailli par des sentiments de culpabilité et de honte, Nick ferma les yeux.

— Je ne sais pas envers qui j'éprouve le plus de colère, entre Mason et moi-même. Tu as beau tout faire pour éviter de te rapprocher de trop près de tes semblables, il n'en demeure pas moins que c'est ce que tu souhaites le plus ardemment, n'est-ce pas ? lui demanda-t-il en l'embrassant dans le cou.

C'était effectivement le cas. Elle avait été sa propre pire ennemie. Elle souhaitait forger des liens étroits avec les autres, mais évitait de le faire parce qu'elle ne voulait pas courir le risque de les voir se déliter.

— J'aimerais me sentir indispensable pour quelqu'un.

— Tu m'es parfaitement indispensable. Tu m'es essentielle sur tous les plans. Je ne serais pas là à endurer la compagnie des membres de ton ancienne meute et à regarder un pervers te draguer constamment en te tenant des propos franchement cucul si ce n'était pas le cas.

Shaya se serait esclaffée si Nick ne l'avait bâillonnée avec ses lèvres.

— Tu sais, j'avais monté tout un plan avec Jaime pour mettre la main sur une arme et te descendre. (Nick rit tout en gardant sa bouche plaquée sur celle de Shaya.) J'avais aussi projeté de me faire tatouer « Nick Axton est un enculé » sur le front. Parce que quand je t'ai rencontré, c'était à la fois effrayant et électrisant, une douleur et un plaisir et puis quand…

Cela avait été trop atroce pour elle qu'il ne lui prête aucune attention. Nick eut l'air de vouloir s'excuser, mais Shaya lui mit un doigt sur la bouche pour le faire taire.

— Ne t'en fais pas. Roni m'a dit à quel point cela avait été dur pour toi de partir le soir de notre rencontre.

C'était encore pire pour lui de la voir aussi compréhensive.

— Le sort aurait dû te réserver un meilleur compagnon que moi.

— Mais tu es quelqu'un de bien, déclara-t-elle avec une moue de reproche et de désapprobation.

— Si tu le pensais vraiment, dit-il en posant une main sur son menton, tu accepterais que je te revendique. Je ne le dis pas pour te mettre la pression. Je trouve cela important, c'est tout. Tu es belle, tu es parfaite et tu mérites mieux que moi. N'importe quel métamorphe serait fier de t'avoir à son bras. Mais personne d'autre que moi ne peut le faire parce que tu es mienne, même si tu préférerais que cela ne soit pas le cas.

Avant qu'elle ait pu ouvrir la bouche pour lui répondre, il plaqua ses lèvres sur les siennes et avec sa langue, il lui ôta toute envie de parler, de lui dire qu'il avait tort et qu'elle voulait être sienne, qu'elle désirait soulager la douleur qu'elle entendait dans sa voix. Il lui empoigna de nouveau les hanches et la serra tout contre lui. Même à travers le tissu épais de son short, elle sentit son érection contre son sexe et elle tressaillit. Elle glissa une main entre leurs deux corps, étreignit le membre dur de Nick et le caressa. Il grogna de plaisir.

Nick s'écarta légèrement de Shaya, regarda longuement sa bouche pulpeuse, gonflée de baisers et n'eut plus qu'une seule idée en tête.

— Dis-moi, à qui est cette bouche ? fit-il.

— À toi, répondit Shaya après avoir dégluti bruyamment.

— Tout à fait, à moi. Je voudrais que tu te serves de cette belle bouche pour enserrer mon sexe, lui dit-il en lui caressant la lèvre et en plongeant son regard dans le sien.

Ce n'était pas une requête, elle le savait, mais un ordre. La domination qu'elle entendait dans sa voix la fit frissonner, ainsi que sa louve.

— Je vais te demander de sortir de la baignoire, de retirer ton short et de te sécher. Peux-tu faire cela pour moi ?

Shaya hocha la tête et fit exactement ce qu'il lui demandait tout en le regardant dans les yeux. Il soutint son regard, refusant de détourner le sien. Puis il sortit à son tour de la baignoire et elle le sécha tout en continuant de le regarder dans les yeux. Il l'embrassa ensuite goulûment en passant ses mains dans ses boucles rousses. Comme d'habitude, son baiser fut des plus exigeants. Il lui prenait tout mais le lui rendait complètement. Jamais elle n'aurait imaginé que cet Alpha pouvait donner autant qu'il prenait. Il semblait parfois si distant, si loin des autres.

— Prends-moi dans ta bouche maintenant, Shay.

Ce disant, il appuya doucement mais fermement sur la tête de la jeune femme.

Shaya s'agenouilla lentement, se retrouvant en face d'une érection plus qu'impressionnante. Elle se sentit très excitée de constater l'effet qu'elle avait sur ce mec qui était tellement canon.

— Mets tes mains dans ton dos, lui ordonna-t-il.

Elle obtempéra et ses seins pointèrent vers l'avant comme il aimait les voir.

— Lèche-moi, lui ordonna-t-il en resserrant son étreinte sur sa tête.

Shaya lécha sans tarder l'érection de Nick sur toute sa longueur et se concentra sur son gland.

Bordel de merde.

— Prends-moi dans ta bouche.

À peine avait-elle ouvert la bouche qu'il s'y engouffrait joyeusement, se délectant de la douce sensation de chaleur qu'il ressentait.

Shaya était l'incarnation de ses plus brûlants fantasmes sexuels. Elle était toujours partante pour faire ce qu'il lui demandait, toujours désireuse de lui plaire, lui accordant sa pleine confiance. C'était le seul moment où elle se livrait entièrement à lui, s'ouvrait complètement, ne lui cachait rien. Ses joues se creusaient à chaque succion tandis qu'elle le caressait de la langue.

— Putain, c'est bon. Regarde-moi dans les yeux, bébé, dit-il en se sentant transpercé par le regard de sa compagne. Je vais te baiser, Shay. Je vais te baiser profondément. C'est ce que tu veux ?

Shaya s'arrêta le temps de hocher la tête. Des lueurs d'approbation brillèrent alors dans les prunelles de Nick.

— Très bien, fit-il en caressant la mâchoire de Shaya d'un doigt. Tu crieras pour moi quand je serai en toi, Shay.

Oui, sans doute, pensa-t-elle. Elle le faisait à chaque fois. Elle se mit à le sucer plus fort tout en caressant ses testicules de la main, et les traits de Nick se crispèrent devant cette douce torture.

— Putaaaain, s'exclama-t-il au bord de l'explosion.

Puis il l'attrapa fermement par les cheveux pour la retenir contre lui. Il l'immobilisa et se mit à donner des coups de reins. Elle ne lutta pas, se contentant de lui griffer les cuisses. Puis elle gémit et il fut incapable de se retenir plus longtemps. Il jouit dans sa bouche en grognant et y répandit sa semence.

— Avale tout, bébé, lui dit-il.

C'était pour lui une autre manière de la marquer, de manifester sa possessivité et de lui faire accepter qu'elle était sienne et qu'il pouvait le faire.

Quand Shaya sentit son érection diminuer dans sa bouche, elle le relâcha, s'assit sur les talons et leva les yeux vers lui.

— Merde, que c'était bon, bébé, dit-il en se frottant le visage d'une main. Relève-toi maintenant et assieds-toi sur le bord de la baignoire pendant que je prends tout ce qui m'appartient, dit-il en lui caressant délicatement la bouche.

Ce ne fut pas avant de l'avoir fait jouir deux fois avec sa langue qu'il la souleva et s'enfouit en elle. Quand il explosa enfin, il était au bord de la revendiquer sans réfléchir aux conséquences. Pas parce qu'il se sentait possessif ou déterminé à lui faire accepter qu'elle était irrévocablement sienne. Mais bien parce qu'elle avait fini par compter terriblement pour lui, qu'il avait compris qu'il n'était rien sans elle. Il ne pouvait plus se passer d'elle et il espérait qu'il en allait de même pour elle. Il ferait tout pour elle, à part la quitter.

Chapitre 14

Nick fut réveillé à une heure indue par un martèlement de coups frappés à la porte. Il aperçut sa compagne en partie allongée sur lui, en diagonale à travers le lit. Ce tableau l'aurait sans doute fait sourire n'eut été le boucan. Il repoussa délicatement Shaya encore endormie, enfila rapidement son jean et alla ouvrir. Derrière la porte se trouvait Derren, l'air franchement nerveux. Nick sortit dans le couloir et referma doucement derrière lui.

— Que se passe-t-il ?

— Je viens de recevoir un appel de Donovan. Il n'a pas encore réussi à localiser exactement le domaine de chasse, mais il a découvert l'endroit où se réunissent les extrémistes. J'imagine qu'ils se retrouvent pour échanger des propos antimétamorphes à la fois haineux et racistes. Ce pourrait être intéressant d'aller voir ce qu'ils trament ensemble.

Ils firent donc exactement cela un peu plus tard en soirée. Caché dans un bosquet proche de la salle restée ouverte, Nick examinait le public en attendant que débutent les discours. Derren, Trey, Tao et Dominic l'accompagnaient et étudiaient les lieux attentivement. Leurs sens exacerbés de métamorphes constituaient un énorme avantage pour eux. Ils pouvaient en effet voir et entendre tout ce qui se passait sans s'approcher de trop près.

— On ne devrait pas avoir le droit d'emmener des enfants à ce genre de réunion, déclara Dominic en secouant la tête pour manifester sa désapprobation.

— On ne devrait pas avoir le droit d'organiser ce genre de réunion, point barre, fit Tao en le regardant d'un air incrédule.

— Tu m'as compris, je pense. Je voulais simplement dire que si des péquenauds bourrés de préjugés ont envie d'assister à ce genre de réunions, ils pourraient se passer d'y emmener leurs enfants et de leur transmettre leur ignorance.

— Holà, fit Derren en poussant Nick du coude. La blonde au premier rang… N'est-ce pas la fille qui travaillait au salon de coiffure de Kent ?

— Ouais, fit Nick en hochant la tête après avoir constaté qu'il avait tout à fait raison. Heureusement que Kent et Shaya ne lui ont jamais révélé qu'ils étaient des hybrides.

Shaya n'avait pas apprécié qu'il lui demande de ne pas les accompagner. Si elle avait fini par accepter de ne pas les suivre, c'était uniquement parce qu'il lui avait promis de ne rien faire, quoi qu'il se passe à la réunion. Si Taryn n'était pas restée avec elle, il aurait été difficile de l'empêcher de se joindre à eux. Jesse, Bracken et Zander avaient également souhaité être des leurs mais Nick leur avait demandé de rester pour veiller sur les filles. Taryn se méfiait encore un peu d'eux, mais Nick avait l'intuition – que partageait son loup – qu'ils n'avaient rien à voir avec le domaine de chasse. Ce ne fut qu'un peu plus tard que Nick se rendit compte qu'il leur avait donné un ordre et qu'ils lui avaient obéi comme s'il était leur Alpha. Bordel de merde.

— Logan s'approche du podium, déclara Trey. Il n'a pas l'air bien content. C'est étrange.

Les humains l'applaudirent chaleureusement.

— Il n'a sans doute pas apprécié la petite vidéo postée sur Internet et diffusée à la télé, dit Nick en haussant les épaules.

Puis il remarqua Dominic qui s'allongeait sur le côté, s'installait confortablement le menton posé sur une main. Il avait l'air extrêmement décontracté.

— Qu'est-ce que tu fais, là ? lui demanda Nick.

— J'ai bien le droit de me mettre à mon aise, non ? répondit le pervers blond, l'air parfaitement innocent.

— Il est toujours comme ça ? demanda Nick à Trey et Tao.

Ils firent tous deux « oui » de la tête et poussèrent un long soupir.

Au même moment, Logan levait les deux mains pour réclamer le silence.

— Chers amis, merci d'être venus. Votre loyauté envers notre cause et votre participation à nos réunions sont tout à fait remarquables. Vous verrez ici ce soir les chefs de trois groupes locaux. Oui, c'est vrai. Les alliés de la meute du Séquoia se rassemblent. On a beau être nombreux, on doit veiller à être prêts pour les contrer. L'heure est enfin venue d'agir, d'assumer la responsabilité de débarrasser le monde de ces abominations quand ils passeront à l'attaque.

— Ce salaud a levé une véritable armée, affirma Trey en poussant un grognement.

— Je pense bien connaître Logan et mon intuition me dit qu'il ne s'arrêtera pas à la destruction de la meute du Séquoia, déclara Nick.

— Cela pourrait produire un effet domino, conclut Derren, et d'autres humains pourraient avoir envie de prendre les armes contre les métamorphes.

— Ils n'accepteront jamais qu'on leur injecte des puces électroniques, c'est sûr, poursuivait Logan. Ils refuseront aussi d'être relégués à leur territoire. Ils ont bien essayé de vivre en toute discrétion jusque-là, mais cela ne leur convenait manifestement pas puisqu'ils ont fait connaître leur existence au monde entier. Ils sont allés jusqu'à essayer d'infiltrer nos communautés, se mélangeant aux humains et donnant naissance à des hybrides. Combien d'hommes et de femmes ont perdu leur compagnon parce que ces derniers se sont crus l'âme sœur d'un animal ? Combien des nôtres se sont égarés en rejoignant ces « meutes » qui ne sont ni plus ni moins que des sectes ? Combien d'entre nous devrons encore être agressés ou violés, forcés de procréer avec ces animaux, avant que le gouvernement ne réagisse ?

De nombreux murmures d'approbation se firent entendre dans la foule.

— Il ne sait pas que les métamorphes ne peuvent se reproduire qu'avec leur âme sœur ? supposa Derren.

— Beaucoup d'humains l'ignorent, répondit Trey en ricanant. La plupart ne prennent même pas la peine de s'informer tellement ils préfèrent nous craindre et nous détester.

Logan leva alors les mains dans un geste d'impuissance.

— Soyons réalistes, la guerre est devenue inévitable. Dans deux jours, à l'issue de son audience sur la question, le tribunal va rendre sa décision, décision qui ne peut qu'être en notre faveur. Les métamorphes seront alors tellement en colère qu'ils s'en prendront à nous et à nos communautés. On doit être prêts à défendre notre ville et à protéger nos familles. (La foule commença à s'échauffer.) On a suffisamment d'armes à notre disposition et d'alliances avec d'autres groupes pour y parvenir.

— Et si le tribunal ne rend pas le verdict qu'on attend de lui ? voulut savoir un des extrémistes qui semblait inquiet et nerveux.

Logan eut un sourire des plus désagréables.

— Alors on attaquera. Si le gouvernement refuse d'agir, on le fera nous-mêmes sans aucune hésitation. On anéantira la meute du Séquoia. On commencera par le petit groupe de métamorphes qui partage une maison dans notre propre ville. Son chef est extrêmement dangereux, un des êtres les plus dangereux qu'il m'ait été donné de côtoyer. Il a assassiné un des nôtres, mais il évolue néanmoins en liberté parmi nous. Comme si cela ne suffisait pas, il semble déterminé à s'unir à une humaine et l'a intégrée à sa secte. Un nombre sans cesse croissant de métamorphes envahit sa maison. Ils ont manifestement l'intention de passer à l'attaque si le verdict est en notre faveur. On sera prêts à intervenir au moment opportun. Et si ce moment ne vient pas, on n'hésitera pas à prendre les mesures qu'il faudra.

De retour dans la salle à manger de Shaya, Nick rapporta les propos de Logan à ses amis tout en étreignant fermement la jeune femme, lui serrant le dos contre son torse. La sentant de plus en plus nerveuse, il lui passa une main dans les cheveux, lui caressa les bras et lécha la marque qu'il lui avait faite pour les apaiser, elle et sa louve.

Un long silence suivit la narration que fit Nick de la réunion des extrémistes. Puis tout le monde voulut prendre la parole en même temps. Kathy et Greta finirent même par proposer de découvrir où Logan habitait et de mettre le feu à sa maison après s'être assurées qu'il était bien à l'intérieur.

— Il faut que tu reviennes en Californie, dit Taryn à Shaya. Tu dois absolument fuir ces psychopathes.

Les membres de la meute du Phénix hochèrent tous la tête en signe d'assentiment.

— Je n'ai pas l'intention de laisser qui que ce soit m'obliger à quitter ma maison. Ce sont eux qui créent les problèmes. Pourquoi est-ce que je devrais partir ?

Shaya avait crispé la mâchoire et se tenait la tête bien droite. L'orgueil n'était peut-être pas une bonne chose mais elle en avait marre de fuir, merde à la fin. L'heure était venue de faire face à la situation.

Taryn adressa un regard implorant à Nick, comme pour solliciter son aide.

— Parle-lui, toi.

Shaya s'attendait à ce qu'il soutienne l'Alpha… mais il ne le fit pas, l'andouille.

— Je suggère qu'on s'en aille.

— Pour me protéger de Logan ? s'insurgea-t-elle.

La tendance qu'avait son compagnon à toujours vouloir la surprotéger énervait Shaya au plus haut point.

Il sentit qu'il avait blessé la jeune femme dans son orgueil et passa une main dans ses boucles serrées.

— Il n'y a pas que ça. Mais il est vrai que si on part tous, je serai sûr que toi, ma mère et ma sœur serez en sécurité. Et puis, c'est un bon moyen de diviser ces groupes d'humains.

Kathy et Roni n'avaient pas l'air réjouis à l'idée de s'en aller.

— Qu'est-ce que tu entends par là ? s'enquit Shaya un peu calmée par la logique évidente de sa proposition.

— D'après ce qu'a dit Logan, il ne sera satisfait que lorsque Nick sera mort, souligna Derren en répondant à la place de son ami. Si Nick quitte la ville, il cherchera à le suivre. De nombreux sympathisants voudront emboîter le pas à Logan, bien entendu. Par contre, il y a d'autres extrémistes qui sont surtout remontés contre la meute du Séquoia et n'en auront rien à cirer qu'une bande de métamorphes quitte leur ville. Ils nous considéreront plutôt comme le problème de leurs condisciples du lieu où on aura trouvé refuge.

— Diviser pour régner, approuva Tao en hochant la tête.

— Je vais prévenir les membres de la meute du Séquoia, expliqua Nick en posant la tête dans le creux de l'épaule de Shaya. Cela leur donnera le temps de relancer leurs alliés. Le Nazi en a sans aucun doute beaucoup, je parie, et des costauds. Ils pourront s'occuper des extrémistes qui resteront en ville après le départ de Logan, et je me chargerai personnellement de ce dernier.

— Avec mon aide, le corrigea Derren. Pas question de te laisser seul avec lui. N'oublie pas que tu es loin d'être le seul à souhaiter sa disparition.

— Très bien. Je propose qu'on décide du meilleur endroit où les attirer pour régler nos différends, déclara Nick en hochant la tête. J'avais pensé…

— Facile, intervint Taryn. Nous les attirerons chez nous.

— Hors de question, lui opposa Nick. Logan n'est pas votre problème. Pourquoi voudrais-tu exposer ta maison au danger et risquer la sécurité de ta meute ?

— Et pourquoi pas ? réagit-elle en renâclant. Shaya fait partie de ma meute, de ma famille, bordel. Pas question pour moi de compromettre sa sécurité. Ses problèmes sont nos problèmes et, que je sache, il n'y a pas d'endroit plus sécurisé que notre territoire.

Nick se tourna vers Trey, pensant que l'Alpha insisterait pour ne pas être mêlé à cette histoire. Il fut étonné de le voir manifester son accord d'un hochement de tête. Le loup de Nick en fut à la fois impressionné et ravi.

— Elle a raison, reconnut Trey en serrant un peu plus son fils dans ses bras. On a même renforcé nos mesures de sécurité. Il est plus difficile à présent d'entrer chez nous qu'à Fort Knox.

— On va y attirer les humains mais on va se cacher ? demanda Roni, l'air à la fois perplexe et déçue.

Quand il aperçut le sourire mauvais qu'esquissa Trey, Nick sut à quoi il pensait.

— J'ai compris : tu vas les laisser pénétrer sur ton territoire en leur faisant croire qu'ils le font par effraction, refermer la brèche pour les empêcher de repartir et régler leur cas chez toi.

Le sourire de Trey devint véritablement diabolique. Nick saisit alors tout le sens de son raisonnement. Ce mec était aussi impitoyable qu'on le disait.

Amber n'avait pas l'air convaincue du bien-fondé de cette stratégie.

— Ils sont armés, leur rappela-t-elle.

— Mais on a Ryan, déclara Trey. Il est capable de passer aussi inaperçu qu'un putain de fantôme. Sans parler de Jaime qui peut s'approcher subrepticement de n'importe qui sans jamais être détectée. La plupart des humains ne se rendront même pas compte qu'ils ont été piégés avant qu'il ne soit trop tard.

— On a aussi Shaya, une grande tireuse d'élite, ajouta Taryn en souriant complaisamment.

— Toi, une tireuse d'élite, sérieux ? s'exclama Nick, curieux, en faisant tourner la tête de sa compagne pour la regarder bien en face.

— Mon père faisait partie des SEALs, rappelle-toi. Il m'a appris plein de trucs.

— Combien de membres compte votre meute ? s'enquit Roni en se tournant vers Trey. J'ai ouï dire que vous n'êtes pas très nombreux.

— C'est vrai. Qui plus est, je ne pourrai pas demander d'aide à mes alliés, car ils risquent d'être également la cible des extrémistes. Ils devront rester chez eux pour protéger les leurs en cas d'attaque. On sera donc seuls.

— D'après ce qu'on a entendu à la réunion, il n'y a pas d'autre extrémiste à part Logan qui a l'intention d'attaquer sans provocation, rappela Tao à Trey. Les autres vont se contenter de rester vigilants en cas d'agression de la part des métamorphes.

— Je sais, affirma Trey en hochant la tête. Mais Nick peut-il vraiment demander à Jon de se battre à ses côtés en laissant sa meute – qui comprend son frère et certains membres de la famille de Taryn – sans protection suffisante ?

Personne ne pipa mot, sans doute parce que la réponse à cette question était trop évidente. Nick n'allait certainement pas faire courir de risque à son ancienne meute.

— Il n'y a donc pas d'autre solution que de régler cette histoire nous-mêmes, affirma Trey en haussant les épaules.

— Ouais, intervint Dominic en soupirant. On ne peut pas faire l'autruche et juste faire semblant de ne pas être au courant des projets des extrémistes.

Il avait bien raison, Nick ne put que le reconnaître. Il n'aimait pas du tout l'idée de se retrouver avec encore plus de sang sur les mains, mais ils ne pouvaient pas laisser les extrémistes mettre leurs projets à exécution, et surtout ils devaient les empêcher de gagner d'autres humains à leur cause. Ils n'étaient pas les seuls menacés. Leur décision, quelle qu'elle soit, allait affecter la vie d'une multitude de métamorphes.

— Leur nombre ne me fait pas peur, enchaîna Taryn. Ils seront chez nous et on pourra appliquer nos règles. On connaît parfaitement les lieux. En ce qui les concerne, ils ne sauront pas du tout comment nous atteindre. Même si ce salaud de Logan réussissait à lever une immense armée d'extrémistes et venait frapper à nos portes avec ses sympathisants, il ne ferait rien d'autre que signer son arrêt de mort.

— C'est comme si c'était déjà fait, grommela Derren.

— On est donc tous d'accord pour dire que s'il nous suit, ce ne sera pas un souci.

Taryn et Derren se regardèrent en hochant la tête.

— Leur mort servira d'avertissement, ajouta Trey. Puisque Logan aime bien se vanter, il aura tôt fait d'informer les autres extrémistes de ses projets. Quand sa bande d'hommes armés disparaîtra après être entrée sur notre territoire par effraction, personne ne l'oubliera.

— Euh…, intervint Jesse. Quel rôle nous réservez-vous à Bracken, Zander et moi-même ? Voulez-vous qu'on continue à surveiller la maison pendant votre absence ? demanda-t-il à Nick et à Shaya.

— Je pensais que vous voudriez venir avec nous, lui répondit Derren en lui adressant un grand sourire.

Nick allait émettre une objection mais les rebelles arboraient un aussi grand sourire que Derren et il n'eut pas le cœur de les décevoir. Ils désiraient manifestement participer à cette opération et il eut l'impression qu'ils préféraient se battre à leurs côtés plutôt qu'avec le Nazi. Mais…

— Si vous voulez nous suivre, c'est votre décision. Je tiens à préciser cependant que je n'ai pas l'intention de créer une nouvelle meute.

— On est tous au courant, le rassura Derren en balayant son objection d'un geste de la main.

Si Shaya n'avait pas été au courant de l'idée de Derren de faire de Nick son Alpha, elle l'aurait cru. Elle n'avait pas encore décidé si elle était ou non en faveur de ce projet. D'une part, Nick était un Alpha-né et son loup serait ravi. Mais, d'autre part, Nick avait assumé énormément de responsabilités pendant très longtemps et il avait bien mérité par conséquent de faire une pause, si c'était ce qu'il souhaitait.

Pendant que les autres continuaient de parler des extrémistes, Nick fit pivoter Shaya dans ses bras et écarta les mèches de son visage.

— Je te sens perdue dans tes pensées.

— Je me demandais que faire au sujet de cette maison. Est-ce qu'on rentre en Californie pour de bon ?

Nick commença par serrer les lèvres.

— C'est à toi de décider, dit-il enfin en haussant les épaules.

Nick ne s'était jamais senti attaché à un lieu en particulier, même pas au territoire de la meute dont il avait été l'Alpha. Ni lui ni son loup ne se sentaient donc attirés par un endroit précis. Seule Shaya comptait pour eux.

— Non, lui opposa-t-elle. On doit prendre cette décision ensemble. Il faut trouver une solution qui nous convienne à tous les deux.

L'andouille ne semblait pas vouloir décider pour elle et pensait pouvoir lui refiler cette responsabilité. Incroyable. Elle comprit alors que Nick n'avait vraiment pas l'habitude de fonctionner en couple. À l'époque où il était Alpha, il prenait seul toutes les décisions et il faisait toujours passer les intérêts des membres de sa meute avant les siens. Shaya ne souhaitait pas cependant qu'il privilégie ses besoins à elle. Il était important de trouver des terrains d'entente quand on était en couple.

— Je sais, bébé. Mais je ne vais pas faire le difficile concernant une décision qui compte beaucoup plus pour toi que pour moi. Je ne suis attaché à aucun endroit en particulier. Mais ce n'est peut-être pas ton cas.

— Pas plus que toi, en fait. J'ai toujours eu envie de parcourir le monde. Mon père me parlait de ses voyages quand j'étais petite et j'ai toujours rêvé de voir les lieux qu'il me décrivait quand je serais grande.

— Alors peut-être aimerais-tu que je te dise quel est le boulot pour lequel tu as posé ta candidature ?

— Dis voir ?

— Dean Middleton, un des médiateurs des métamorphes, prend bientôt sa retraite. Si c'est ta candidature qui est retenue, tu devras beaucoup voyager.

Nick pensait que ce poste serait parfait pour sa compagne.

Shaya ne put qu'écarquiller les yeux. Puis elle esquissa un immense sourire et serra Nick dans ses bras. Elle adorerait faire ce travail, elle le savait.

— Merci ! s'écria-t-elle.

— Le contrat de Dean arrive à échéance dans quatre semaines, lui dit-il quand elle eut desserré son étreinte. Tu as donc encore le temps de te rendre à un entretien d'embauche. Je suis persuadé que tu séduiras les recruteurs et qu'ils décideront que tu es la meilleure candidate pour ce poste.

Visiblement le visage rayonnant de Shaya avait attiré l'attention de Taryn et de Derren, car ils s'approchèrent tous deux.

— Que se passe-t-il ? voulut savoir Taryn.

Ravie de cette perspective, Shaya s'empressa de les mettre au courant.

— J'adorerais obtenir ce poste ! déclara-t-elle.

Ce travail donnerait en outre un sens à sa vie, ce dont elle avait grand besoin. Nick avait donc droit à toute sa reconnaissance et elle se lova contre lui.

Taryn fit un signe de tête approbateur à Nick.

— Pas mal, Axton. Je n'y aurais jamais pensé et, pourtant, je la connais depuis toujours.

— Quel genre de compagnon serais-je si je ne la connaissais pas par cœur ? demanda-t-il en embrassant Shaya sur la tête.

— Une médiatrice qui serait également une femelle alpha, souligna Taryn, songeuse. De mieux en mieux.

Nick manifesta son mécontentement en secouant la tête.

— Combien de fois devrais-je le répéter ? Je ne veux pas créer une nouvelle meute. Tu es presque pire que…

Nick s'interrompit brusquement, puis fronça les sourcils. Il ouvrit et referma la bouche plusieurs fois, mais le nom du gars dont il voulait parler, ce gars qui était en face de lui et qu'il connaissait depuis toujours ne voulait tout simplement pas sortir. Il n'arrivait pas à s'en rappeler. Il le cherchait et il avait l'impression de l'avoir sur le bout de la langue mais il ne parvenait pas à le dire. Son loup grogna et s'énerva, sentant que quelque chose clochait sérieusement.

Perplexe, Shaya fronça les sourcils, ne comprenant pas trop ce qu'il se passait.

— Ça va ? lui demanda-t-elle.

Nick se tourna vers elle mais ne lui répondit pas. Il semblait galérer. Complètement décontenancée, Shaya se tourna vers Derren et le regarda d'un air interrogateur. Il était tout pâle. Que se passait-il, merde ?

— Qu'est-ce qu'il y a, Nick ?

Nick s'ébroua, déterminé à ne pas montrer à Shaya qu'il paniquait. Comment aurait-il pu en être autrement ? Ce trou de mémoire était une sensation qu'il connaissait bien, un symptôme du retour de la dégénérescence de ses fonctions cognitives. Cela ne pouvait signifier qu'une chose, c'était qu'il n'était pas guéri. C'était bien ce qu'il craignait le plus au monde, ce qu'il souhaitait n'avoir jamais à affronter. Il ne lui restait plus qu'une solution s'il voulait que sa compagne, la seule personne qui comptait véritablement pour lui, connaisse une vie pleine et heureuse. Il devait sortir de sa vie.

Son loup n'était pas d'accord avec Nick. Son mode de fonctionnement était beaucoup plus primitif. Shaya était sa compagne, elle était sienne et Nick devait la revendiquer. C'était comme cela qu'il voyait les choses : très simplement. Il flippa donc quand il comprit les intentions de Nick. Il grogna et sorti les griffes mais Nick ne tint aucun compte de sa réaction. Il avait pris sa décision et il resterait intraitable, il n'écouterait pas les protestations de son loup. Tant pis s'il s'énervait et tant pis si sa décision risquait de leur faire du tort à tous les deux.

S'obligeant à sourire pour ne pas inquiéter Shaya, il l'embrassa doucement sur la bouche. Il aurait voulu lui donner un baiser passionné et prendre le temps de la goûter. Mais Shaya était loin d'être idiote. Elle saurait qu'il se passait quelque chose et percevrait son désespoir dans un tel baiser. Pire encore, elle insisterait pour qu'il reste avec elle et exigerait qu'ils fassent face ensemble, parce que c'était comme cela qu'elle était : formidablement courageuse, avec un très grand cœur et une volonté de fer.

Il ne voulait pas qu'un jour elle le regarde dans les yeux et ne voit plus le mec auquel elle s'était unie. Il ne voulait pas qu'elle passe seule le restant de ses jours, avec personne pour veiller sur elle et s'occuper d'elle. Elle avait déjà perdu sa sœur jumelle, elle avait suffisamment souffert. Elle méritait un compagnon capable de satisfaire ses besoins. C'était cela qu'il lui fallait, et pas de devenir une sorte de garde-malade pour lui.

— Je viens de me souvenir que je n'ai pas encore sorti Bruce du camping-car aujourd'hui. (Bruce semblait préférer passer le plus clair de son temps à l'intérieur, vraisemblablement parce qu'il n'était pas à l'aise parmi un trop grand nombre d'étrangers.) Je reviens dans un instant, affirma-t-il en caressant le visage de Shaya du bout du doigt, de la tempe à la mâchoire, ayant besoin de ce contact mais déterminé à s'en passer dorénavant.

— OK, fit Shaya en hochant la tête, soudainement angoissée et sur ses gardes sans trop savoir pourquoi.

— Je reviens dans un instant, répéta-t-il.

Il prit le temps de la contempler, de regarder son visage pour pouvoir s'en remémorer tous les traits même s'ils étaient déjà tous enregistrés dans sa mémoire depuis longtemps, mémoire qui risquait de se dégrader au point de ne plus rien retenir d'elle. À cette idée, il sentit une boule d'angoisse lui monter à la gorge.

Nick ne tint aucun compte de la colère de son loup et s'obligea à sourire encore une fois à Shaya avant de quitter la maison. Il souffrait surtout de penser qu'il s'apprêtait à faire le contraire de ce qu'il lui avait promis. Il souffrait de penser qu'il ne la verrait plus, n'entendrait plus son rire et ne connaîtrait plus ce sentiment d'apaisement qu'elle lui procurait. Il allait pourtant agir dans son intérêt à elle. Elle était la raison de sa décision même s'il doutait fort qu'elle partagerait son avis.

Cela faisait à peine cinq secondes qu'il était entré dans le camping-car quand Derren fit subitement son apparition.

— Qu'est-ce que tu fais ? s'enquit-il.

— Tu n'as pas compris ? lui demanda Nick en lui lançant un regard impatient.

Au moins, il se rappelait le nom de Derren.

— Je pensais que tu ne voulais pas la quitter.

— Ce n'est pas que j'en aie envie mais je ne veux pas ruiner sa vie.

— Tu ne penses pas que Shaya a son mot à dire là-dedans ? Tu lui dois au moins de consulter une autre guérisseuse, tu ne crois pas ?

— Si Amber, une guérisseuse très puissante, n'a rien pu faire pour moi, personne ne le pourra. Tu le sais.

Derren inclina la tête et prit une longue inspiration. Son regard exprimait une grande souffrance quand il se redressa et se tourna vers Nick.

— Si tu t'en vas, Nick, tu la perds pour de bon. Elle ne te le pardonnera jamais.

— Je préfère qu'elle me déteste que de la voir me regarder me transformer en légume, en grand malade dépendant qui ne pourrait plus être son compagnon. En prime, en partant, j'attire Logan loin d'elle. Ses sbires me suivent encore sans doute discrètement et ils me verront partir.

Ainsi Shaya se souviendrait de lui au sommet de ses capacités intellectuelles.

— Je viens avec toi.

— Non, fit Nick en secouant la tête.

— Tu dois bien savoir, après toutes ces années, qu'il est parfaitement inutile de discuter de cela avec moi, déclara Derren en renâclant.

— Je préfère que tu restes avec elle, fit-il en serrant les dents. Pour que tu veilles sur sa sécurité.

Derren avait toute sa confiance pour cela.

— Tu n'as qu'à rester si tu veux être sûr qu'elle est en sécurité, déclara Derren pour le provoquer, croisant les bras.

Bordel de merde.

— Pourquoi fais-tu cela ?

— Je suis ton ami et je ne veux pas te voir faire une erreur que tu vas regretter le restant de tes jours.

— Comment pourrais-je le regretter quand il y a de fortes chances que je ne la reconnaisse même plus dans six ans ? lui demanda Nick en ricanant. Ce sera trop dur pour elle d'assister à ma lente déchéance, elle en souffrirait.

— Alors, tu as l'intention de te défiler, c'est ça ?

Nick ferma les yeux quand il entendit cette voix de femme qui trahissait une souffrance aiguë, l'impression d'avoir été trahie et une grande colère. Il était tellement concentré sur ses propres préoccupations qu'il n'avait même pas entendu Shaya entrer.

La jeune femme s'approcha de son compagnon, les bras croisés. Il ne fallait pas être un génie pour comprendre qu'il y avait un gros problème, surtout après avoir vu Derren se précipiter derrière Nick. Elle les avait donc suivis et avait épié leur conversation depuis l'extérieur du camping-car. Elle souffrait pour Nick, éprouvait de la compassion pour lui, comprenait les raisons qui motivaient sa décision et pourquoi il croyait ne pas avoir le choix. Par contre elle se sentait également déchirée et tellement trahie qu'elle se fichait éperdument de tout le reste. Nick était son compagnon, il lui avait promis de ne plus jamais l'abandonner et voilà qu'il revenait sur sa parole. Sa louve n'était pas furieuse, trop occupée à flipper, paniquer et angoisser.

— Derren, laisse-nous seuls, exigea-t-elle sans quitter Nick des yeux.

Étonné, le loup de Nick s'immobilisa en détectant le caractère autoritaire des paroles de Shaya. Le loup de Derren ne sembla pas s'offusquer pour sa part de recevoir un ordre d'une soumise. Derren non plus. Il cajola Bruce pour l'entraîner avec lui, sortit du camping-car et referma derrière lui, laissant Nick seul avec une louve en furie qui avait l'air prête à lui dire sa façon de penser. Ce ne serait pas la première fois.

— Tu prends encore une fois seul des décisions qui nous concernent pourtant tous les deux, s'indigna-t-elle en esquissant un sourire amer. Tu as décidé de partir parce que tu estimes que c'est préférable pour moi.

— Ne ferais-tu pas la même chose si les rôles étaient inversés ?

Ouais, sans doute. Cependant elle souffrait tellement qu'elle se fichait pas mal d'être juste.

— Si je veux rester à tes côtés et te soutenir dans cette épreuve, c'est mon choix.

— Je suis censé te protéger, Shay, dit-il, ses traits se durcissant. C'est mon rôle de te protéger, de veiller sur toi, d'être là pour toi. Et pas le contraire, merde.

— C'est juste une question d'orgueil, résuma-t-elle en ricanant.

Ouais, son orgueil en avait pris un sacré coup, mais il n'y avait pas que cela et elle le savait pertinemment.

— Je ne pourrai pas satisfaire tes besoins, lui expliqua-t-il doucement, la voix rendue rauque par l'émotion.

— Tu m'as fait une promesse.

— Shay...

— Tu as promis. Tu m'as juré que tu ne me quitterais plus jamais ! Je t'ai fait confiance !

— C'était avant de savoir que je n'étais pas guéri. Et tu ne m'as jamais vraiment fait confiance, Shay.

Elle eut envie de pleurer tellement il avait l'air triste en disant ces mots. Il semblait si seul et elle en fut profondément touchée, tout comme sa louve.

— Tu n'as pas le droit de faire cela, de décider à ma place. Je fais le choix de te soutenir dans cette épreuve.

— Mais pourquoi ? Pour assister à ma lente détérioration, me voir devenir quelqu'un de méconnaissable ? Merde à la fin. Je fais le choix de ne pas te laisser voir cela.

Shaya commença alors à lui marteler le torse de ses poings. Nick l'enserra dans ses bras, crispant les mâchoires et grognant en endurant les coups qu'elle lui donnait en plein dans les côtes. Elle arrêta enfin, posa le front sur son torse tandis qu'elle cherchait à se calmer en haletant et en serrant les poings. Il l'embrassa délicatement sur les cheveux, appréciant leur douceur qui lui manquerait terriblement.

— Je t'en voudrais toujours si tu pars maintenant, déclara Shaya en gardant les yeux baissés.

— Je préfère savoir que tu m'en veux, déclara Nick en lui prenant le menton pour plonger son regard dans le sien, que de te laisser sans compagnon. Je ne peux pas m'unir à toi, Shay. Je vais devenir quelqu'un que tu ne connais pas, poursuivit-il en lui caressant la lèvre inférieure du pouce. Tu mérites mieux que moi, de toute manière. Tu le sais depuis toujours. C'est pour cela que tu ne veux pas que je te revendique.

Non. C'était faux. Elle désirait qu'il la revendique. Il était tout à fait possible qu'elle ne se soit pas encore rendu compte à quel point elle souhaitait être revendiquée jusqu'à ce moment-là. Elle avait fini par lui faire autant confiance qu'à Taryn et, ça, c'était énorme. Elle était même devenue assez dépendante de lui. Il avait un rôle à jouer dans sa vie et cela, elle l'acceptait à présent. Mais il voulait la quitter. C'était hors de question. Si les rôles avaient été inversés, Nick n'aurait jamais voulu l'abandonner à aucune des étapes de sa maladie. Elle ne pouvait tout simplement pas agir autrement. Il était sien. Malade ou en bonne santé, peu importait. S'il n'était pas d'accord avec sa décision, il pouvait toujours aller se faire voir.

— Rentre chez toi, maintenant, Shay. Fais comme je te le demande, lui intima-t-il en baissant la main et en reculant.

— Non, refusa-t-elle en écarquillant les yeux dans un accès de défiance et de colère.

— S'il te plaît, bébé, la supplia Nick en soupirant.

— Non, insista-t-elle.

— Ne m'oblige pas à t'assommer encore une fois, Shay, la menaça-t-il en arquant un sourcil. Je n'hésiterai pas si c'est ce que je dois faire. Je ne profère jamais de menaces que je n'entends pas mener à exécution, et tu le sais.

C'était vrai et ce ne serait pas facile de le repousser. Il était plus grand et plus fort qu'elle. Elle savait d'expérience qu'il était tout à fait capable de l'emporter sur elle dans une bagarre. Elle avait pris une décision et s'y tiendrait. Il lui suffisait de s'approcher de lui d'assez près à présent. Ce ne serait peut-être pas évident à faire tant qu'il était sur ses gardes et prêt à se défendre contre elle. Mais elle avait plus d'un tour dans son sac pour déjouer la vigilance d'un mec.

Elle refit un peu le même coup que le premier soir quand il avait été contraint de la menotter : elle joua la victime éplorée qui accepte son destin.

— Peux-tu au moins me prendre dans tes bras une dernière fois avant de partir ?

— Viens là, fit-il, en se sentant terriblement coupable.

Il n'y voit que du feu ! Prenant un air accablé, elle s'avança entre ses bras tendus et se colla contre lui. Il l'étreignit fermement. Elle posa la tête sur son épaule tout en faisant bien attention de renifler bruyamment.

Nick se sentit profondément coupable.

— C'est mieux comme ça, bébé, déclara-t-il. Je comprends que tu ne puisses pas l'accepter tout de suite, mais… Merde ! s'exclama-t-il quand les dents de Shaya se plantèrent dans le creux de son cou.

Shaya commença à sucer fortement la marque qu'elle lui avait faite. Ce fut alors que Nick comprit qu'elle ne le marquait pas tout simplement comme les autres fois, mais qu'elle tentait de le revendiquer.

Chapitre 15

— Arrête, Shay. S'il te plaît, arrête.

Nick insistait parce qu'il sentait monter en lui des désirs incontrôlables qui menaçaient de lui faire perdre sa légendaire maîtrise. Son loup appréciait ce que faisait Shaya, et l'âme et le corps de Nick l'approuvaient tout autant, aspirant à une seule et même chose : revendiquer Shaya. Mais Nick demeurait suffisamment lucide pour savoir qu'il ne le pourrait pas… il poussa un grognement quand il sentit les dents de Shaya pénétrer encore plus profondément dans sa chair.

— Shay…, commença-t-il.

La petite garce était très rusée. Il en demeura bouche bée quand elle lui déboutonna sa braguette et saisit son membre qu'elle étreignit fermement. Il était chaud, dur et presque douloureux. Elle le caressa d'une main possessive, capable de lui faire oublier les raisons qui l'incitaient à lui résister.

Il empoigna la jeune femme par les cheveux et tira pour l'écarter. Elle ne bougea pas. Elle se contenta de le mordre encore plus fort, jusqu'au sang cette fois, en poussant un grognement possessif – Dieu du Ciel ! – qui ne fit qu'exacerber l'état de Nick. Son loup admira la force et l'audace de Shaya. Nick tira de nouveau la jeune femme par les cheveux, mais il ne réussit pas à l'éloigner. C'était comme si sa mâchoire était d'acier. Il ne parvenait pas à se dégager. Elle accéléra la cadence des mouvements de va-et-vient sur son érection et lui fit perdre de plus en plus le contrôle. Elle suçait sa morsure au même rythme. S'il ne réussissait pas à la freiner, à se dégager, il n'avait aucune chance d'interrompre le processus de revendication.

— Arrête, Shay. Arrête, insista-t-il.

L'autorité qui se dégageait de sa voix affaiblit presque la volonté de la jeune femme. Presque. Nick était son âme sœur. Il était sien. Il ne pourrait pas partir loin d'elle. Quand il lui tira de nouveau les cheveux, elle répondit en accélérant encore davantage le rythme de ses mouvements et elle sourit intérieurement de l'entendre inspirer bruyamment. Elle le sentait chanceler, sentait monter en lui le désir de la revendiquer. Nick commençait à perdre les pédales. Sa louve était on ne peut plus ravie de constater l'effet qu'elle avait sur lui, l'étendue de son pouvoir sur cet homme. *Soumise, mon cul.*

Quand elle relâcha son étreinte, Nick baissa les yeux pour la regarder tandis qu'elle dégrafait son jean et glissait la main dans sa culotte. Bordel de merde. Puis elle poussa ce petit gémissement qui le faisait carrément flipper.

— Shay..., la supplia-t-il.

Mais il ne protesta pas. Il arrêta de se plaindre. Il demanda grâce. Il se sentait envahi par des sensations dont elle était la cause et il éprouvait le désir primitif de la prendre, de la posséder et de la revendiquer.

— Bébé, tu dois...

Elle le fit taire en insérant dans sa bouche le doigt mouillé qu'elle sortit de sa culotte. Sa saveur explosa sur sa langue. Bordel de merde.

Il ne fallut à Nick que quelques secondes pour déchiqueter le jean de Shaya, la soulever dans ses bras, l'appuyer contre le mur et la pénétrer. Le souffle coupé, elle lui relâcha le cou, levant son regard déterminé vers lui. Il s'immobilisa, cherchant la force de se retirer d'elle parce que s'il la prenait, il la revendiquerait. Il n'y avait plus aucun doute dans son esprit.

Il avait besoin de se mettre en colère. Cela avait toujours donné de bons résultats par le passé. Il n'eut pas à chercher longtemps, pas tant que lui et son loup en voulaient à mort au destin. Il plongea son dur regard dans celui de Shaya. S'il devait faire en sorte qu'elle le déteste pour la faire partir, eh bien, il le ferait.

— Pourquoi veux-tu à tout prix me revendiquer, bébé ? Par pitié pour moi ? Parce que c'est ce que ta conscience te dicte ? Je ne veux pas de ta putain de pitié. Je ne veux pas de toi.

Pensait-il vraiment qu'elle ne devinerait pas ce qu'il cherchait à faire ? Pff. Shaya comprenait qu'il cherchait à l'énerver, à l'éloigner, à l'obliger à lui en vouloir suffisamment pour se précipiter hors du camping-car sans jamais se retourner. Quel idiot.

— Je veux te revendiquer parce que tu comptes plus que tout au monde pour moi, espèce d'andouille.

— Tu dis que je compte pour toi ? s'esclaffa-t-il en renâclant. Rien de ce que j'ai fait pour toi depuis que je t'ai retrouvée ne t'a vraiment touchée. Si tu as décidé de me donner une nouvelle chance, c'est uniquement parce que tu te sentais coupable d'avoir pris un rencard avec un client, ce que tu n'aurais d'ailleurs jamais accepté de faire si tu avais eu des sentiments pour moi. Alors arrête de raconter des conneries, veux-tu.

— Ça ne va pas marcher, Nick, affirma-t-elle en lui passant la main dans les cheveux. Tu ne vas pas réussir à m'éloigner de toi.

Nick fut très énervé de constater que sa ruse avait échoué. Cela ne signifiait pas pour autant qu'il allait lui céder.

— J'ai réussi quand on s'est rencontrés la première fois. J'ai fait comme si tu n'existais pas. J'ai élevé un mur entre nous et il sera toujours là, quoi que tu fasses.

— C'est faux, riposta Shaya, avec un petit air aimable mais un brin suffisant. C'est trop tard, Nick. Je t'ai revendiqué. C'est fait.

Pour autant qu'elle sache, jamais une soumise n'avait été la première à revendiquer son compagnon dominant. Son sourire s'élargit à cette pensée. Et ouais ! Non seulement elle avait revendiqué un Alpha dominant avant que lui-même ne le fasse, mais elle s'apprêtait également à le séduire. Elle serait ravie de raconter cette histoire à ses petits-enfants ! Quand ils seraient en âge de l'entendre, il allait sans dire. Taryn allait adorer.

— Cela ne compte pas si je refuse, lui opposa Nick. Et je refuse, tu m'entends ? ajouta-t-il en se mettant nez à nez avec elle. Je ne veux pas de toi.

Le loup de Nick lui assena un coup de patte pour manifester son désaccord. Nick comprenait sa réaction.

— Ce n'est pas vrai, insista-t-elle en lui caressant doucement les épaules dont elle sentait les muscles très tendus. En fait, de nous deux, c'est toi qui es dans l'erreur. Je t'ai revendiqué pour tout un tas de bonnes raisons. Mais tes raisons de me repousser ne sont pas justifiées. Tu me veux, Nick. Arrête de lutter.

Shaya resserra alors ses muscles autour de lui et Nick poussa un grognement rauque.

— Shay, fit-il simplement.

Elle comprit à la façon dont il dit son nom qu'il lui envoyait un appel au secours désespéré et elle sentit une boule de tristesse lui monter à la gorge.

— On trouvera un moyen de freiner la progression de ton mal. On consultera d'autres guérisseurs. Je te demande juste de lutter, de ne pas perdre espoir, de ne pas renoncer à chercher une solution. Et tu te prétends dominant ?

— Tu me cherches ? fit-il en grognant.

Le loup de Nick n'avait pas tellement apprécié l'accusation de la Shaya.

— Je dis ce qui est. Jamais un dominant, et encore moins un Alpha-né, ne renoncerait comme tu t'apprêtes à le faire. Tu veux baisser les bras. Si tu es un vrai dominant, comporte-toi comme tel.

— Je ne vais pas me faire avoir comme ça.

Surtout pas quand c'était le bien-être de Shaya qui était en jeu.

— Et je ne vais pas me laisser embobiner par tes tentatives de me pousser à te détester.

— Match nul, déclara Nick en haussant les épaules.

Shaya bougea un peu et – Dieu du ciel ! – il eut l'impression que son cerveau se déconnectait entièrement. Puis son membre fut inondé des douces sécrétions de sa compagne ce qui lui fit pousser un rugissement rauque. Quand elle voulut bouger encore une fois, il resserra son étreinte et lui lança un regard noir pour la freiner.

— Ne bouge pas, lui ordonna-t-il.

Il allait perdre le contrôle si elle n'obtempérait pas.

— Je n'y peux rien, fit-elle.

C'était vrai.

— J'ai besoin de toi, Nick. J'ai besoin que tu me revendiques, ajouta-t-elle en pensant l'aider un peu à prendre sa décision.

Nick éprouvait un fort besoin de la revendiquer. Il craignait même de perdre complètement la raison s'il ne le faisait pas.

— S'il te plaît, Nick, ajouta-t-elle, puisqu'il semblait apprécier qu'elle le supplie. J'ai besoin de jouir.

— Tu aurais dû y penser plus tôt, grommela-t-il en lui lançant un regard mauvais.

— Alors punis-moi, lui proposa-t-elle d'un air provocant.

— Merde, Shay.

La jeune femme sourit intérieurement en constatant le succès de sa stratégie.

— Veux-tu que je te lèche quand tu auras fini ?

Elle sentit le membre de Nick tressaillir en elle. Puis son compagnon lui empoigna subitement le cou.

— Ne va surtout pas croire que je ne vais pas t'y obliger. C'est bien joli tout ça mais je parie que ce ne sont que des paroles en l'air.

— C'est une des choses que tu rêves de me voir faire avec ma bouche, non ?

Nick ferma les yeux et lança une volée de jurons. La garce savait y faire pour le titiller.

— On combattra ta maladie ensemble, Nick.

Il y avait dans sa voix une telle compassion qu'il plongea son regard dans le sien. Il vit de la détermination dans les prunelles de Shaya, ainsi qu'une bonne dose d'excitation.

— Je ne connais personne de plus fort que toi.

— Allez, Nick, gémit-elle, constatant qu'il semblait avoir perdu toute envie de lutter. Allez, baise-moi, baise-moi comme si j'étais tienne.

— Tu es mienne, déclara-t-il les dents serrées, en sentant qu'il risquait de perdre le contrôle, qu'elle l'attirait vers un lieu où rien d'autre n'existait que Shaya et son désir de la revendiquer.

Le loup de Nick le poussait à lui donner ce qu'elle souhaitait, à lui montrer clairement une fois pour toutes qu'elle lui appartenait et à faire en sorte qu'elle ne remette plus jamais cela en cause. Nick n'avait jamais été aussi près de craquer. Quand Shaya aspira sa langue dans sa bouche et se mit à la lui sucer goulûment, il ne put faire autrement que de penser aux lèvres pulpeuses de sa compagne sur son membre. Bordel de merde.

— Alors, prouve-le-moi.

— Tu sais ce qu'il va se passer si je le fais.

S'il la revendiquait, elle se retrouverait peut-être unie à un…

Il grogna quand elle bougea de nouveau. Il risquait de ne plus pouvoir se contenir bien longtemps.

— Je m'en fous, Nick. C'est ce que je désire. Je veux que tu me revendiques. Nick, j'ai besoin de jouir. S'il te plaît.

Plongeant son regard dans celui de cette compagne qui lui offrait tout ce qu'elle possédait, tout ce qu'elle était, il sentit son envie de lutter contre elle s'évanouir totalement. Ainsi que ses inquiétudes et ses réserves. Rien d'autre ne comptait que Shaya et son besoin de la revendiquer enfin.

Nick grogna et plaqua sa bouche sur celle de sa compagne. Il l'embrassa voracement, passionnément avec la langue. Elle se fit docile sous l'assaut et il poussa un grognement d'approbation. Puis il lui mordit la lèvre inférieure jusqu'au sang.

— Tu as vraiment besoin de jouir ?

Shaya se sentit victorieuse et immensément soulagée. Elle en fut toute revigorée. Il n'y avait plus aucune lueur d'incertitude ou d'angoisse dans le regard de Nick. Seul y brillait son désir. Sa louve en fut autant ravie qu'elle.

— Vraiment, lui confirma-t-elle, le souffle coupé par ses légers coups de reins.

Nick sortit les griffes et n'eut aucun mal à lui retirer son haut et son soutien-gorge.

— Je vais te baiser, Shay, te baiser avec force. Mais tu ne jouiras pas. Tu résisteras tant que je ne t'aurai pas autorisée à le faire.

Il remua de manière à lui procurer des sensations encore plus fortes, puis il la retint d'une main et de l'autre lui caressa tout le corps. Enfin il la déplaça légèrement et bougea son érection en elle. Shaya tressaillit.

— Nick…, murmura-t-elle d'une voix implorante.

Elle serait incapable d'attendre tant elle était au bord de l'explosion, tant le besoin d'être revendiquée la rendait fiévreuse.

— Tu m'as cherché, bébé, lui rappela-t-il en lui pinçant le téton jusqu'à ce qu'elle pousse ce gémissement qu'il adorait entendre. Tu ne peux pas t'attendre à ce que je te laisse faire impunément. Tu as aussi essayé de me dominer sexuellement, n'est-ce pas ? Tss-tss. Tu savais que je n'aimerais pas ça. Tu sais que j'aime avoir le contrôle. Et pour couronner le tout, tu m'as menti.

— Je ne t'ai pas…

Il la punit d'un grand coup de reins.

— Oh que si, tu as menti. Tu m'as dit que tu voulais un dernier câlin. C'était une ruse pour t'approcher de moi suffisamment pour me revendiquer, n'est-ce pas ? Tu m'as trompé, poursuivit-il en secouant la tête de manière réprobatrice et en frottant son clito au passage. C'est inadmissible.

Voyant une nouvelle détermination brûler dans ses yeux, Shaya en déduisit que leur revendication serait aussi brutale, dure et violente qu'on le disait. Tous les coups seraient permis. Elle en fut tout à la fois émoustillée et effrayée.

— Je vais te marquer ici, lui annonça Nick en se penchant, en la léchant et en la mordant dans le creux du cou. Pour que tout le monde voie ma marque, pour que tout le monde sache que tu es mienne, que tu m'appartiens, que ton sexe m'appartient et que je suis le seul autorisé à te prendre. Tu comprends ça ? Personne d'autre que moi ne peut te prendre. Dis-le.

Shaya déglutit bruyamment en entendant son ton autoritaire qui lui réchauffait tout le corps. À tel point que sa louve fondit littéralement.

— Toi seul pourras me prendre.

— C'est cela, c'est très bien, dit-il en lui caressant le sein et en veillant à exercer exactement la pression qu'elle appréciait. Personne d'autre n'entrera jamais en toi. Si un autre mec essaie de toucher ce qui n'appartient qu'à moi, je l'étouffe avec sa propre rate.

Puis il la prit avec force, accélérant le rythme de ses poussées tout en gardant ses yeux dans ceux de la jeune femme, ne la laissant jamais détourner le regard. Elle se cramponna à lui, lui griffa le dos et le marqua, mettant son tee-shirt en lambeaux par la même occasion. Elle le serra si fort de ses jambes que ses talons pénétrèrent presque dans ses hanches, ce qui ne fit que décupler son énergie. Quand il sentit sur son érection les spasmes que ses assauts répétés avaient déclenchés, il lui réitéra son interdiction.

— Lutte, bébé, lui ordonna-t-il.

— Je n'en peux plus, fit-elle, larmoyante.

— Résiste, insista-t-il.

Avant même qu'elle ait pu comprendre ce qu'il se passait, Nick l'avait éloignée du mur, s'était retiré, l'avait remise sur ses pieds et l'avait retournée. Elle se retrouva subitement face à la petite table du coin repas.

— Penche-toi, lui fit Nick en lui suçant le lobe de l'oreille.

Si n'importe qui d'autre lui avait parlé avec autant d'autorité s'attendant à ce qu'elle se soumette ainsi totalement, elle se serait moquée et l'aurait même giflé.

Mais pas Nick. Il avait mérité sa soumission. Elle savait pertinemment qu'elle ne pourrait jamais donner autant de pouvoir sur sa personne à qui que ce soit d'autre, qu'elle ne pourrait jamais être aussi à l'aise avec un autre, ni même se sentir autant en sécurité.

— Ne m'oblige pas à répéter, Shay.

Ses grognements dominateurs la firent frissonner et elle obtempéra. Elle se pencha et se retint à la table. Elle frissonna quand elle sentit la caresse du bois frais contre ses seins. Puis elle sursauta quand la main de Nick s'abattit sur ses fesses.

— Ça, c'est parce que tu as désobéi quand je t'ai ordonné de ne pas jouir. Tu as refusé ta punition. Et ça, poursuivit-il en la tapant de nouveau, c'est pour m'avoir attaqué à la batte de base-ball. Tu as failli me faire exploser la tête ! Oh, non, bébé, je n'avais pas oublié. Et ça, continua-t-il en lui assenant un nouveau coup encore plus fort que les précédents, c'est pour avoir accepté un rencard avec ce pauvre créateur de sites internet. J'en ai eu le cœur brisé.

Nick souffla doucement sur les traces rouges qu'avaient laissées ses mains et les massa délicatement. Puis il plongea un de ses doigts en elle et le fit tourner doucement, heureux de la voir ainsi penchée, se soumettant entièrement à lui et acceptant qu'elle était sienne.

— Putain ! s'exclama-t-il. Que tu es mouillée !

Puis du bout de son doigt tout imprégné de ses fluides, il lui caressa l'anus.

— Je te revendiquerai là aussi très bientôt, bébé, déclara-t-il. (Ils s'y préparaient déjà depuis un certain temps.) Mais pour l'instant j'ai d'autres projets pour toi.

Il l'attrapa par les cheveux, l'attira fermement et s'enfouit en elle d'une longue poussée souple. Ils gémirent tous deux. Elle se referma sur lui aussi solidement qu'une main. Elle était chaude et mouillée.

— N'oublie pas, je ne t'autorise pas encore à jouir, lui murmura-t-il à l'oreille.

Shaya connut la béatitude et éprouva un profond soulagement quand Nick se laissa aller à la prendre avec toute sa vigueur. Enfin il ne se retenait plus. Leur union était plus passionnée que les précédentes, plus intense et plus… tout. Il s'abandonnait en elle avec frénésie. Elle ne pouvait rien faire, il pesait sur elle de tout son poids. La sensation du tissu rêche de son jean sur la peau sensible de ses hanches exacerbait son plaisir. Elle sentait la tension monter en elle à un point tel qu'elle eut beaucoup de mal à s'empêcher de jouir.

— Es-tu prête à accepter que je te revendique ? s'enquit Nick.

Elle hocha la tête en poussant un grognement rauque pour lui faire part de son consentement.

— Tu comprends ce que cela signifie, n'est-ce pas, Shay ? poursuivit-il d'une voix presque dure. Je ne te quitterai jamais, pour rien ni personne. Tu ne pourras plus rien me cacher. Je ne le supporterais pas. Je te veux, toi tout entière avec tout ce que tu peux donner. Es-tu bien sûre de pouvoir vivre avec cela ?

— Oui, déclara-t-elle en lui lançant un regard de côté. À condition que ce soit réciproque.

Nick lui adressa un grand sourire. Elle n'avait vraiment peur de rien et il aimait ça chez elle.

— Je n'en attendais pas moins de toi, déclara-t-il.

Il lécha alors la marque qu'il lui avait faite au cou et Shaya ressentit des picotements d'anticipation dans tout son corps. Elle sortit les griffes et raya profondément le plateau de la table en merisier.

— Devrais-je te laisser jouir maintenant ? lui demanda Nick en continuant à lui donner de grands coups de reins passionnés qui la firent crier. Oui, bébé, crie pour moi. Tu sais à quel point j'adore t'entendre gémir. Jouis, maintenant, vas-y, lui ordonna-t-il enfin en lui massant le sexe d'un doigt.

Shaya explosa littéralement, son sexe se resserrant autour de l'érection de Nick tandis qu'elle hurlait son nom et qu'il répandait sa semence en elle. Il choisit ce moment-là pour la mordre très profondément au cou, suçant et léchant sa marque pour que personne ne puisse jamais se méprendre : Shaya était irrévocablement sienne, il l'avait marquée, l'avait revendiquée.

La jeune femme arqua le dos quand elle ressentit dans sa tête un violent éclair de douleur. Il disparut aussi vite qu'il était venu et fut remplacé par une sensation de chaleur et de bien-être. Elle avait l'impression d'être enfin vraiment chez elle. Elle ne s'était jamais sentie autant en sécurité et protégée. Elle éprouvait une sensation de plénitude absolue et cela revêtait d'autant plus d'importance pour elle qu'elle avait toujours été mal dans sa peau. Ce ne serait plus jamais le cas. L'horrible solitude dont elle avait souffert jusque-là n'existait plus. Nick était entré en elle et il l'entourait. Le lien qu'elle partageait avec lui était beaucoup plus fort que tout ce qu'elle avait pu imaginer. Il n'était pas encore complet mais il n'en demeurait pas moins solide. Sans doute parce qu'ils l'avaient tous deux désiré depuis si longtemps, ou alors parce qu'en se revendiquant, ils s'étaient complètement ouverts l'un à l'autre. Elle l'ignorait mais peu lui importait, elle était trop heureuse et trop apaisée pour se poser tout un tas de questions. Elle se demanda même si ce qu'elle ressentait ne ressemblait pas un peu à la sensation de planer qu'éprouvent les drogués quand ils se défoncent.

Attiré par la marque qu'il lui avait faite au cou comme si rien d'autre n'existait, Nick la léchait encore et encore, satisfait, comblé, parfaitement heureux. Il savait tout ce que Shaya ressentait et il éprouvait exactement la même chose qu'elle. Son loup se sentit apaisé pour la première fois de sa vie. Et même s'il demeurait toujours réservé et d'humeur changeante, il ne serait plus jamais aussi pessimiste. Comment pourrait-il en être autrement quand la présence de Shaya dans sa vie lui réchauffait aussi bien l'âme ?

Une petite voix intérieure plutôt sombre rappela à Nick pourquoi il avait tant hésité à revendiquer Shaya, mais il refusa de l'écouter, tant pis. Il ferait comme avait dit sa compagne, il se battrait de toutes ses forces. Il serait d'autant plus motivé que le bonheur de la jeune femme dépendait de sa victoire dans cette bataille.

— Je t'accompagnerai tout au long de ce voyage, lui promit Shaya.

— Je sais, affirma-t-il.

Il faudrait qu'il s'habitue à ce qu'elle sache toujours ce qu'il pense. Il embrassa et lécha une dernière fois sa marque avant de se relever. Étonné d'y parvenir sans aucune difficulté alors qu'il avait l'impression que tout son monde était bouleversé. Il se retira lentement et recula. Shaya se redressa également, se retourna et lui adressa un sourire libre et spontané, très différent de tous ceux qu'il lui avait vus jusque-là.

— J'espère que tu étais sérieuse, Shay, quand tu as dit que tu étais capable d'assumer cela parce que je ne te laisserai plus jamais partir.

— La réciproque est également vraie, Beavis.

— Pour la millième fois, je ne suis pas un imbécile.

Avant qu'elle ne puisse en rajouter, il mit délicatement ses deux mains autour du cou de la jeune femme et la secoua en plaisantant. Shaya éclata de rire, d'un rire aussi libre que son sourire. Il sut à ce moment-là qu'il ferait tout son possible pour continuer à entendre ce rire et à voir ce sourire.

Nick et Shaya retournèrent à la maison une demi-heure plus tard et Shaya put rapidement enfiler des vêtements propres. Mais Nick les lui retira tout aussi vite pour s'enfouir en elle une nouvelle fois. Puis ils descendirent retrouver les autres qui s'étaient installés dans le jardin derrière la maison. Nick ne put qu'ouvrir grand les yeux devant le spectacle qui s'offrait à eux. Il y avait de la musique et des victuailles, et plusieurs métamorphes batifolaient dans la piscine.

— On dirait une colonie de vacances, tu ne trouves pas ? demanda Nick à Shaya en se tournant vers elle.

Nick avait l'air consterné ce qui fit sourire Shaya. Il semblait en avoir marre de la présence constante de leurs amis. Il semblait prêt à exploser.

— Hé, les amis, fit-il pour attirer leur attention.

Ils finirent par les regarder en souriant. Puis ils aperçurent les marques de revendication de Nick et de Shaya et ils se mirent tous à parler en même temps.

— Enfin ! s'exclama Derren en souriant dans son transat.

Roni, Kathy et Amber sortirent vite de la piscine et se ruèrent sur Nick et Shaya pour les embrasser. Shaya et sa louve eurent envie d'étriper Amber, n'appréciant pas du tout qu'une célibataire – attifée d'un minuscule bikini et qui en pinçait manifestement pour Nick – s'approche trop de son compagnon. Quand Nick s'éloigna de la guérisseuse, Shaya esquissa un large sourire et se rasséréna, surtout qu'il lui passa un bras autour des épaules et l'embrassa sur la tempe.

Trey, Tao, Bracken, Jesse et Zander s'approchèrent ensuite d'eux pour les féliciter, se contentant de serrer la main de Nick et de hocher la tête en direction de Shaya, pas assez fous pour l'embrasser en public. Installée sur une chaise longue, Greta leur sourit et les salua avec sa tasse de thé. Shaya sentit Dominic s'approcher et craignit le pire tant le blondinet était dénué d'instinct de conservation. Heureusement, il n'arborait pas son habituel sourire de dragueur.

Nick poussa un grognement d'avertissement quand le joli pervers s'approcha de Shaya, mais ce dernier leva les mains pour montrer qu'il venait en paix.

— Je voulais simplement vous féliciter, comme les autres. Je ne vous mentirai pas. J'avais quelques réserves te concernant, Nick. Shaya est une bonne amie et je veux son bonheur. Si tu la rends heureuse… alors cela me suffit.

Il tendit alors la main à Nick qui la lui serra lentement. Dominic hocha ensuite la tête en direction de Shaya, comme les autres mecs.

— Tout va bien donc, tu es content ? voulut savoir Nick, sceptique.

— J'en ai beaucoup appris sur toi aujourd'hui, lui répondit-il en haussant les épaules. Rien de très personnel. Mais ta mère m'a parlé de toi, m'a raconté comment tu avais défendu ton ancienne meute au moment où elle avait besoin de toi, même si tu venais à peine de sortir de la maison de redressement. J'ai beaucoup de respect pour toi, pour ce que tu as fait. Ta mère m'a dit aussi que tu avais un peu de sang portugais, ajouta-t-il en inclinant la tête. Je n'aurais jamais deviné. Moi j'ai du sang irlandais comme Shaya.

— Mais je n'ai pas de sang irlandais, fit Shaya en secouant la tête et en fronçant les sourcils.

— C'est vrai ça ? demanda-t-il en retrouvant son sourire enjôleur. Si tu veux, je suis tout à fait d'accord pour partager le mien avec toi.

Prévoyant que Nick bondirait pour l'attraper, Dominic tenta de s'éloigner à toute vitesse. Mais Nick fut plus rapide. Il l'agrippa et le balança dans la piscine. Quand il refit surface, Dominic lança un grand cri de joie et éclata de rire.

— Tu ne pourrais pas essayer d'agir normalement de temps à autre, lui assena Trey en poussant un grognement en direction de son lieutenant. Je préférerais ne pas avoir à te ramener à la maison dans un cercueil.

Shaya dirigea alors son attention vers la personne dont le soutien comptait le plus pour elle, Taryn. Elle était assise à la table du jardin en compagnie de Trey, l'air un peu maussade.

—On ne t'entend pas, contrairement à ton habitude, dit Shaya.

—Si tu as l'intention de dire à Shaya qu'elle s'est lancée dans cette relation sans avoir suffisamment réfléchi ou des conneries de ce genre, commença Nick, tu peux…

—Tout doux, Axton, tout doux, renâcla Taryn. Je me réjouis pour vous en fait. Cela ne veut pas dire que je te trouve assez bien pour Shaya. Personne ne sera jamais assez bien pour elle si tu veux mon avis, dit-elle dans un soupir. Mais votre union signifie que Shaya ne fera plus jamais partie de ma meute. Sois honnête, Nick. Tu ne peux pas obéir à Trey ou à n'importe quel autre Alpha et nous le savons tous. Cela signifie que je ne retrouverai jamais mon amie et ça ne me fait pas du tout plaisir. C'est sans doute un peu égoïste de ma part, mais je n'ai jamais prétendu que je ne l'étais pas.

—Ce n'est pas comme si tu la perdais, fit Nick en contenant un sourire devant son air énervé. Elle pourra toujours aller te rendre visite, passer du temps avec toi.

—Tu l'accompagneras ? s'enquit-elle avec un sourire ironique, connaissant d'avance la réponse à sa question.

—Je l'attendrai dans la voiture. Vous m'énervez trop quand vous êtes ensemble toutes les deux.

—Dis-moi que tu es d'accord pour qu'on organise votre cérémonie d'union chez nous, sur le territoire de la meute du Phénix ? l'implora-t-elle en se penchant sur son siège. C'est chez toi, Shaya. La famille de Nick et Caleb seront les bienvenus, bien entendu.

—Cela me plairait énormément, fit Shaya en se tournant vers Nick. Qu'en penses-tu ? lui demanda-t-elle.

— Si tu souhaites faire la cérémonie là-bas, je n'ai pas d'objection, fit Nick en haussant les épaules. Qu'est-ce qui te fait rire ? demanda-t-il à Trey, curieux, en se tournant vers lui quand il l'entendit ricaner.

— C'est juste que cela me rappelle une fois où tu es venu me rendre visite. On avait parlé de notre cérémonie d'union à Taryn et moi. Je me souviens t'avoir dit que nous n'en organiserions une que si ma compagne le souhaitait. Et qu'est-ce que tu m'avais dit ? Ah oui, que je ne devrais pas laisser Taryn prendre toutes les décisions. Hem. C'est ton tour, maintenant.

— Comme tu veux, enfoiré ! s'exclama Nick en lui lançant un regard noir. Ta compagne est une vraie psychopathe.

Trey hocha la tête en signe d'assentiment. Il en avait presque l'air fier. *Complètement tordu.*

Shaya gloussa et appuya la tête contre le torse de Nick. Elle le mordilla et il baissa les yeux pour la regarder.

— Je reviens tout de suite, lui annonça-t-elle.

— Où vas-tu ? voulut-il savoir en l'étreignant plus fermement.

— Je vais faire du café. T'en veux ?

— Pourquoi pas, fit-il en lui mordant la lèvre avant qu'elle ne s'éloigne.

Shaya se retourna et fit semblant de lui adresser un regard mauvais avant d'entrer chez elle. Elle venait à peine de mettre la cafetière en route quand elle sentit l'odeur d'Amber. Sa louve poussa un grognement.

— Je voulais juste te féliciter encore une fois, déclara-t-elle en apparaissant soudainement à ses côtés. Il faut commencer à préparer votre cérémonie d'union, ajouta-t-elle l'air excitée et les yeux exorbités.

C'était non seulement une manière de s'inviter à leur cérémonie, mais aussi une façon de se positionner en tant que meilleure amie de la mariée. Shaya en avait vraiment ras-le-bol de ses manières.

Tout le monde était encore dehors et la musique était assez forte pour qu'elles puissent parler sans être entendues. Shaya estima donc que ce moment était aussi opportun qu'un autre pour régler ses comptes avec Amber.

— Écoute, je te remercie pour ton offre, mais on sait parfaitement toutes les deux que tu ne l'as pas faite dans un élan de pure générosité. Tu ne souhaites pas vraiment mon amitié, ajouta-t-elle quand Amber prit un air suffisamment offensé. Tu dois plutôt me détester, à mon avis… parce que Nick est avec moi et pas avec toi.

L'expression d'Amber s'assombrit et son regard se durcit. Ses prunelles brillaient comme des diamants. Elle ne cachait plus sa haine pour Shaya. Au moins elle n'allait pas essayer de la jouer sur le mode : « Tu n'as rien compris. »

— Je ne peux pas t'en vouloir d'en pincer pour Nick. Ce serait hypocrite de ma part. Mais s'il compte vraiment pour toi, tu ne dois pas essayer de semer la zizanie. Je dis bien « essayer » parce que quoi que tu fasses, tu ne vas pas réussir à nous séparer. J'espère simplement que tu ne souhaites pas lui faire de mal.

— Je ne veux pas mettre de bâtons dans les roues de Nick, déclara Amber d'une voix excessivement mielleuse. Je souhaite uniquement son bonheur.

— Super ! fit Shaya en se fendant d'un grand sourire. Contente que ce soit réglé.

Amber fit volte-face et commença à s'éloigner, mais s'arrêta subitement et se retourna pour regarder de nouveau Shaya, une lueur sournoise dans le regard.

— J'espère sincèrement que vous trouverez le bonheur ensemble, toi et Nick. Je connais quelques couples mixtes de dominants et de soumis. Ils sont tous heureux, même ceux dont le lien ne s'est pas complètement développé. Ils ne connaissent pas le bonheur parfait, mais ça va, compte tenu des circonstances. Ah, tu ne savais pas que les couples mixtes avaient parfois du mal à parachever leur union ?

Non, Shaya n'était pas au courant. Son expression devait avoir trahi son ignorance car Amber avait l'air très satisfaite de son coup.

— Personne ne comprend exactement pourquoi, fit-elle en se déplaçant avec une démarche prétentieuse. Mais il semble que le lien ne se développe pas complètement car, pour ce faire, les métamorphes doivent en accepter toutes les conséquences. Les dominants doivent laisser tomber leur ambition de devenir Alpha ou d'occuper des postes de responsabilité au sein de leur meute. Les soumis doivent accepter qu'ils freinent leur conjoint et qu'ils n'auront jamais autant de force qu'eux. Certains dominants acceptent assez bien la situation, mais c'est souvent un problème pour les soumis qui souffrent de la situation. C'est d'autant plus difficile à accepter si c'est le mec qui est soumis ou si le dominant est un Alpha-né. Mais ne t'inquiète pas, cela ne va pas nécessairement vous arriver à Nick et toi.

Shaya comprit qu'Amber ferait tout son possible pour que leur relation évolue dans ce sens. Ce n'était pas si rare qu'un ex jaloux ou qu'un prétendant éconduit essaie d'empêcher un métamorphe de s'unir complètement. C'était la vengeance par excellence, qui marchait dans bien des cas. Dans celui de Nick et de Shaya, il subsistait un risque même sans l'intervention d'Amber, qui avait si bien décrit les difficultés auxquelles ils seraient éventuellement confrontés.

— T'imagines à quel point ce doit être difficile d'être aussi proche d'un compagnon qui ne pourra jamais te vouloir ou t'accepter complètement ? Ce doit être l'enfer, tu ne crois pas ?

Oui, elle le croyait. Quand un lien était trop long à se mettre en place, il pouvait y avoir du ressentiment, de la colère, voire une dépression. Ce n'était pas bon du tout. Cette accumulation de sentiments négatifs pouvait à son tour ralentir la mise en place du lien. Shaya ferait en sorte que cela ne leur arrive pas, à elle et à Nick.

— Il est donc important que je prévienne quiconque voudrait freiner le développement de notre lien que je ne le supporterai pas.

— Qu'est-ce que tu ferais à ces gens-là ? voulut savoir Amber en ricanant et en regardant Shaya comme si elle la trouvait ridicule. Tu ne pourrais que battre en retraite et te soumettre, rien d'autre.

— Je les préviendrai, rétorqua Shaya en souriant. Je leur dirai qu'il vaudrait mieux qu'ils ne cherchent pas à savoir ce dont je suis capable

— Ceux qui voudraient te soumettre n'auraient aucun mal, affirma Amber en projetant des vibrations de domination en direction de Shaya, mais ses efforts demeurant vains, elle ne put qu'écarquiller les yeux de surprise et de colère.

— Cela suffirait, j'espère, à faire réfléchir ces gens à deux fois avant de s'attaquer de nouveau à moi. Qu'en penses-tu ?

Manifestement trop fâchée pour penser à continuer à jouer à la meilleure amie, Amber regarda Shaya en découvrant les dents. C'était clairement ce que Shaya souhaitait depuis le début. Avant même que la dominante n'ait pu l'attaquer, Shaya tira vers elle un bloc à couteaux et les attrapant les uns après les autres, elle les lança tous en direction d'Amber. Elle sourit en voyant le résultat.

Ce fut le moment que choisit Nick pour entrer dans la cuisine à la recherche de sa compagne. Il se figea sur place à la vue du spectacle qui l'y attendait. Amber était dos au mur, entourée des couteaux qui s'y étaient plantés. Shaya pour sa part… arborait un sourire à la fois joyeux et aimable.

— Que se passe-t-il ? demanda Nick d'une voix méfiante.

Shaya haussa les épaules et son visage revêtit un air parfaitement innocent.

— Je faisais juste une petite démonstration de mes talents à Amber, répondit-elle en retirant les couteaux du mur. C'est rigolo, non ?

Persuadé que la réalité était tout autre, Nick regarda Amber en plissant les yeux. Shaya s'approcha de lui, l'embrassa et l'étreignit. Elle avait l'air de ne prêter aucune attention à Amber et il choisit donc de ne pas intervenir. Il lança un regard à la guérisseuse comme pour lui dire de faire attention. Elle déglutit bruyamment et partit sans demander son reste. Nick serra Shaya encore plus fort dans ses bras.

— Tu es sûre que tu vas bien ? lui demanda-t-il. Qu'y a-t-il ? ajouta-t-il quand il vit son sourire trembloter légèrement.

— Rien. Ou plutôt, je n'ai pas envie d'en parler tout de suite.

— D'accord, répondit-il, ravi de constater qu'elle ne cherchait pas à s'esquiver. On en reparlera plus tard, conclut-il en l'embrassant passionnément.

Taryn entra alors dans la cuisine, suivie de Roni qui sourit timidement à Shaya.

— On a peut-être un problème. Et je ne veux pas parler du fait que Greta soit encore en vie.

— C'est quoi le problème ? s'enquit Shaya en levant les yeux au ciel.

— J'ai eu Caleb au téléphone hier et je lui ai raconté comment Nick avait réussi à te retrouver. Tout ça parce qu'il me harcelait tant et si bien que j'ai fini par me sentir coupable. Il se plaint d'être tenu à l'écart.

— Je ne t'en veux pas de parler de nous à Caleb, la rassura Shaya. Mais ce n'est pas ça le problème dont tu voulais m'entretenir, n'est-ce pas ? ajouta-t-elle en plissant les yeux devant l'air malheureux de Taryn.

— Non. En fait, il vient juste de m'appeler à nouveau et… Comme il se plaint tout le temps qu'on ne lui dise rien… tu sais ? Eh bien, il pensait être le seul à ne pas avoir encore été informé que Nick t'avait retrouvée. Il se peut qu'il en ait touché un mot à tes parents, croyant qu'ils étaient déjà au courant.

— Quoi ?

— Il y a de grandes chances que tes parents aient en quelque sorte exigé qu'il leur révèle si Nick t'avait enfin revendiquée et quand aurait lieu la cérémonie d'union.

— Taryn !

— Ce n'est pas ma faute. C'est Caleb qui leur a parlé.

— Tu ne voulais pas que tes parents soient au courant de notre union ? demanda Nick en passant la main dans les boucles de Shaya.

— J'aurais préféré qu'ils l'apprennent après coup, répondit Shaya en grimaçant. Comme ça, ma mère n'aurait pas pu insister pour y assister.

— Pourquoi ne veux-tu pas que ta mère y soit ? lui demanda Roni en inclinant la tête.

— Parce que ma mère n'est pas comme la tienne.

— Qu'est-ce que tu entends par là ? voulut savoir Roni en fronçant les sourcils, perplexe.

— Elle est méchante, lui expliqua Taryn. Par contre son père est un mec bien, même s'il n'est pas exactement… équilibré.

Shaya ne put la contredire.

— Elle n'assistera pas à notre cérémonie d'union, déclara Nick en caressant le dos de Shaya.

— Je ne pense pas qu'elle en ait envie, fit Shaya. Mais elle viendra pour sauver les apparences. De toute manière mon père viendra et il l'obligera à venir faire son devoir de mère.

— Je me fiche de ce qu'ils veulent ou non, déclara Nick en posant son front contre celui de sa compagne. Si tu ne souhaites pas leur présence, ils ne viendront pas, point barre.

— Je ne suis pas contre la présence de mon père à notre cérémonie. Mais il ne voudra pas venir sans ma mère.

— Alors, ils n'ont qu'à ne pas venir, ni l'un ni l'autre.

— Je suis d'accord, déclara Taryn en hochant la tête. Bon, je vais aller chercher mon fils. C'est notre Yoda qui s'en occupe et c'est bientôt l'heure de la sieste. Si vous montez tous les deux, essayez de ne pas faire trop de bruit, d'accord ?

— Mais on est toujours très discrets, répondit Shaya en rougissant.

Taryn la regarda l'air de dire « C'est vrai, on ne vous entend pas. »

— En passant, je voulais te dire, fit-elle en s'adressant à Nick, tu es très doué pour dire des cochonneries au lit. Autant que Trey. Et sais-tu que Cam a aussi ce talent ?

Shaya en eut le souffle coupé. Cam faisait partie de la meute du Phénix. C'était un mec tranquille, en couple, tout mignon, avec une tronche de bébé.

— C'est vrai ? s'exclama Shaya.

— Absolument, reprit Taryn en souriant devant l'air sceptique de Shaya. C'est vrai qu'en le voyant comme ça, on a du mal à imaginer qu'il ait ce talent. Derren doit savoir y faire aussi, non ? Qu'en penses-tu ?

Avant que Shaya ait pu ouvrir la bouche, Nick l'avait bâillonnée d'une main.

— Je ne voudrais pas que tu dises quoi que ce soit qui risquerait d'entraîner la mort de Derren, la prévint-il.

Il lança un regard noir à Taryn qui s'enfuit en riant. Elle s'était divertie à le taquiner. Puis il plongea son regard dans celui amusé de sa compagne.

— Ton amie est vraiment très étrange, lui dit-il. Je ne devrais pas l'aimer mais, à ma grande surprise, elle me plaît bien. Tu n'as pas de souci à te faire, bébé, ajouta-t-il en retirant prestement sa main et en l'embrassant sur la bouche quand il vit la lueur d'amusement se transformer en rayon laser. Je t'ai dit que tu ne devais jamais avoir d'inquiétude à cet égard.

— Je ressens le besoin d'être rassurée, à poil, dans la chambre.

— Quand tu veux, affirma Nick en esquissant un grand sourire.

Dominic, tout dégoulinant après son plongeon involontaire, s'approcha alors de Shaya en se tortillant et en esquissant une drôle de grimace. Elle le regarda avec un air interrogateur.

— Est-ce qu'il fait chaud ici ? demanda-t-il en se passant la main sur le front. Ou est-ce que c'est juste l'effet que tu me fais ?

Naturellement Nick lui envoya un bon coup de poing dans la gueule, et Dominic, hilare, ne réussit pas complètement à l'esquiver. Ce mec devait être suicidaire. Il n'y avait pas d'autre explication possible.

Chapitre 16

Tôt le lendemain matin, pendant que les mecs chargeaient les voitures, Shaya prit Taryn à part devant la maison et l'informa que Nick souffrait de dégénérescence des fonctions cognitives. Elle avait décidé la veille de mettre son amie au courant, mais elle n'avait pas encore eu jusque-là d'occasion de lui parler en tête à tête.

— Dieu du Ciel ! soupira longuement Taryn, les yeux grands ouverts d'étonnement. Eh ben, dis donc ! Cela explique beaucoup de choses. Maintenant que je sais, j'éprouve moins l'envie de le ligoter sur un lit et de lui briser les chevilles avec une masse, comme Kathy Bates dans le film *Misery*. Tu veux savoir si je pense pouvoir le guérir, c'est cela ? s'enquit-elle en soupirant de nouveau mais avec une lueur de compassion dans le regard.

— Oui. Amber est une guérisseuse très puissante, mais toi aussi. Je te demande juste d'essayer, ajouta-t-elle en détectant une certaine réticence chez son amie.

Taryn se passa une main dans les cheveux.

— Ce n'est pas que je n'ai pas envie de le guérir. C'est plutôt que je m'en voudrais terriblement si le traitement n'était pas efficace. Je voudrais tellement ne pas te décevoir.

— Tu ne me décevras jamais, déclara Shaya en étreignant son amie pour la rassurer. Jamais, je te le promets, ajouta-t-elle en la relâchant et en la regardant droit dans les yeux. Peux-tu au moins essayer, s'il te plaît ?

— Rentrons d'abord chez nous, si tu veux bien, fit Taryn en soupirant longuement. Je vais essayer, d'accord ?

— Merci, lui répondit Shaya.

Puis Shaya sourit en voyant Nick s'approcher d'elle l'air complètement excédé. Sa louve en était toute remuée. C'était pathétique.

— Tu n'as pas l'air très content, lui dit-elle quand il l'enlaça.

— Il y a de quoi, lui expliqua-t-il en lui désignant le camping-car du doigt. Je m'apprête à faire un trajet de cinq heures dans un véhicule bondé. Heureusement que tu seras à mes côtés pour m'aider à garder mon calme. Tu dois absolument t'asseoir devant avec moi, sinon je risque de m'impatienter.

En effet, Dominic, Greta, Kathy, Amber, Kent, Jesse, Bracken et Zander avaient tous décidé de voyager dans le confort du luxueux camping-car de Nick plutôt que de monter dans une des voitures.

— Comment as-tu pu supporter d'être Alpha aussi longtemps si tu es misanthrope à ce point ? s'enquit Taryn, complètement ébahie par la réaction de Nick.

— En fait, comme je l'ai déjà expliqué à Shaya, j'ai tué mon prédécesseur. Et comme personne d'autre ne voulait le poste, j'ai pris sa place dans l'intérêt de la meute. Maintenant que je suis enfin libéré de cette responsabilité, déclara-t-il en se tournant vers Shaya, Derren fait tout son possible pour essayer de m'obliger à prendre la tête d'une nouvelle meute. Ne va surtout pas croire que je n'ai pas remarqué qu'il s'en remet à moi pour toutes les décisions et comment il fait de plus en plus participer Jesse, Bracken et Zander à nos activités.

Shaya fit courir ses griffes doucement sur son torse, en essayant sans trop de succès de réprimer un sourire.

— Je dois dire à la décharge de Derren que ces mecs semblent t'avoir choisi comme chef depuis un certain temps déjà.

— Content que cela t'amuse, dit-il à Taryn avant de grogner en réaction au gloussement que laissa échapper Shaya.

Greta, qui passait par là et avait remarqué qu'il semblait s'énerver après Taryn, lui tapota le bras pour le réconforter.

— Ne fais pas attention à cette pauvre malade, fit-elle en lançant un regard mauvais à Taryn avant de s'éloigner.

— Au moins, je ne suis pas suffisamment âgée pour que mon certificat de naissance ait expiré, lui assena-t-elle en ronchonnant et en lui emboîtant le pas.

Shaya éclata de rire et Nick ne put s'empêcher de l'imiter. Ce fut libérateur pour lui. Quand sa compagne reprit subitement son sérieux et qu'il vit son sourire s'éteindre sur ses lèvres, Nick en chercha la cause et aperçut Amber de l'autre côté du jardin. Elle dévisageait Shaya. Elle lui adressa rapidement un grand sourire, mais pas avant que Nick ait pu apercevoir dans ses yeux une lueur de mépris à l'endroit de Shaya. Son loup en fut contrarié.

Nick la congédia d'un regard et posa une main sur le menton de Shaya.

— Oublie ce qu'elle t'a dit de contrariant.

Il était tout à fait disposé à proposer son aide à Shaya pour régler son conflit avec Amber, mais il avait fini par comprendre que les filles préféraient s'occuper de leurs histoires entre elles. Cela semblait valoir autant pour les dominantes que pour les soumises, qu'elles soient humaines ou métamorphes.

— Savais-tu que les couples mixtes, dominants et soumis, ont parfois du mal à compléter leur union ?

— Oui, fit Nick en poussant un soupir de soulagement. Mais cela ne sera pas un problème pour nous.

Shaya fut étonnée de constater à quel point son compagnon paraissait catégorique sur ce point.

— Comment peux-tu en être aussi sûr ?

Il baissa la tête pour appuyer son front contre celui de sa compagne, caressant du pouce la marque qu'il lui avait faite en la revendiquant. Shaya frissonna à son contact et il en fut tout heureux.

— On a déjà réussi à surmonter bien d'autres obstacles, je ne vois pas ce qui nous empêcherait de surmonter celui-là aussi.

Cela sembla juste à Shaya mais elle n'était pas si sûre qu'il ait raison.

— On réglera aussi ton autre problème. Tu guériras, j'en suis persuadée.

— Tu n'es pas guéri ? s'informa Roni qui avait entendu leur conversation.

Nick se tourna vers sa sœur et vit qu'elle paniquait à cette idée. Il souffrit de la voir ainsi mais ne le montra pas. Il la respectait trop pour ne rien dire et il lui parla donc de ses migraines et de ses trous de mémoire.

— Shaya a raison. On va trouver une solution.

— C'est horrible, déclara Roni en se passant une main sur le front, ses traits ayant revêtu une expression triste et anxieuse.

Kathy s'approcha alors précautionneusement de ses enfants, ayant remarqué le désarroi de Roni.

— Qu'est-ce qu'il t'arrive, ma chérie ? lui demanda-t-elle en lui passant une main dans les cheveux. Tu es toute pâle. Est-ce que tu vas bien ?

— Il faut que tu lui dises, dit Roni en s'adressant à son frère. Elle a le droit de savoir.

— Savoir quoi ? s'enquit Amber.

Super, pensa Nick. Il inspira longuement avant de se lancer dans une nouvelle explication de ce qui lui arrivait.

— Tu n'es pas guéri ? s'exclama également Amber, complètement abasourdie et au bord de la panique. Ce n'est pas possible. Je t'ai guéri. Le traitement avait marché.

— Il n'a pas marché, lui dit gentiment Shaya qui aurait eu du mal à lui en vouloir tant la guérisseuse avait l'air véritablement éplorée. Ses fonctions cognitives ont recommencé à dégénérer.

— Non, ce n'est pas possible, fit Amber en secouant la tête. Je l'ai guéri.

— Tu as essayé mais ça n'a pas marché.

— Je suis tellement désolée, fit-elle alors en se tournant vers Nick les yeux pleins de larmes. Je t'avais dit que la rémission pouvait être temporaire, mais j'étais à peu près sûre que tu étais complètement guéri. Je suis tellement désolée.

— Ce n'est pas ta faute, la rassura-t-il, ne sachant jamais trop que faire devant une fille en larmes. C'est comme ça, c'est tout.

— On peut réessayer. Ça va marcher cette fois, j'en suis sûre. Je vais m'en assurer.

— Amber, si ça n'a rien donné la première fois…, commença Nick en levant une main.

— Laisse-moi simplement essayer.

— Taryn va voir ce qu'elle peut faire, l'informa Shaya, ce qui sembla redonner espoir à Roni et à Kathy.

— Elle n'est pas plus forte que moi, se défendit Amber.

— Il faut l'espérer, sinon Nick va être dans la merde.

Dans le déni, Amber secoua la tête et s'enfuit. Inquiète, Kathy la suivit.

— Si Taryn ne réussit pas à te guérir, commença Roni, on trouvera une autre guérisseuse. Tu ne dois pas abandonner, Nick.

— D'accord, promit-il.

Roni hocha la tête et s'éloigna, satisfaite mais toujours angoissée, ce qui était parfaitement compréhensible au vu des circonstances.

— J'espère que tu le penses vraiment, fit Shaya en lui tapotant le torse du doigt. Tu nous as fait une promesse à ta sœur et à moi, et on veillera à ce que tu la tiennes.

La louve de Shaya partageait entièrement ce point de vue.

— Je ne t'ai jamais fait de promesses en l'air, jamais, déclara Nick en posant une main sur son menton.

— N'empêche, il vaut mieux que les choses soient claires entre nous.

Nick prit Shaya dans ses bras et l'étreignit. La sonnerie de son portable se fit entendre et il prit l'appel. Puis il soupira en remettant son téléphone dans sa poche.

— Ça va ? s'enquit Shaya.

— C'était Jesse. Il y a des humains qui nous surveillent étroitement depuis une maison un peu plus loin dans la rue. Il les a reconnus, ce sont des extrémistes. Alors de deux choses l'une : soit ils vont nous suivre, soit ils se contenteront de prévenir Logan de notre départ.

— Crois-tu vraiment au succès de notre stratégie pour diviser le groupe et atteindre Logan ?

— Oui, tout à fait. Viens, on verra bien si j'ai raison.

Après un long trajet au volant de son camping-car résonnant de tous les bavardages de ses occupants, Nick n'avait qu'une envie en arrivant au territoire de la meute du Phénix : s'isoler avec Shaya quelque part dans les profondeurs de la grotte. Mais il ne put pas le faire. Tout d'abord, l'ensemble de la meute voulait témoigner à Shaya son bonheur de la revoir tout en regardant Nick de travers pour ne pas l'avoir revendiquée dès le début. Prenant la défense de son compagnon, Shaya leur avait parlé du problème de dégénérescence des fonctions cognitives de Nick attribuable à l'émergence précoce de son loup. Suite à cette révélation, les regards s'étaient adoucis et Jaime s'était mise à suivre Nick partout, au prétexte qu'elle était tout à fait en mesure de comprendre sa situation, sa louve ayant également souffert d'un grave traumatisme. C'était sympa, vraiment, mais Nick n'était pas du genre à apprécier ce genre de compassion. Il préférait la solitude, la paix et le calme et il eut tôt fait de constater qu'il ne trouverait rien de tout cela chez Shaya.

Le repas que Grace – une cuisinière hors pair – avait préparé pour leur arrivée contribua beaucoup à améliorer l'humeur de Nick. Pendant qu'ils se régalaient tous autour de la table, Trey et Taryn avaient expliqué la situation avec les extrémistes. Le compagnon de Grace, Rhett, un génie de l'informatique, s'engagea à se servir de ses talents de hacker pour dénicher toutes les informations possibles sur le domaine de chasse. Nick n'était pas très optimiste quant à ses chances de succès. Si Donovan n'avait pas réussi, il doutait fort que qui que ce soit d'autre y parvienne. Comme Nick l'avait prédit, deux extrémistes les avaient suivis jusqu'au territoire de la meute du Phénix et informeraient sans aucun doute Logan de leur destination. Tout allait donc comme prévu jusque-là.

Nick aurait pu être content si l'ensemble de la meute n'avait été informé de son séjour en maison de redressement. Mais tous lui adressèrent des hochements de tête pour lui témoigner leur respect et il reçut même quelques tapes amicales dans le dos, principalement de la part des lieutenants et de Cam et Lydia, un couple dont un ami d'enfance avait trouvé la mort dans une maison de redressement. Gabe, le frère de Jaime, et Hope, sa compagne, lui témoignèrent autant de sympathie que la Beta de la meute. Nick était déjà très énervé par la présence de tous ces gens et le fut encore d'avantage quand il remarqua le manège de l'horrible chat de Jaime qui osait attaquer Bruce. Son chien ne chercha même pas à se défendre.

Mais pire encore était probablement le fait que Marcus essayait de draguer Roni. Dominic y allait franco mais Marcus était un beau parleur. La seule chose qui empêcha Nick d'intervenir fut que Roni posait sur lui un regard absent, ce qui semblait le désarçonner complètement. Nick n'aurait pas été étonné de voir sa sœur reprendre rapidement sa forme lupine tant elle était mal à son aise dans ce genre de situation. Il espérait qu'elle retournerait à la meute de Ryland avec leur mère et Amber, Amber qui avait eu le culot de s'asseoir à côté de lui, ce qui pour couronner le tout attisa la colère de Shaya, sa merveilleuse compagne. Shaya ne se dérida même pas quand elle vit Kent lancer des frites à Amber.

Nick prit donc Shaya sur ses genoux pour la réconforter et lui montrer qu'elle seule comptait pour lui. Elle finit enfin par se détendre dans ses bras et il l'étreignit fermement.

— Rassure-moi, dis-moi que ta chambre est très loin de toutes les autres.

Shaya ne put s'empêcher d'esquisser un sourire en percevant toutes les frustrations qu'éprouvait Nick. C'était un véritable enfer pour son compagnon que d'être l'objet de toute cette attention et de ces marques d'amitié.

— Désolée de te décevoir mais elle n'est pas très loin de la chambre de Jaime, ta nouvelle meilleure amie. C'est juste qu'ils regrettent, poursuivit-elle après un bref ricanement, de t'avoir tant reproché de ne pas m'avoir revendiquée plus tôt, tandis qu'il est clair que tu avais de bonnes raisons d'agir ainsi. Ils vont arrêter de t'adresser des sourires d'ici une heure environ.

— Je n'arrive pas à croire que cela ne fait qu'une heure qu'on est là, déclara-t-il en lui mordillant une oreille pour la punir de l'avoir taquiné, et que toutes les meufs ont déjà entièrement organisé notre cérémonie d'union pour ce soir. Peut-être souhaitent-elles la faire au plus vite parce qu'elles ne me font pas confiance pour ne pas t'abandonner de nouveau.

C'était la tradition chez les métamorphes que les femmes d'une meute préparent la cérémonie d'union de l'une d'entre elles. Mais Nick n'était au courant d'aucun autre cas où tout se serait décidé en moins d'une journée.

— Tu ne m'as pas vraiment abandonnée et, s'ils veulent la faire immédiatement, c'est pour ne pas risquer d'être interrompus par une attaque des extrémistes. La cérémonie de Dante et Jaime a été pourrie par Glory et les membres de sa famille qui s'étaient infiltrés à l'intérieur de notre territoire pour nous attaquer. Tu es toujours d'accord pour qu'on le fasse ?

— Bien sûr, idiote.

— Super, dit-elle en plaquant sa bouche sur celle de son compagnon. Parce que si par hasard tu décidais de ne pas t'y présenter dans une malencontreuse tentative de me protéger contre ce qui t'arrive, je pars à tes trousses et je te tabasse avec ma fidèle batte de base-ball.

— Quelle bagarreuse ! dit-il en souriant.

— Sur un autre sujet : j'ai demandé à Taryn d'essayer de te guérir et elle est d'accord.

— Ça ne marchera pas forcément, Shay, lui dit-il doucement.

— Je sais mais tu m'as promis de ne pas abandonner.

— C'est vrai et je suis d'accord pour laisser Taryn essayer, même si j'ai l'impression qu'elle préférerait me trancher la gorge plutôt que me guérir.

— Elle commence à t'apprécier, je pense.

Nick renifla bruyamment pour manifester son scepticisme. Il allait parler quand Derren revint brusquement dans la cuisine après en être sorti pour prendre un appel.

— Nick, je viens tout juste d'avoir Donovan au téléphone. Il dit d'allumer la télé.

— Pourquoi ?

— Il a localisé le domaine de chasse et il a immédiatement communiqué l'info aux médias.

Tous se précipitèrent alors dans le vaste séjour et personne ne pipa mot pendant le reportage en direct du domaine de chasse. Nick avait souvent été le témoin d'horreurs au cours de sa vie, mais n'avait jamais rien vu de semblable. C'était encore pire que ce qu'avait décrit Lee-Roy. Des cadavres de métamorphes de tous âges, même des enfants de sept ans – oui, sept ans – jonchaient le sol du domaine. Ils avaient tous été atrocement mutilés, victimes de coups brutaux. Certains avaient commencé à se décomposer. Quelques métamorphes avaient été tués en pleine transformation, d'autres avaient été énucléés ou amputés d'un ou de plusieurs membres. Le journaliste, celui-là même qui avait comparé les métamorphes à des animaux quelques jours plus tôt, semblait au bord des larmes en regardant le carnage et surtout les cadavres des enfants.

Nick comprit pourquoi Donovan ne l'avait pas informé avant de contacter la police. Il savait que si Nick avait eu connaissance de la gravité des faits, il aurait préféré ne pas confier l'affaire aux autorités et partir lui-même à la recherche de Logan et de sa bande de connards. Donovan avait pris la bonne décision. Cette affaire ne concernait pas uniquement leur petite bande, mais bien tous les métamorphes du monde entier.

Il y avait eu plusieurs arrestations mais le nom de Logan ne fut pas mentionné, ni d'ailleurs celui du métamorphe ayant fondé le domaine. Nick savait bien que Lee-Roy avait dit vrai quand il avait déclaré qu'un métamorphe était à l'origine de cette horreur. Cela signifiait que le salopard était toujours en liberté quelque part là-bas.

Nick sentit le chagrin de Shaya et il vit qu'elle pleurait. Il la souleva donc de sa place à côté de lui sur l'immense canapé et la prit sur ses genoux. Il l'étreignit et la berça en la cajolant. Toutes les autres femmes étaient également en larmes. Nick aussi avait le cœur très gros. Il se sentait même de plus en plus nauséeux au fur et à mesure des révélations du journaliste. Ils ne pourraient jamais être sûrs qu'une telle atrocité ne se reproduirait pas tant qu'on n'avait pas retrouvé le métamorphe responsable de cette tuerie, et il fallait s'assurer que ce salopard finisse par payer pour ses crimes.

— Nick, réussit à dire à Shaya d'une voix rendue rauque par le chagrin, après avoir vu cette infamie, je ne suis pas sûre de pouvoir…

Elle s'interrompit mais Nick avait deviné ce qu'elle s'apprêtait à dire. Elle ne se sentait pas capable de célébrer leur union tant que cette affaire pesait sur leurs épaules comme une chape de plomb. Nick ressentait la même chose. Les images qu'ils venaient de voir à la télé s'étaient imprimées dans son cerveau ; il n'arrivait pas à s'en défaire et cela risquait de durer un certain temps. Ce n'était pas une bonne idée d'organiser une fête si tôt après un tel traumatisme.

— Moi non plus, bébé, déclara-t-il. Il vaudrait mieux attendre que toute cette histoire soit réglée avant de célébrer notre union.

Shaya hocha la tête en signe d'assentiment et se lova tout contre lui.

— Honnêtement, je risque de vomir, affirma Kent, une main devant la bouche.

— Tu sais ce que ça veut dire ? demanda Derren à Nick, une expression lugubre sur le visage.

— Cela veut dire, déclara Nick en faisant « oui » de la tête, que le tribunal va juger sans suite notre affaire jeudi matin. On peut maintenant s'attendre à ce que Logan et ses sympathisants se pointent ici immédiatement après, déterminés à faire eux-mêmes justice, comme l'a déclaré Logan à la réunion.

— Tant pis pour eux, grogna Trey, parce qu'on les attendra de pied ferme. J'ai vraiment hâte de mettre la main sur ces connards. Ils méritent le sort qui les attend.

— Mon intuition me dit que le métamorphe à l'origine de ce projet va les accompagner, déclara Ryan.

Nick fit très étonné de l'entendre.

— Je le pense aussi, fit Patrick. De toute manière il déteste les métamorphes, et comme il ne touchera plus un rond des humains qui veulent nous abattre, il sera suffisamment en colère pour venir nous attaquer avec Logan.

— J'espère bien, grogna Taryn en se levant et en s'approchant de Nick. Allons-y maintenant. Tu dois être au top de ta forme pour ce qui nous attend. Il se peut que je ne parvienne pas à te guérir. Il n'y a aucune garantie. Mais sache que je ferai tout mon possible.

Taryn se retourna ensuite pour s'adresser aux autres membres de sa meute :

— Grace, tu sais ce dont j'ai besoin. Ryan, va ouvrir la fenêtre.

Tandis que la petite brune hochait la tête et sortait de la pièce, le lieutenant à l'air perpétuellement grincheux ouvrit grand la fenêtre.

Shaya se leva et s'approcha de Nick, bien décidée à rester optimiste.

— Allonge-toi au sol sur le dos, lui ordonna-t-elle.

— C'est à moi de te demander cela, grommela Nick en souriant de voir Shaya rougir.

Il obtempéra cependant, continuant à espérer malgré tout que cette Alpha réussirait là où Amber avait échoué.

— Que tout le monde s'éloigne à part Shaya, exigea Taryn, tout à son affaire.

Ils lui obéirent tous tant sa voix dégageait de l'autorité et du sérieux. Shaya s'agenouilla à la droite de Nick, lui prit la main et lui adressa un regard rassurant, comprenant qu'il trouvait tout cela un peu étrange. Taryn se plaça à sa gauche.

Shaya regarda attentivement son amie poser la main sur le front de Nick. De petits points lumineux apparurent immédiatement sur la tête du jeune homme, indiquant les zones affectées. Taryn se pencha alors au-dessus de Nick et appuya ses lèvres contre les siennes comme pour lui faire le baiser de la vie. Shaya eut un petit mouvement de recul en voyant une autre femme dans cette position avec son compagnon, mais ses inquiétudes sur sa santé l'aidèrent à raison garder.

Taryn aspira profondément puis redressa la tête et se tourna vers la fenêtre avant d'expirer longuement et d'expulser un amas de particules noires qui voletèrent vers l'extérieur. Elle refit les mêmes gestes plusieurs fois de suite et ne s'arrêta que lorsque les points lumineux eurent tous disparu du cuir chevelu de Nick.

— C'est fini, dit-elle en exhalant.

Elle tomba en arrière et se serait affalée sur le tapis si Trey n'avait pas été là pour la recevoir dans ses bras. Il l'installa en position assise entre ses jambes, le dos contre son torse. Elle était pâle et un peu fatiguée mais elle allait bien autrement.

— Tu as une bien petite mine, comme d'habitude après une guérison, déclara Trey.

— Enfoiré, fit Taryn sèchement, la voix rauque.

Puis elle toussa et Grace lui tendit une bouteille d'eau et une barre énergétique.

— Merci, lui dit Taryn.

— Comment te sens-tu ? demanda anxieusement Shaya à Nick qui se relevait lentement.

Nick se frotta la tête d'une main et envisagea un instant de mentir à Shaya, mais abandonna aussitôt cette idée car leur lien lui permettrait de s'en rendre immédiatement compte.

— Bien honnêtement, je ne sens aucune différence.

— Ça, c'est parce que tu ne souffrais d'aucun symptôme apparent, ni douleurs ni vertiges ou épisodes de faiblesse, lui fit remarquer Derren.

Il a raison, pensa Nick.

— Penses-tu avoir guéri mes fonctions cognitives ? demanda-t-il à Taryn en se tournant vers elle.

— Ce n'est pas exactement comme cela que ça fonctionne avec moi, lui expliqua Taryn en plissant la bouche. Tout ce que j'ai fait sortir de toi… C'est comme qui dirait le mal qu'il y avait en toi. C'est difficile à expliquer. En retirant les éléments négatifs qui polluent une situation positive, je la rends de nouveau saine. C'est comme ça que ça marche. Tes fonctions cognitives ne sont plus polluées. Il reste à espérer que ce sera définitif. Si c'était la première fois que tu étais soigné, je serais persuadée que la guérison serait permanente. Mais puisque tu as déjà suivi un traitement avec une autre guérisseuse auparavant et que le problème est revenu, je ne peux pas jurer que tu en es débarrassé définitivement.

Shaya posa la tête sur l'épaule de Nick qui lui entoura immédiatement les épaules d'un bras.

— Cela m'épate toujours de te voir à l'œuvre, fit Shaya à Taryn. Merci.

— Oui, merci, dit Nick à son tour.

— C'est contre nature tout ça, marmonna Greta.

— Tout comme ta longévité, sans parler de ta moustache, déclara Jaime vexée pour Taryn en lançant un regard mauvais à Greta.

Trey se leva ensuite, gardant Taryn dans ses bras.

— Viens, tu as besoin de faire une petite sieste.

Un peu de repos lui suffirait pour être complètement remise et en pleine forme.

— Mais Kye…

— … est en partie responsable de ton état de fatigue, termina Trey à la place de Taryn. Il t'a gardée debout presque toute la nuit. Je parie qu'il se réveillera de sa sieste après toi. Même si ce n'était pas le cas, il sera très bien avec tous ces gens qui ne demandent pas mieux que de s'occuper de lui.

— Je sais, répondit Taryn. Mais il me cherche dès son réveil et je suis malheureuse de penser que je pourrais ne pas être là pour lui, conclut-elle en geignant.

Le bambin avait beau être extrêmement sociable, il était très attaché à sa mère et vice versa, ce qui expliquait sans doute pourquoi Taryn continua à se plaindre dans les bras de Trey qui la porta du séjour à leur chambre.

Shaya se retourna vers Nick qui écoutait Jaime parler. Il essaya d'esquisser un sourire qui ressemblait fort à une grimace.

— Viens, allons porter nos affaires dans ma chambre, lui dit-elle en le prenant en pitié.

Nick eut l'air tellement soulagé que Jaime ne put s'empêcher de rire.

En entrant chez Shaya, il examina soigneusement l'aménagement et constata qu'il était sensiblement le même que celui de sa chambre dans la maison qu'elle louait en Arizona. Il y avait le même type de meubles en pin, la même palette de couleurs – or et blanc cassé – des draps de satin et des oreillers décoratifs sur le lit. Il ne comprenait pas que l'on puisse avoir envie de s'enquiquiner avec de tels objets mais la dernière fois qu'il s'en était plaint, elle l'avait tapé sur la tête. Il avait donc bien l'intention de ne rien dire cette fois. Il la prit plutôt dans ses bras et l'embrassa passionnément comme il en avait eu désespérément envie depuis leur arrivée.

— Il ne nous reste plus qu'à marquer ton lit.

Suivit une séance de sexe diaboliquement lente et tranquille à l'issue de laquelle Shaya explosa avec une telle intensité qu'elle en vit des étoiles. Repue, rétamée, elle resta allongée dans les bras de Nick.

— Je serais incapable de bouger, là, tout de suite.

— Super. On peut rester comme ça jusqu'au dîner.

— Toi, tu préfères éviter d'avoir à bavarder avec les autres, non ? plaisanta-t-elle.

— Oui, mais j'ai aussi envie d'être seul avec toi, lui dit-il en lui mordillant la lèvre inférieure. Je n'aime pas te partager.

— Heureusement que je n'ai pas l'intention de te demander de vivre ici avec moi. Tu en mourrais.

Le manque total d'intimité lui ferait tout simplement péter les plombs.

— Si tu le souhaitais vraiment, je ferais un effort. As-tu une idée d'un endroit où tu aimerais vivre ?

La meute du Phénix était la seule vraie famille de Shaya et il ne l'obligerait pas à la quitter si cela s'avérait trop dur pour elle.

— Je ne sais pas. Tout dépend de toi et si tu décides ou non de redevenir Alpha.

Nick grogna et se mit sur le dos.

— Pas toi aussi ! s'exclama-t-il. Tu es censée être mon alliée.

— Je le suis, dit-elle en posant le menton sur son torse. C'est pourquoi j'aborde le sujet. On devra en parler. Holà ! Si tu ne veux pas qu'on forme une nouvelle meute, ajouta-t-elle doucement devant le silence qu'il lui opposait, on ne le fera pas.

— Mais encore… ? fit-il, ayant senti qu'elle n'avait pas terminé.

— Mais je pense que tu en as envie. Tu es un Alpha-né. Tu éprouves quelque part au fond de toi le désir d'être de nouveau Alpha, de faire partie de quelque chose et de donner un sens à la vie de ton loup, ce que tout Alpha apprécie.

— Tu as raison, c'est effectivement ce que désire mon loup, reconnut-il. Mais plus que tout, il veut être avec toi, alors tout le reste n'a aucune importance. Hé ! s'exclama-t-il quand elle lui assena une forte tape sur l'épaule.

— Au contraire, c'est très important. Je ne suis pas d'accord avec toi. Je ne veux pas que ton loup se sente insatisfait pour quelque raison que ce soit.

Shaya désirait surtout que leur lien puisse se développer complètement.

— Il n'est pas insatisfait. Mais il vaut mieux que tu ne deviennes pas la femelle alpha d'une meute si tu dois beaucoup voyager dans ton nouveau poste. Tu vas l'obtenir ce boulot, j'en suis persuadé et moi, j'ai bien l'intention de t'accompagner.

Nick avait arrêté de craindre que Shaya soit en danger si elle devenait la femelle alpha d'une meute après avoir constaté sa force à plusieurs reprises. Il savait également que ceux qui manigançaient dans son dos pour qu'il devienne leur Alpha ne la défieraient jamais. Ils connaissaient sa force et avaient beaucoup de respect pour elle. Ils admiraient aussi sa dextérité avec les armes et ils tenaient à leur vie.

— Cela ne t'empêcherait pas de devenir Alpha. En règle générale, les métamorphes préfèrent cohabiter, mais tu sais comme moi qu'il existe des meutes dont les membres sont éparpillés ici et là. Ceux qui voudraient faire de toi leur Alpha doivent savoir que c'est l'unique solution acceptable pour toi. Ils seront d'accord, à mon avis. Par contre, je ne peux pas m'engager à être une bonne femelle alpha.

— Je pense que tu es capable de réussir tout ce que tu entreprends, déclara Nick en l'embrassant.

Il était persuadé qu'elle ferait une excellente femelle alpha. Elle saurait faire preuve de diplomatie et rester calme et compréhensive. Avec lui la meute se sentirait en sécurité sur le plan physique, tandis que Shaya veillerait sur son équilibre émotionnel. Cette organisation serait viable à condition de recevoir l'aval de ceux qui voulaient l'avoir pour Alpha.

— Je pensais que tu ne voulais pas devenir la femelle alpha d'une meute ?

— Et louper une occasion de donner des ordres ?

— Je n'ai pas besoin de cela, Shay, lui expliqua alors Nick en jouant avec une de ses jolies boucles. Le besoin et le désir sont deux choses très différentes. C'est de toi dont j'ai besoin.

— Mais s'il existe un moyen de satisfaire à la fois et tes besoins et tes désirs, alors pourquoi pas ?

— Parlons d'autre chose, fit-il alors, incertain de ce qu'il voulait vraiment.

— Comme quoi ?

—Comme le fait que je préférerais que tu ne te battes pas contre les humains jeudi soir.

—J'étais sûre que tu allais me demander cela, déclara-t-elle. (Shaya n'était pas étonnée. Nick était son compagnon, il était normal qu'il veuille la protéger.) Je sais que tu aimes qu'on t'obéisse. Je fais parfois des compromis et tu réussis de temps à autre à me convaincre d'agir selon tes désirs par des moyens détournés. (Nick sourit à ces mots sans pour autant manifester de contrition.) Mais cette fois, tu ne parviendras pas à me faire changer d'avis. Je vais participer à l'opération de jeudi soir.

—Shay…, commença Nick.

—Je suis toute aussi en colère que toi concernant ce domaine de chasse. Ces connards méritent de connaître une mort lente et douloureuse pour ce qu'ils ont fait. Sans oublier que l'un d'entre eux a constamment cherché à te violer durant toutes les années que tu as passées en maison de redressement. Il a également vandalisé le salon de coiffure et a demandé à ses sbires de nous tirer dessus. Je refuse de laisser passer tout cela. Quoi ? voulut-elle savoir, étonnée de voir Nick sourire quand elle s'attendait plutôt à des regards mauvais.

—C'est ton indignation vertueuse qui me fait sourire. Tu parles exactement comme une Alpha.

—Je parle, fit-elle en rougissant, comme n'importe quelle femme qui réclame vengeance pour son compagnon.

—Ce n'est pas uniquement un problème pour moi, n'est-ce pas ? Est-ce que je me trompe ou bien ta louve n'est pas très heureuse de la situation ? Elle me semble nerveuse à l'idée de ce qui se trame.

La louve de Shaya allait et venait en effet très fébrilement.

— C'est vrai. Elle ne se réjouit pas à l'idée de se retrouver en plein conflit. Mais elle est rassurée (un petit peu rassurée ajouta Shaya mentalement) du fait que je n'ai absolument pas l'intention de me transformer pour l'obliger à gérer la situation.

— Tu ne vas pas prendre ta forme lupine ? s'enquit-il, perplexe.

— Je pourrai difficilement manier mon fusil avec mes pattes et mes griffes.

— Ton fusil ? répéta-t-il, incrédule.

— J'ai très bien appris à tirer avec mon père quand il m'emmenait à la chasse. Je mérite de participer à cette opération tout autant que les autres. Les autres mecs n'obligent pas leur compagne à rester à l'abri. C'est injuste de me le demander uniquement parce que je suis une soumise et…

— Cela n'a rien à voir, lui dit-il en lui intimant de se taire d'un regard noir. Ne t'aventure même pas sur ce terrain, l'enjoignit-il de plus en plus énervé par ses accusations sans cesse réitérées de ne pas l'apprécier suffisamment du simple fait qu'elle était une soumise. Trey et Dante ne demandent pas à leur compagne de rester à l'abri parce qu'ils ne sont pas directement concernés. Mon loup désire mettre la main sur Logan depuis très longtemps, et pour toutes sortes de raisons. Il en veut également beaucoup au métamorphe qui a créé ce domaine de chasse. Pendant toute la durée de l'opération, il va se concentrer uniquement sur eux. Toi seule pourrais le détourner de son but parce que tu comptes plus pour lui que le fait d'éliminer ces connards.

— Ma présence pourrait donc constituer un danger pour toi.

— Tu es mon talon d'Achille, Shay, le seul, lui déclara-t-il en lui prenant le menton. Logan le sait. C'est toi qu'il cherchera sur le champ de bataille. Si tu es présente, mon loup sera distrait et nerveux et ne pourra pas se concentrer sur Logan et sur ce salaud de métamorphe. Ce sera plus facile pour eux de s'en prendre à l'un d'entre nous.

Ouais, bon…

— Et si je m'engage à ne pas aller sur le champ de bataille ? À rester hors de vue ? Je n'ai pas besoin d'être très proche pour utiliser mon fusil.

Cette proposition rassurait quelque peu le loup de Nick, mais il avait l'estomac noué à l'idée que Shaya se retrouve à proximité de Logan.

— Tu pourrais même m'aider à choisir le meilleur emplacement.

— Cela ne me dit rien qui vaille, Shay, déclara-t-il en se frottant le visage d'une main.

— C'est normal, fit-elle. Mais tu sais, je n'aime pas plus l'idée de te voir partir en guerre. Pourtant je ne te demande pas de te mettre à l'abri, pas vrai ?

Shaya savait y faire pour retourner une situation et obtenir ce qu'elle voulait.

— C'est un coup bas, ça, bébé, fit-il.

Elle avait tout à fait raison après tout.

— C'est mon combat aussi, Nick.

Il garda le silence pendant un long moment et Shaya pensa qu'il allait renouveler son opposition. Mais Nick finit par pousser un soupir résigné.

— Je ne peux pas nier que tes talents nous seraient utiles.

Shaya comprit que Nick lui donnait ainsi son accord. Elle l'embrassa donc passionnément.

— Je te remercie de ne pas jouer à l'homme des cavernes toujours enclin à surprotéger sa compagne. C'est ce que faisait tout le temps Dante avec Jaime au début de leur relation. Ils étaient comme chien et chat à ce propos.

Nick aurait eu tendance à vouloir faire bien pire que Dante. Sauf qu'il n'était pas du genre : « Je suis un mec, j'ai un pénis et c'est moi qui prends toutes les décisions », comme beaucoup d'Alphas.

— J'accepte, mais bien à contrecœur. Je ne suis pas enchanté. Mon loup t'en veut un peu.

— Ne t'inquiète pas, lui dit-elle en lui tapotant le torse avec une certaine condescendance. Tu pourras en discuter avec ta meilleure amie, Jaime, quand on ira dîner tout à l'heure et elle…

— Arrange-toi pour la garder loin de moi. Elle est beaucoup trop bavarde et trop prévenante.

— Tu n'aimes pas ça ? gloussa Shaya.

Même si Jaime éprouvait une réelle sympathie pour Nick et appréciait de pouvoir échanger avec une personne qui était plus ou moins en mesure de comprendre les problèmes de sa louve, elle ne pouvait s'empêcher de s'amuser follement de le voir si inconfortable en sa présence.

Nick déplaça Shaya et l'installa sur lui, en ajustant son corps au sien.

— Je n'ai pas besoin de la compassion de qui que ce soit et j'ai horreur des bavardages, sauf avec toi.

— Pourquoi ? En quoi suis-je si différente que tu apprécies ma compagnie ?

— Tu es parfaite pour moi, déclara-t-il en lui caressant le dos. Tu comptes pour moi. Eux, non. Tu m'appartiens. Eux, non.

— Ta famille compte également pour toi, lui rappela-t-elle.

— Pas de la même façon que toi. Je les aime, bien entendu. Mais toi, j'ai besoin de toi.

C'était la seule explication qu'il pouvait lui donner.

Son besoin d'elle, ses forts sentiments pour elle effrayaient Shaya. Elle le savait capable de tuer pour elle, de mourir pour elle et de faire ce qu'il fallait pour la garder, quel qu'en soit le coût. Elle n'avait jamais autant compté pour une autre personne. Personne d'autre n'avait eu autant besoin d'elle. C'était effrayant, tout en étant très satisfaisant.

— Alors prouve-le-moi.

Il le lui prouva en la prenant une seconde fois ce jour-là.

Chapitre 17

Le lendemain matin, ils furent réveillés par Patrick qui frappait à leur porte.

— Shaya, lui cria-t-il, il y a des visiteurs pour toi. Taryn pense que tu ne seras pas très contente de les voir.

La jeune femme poussa un grognement en sentant ces paroles se frayer un chemin dans son cerveau endormi. Elle n'avait pas besoin de demander qui étaient les visiteurs en question. Sa mère avait essayé de la joindre à plusieurs reprises au cours des deux derniers jours, mais Shaya n'avait pas répondu à ses appels. Caleb lui avait sans doute dit que Shaya était rentrée au territoire de la meute du Phénix. Sa mère s'y était donc pointée sans perdre une minute.

— J'arrive tout de suite, fit-elle d'une voix endormie.

— Ils t'attendent dans la cuisine, fit Patrick.

Nick et Shaya entendirent le bruit de ses pas s'éloigner.

En temps normal, Shaya mettait beaucoup de temps à se réveiller. Mais le fait de penser que c'était sans aucun doute ses parents qui lui rendaient visite lui insuffla l'énergie nécessaire pour démarrer la journée sans trop traîner.

— C'est mon père et ma mère, j'en suis sûre, dit-elle à Nick en se jetant hors du lit. Tu préférerais peut-être ne pas les voir.

— Tes parents sont ici ? s'exclama Nick en se levant prestement et en fronçant les sourcils au vu de l'anxiété que manifestait Shaya.

— C'est bon, ne bouge pas, je ne serai pas longue.

— Pas question, décréta Nick en la suivant dans la salle de bains. Je me fiche éperdument qu'ils m'en veuillent de ne pas t'avoir revendiquée dès le début. Je ne vais pas te laisser les affronter toute seule.

Puis, suivant l'exemple de Shaya, il fit rapidement sa toilette et se lava les dents.

— Il n'y a pas que cela, dit-elle en retournant dans la chambre et en choisissant des vêtements dans son armoire. Ma mère… est une personne compliquée, Nick. Elle prend plaisir à me rabaisser et à m'insulter. Je n'ai pas envie de m'impatienter avec elle. Si tu es là, elle va en profiter pour tout dramatiser. Elle sera ravie de pouvoir jouer à la victime éplorée.

— Je ne peux pas rester là sans intervenir quand on t'insulte, déclara-t-il en lui lançant un regard incrédule tout en enfilant son jean.

— C'est exactement ce que je voulais dire. C'est pour ça qu'il vaut mieux que tu restes ici.

Il était hors de question pour Nick de se planquer à un moment où Shaya avait besoin de lui à ses côtés.

— Je te promets de ne pas m'énerver, d'accord ? Je ne peux pas promettre cependant de ne pas intervenir si je vois qu'elle te perturbe. Je ne perdrai pas mon sang-froid, je te l'assure. Mais je refuse de te laisser aller l'affronter toute seule.

— Merci, fit Shaya en souriant, reconnaissante pour son soutien.

Une fois habillés, ils empruntèrent le réseau de galeries main dans la main. L'estomac de Shaya se noua à la simple idée de revoir sa mère et son cœur se mit à battre la chamade à la perspective de présenter Nick à ses parents. Elle ne pourrait jamais oublier le comportement de Stone Critchley à chaque fois qu'elle lui avait présenté un petit ami. Ces rencontres ne s'étaient jamais particulièrement bien déroulées. Elles avaient même souvent été assez catastrophiques.

— Je voulais te dire… mon père, quand tu vas le rencontrer… eh bien, ne t'inquiète pas s'il se met à te lancer des regards noirs. Par contre, méfie-toi s'il te sourit. Évite surtout de faire des mouvements brusques et essaie de ne pas trop le regarder dans les yeux. En outre, ne…

— C'est bon, Shay, relaxe, fit-il en lui serrant la main un peu plus fort pour la rassurer.

Relaxer ? Jamais. Ce n'était pas possible. Quand ils arrivèrent à l'immense cuisine, Roni et Marcus étaient debout dans l'embrasure de la porte et examinaient les parents de Shaya d'un œil critique. Il était clair que Roni était restée pour s'assurer que Nick aurait au moins une alliée sur place. Quant à Marcus… Shaya ne comprenait pas trop ce qu'il faisait là, bien qu'il se soit toujours comporté en véritable ami pour elle pendant les difficiles débuts de sa relation avec Nick.

Les deux personnes assises à la grande table se levèrent immédiatement à leur approche. La mère de Shaya avait pris son air de victime, comme à son habitude, tandis que son père avait l'air toujours aussi indulgent.

— Bonjour, ma petite, lui dit Stone Critchley en faisant le tour de la table pour la prendre dans ses bras.

— Salut, papa, répondit Shaya en lui rendant son étreinte. Je te présente Nick, mon compagnon, fit-elle ensuite en se détachant de lui.

— Ah ouais, c'est vrai ça ? demanda-t-il en passant en mode inquisiteur.

— Nick, je te présente Stone, mon père.

— Ravi de faire votre connaissance, déclara Nick en lui serrant la main.

Stone avait exactement les mêmes yeux que sa fille, l'espièglerie en moins. Il avait le regard impitoyable, dangereux même. Nick et son loup savaient parfaitement reconnaître un prédateur et cet homme en était manifestement un. L'inverse était également sans aucun doute vrai, à savoir que le père de Shaya verrait la même chose en Nick. C'était très important pour Nick qui n'avait aucune intention de laisser quiconque l'intimider.

— Moi de même, lui répondit Stone qui ne semblait pas du tout penser ce qu'il venait de dire.

Nick se tourna ensuite vers la mère de Shaya et le regretta aussitôt. Elle affichait clairement son mépris pour sa fille, faisant passer toute sa désapprobation dans son regard. Le loup de Nick poussa un grognement tant il aurait aimé que Nick la mette en garde contre toute envie de s'en prendre à sa compagne. Nick s'apprêtait d'ailleurs à le dire clairement, quand Shaya lui prit de nouveau la main et la lui serra par deux fois comme pour lui demander de laisser tomber.

— Maman, voici Nick. Nick, je te présente Gabrielle.

Nick se contenta de lui adresser un bref hochement de tête.

— Si on allait tous s'asseoir, leur proposa-t-il en s'installant sans plus attendre en face de Stone.

Ils prirent rapidement tous place à la table. Mais la porte s'ouvrit et Taryn entra avant qu'ils aient pu commencer à parler. Elle s'approcha de Roni et salua Stone d'un hochement de tête. Il lui répondit de la même manière.

— Bonjour Taryn, lui dit Gabrielle en remettant sa natte de cheveux roux et bouclés dans son dos.

— Hum, hum, fit Taryn en lui lançant un regard méprisant.

— Alors, tu as enfin décidé de revendiquer Shaya, débuta Stone en se carrant sur son siège et en croisant les bras. Peux-tu me dire pourquoi tu as attendu si longtemps ?

Ce n'était pas une vraie question, plutôt un reproche lancé avec une grimace hargneuse.

— Il vaudrait mieux que vous posiez la question à Shaya en tête à tête, lui conseilla Nick.

— C'est à vous que je m'adresse.

— Je n'ai de comptes à rendre à personne, sauf à Shaya.

Stone plissa les yeux, regarda Nick d'un œil inquisiteur et ne dit plus rien. Nick eut l'impression que sa réponse lui avait gagné un peu de respect. Ou alors, Stone était content de constater que même si Nick était un malotru, il savait se comporter correctement avec sa fille.

— Comment allez-vous tous les deux ? demanda Shaya à ses parents pour meubler le silence qui menaçait de devenir gênant.

La tension entre eux était si intense que l'air en crépitait presque. Shaya avait bien besoin du réconfort que lui procurait la présence de Nick, qui avait posé un bras sur le dossier de la chaise de la jeune femme et qui jouait avec une de ses belles boucles rousses.

— Pour tout te dire, lui répondit instantanément Gabrielle, je ne me sens pas bien du tout. J'imagine que ça ne t'intéresse pas de le savoir. Cela fait des semaines que je ne dors pas. C'est sans doute en raison du stress lié au départ de ma fille qui ne répond presque jamais à mes appels.

— Excuse-moi si je n'aime pas être insultée, répondit Shaya sans se départir de son sourire, et si je refuse de me sentir coupable de vivre ma propre vie.

— Tu as toujours été égoïste et difficile, lança Gabrielle. Tu n'as jamais eu aucune compassion pour moi dans mes malheurs.

Sentant que Nick commençait à s'énerver, Shaya lui caressa la cuisse sous la table.

— As-tu consulté un guérisseur ? demanda-t-elle à sa mère.

Feindre de s'intéresser aux malheurs de sa mère était devenu pour elle une seconde nature.

— Oui, mais il prétend que je n'ai aucun problème de santé, répondit-elle en soufflant bruyamment. C'est incroyable, non ?

Bien au contraire, Shaya le croyait tout à fait.

— Qu'est-ce qui ne va pas, selon vous ? demanda Nick en grognant pour détourner l'attention de Gabrielle de sa fille.

En réalité, Nick tolérait assez mal les hypocondriaques alors qu'il y avait dans ce monde tellement de gens qui souffraient réellement.

— J'ai un problème de thyroïde, j'en suis sûre. Je me fiche de ce qu'a dit le guérisseur, je connais parfaitement mon propre corps. J'ai bien vérifié mes symptômes sur Internet. Taryn pourrait peut-être m'examiner, tant qu'à faire.

La guérisseuse ne répondit que par un « hum, hum » qui ne l'engageait à rien.

— Alors tu ne souffres plus d'insuffisance cardiaque, de thrombose veineuse profonde et de fracture malléolaire ? s'enquit Shaya sèchement.

Elle s'en voulait de se laisser aller à éprouver autant de frustration et de colère par rapport à sa mère, mais elle en avait marre de se faire constamment manipuler sur le plan psychologique. Shaya était incapable de compter le nombre de fois où elle avait entendu sa mère lui annoncer sa fin prochaine alors qu'elle n'avait aucun problème de santé.

Dans le passé Shaya avait emmené en urgence sa mère chez le guérisseur un nombre incalculable de fois. Quand elles arrivaient à la consultation, Gabrielle passait rapidement d'un état de faiblesse marquée et pitoyable à un état d'excitation et de bonne humeur, simplement parce qu'elle adorait qu'on s'occupe d'elle. C'était au point où la vie de Shaya se limitait à sa mère et à son « état ». Cela expliquait en partie sa décision d'intégrer la meute du Phénix. Elle rendait cependant visite à sa mère tous les deux jours, car elle se sentait coupable si elle ne le faisait pas.

Quand Shaya était partie en Arizona, il n'y avait plus eu personne pour chouchouter Gabrielle. Stone n'accordait pour sa part aucune considération au cinéma – comme il disait – que faisait constamment son épouse. Gabrielle n'appréciait pas son attitude et c'était parfaitement compréhensible. Elle estimait avoir droit au temps, à l'attention et à l'aide de Shaya. Elle sembla s'apprêter à réprimander sa fille mais Stone reprit la parole, s'adressant cette fois non pas à Shaya mais à Nick :

— Parle-moi de toi.

Nick reconnut immédiatement cette façon faussement aimable de s'adresser aux autres. C'était comme cela qu'il avait lui-même parlé au créateur de sites internet.

— Je ne demande pas l'autorisation de devenir le compagnon de Shaya. Je suis déjà son compagnon. Nous nous sommes revendiqués. Si vous vous avez des questions à me poser pour apprendre à mieux me connaître, je serai heureux d'y répondre.

— J'ai essayé de prendre quelques renseignements sur vous, expliqua Stone en souriant, ce qui inquiéta vivement Shaya. Je n'ai rien pu tirer de personne, poursuivit-il d'une voix posée et calme qui n'augurait rien de bon. Pourquoi, à votre avis ?

Nick lui adressa un sourire pour toute réponse.

— Si vous avez plus de contacts et d'alliés que moi, reprit Stone, et j'en ai beaucoup, c'est que vous avez mérité la loyauté d'un grand nombre de personnes. La seule chose qui m'intéresse ici, c'est de savoir si vous avez gagné la loyauté de ma fille et si vous avez l'intention de lui donner la vôtre en retour.

— Shaya a toujours eu droit à ma loyauté.

— Et Nick la mienne, déclara Shaya à son père, tout en se collant à son compagnon pendant un bref instant.

— Tu penses qu'il la mérite ? s'enquit Stone sans détours.

— Il m'a blessée, c'est vrai, affirma Shaya en hochant la tête. Mais il avait des raisons valables de ne pas me revendiquer au début. C'est compliqué.

— C'est toujours compliqué avec les métamorphes, grommela Stone en soupirant.

Nick remarqua le sourire amusé de sa compagne et lui lança un regard noir pour rigoler.

— Et toi, Taryn ? s'enquit Stone. En dehors de moi et de Nick, ajouta-t-il avec une condescendance tellement évidente que Marcus faillit s'étrangler, tu es celle qui a le plus cherché à protéger Shaya. Penses-tu que Nick la mérite ?

— Personne ne la mérite, répondit la guérisseuse en renâclant. Mais Shaya a raison. Nick avait de bonnes raisons de ne pas la revendiquer tout de suite après leur rencontre. Il lui prouve sans cesse à présent qu'il lui accorde la première place dans sa vie. Pour tout dire, il a été vaincu, si cela peut vous réconforter.

— Ce n'est pas vrai, déclara Nick à la blonde Alpha en lui lançant un regard noir.

— Mais non, le rassura Shaya. Tu n'as pas été vaincu. Tu as simplement été bien dressé, conclut-elle en riant du grognement qu'elle l'entendit pousser. Je voulais aussi te dire, papa, ajouta-t-elle en se tournant vers Stone, que je brigue le poste de médiatrice. Je vais avoir un entretien, et si j'obtiens…

— Tu vas l'avoir, l'interrompit Nick avec une confiance absolue.

— Je devrai faire de nombreux voyages. Je vais peut-être pouvoir visiter certains des lieux que tu me décrivais quand j'étais petite.

Stone esquissa un sourire des plus sincères cette fois en prenant la main de Shaya dans la sienne. Il adressa un bref hochement de tête à Nick, l'air de dire qu'il l'acceptait, pour le moment. Il ne se montra pas excessivement chaleureux, mais assez pour remonter le moral de Shaya. Gabrielle réussit cependant à gâcher ce moment de bonheur.

— Des voyages ? N'as-tu rien appris de ma vie avec ton père ? Il vaut mieux ne pas être trop souvent séparés. Vous comprendrez bientôt ce que j'ai dû subir toute ma vie, dit-elle à Nick en se tournant vers lui.

— Je vais accompagner Shaya, déclara-t-il en se retenant avec peine de lui parler sèchement. Où elle ira, j'irai.

— Excellente idée, fit Stone.

— Mais tu ne m'as jamais proposé de t'accompagner, bafouilla Gabrielle en se tournant vers son compagnon.

— Tu ne pouvais pas me suivre dans des zones de combat, même si cette idée ne m'aurait pas trop déplu. Tu aurais été le témoin de véritables souffrances. Cela t'aurait probablement rendue moins égoïste et tu aurais peut-être commencé à faire un peu plus attention à notre fille.

Gabrielle suffoqua littéralement d'indignation mais se rabattit aussitôt sur Shaya.

— C'est difficile de faire attention à une ingrate qui n'a aucune considération…

— Suffit, fit Nick calmement avec tellement d'autorité que Gabrielle en écarquilla les yeux de surprise. Personne n'a le droit de parler ainsi à ma compagne. Pas même sa mère.

Si vous voulez mon avis, il me semble que je ne devrais pas avoir à ordonner à sa mère de cesser de lui parler sur ce ton.

— Vous n'avez aucune idée de la manière dont les choses se sont passées pour moi, affirma Gabrielle. Vous ne pouvez pas savoir à quel point c'est dur de perdre un enfant et de voir que celui qui vous reste est aussi égoïste et…

— Encore une insulte et je vous mets à la porte, décréta Nick.

Shaya se frotta la joue contre son bras pour essayer de le calmer.

— Je ne t'ai jamais rien demandé avant, maman, mais je vais le faire maintenant. Si tu es incapable de te réjouir pour moi, si tu ne peux pas faire partie de ma vie sans essayer de me blesser, alors va-t'en.

— Essayer de te blesser ? s'offusqua Gabrielle l'air incrédule.

Nick voyait bien cependant qu'elle avait compris le sens de l'intervention de sa fille.

— Vous avez reporté votre sentiment de culpabilité sur votre fille.

— Pardon ? fit-elle en regardant Nick bouche bée.

— Vous avez beaucoup souffert quand votre autre fille est morte avant sa naissance. C'est normal. Vous vous êtes sentie responsable et coupable. Vous avez été incapable de gérer ces sentiments alors vous avez fait un transfert sur Shaya. Elle a été obligée de les supporter toute sa vie et vous n'avez rien fait pour l'aider. Vous la laissiez seule à la maison parce que votre compagnon vous laissait seule. Vous aviez besoin d'un souffre-douleur. Vous avez fui votre propre souffrance toute votre vie en la projetant sur Shaya.

Mais c'est fini maintenant. C'est comme elle vous l'a dit : si vous ne pouvez pas faire partie de sa vie sans la blesser, vous devez en sortir.

Gabrielle bafouilla encore un peu et leva les yeux vers son compagnon, s'attendant à ce qu'il prenne sa défense. Mais il ne le fit pas. Stone n'avait pas peur de lui et Nick le savait. S'il n'intervenait pas, c'était parce qu'il savait que Nick avait raison et que Shaya méritait mieux que ce que Gabrielle était capable d'offrir.

— Alors, que décides-tu ? demanda Shaya à sa mère d'une voix ferme.

Gabrielle évita de croiser le regard de sa fille, préférant fixer le mur en face d'elle. Elle ne dit rien pendant un court instant.

— Quand aura lieu votre cérémonie d'union ? s'enquit-elle enfin.

— D'ici quelques jours.

— On sera là, déclara-t-elle sans regarder Shaya.

Pour Gabrielle, cette réponse revenait à déclarer qu'elle faisait machine arrière et qu'elle souhaitait rester dans sa vie, Shaya le savait. Elle aurait préféré entendre : « Je suis désolée, je t'aime », même si elle se doutait bien que cela ne se produirait jamais. Elle pouvait tout de même rêver.

Gabrielle se leva ensuite précipitamment et se dirigea vers la porte où elle attendit que Stone prenne congé de Shaya et de Nick.

— Si vous faites encore du mal à Shaya, Gabrielle, la prévint Nick tandis qu'elle s'apprêtait à partir, vous perdrez même le droit de décider si vous voulez ou non faire partie de sa vie.

Gabrielle se tourna une nouvelle fois vers Stone pour lui demander son soutien, mais elle ne l'obtint pas plus.

— Son père ne l'autoriserait pas, se permit-elle de déclarer de manière hautaine.

— Je n'en serais pas si sûr à votre place. Comme moi, il pense d'abord à Shaya. Mais vous ne pouvez pas comprendre, n'est-ce pas ?

La mère de Shaya déglutit bruyamment et partit avec son compagnon dans son sillage. Ce dernier secoua la tête en regardant sa compagne, l'air exaspéré.

Nick se retourna vers Shaya et l'attira contre lui, mettant sa tête dans le creux de son épaule.

— Ça va, bébé ? lui demanda-t-il en lui mordillant l'oreille – ce qui lui fit pousser un mignon petit cri – quand elle fit signe que « oui » de la tête. Ne me mens pas.

— Que puis-je dire de plus ? répondit-elle en souriant et en haussant les épaules. Bien sûr que j'aurais préféré que les choses soient plus simples entre ma mère et moi, mais cela n'a jamais été le cas. Au moins elle veut bien faire un effort. C'est plus que j'espérais. Je suis surtout soulagée que mon père semble t'apprécier.

— Je n'en suis pas si sûr, mais il est revenu sur son idée de décharger son Glock sur moi. C'est déjà ça.

— Je me demandais si tu l'avais remarqué, fit Shaya en souriant. Il le trimbale partout. Arrêtons de parler d'eux, si tu veux bien. On a des sujets de préoccupation beaucoup plus graves.

— C'est tout à fait vrai, malheureusement.

Après le petit déjeuner, Shaya et Nick prirent leurs formes lupines pour explorer le territoire de la meute du Phénix. Il était important que Nick fasse un repérage minutieux des lieux en prévision de cette attaque probable. Shaya montra donc à son compagnon tous les lacs, les clairières et les entrées secrètes de l'habitation troglodyte. Elle lui montra même la cabane où Dante interrogeait les intrus.

Quand ils arrivèrent au bord d'un joli lac, Shaya reprit sa forme humaine.

— C'est l'endroit que je préfère dans tout le territoire de la meute du Phénix. Viens, fit-elle, j'ai envie de nager.

Nick reprit donc également sa forme humaine et jeta un coup d'œil tout autour, appréciant le paysage.

— Tu venais ici pour t'isoler, n'est-ce pas ? lui demanda-t-il, satisfait d'avoir compris.

Puis il sourit. Cette fille était tellement sociable que son désir de solitude pouvait prêter à rire.

— Oui, avoua-t-elle en s'éloignant de plus en plus du bord. Il y a des moments où une fille apprécie de se retrouver un peu seule.

— Tu n'arrêtes pas de te moquer de moi et de mon besoin de solitude, s'écria-t-il faussement indigné, et pendant tout ce temps tu avais un lieu secret où tu aimais t'isoler. C'est une véritable trahison.

— Si j'ai toujours été attirée par ce lieu, lui expliqua-t-elle en riant, c'est surtout parce qu'il me fait penser à un des endroits où j'allais chasser avec mon père.

Nick la rejoignit dans l'eau et l'attira à lui, cherchant le contact de sa peau.

— Parle-moi de vos expéditions de chasse.

— Tu sais que tous les métamorphes aiment emmener leurs enfants à la chasse. Ils prennent leur forme lupine et montrent à leurs enfants comment pister les lapins ou les autres petits animaux. Stone ne pouvait pas faire cela avec moi parce qu'il est humain. Il m'emmenait donc à la chasse sous ma forme humaine. On utilisait toutes sortes d'armes mais les fusils avaient ma préférence.

— Les Alphas vous laissaient faire ? La plupart des métamorphes détestent les armes à feu.

— Non. On n'avait pas le droit de chasser sur le territoire de notre meute. Mon père m'emmenait donc parfois à Oakdon Creek, où il aimait louer un pavillon de chasse privé pour toute une semaine. Pavillon n'est peut-être pas le mot juste. C'était plutôt un genre de manoir assez rustique. J'adorais aller là. C'était mon endroit préféré au monde. C'était calme et relaxant tout en étant sauvage et brut. C'était une sorte de refuge pour moi. Ou c'était du moins l'impression que j'en avais. En effet, quand on était là-bas, je n'étais pas obligée de veiller sur ma mère.

— Tu t'occupais déjà d'elle quand tu étais petite ? voulut savoir Nick en contenant un grognement avec difficulté.

— Elle ne me voyait que comme une source d'attention pour elle, répondit Shaya en passant les bras autour de son cou.

— Et vous allez encore chasser, ton père et toi ? s'enquit Nick en lui caressant le dos pour la réconforter.

— Non. Quand j'ai eu dix-sept ans, le pavillon a été vendu à un groupe d'humains antimétamorphes. Ils savaient que mon père faisait partie d'une meute et devinaient que j'étais une demi-métamorphe. Ils considéraient Stone comme un traître et ne lui ont plus loué la maison.

Quels enfoirés.

— Tu venais souvent ici pour t'isoler ?

— Je ne venais pas toujours toute seule. Taryn m'accompagnait parfois. Je suis beaucoup venue avec Marcus aussi. On n'allait pas nager ensemble, s'empressa-t-elle d'ajouter en entendant le grognement sourd de Nick et en levant les yeux au ciel. On allait juste s'asseoir sur ce tronc d'arbre là-bas quand j'avais besoin de parler.

— Parler de quoi ? s'informa-t-il, assez mécontent à l'idée de Shaya se confiant à un autre mec.

— De toi. Je n'ai rien dit à personne au début. Pour deux raisons : tout d'abord, j'étais gênée et j'avais honte que mon âme sœur semble ne pas vouloir de moi ; et puis je savais que Taryn te casserait la gueule et que toute la meute t'obligerait à me revendiquer. Mais moi, je voulais que tu viennes à moi de ton plein gré, parce que tu me désirais, et pour aucune autre raison. Alors je ne parlais à personne de toi. Mais Marcus… Il avait deviné que je me faisais du souci et il ne m'a pas lâchée tant que je ne lui ai pas tout raconté. Pas par curiosité, mais parce qu'il est très protecteur de nature. C'est si facile de parler avec lui que j'ai fini par lui dire que tu étais mon âme sœur. Il n'a jamais rien dit à Trey, même s'il est l'un de ses lieutenants et même s'ils sont des amis très proches.

Nick sentit une boule lui monter à la gorge tant il fut malheureux à l'idée qu'elle ait été si gênée, obligée de garder un lourd secret dans une telle solitude. En même temps, il s'en voulait énormément.

— Je suis content de savoir que tu avais un ami à qui tu pouvais te confier quand je n'étais pas là pour toi.

— Tu n'as pas à te sentir coupable. Tu avais d'excellentes raisons pour agir comme tu l'as fait. N'y pense plus.

Il n'arriverait jamais à oublier le passé. Il ne pourrait jamais se pardonner d'avoir autant fait souffrir sa compagne.

— Enfin, tu n'as plus besoin de Marcus maintenant. Je suis là pour toi.

— Cela ne m'empêche pas d'avoir des amis, déclara-t-elle en gloussant.

— Évidemment, réagit-il en l'empoignant par ces hanches dont il appréciait tellement les formes. Tu voudras sans aucun doute continuer de te confier à eux, mais j'aime penser que je serai le premier à qui tu t'adresseras quand tu sentiras le besoin de parler.

— Tu te sens menacé par mon amitié avec Taryn ! s'exclama Shaya en comprenant quelque chose qui lui avait échappé tout ce temps, à son grand étonnement.

— Je ne la vois pas exactement comme une menace. Mais je vois bien que tu te confies beaucoup plus à elle qu'à n'importe qui d'autre.

Il souffrait de la voir plus en confiance avec son amie qu'avec lui. Il lui avait dit bien clairement au moment de la revendiquer qu'elle ne devait plus avoir de secrets pour lui, qu'il la voulait tout entière. Elle était sienne à présent… sauf qu'elle ne lui accordait pas encore toute sa confiance tandis que c'était extrêmement important pour lui.

— Je te fais autant confiance qu'à elle, affirma-t-elle, comprenant qu'elle l'avait blessé.

— Mais encore ? s'enquit-il, ayant deviné qu'elle avait encore quelques réserves.

— C'est différent avec Taryn. Pas qu'elle compte plus que toi. C'est difficile à expliquer. Elle était là pour moi, poursuivit-elle après une courte pause, quand j'avais besoin d'une amie. Elle me soutient depuis mes quatre ans, quand je l'ai rencontrée. J'ai toujours su que je pouvais compter sur elle, mais je ne lui ai jamais rien demandé parce que je ne voulais dépendre de personne. C'était par contre un véritable réconfort pour moi de savoir que la possibilité était là, qu'il existait une personne capable de me soutenir en cas de besoin. Et elle n'a jamais rien exigé de moi. Je n'ai donc jamais senti de pression.

» Avec toi… j'y arriverai bien un jour sauf que je ne sais pas me laisser aller à dépendre de qui que ce soit sur le plan émotionnel, ni comment faire entièrement confiance. Je sais que je peux me fier à toi et je le fais jusqu'à un certain point. Mais j'ai besoin de me protéger un peu, c'est comme une soupape de sécurité pour moi. Cela signifie que si jamais il y avait un problème entre nous, je ne serais pas entièrement détruite car une partie de moi resterait à l'abri. Je ne sais pas comment parvenir au point où je pourrais accepter de vivre sans cette soupape, où je pourrais croire que je n'en ai plus besoin parce que tu m'apportes toute la sécurité nécessaire. Je fais des efforts, crois-moi. Vraiment.

Nick était capable de la comprendre. Il n'avait jamais non plus accordé toute sa confiance à personne. Durant son enfance, il s'agissait surtout d'une sorte de rébellion, de désir d'indépendance à tout prix. C'était normal pour un Alpha. Ils étaient tous comme cela quand ils étaient petits.

Nick s'était ensuite retrouvé en maison de redressement, et là il n'y avait plus personne à qui il aurait pu accorder sa confiance. Il s'était retrouvé complètement seul. À sa sortie, il était malgré lui devenu Alpha avec tout de suite une meute qui était entièrement dépendante de lui.

En réalité, Nick n'avait prêté aucune attention à ses propres besoins pendant de nombreuses années. Son incapacité à tisser des liens profonds avec les autres avait grandement contribué à cet état de fait. C'était différent cependant avec Shaya. Il désirait avoir ce lien avec elle. Il ne déplorait pas le fait qu'elle ait besoin de pouvoir se fier à lui. Il appréciait au contraire d'être celui qui était en mesure de garantir sa sécurité. Autant qu'il appréciait l'équilibre qu'elle lui apportait. Il était aussi asocial et réservé qu'elle était extravertie et à l'aise en société. Il était dur et distant tandis qu'elle était vivante et sensuelle. Il avait tendance à être souvent trop sérieux et intense tandis que Shaya était légère et rieuse. Il découvrait la vie avec elle. Elle l'obligeait à fissurer la coquille à l'intérieur de laquelle il s'était réfugié, à laisser entrer les autres dans sa vie.

Personne ne s'était jamais autant rapproché de lui parce qu'il ne l'avait pas voulu jusque-là. Mais il ne cachait rien à Shaya, il s'était toujours complètement ouvert à elle. C'était la raison pour laquelle il souffrait autant qu'elle ne se sente pas entièrement en sécurité avec lui. Le fait de savoir que Shaya le percevait comme une sorte de danger pour elle lui faisait monter une douleur sourde à la poitrine.

— Je suis désolée, fit Shaya en constatant qu'elle le faisait souffrir.

Oh combien elle aurait aimé ne pas se sentir aussi paumée.

— Ne va surtout pas t'excuser de ne pas être capable de tout me donner. C'est ma faute, de toute manière, fit Nick en resserrant son étreinte et en lui lançant un regard sans équivoque.

— Non, pas du tout. Même si tu m'avais revendiquée depuis le début, ce problème de confiance serait quand même survenu. Et il y a aussi le fait que les couples mixtes dominants/soumis ont du mal à développer entièrement leur lien d'union.

— Ce n'est difficile que pour ceux qui estiment que la différence entre eux pose problème et qui ne se sentent pas complémentaires. Tu t'inquiètes que je finisse par regretter que tu ne sois pas une dominante, je le sais. Mais c'est idiot. Je te veux toi, telle que tu es. Je ne t'ai jamais perçue comme étant faible. Tu ne me brides en aucune manière. Je suis plus fort avec toi parce que tu m'apportes un équilibre que je n'avais pas avant. Et je fais cela pour toi aussi.

— Tu crois ça ? fit-elle en esquissant un grand sourire devant la confiance absolue qu'il avait montrée en parlant.

— Tu m'as toujours fait penser à un papillon, déclara Nick après avoir hoché la tête et lui avoir mordillé la lèvre. Tu es vive et gracieuse en plus d'avoir si fière allure. C'est vrai, insista-t-il quand il l'entendit glousser. Je t'ai beaucoup observée et je t'ai vue papillonner d'un lieu à l'autre et d'une personne à l'autre sans jamais te poser. En fait, tu essaies de vivre à la fois pour toi et pour ta sœur. Mais tu ne peux pas le faire, bébé. Tu peux puiser tes motivations en elle, mais tu ne peux pas vivre pour deux.

Nick vit que Shaya n'avait jamais vu les choses comme cela auparavant. Il lui dégagea le visage des quelques mèches qui étaient retombées sur son front et lui caressa la joue tout en lui parlant.

Shaya resta bouche bée pendant un court instant.

— Je n'avais pas compris que c'était ce que j'essayais de faire, lui dit-elle enfin en ayant du mal à trouver ses mots.

— Si je ne te l'avais jamais fait remarquer, tu aurais sans doute continué à agir ainsi. C'est ce que je veux dire quand je te dis que je t'apporte un certain équilibre. Je t'aide à te poser, en un seul lieu et avec moi. Je t'aide à te fixer, à planter des racines. Je veille à ce que tu ne négliges pas tes besoins, je t'empêche de souffrir de la solitude et je te donne la sécurité dont tu as besoin sans t'étouffer de quelque manière que ce soit et sans te priver de ton indépendance. Cela vaut également pour ta louve, il va sans dire.

C'était tout à fait cela, Shaya en était consciente.

— Je n'arrive pas à croire que je n'avais pas encore compris cela concernant Mika. C'est super important pourtant.

— Ta sœur n'aurait pas voulu que tu fasses cela parce que tu ne peux pas vivre pleinement ta vie de cette manière.

Cela signifiait également que, tant qu'elle continuerait ainsi, elle et Nick ne pourraient pas vivre pleinement leur vie ensemble et, ça, c'était inadmissible.

— Je pense que, d'une certaine façon, j'ai toujours agi comme cela parce que je me sentais coupable d'être en vie tandis qu'elle était morte.

— Cela vient de ta mère, Shay. Elle a eu tort de te donner cette impression. Tu ne peux pas continuer à essayer de vivre pour deux. Je ne peux pas m'occuper de deux compagnes à la fois, ajouta-t-il en blaguant. Une me suffit amplement.

Nick serait ravi d'éloigner Shaya de Gabrielle, une femme toxique s'il en était. Il savait cependant que sa compagne souffrirait de ne pas laisser une seconde chance à sa mère.

— Je ne suis pas d'accord pour te partager, affirma sèchement Shaya en plissant les yeux et en lui donnant une tape sur l'épaule.

Elle se sentit idiote d'avoir dit cela et le regretta intérieurement.

— Je suis ravi de l'entendre, parce que c'est pareil pour moi. Je ne veux personne d'autre que toi. Je ne veux pas te perdre, jamais. Je sais comment est ma vie sans toi. Je ne veux plus jamais connaître cela.

— Tu as voulu me quitter quand tu as souffert de ce trou de mémoire, lui rappela-t-elle.

— C'était pour te protéger, lui dit-il en l'embrassant doucement, te donner la priorité. Je le ferai toujours.

— Pas en essayant de me quitter de nouveau, avança-t-elle.

C'était autant une question qu'une affirmation.

— Non, bébé. Je ne le ferai pas. C'était possible avant que nous nous revendiquions, mais cela ne marcherait plus. On est unis, pour le meilleur et pour le pire.

— Tu es guéri à présent, déclara-t-elle en sachant très bien ce qu'il entendait par « pire ».

Nick l'espérait bien. Autrement Shaya risquait de passer le reste de sa vie avec un compagnon qui ne serait bientôt plus capable de la reconnaître.

— Viens ici, lui dit-il.

Il lui passa alors une main dans les cheveux et lui fit tourner la tête de manière à pouvoir l'embrasser plus commodément. Son baiser fut lent, langoureux et tellement doux qu'elle en fut tout excitée et en voulut encore plus. Elle ne tarda pas à planter ses griffes dans le dos de son compagnon pour le prévenir. Puis, comme si elle avait compris que si elle réclamait quoi que ce soit, il ne ferait que prolonger l'étape des petits baisers tout en douceur, elle rentra les griffes et poussa un soupir de résignation contre sa bouche.

— Tout doux, fit Nick pour la calmer. Ne t'inquiète pas. Je ne te ferai pas trop attendre.

Surtout pas en cette période d'attaque imminente qui leur faisait prendre pleinement conscience de la nature évanescente du temps. Nick fit donc passer la jambe de Shaya sur sa hanche et s'enfouit profondément en elle. Il plongea son regard dans celui de sa compagne et ne la quitta pas une seule fois des yeux pendant tout le temps qu'il la prit, la revendiquant de nouveau avec chaque coup de reins. Elle s'agrippa à lui presque avec désespoir et il sentit bien à quel point elle craignait de le repousser si elle ne s'ouvrait pas entièrement à lui.

— Je voudrais te demander quelque chose, dit Nick en appuyant son front contre celui de sa compagne. Tu te souviens que tu t'es tellement énervée contre moi le premier soir que tu m'as blessé au sang ? Est-ce que tu as réussi à me faire partir ? Non. Et quand tu es sortie avec ce drôle de mec, est-ce que je t'ai quittée ? Non. Je t'ai dit et redit depuis le début que jamais tu ne pourras te débarrasser de moi. Il est grand temps que tu commences à me croire.

Nick embrassa sa compagne une nouvelle fois en mettant de plus en plus de force dans ses coups de reins, comme pour mieux l'atteindre. En jouissant, Shaya déclencha l'explosion de son compagnon. Puis elle le mordit au cou, comme pour affirmer qu'il était sien. Ce ne fut cependant pas cette morsure de possessivité qui fit grogner son loup de satisfaction un peu plus tard. Nick fronça les sourcils en essayant d'émerger de son état de plénitude et de contentement.

— Nos odeurs se sont mêlées, dit-il quand enfin il comprit ce qu'il s'était passé.

Shaya avait posé sa tête sur l'épaule de son compagnon et elle se redressa subitement à cette annonce, une expression d'émerveillement sur le visage.

Shaya éprouvait une telle sensation de bien-être qu'elle ne s'en était même pas rendu compte. C'était sans doute la raison pour laquelle sa louve était si détendue, si calme.

— Cela veut dire que notre lien se raffermit de plus en plus, Shay, déclara Nick en repoussant une mèche de ses cheveux derrière son oreille.

C'était peut-être parce qu'ils avaient bien échangé sur tout un tas de sujets, ou alors parce que Shaya avait décidé d'arrêter de s'accrocher au souvenir de Mika et de la laisser partir, que Nick avait pu avancer sur le chemin qu'il se frayait en elle. Shaya n'était pas sûre d'en comprendre la raison, mais elle savait une chose.

— Je suis suffisamment possessive pour me réjouir que tout le monde sache, à ton odeur, que tu es pris, que tu es mien, lui déclara-t-elle.

Nick rit en mettant la tête dans le creux du cou de sa compagne pour humer son parfum.

— Tu sens encore meilleur qu'avant. Ton parfum est un mélange d'océan, de cannelle et de moi. Tu es à moi, fit-il en lui suçant la lèvre inférieure.

— Oui, fit-elle en hochant la tête. Je suis à toi.

Un peu plus tard, ils retrouvèrent Jaime, Dante, Roni, Marcus, Dominic, Grace, Lydia et Amber dans le séjour. Ils semblèrent tous remarquer au même moment la fusion des odeurs de Nick et Shaya et ils esquissèrent un grand sourire, Amber aussi, même s'il était un peu faux dans son cas.

— Eh bien, eh bien, fit Jaime qui avait l'air ravie tandis que Nick et Shaya allaient s'installer sur le grand canapé où tout le monde avait déjà pris place, à l'exception de Roni et de Dominic qui occupaient des fauteuils. Les choses avancent bien pour vous, il me semble. (Puis Jaime changea de place avec Dante pour s'asseoir à côté de Nick. Elle adressa un clin d'œil à Shaya quand elle sentit Nick se raidir.) Comment ça va, vieille branche ? Je ne m'adressais pas à toi, trésor, dit-elle à Nick quand il la regarda bouche bée. Je parlais à ta compagne.

Shaya aurait pu s'énerver de voir ses amis taquiner ainsi Nick. Mais s'ils le faisaient, c'était bien parce qu'ils le considéraient dorénavant comme un des leurs.

— Très bien, merci, répondit Shaya en caressant Nick sur la jambe pour l'apaiser.

— Je suis contente que les choses se passent bien entre vous, affirma Roni.

— Moi aussi, dit Grace tandis que tous les autres hochaient la tête en signe d'assentiment.

— Merci, répondit Nick. Où est passée maman ? demanda-t-il à Roni.

Kathy passait beaucoup de temps avec Greta et il pensait que ce n'était pas nécessairement une bonne chose.

— Elle est partie courir avec quelques amis. J'ai voulu l'accompagner mais, comme par hasard, Marcus, Dante et Jaime avaient besoin d'un coup de main.

Elle leur adressa un regard mauvais en croisant les bras. Elle n'était pas idiote. Elle voyait bien qu'ils s'étaient ligués pour l'empêcher de se transformer, au cas où elle ne voudrait plus reprendre sa forme humaine. Ils ne pourraient pas veiller sur elle durant l'attaque du lendemain. Nick espérait donc que sa sœur ne resterait pas sous sa forme lupine une fois la bataille terminée.

— Imaginez si William Carnimolla était hétérosexuel en réalité, intervint Dominic tout à fait hors de propos en faisant de grands gestes devant la télé. Ce gars serait vraiment mon héros.

— Tu ne devrais pas avoir besoin de piéger les femmes pour qu'elles se déshabillent, déclara Grace en renâclant. Elles se font un plaisir de le faire pour toi, à ce qu'on m'a dit.

— Cela vaut également pour Marcus, intervint Lydia. Mais dans son cas, les filles craquent surtout à cause de son charme.

Marcus lui adressa un clin d'œil ainsi qu'un grand sourire pour ces bonnes paroles et Lydia sentit le rouge lui monter aux joues.

— J'ai aussi du charme, fit Dominic, vexé, en fronçant les sourcils.

— Une sorte de charme un peu tordu, oui, rétorqua Lydia. Si tu laissais Marcus te donner quelques leçons, tu serais mortel.

— Je n'ai peut-être pas envie d'être mortel si cela signifie que les filles me demanderont autre chose que du sexe, affirma Dominic en frissonnant de dégoût.

— Tu es donc un coureur de jupons, c'est ça ? s'enquit Roni.

— On pourrait dire que je suis un vilain garçon, Roni. Si tu veux m'envoyer dans ta chambre pour me punir et…

— La ferme, andouille, l'interrompit Marcus en levant les yeux au ciel.

Shaya reconnut les voix de Trey et de Taryn qui résonnaient dans le tunnel. Elle sourit, ravie de pouvoir expliquer à son amie que son lien d'union avec Nick progressait de façon fort encourageante. Elle tendit l'oreille plus attentivement, ayant l'impression d'avoir perçu une autre voix. Elle fut extrêmement étonnée mais très heureuse de voir les Alphas entrer dans le séjour en compagnie de Caleb.

Shaya se leva précipitamment du canapé pour se ruer vers celui qu'elle considérait comme son frère.

— Caleb ! s'exclama-t-elle joyeusement.

Arborant un aussi grand sourire que son amie, il l'étreignit très fort dans ses bras. Puis il se figea sur place quand il entendit deux grognements sourds. Roni et Nick n'appréciaient manifestement pas de la voir dans les bras d'un autre homme. Se libérant de l'étreinte de Caleb, Shaya le guida vers Nick. Elle prit la main de son compagnon qui comprit en sentant une pression sur sa main.

— Te souviens-tu de Caleb, Nick ? Tu l'as rencontré à la cérémonie d'union de Trey et de Taryn.

Nick serra gauchement la main du grand bonhomme aux yeux marron et aux cheveux si courts qu'il avait presque l'air chauve. Il ne perçut aucun désir dans l'odeur de Caleb, ce qui voulait dire qu'il n'était pas attiré sexuellement par Shaya. Il aurait donc la vie sauve. Nick n'appréciait vraiment pas la vue d'un autre mec étreignant sa compagne et il eut donc beaucoup de mal à ne pas lui lancer un regard noir… même si Shaya lui donnait des coups de coude dans les côtes.

— Je n'aurais jamais pensé, chuchota Caleb à l'oreille de Taryn qui passait par là en portant Kye dans ses bras, que je rencontrerais un jour un mec plus effrayant que Trey.

— Hé…, déclara Taryn qui semblait ravie – au grand soulagement de Shaya – vos odeurs ont fusionné. Cela prouve que votre lien d'union va pouvoir se développer normalement même si vous êtes un couple mixte dominant/soumise, lança-t-elle en tournant la tête pour regarder Amber dont les yeux brillaient d'une lueur dure.

— Leur lien n'est pas encore complet, signala la guérisseuse. Cela devrait se faire prochainement. Ils sont si bien assortis tous les deux.

Elle esquissa un sourire mielleux, mais Caleb ne sembla pas dupe. Il adressa à Shaya un regard qui semblait vouloir dire : « Mais qu'est-ce qu'elle cherche celle-là, à la fin ? »

Shaya lui sourit gentiment et lui répondit en articulant silencieusement : « Je te raconterai plus tard. »

— Caleb, laisse-moi te présenter Roni, la sœur de Nick, et Amber, la guérisseuse de son ancienne meute, lui dit-elle à haute voix.

Pendant qu'ils se saluaient, Nick se carra dans son siège, passa un bras autour de la taille de Shaya et la prit sur ses genoux. Jaloux que sa compagne ait accordé autant d'attention à Caleb, il lui mordit l'oreille. Comprenant qu'il avait souffert de ne pas avoir l'exclusivité de son attention, elle lui lança un regard amusé en biais. Elle ne lui accorda pas immédiatement toute son attention cependant. Ce n'était pas bon pour lui de n'en faire toujours qu'à sa tête.

— Quand t'es-tu coupé les cheveux ? demanda-t-elle à Caleb.

— Quand mon petit cousin a décidé de me les couper pendant que je dormais, lui répondit-il énervé, en ne souriant plus du tout.

— Ça te va bien, fit Taryn en inclinant la tête sur le côté pour mieux l'examiner.

Caleb renâcla. Puis reprit une expression sérieuse tandis que son regard allait de Shaya à Nick et à Taryn.

— Quand j'ai entendu parler de ce qu'il se passait, je n'ai pas pu faire autrement que de venir. Je peux vous aider à sécuriser les entrées de la grotte demain soir et veiller sur Kye. Je tiens absolument à faire ma part. Je ne peux pas rester tranquillement chez moi tandis que vous avez d'aussi gros ennuis.

Nick hocha la tête en signe de gratitude. Caleb méritait tout son respect pour sa loyauté envers ses amis et son offre d'apporter son aide à un moment où la plupart des soumis auraient préféré rester bien à l'écart d'un tel conflit.

— J'apprécie ton offre, déclara donc Nick qui sentit rapidement croître son estime pour lui.

— Merci d'avoir pensé à Kye, lui dit Taryn en esquissant un grand sourire appréciatif.

— On te remercie pour ton soutien, fit Shaya.

— Oh, Nick ! Voilà ton frère, s'exclama Taryn en entendant se refermer la lourde porte d'entrée.

— Mon frère ? s'enquit Nick d'un air interrogateur.

— Derren m'avait dit qu'il allait le chercher et le ramener ici, répondit-elle en haussant les épaules. Il paraît qu'il ne veut surtout pas rater une bagarre contre les extrémistes.

— Ça, c'est typique d'Eli et de son goût pour la baston, marmonna Nick dans l'oreille de Shaya.

— Je n'aime pas l'idée que ton frère vienne se mettre en danger. Ni que quiconque ici coure un risque, déclara Shaya. Mais si Eli veut nous aider, ce serait idiot de refuser.

Derren entra peu après dans le séjour accompagné d'un mec baraqué doté de très grands yeux marron. Il n'était ni aussi grand ni aussi costaud que Nick, mais avait le même regard intraitable. Ils le saluèrent tous d'un signe de tête. Tout le monde le connaissait ou l'avait déjà au moins rencontré, puisqu'il accompagnait souvent Nick aux réunions de meutes ou à divers événements. Il s'était même battu au côté de la meute du Phénix contre l'oncle de Trey.

Eli se dirigea vers Nick en arborant un vaste sourire. Il semblait plein d'assurance.

— Je voulais te demander de me prendre au passage, mais tu ne répondais pas à ton portable.

Ils échangèrent une accolade de mecs, mais Shaya pouvait voir que Nick n'était pas très à l'aise avec ce genre de contact. Eli devait avoir l'habitude. Il ne s'en formalisa pas, ne fit aucun commentaire et ne parut pas du tout vexé.

— J'étais très occupé, fit Nick.

Comprenant à quoi il faisait allusion, Shaya sentit le rouge lui monter aux joues.

— Vous n'avez pas encore été officiellement présentés fit Nick en passant un bras autour des épaules de Shaya. Eli, voici ma compagne. Shaya, je te présente l'accro à l'adrénaline de la famille.

Eli éclata de rire avant d'accorder toute son attention à la compagne de son frère.

— Je suis ravi de faire enfin ta connaissance, Shaya.

Il inclina la tête de côté et l'examina attentivement pendant au moins une minute. Puis il hocha la tête, apparemment satisfait.

— Derren a raison. Tu feras une excellente femelle alpha.

— Tu ne me connais même pas, s'exclama-t-elle.

— Ah, mais je sais déjà plein de choses sur toi. Tu as fui Nick qui a mis un long moment à te retrouver. Tu es donc très intelligente. Puis un bon nombre de membres de cette meute sont allés te retrouver en Arizona pour s'assurer que tu allais bien et ont refusé de rentrer tant qu'ils n'ont pas été persuadés que tu étais en sécurité. J'en déduis que tu inspires la loyauté chez tes amis, ce qui m'en dit long sur ton compte. En outre, Derren m'a dit que tu insistais pour rester aux côtés de Nick pendant ce conflit, ce qui prouve que tu es courageuse et que tu tiens à protéger ceux qui comptent pour toi. La compagne de Nick doit être au moins aussi forte que lui. Peut-être pas sur le plan physique. Ce genre de force ne suffit pas pour devenir Alpha d'ailleurs. C'est bien d'être fort mais ce n'est pas la seule chose qui compte.

— J'aime bien ton frère, déclara Shaya à Nick en regardant son compagnon.

Eli lui adressa alors un grand sourire.

— Ne te laisse pas duper par son sourire, bébé, fit Nick en renâclant. Mon frère est un impitoyable salopard.

Shaya était toute disposée à le croire. Eli était presque aussi dominant que Nick mais d'une manière beaucoup plus subtile. Un peu comme Dominic. Le loup d'Eli était bien différent par contre. La louve de Shaya le sentait, détectant sa curiosité et sa nervosité.

— Derren m'a mis au courant de la situation, fit Eli en redevant subitement sérieux. À mon avis, le verdict de demain ne fera aucune différence. Les extrémistes vont attaquer quoi qu'il arrive.

— On est prêts, annonça Taryn.

Ils hochèrent tous la tête en signe d'assentiment.

Le lendemain matin, le tribunal se réunit pour entendre les réclamations des extrémistes. Tous les métamorphes du monde se réjouirent quand l'affaire fut classée sans suite.

Chapitre 18

Les extrémistes se pointèrent vers 23 h 30. Shaya et toute la bande étaient à leur poste et attendaient dans le silence et le calme. De nombreux métamorphes déjà sous leur forme lupine surveillaient les bois. Shaya était allongée sur le ventre sur une très grosse branche tout en haut d'un grand arbre. Elle pouvait parfaitement surveiller les alentours depuis ce poste d'observation. Elle ressentait énormément d'angoisses dans son corps et dans son cœur, mais elle tenait son fusil sans trembler. Elle se sentait bien avec à la main l'arme qui lui rappelait ses parties de chasse avec son père quand elle était jeune. Il leur arrivait aussi de rester de longs moments aux aguets. Cette situation lui était donc familière, mais sa louve qui n'y était pas habituée ne se sentait pas aussi calme. Elle s'inquiétait énormément pour la sécurité de Shaya.

La majorité des femmes étaient restées à l'intérieur avec Kent et Kye, bien entendu, sous la protection de Caleb, Gabe, Rhett et Cam. En comptant Shaya, ils étaient dix-huit pour faire face aux assaillants. Il y avait : Nick, Derren, Eli, Taryn, Trey, Dante, Jaime, Roni, Tao, Patrick, Marcus, Ryan, Dominic, Bracken, Jesse, Zander, et Amber.

Ils n'eurent pas longtemps à attendre. Quarante-six humains arrivèrent en file indienne, passant par la brèche que Tao avait délibérément pratiquée dans la clôture. Shaya leva les yeux au ciel en les voyant tous habillés de noir. La nuit, il était préférable de porter des couleurs sombres plutôt que du noir qui, n'étant pas une couleur naturelle, était plus facile à repérer dans l'obscurité. Les couleurs sombres permettaient donc de mieux camoufler la silhouette. Depuis son poste situé à cent mètres de la brèche, Shaya n'eut aucun mal à voir, avec son acuité visuelle exacerbée de métamorphe, que les humains étaient armés jusqu'aux dents, de fusils et de couteaux. Elle avait beau s'y attendre, elle n'en fut pas moins inquiète.

Shaya avait eu tout le loisir de bien examiner Logan lors de leurs précédentes rencontres. Elle le repéra donc facilement. Il avait pris la tête de la troupe avec un collègue qu'elle fut incapable d'identifier. Peut-être s'agissait-il du métamorphe à l'origine du domaine de chasse ? C'était tout à fait possible et sa louve en fut grandement perturbée.

La troupe d'envahisseurs avançait dans un silence presque total. Shaya perçut très peu de bruit. Ils devaient s'être entraînés à traquer silencieusement leurs proies au domaine de chasse. Shaya revit dans sa tête les images qu'elle avait aperçues aux infos et elle se sentit nauséeuse. En apercevant aussi clairement Logan et son comparse dans sa lunette, elle éprouva une forte tentation d'appuyer sur la gâchette et d'en finir avec eux. Mais ce n'était pas ce qu'ils avaient prévu de faire.

Ils avaient passé toute la journée à mettre leur plan au point. C'était très simple. Ils allaient attirer les humains loin à l'intérieur de leur territoire. Pour deux raisons : d'abord Tao pourrait réparer la brèche dans la clôture, piégeant ainsi les extrémistes à l'intérieur, et ensuite ils rendraient aux humains la monnaie de leur pièce en faisant avec eux comme ils faisaient au domaine de chasse. Les métamorphes ne donneraient le signal d'attaque que lorsque tous les humains se seraient enfoncés profondément dans leur territoire. Shaya sentit une vague de colère monter en elle en repensant encore une fois aux cadavres des petits métamorphes abattus par les extrémistes. Ouais, ces salauds allaient payer pour leurs crimes.

Les humains suivirent la piste qu'avait sciemment tracée Trey. Ils devaient penser qu'ils s'approchaient de plus en plus de l'entrée de la grotte, supposa Shaya. En réalité, la piste les éloignait de plus en plus de l'habitation et les menait vers les profondeurs des bois. Shaya vit les chasseurs parmi les métamorphes s'approcher des humains, complètement à l'insu de ces derniers. Sans même s'en apercevoir, la troupe d'extrémistes se retrouva bientôt encerclée. Ils n'auraient aucun moyen de s'échapper une fois le signal d'attaque donné.

Les métamorphes commencèrent à se manifester lorsque les humains s'approchèrent de l'un des nombreux lacs peu profonds disséminés çà et là sur leur territoire. Ils s'en prirent d'abord aux trois humains fermant la marche. Ils restèrent discrets. Ryan, Dante et Jaime, dans leur forme humaine, sortirent de leur planque derrière les arbres et s'emparèrent chacun d'un humain. Shaya savait ce qu'ils feraient sous le couvert de la nuit : ils les mettraient hors-jeu en leur brisant la nuque d'un coup sec.

Le reste de la troupe n'avait rien vu et continuait à avancer. Dante, Jaime et Ryan réitérèrent leur manœuvre à plusieurs reprises. Ils auraient même continué si un des extrémistes n'avait pas posé un pied dans un piège à ours. Il s'écroula en poussant des hurlements audibles à travers toute la forêt quand les mâchoires du piège se refermèrent sur sa cheville. Plusieurs de ses collègues s'approchèrent de lui.

— Putain, qu'est-ce qui t'arrive ? fit l'un des humains près de lui, complètement paniqué.

— C'est un piège à ours, expliqua l'un d'eux : Logan.

— Je n'arrive pas à me dégager.

— Bien sûr que non, expliqua Logan. Tu n'y arriveras jamais seul. Faites très attention, il y en a sûrement d'autres.

— Penses-tu qu'ils ont piégé tout leur territoire ? s'enquit un des extrémistes.

— Je ne serais pas étonné qu'on voie de plus en plus de pièges à mesure qu'on se rapproche de l'habitation. Et pas seulement des pièges à ours.

— Il faut continuer à avancer, déclara l'associé de Logan. Les métamorphes ont sûrement entendu les hurlements et vont venir voir ce qu'il se passe.

Les métamorphes ne reconnurent pas sa voix.

— Il faut que deux d'entre vous l'aident à marcher, déclara Logan en hochant la tête en signe d'assentiment. Filcher, as-tu détecté des mouvements derrière nous ? Filcher ? Filcher ?

— On ne le voit pas, répondit un autre humain. Ni Gavin d'ailleurs, merde. Ni…

— Ils nous éliminent un à un, affirma l'associé de Logan d'une voix angoissée.

— Ils nous chassent, le corrigea Logan avec un trémolo dans la voix. Ils connaissent donc exactement notre position. Restons groupés.

Deux extrémistes soutinrent leur camarade blessé et la troupe continua à avancer lentement dans le bois en regardant sans cesse derrière eux.

Vingt secondes plus tard à peine, un des extrémistes marcha sur un fil piégé et reçut en pleine tête un parpaing hérissé de pointes. Il tomba en poussant des hurlements et des grognements. Il saignait comme un cochon. *Il doit souffrir horriblement, putain.* Le suivant fit un pas de côté en voulant éviter le parpaing qui continuait de se balancer au bout de son fil et se retrouva prisonnier d'un autre piège à ours. Quelques-uns de ses camarades s'approchèrent de lui pour lui donner un coup de main, mais les autres membres du groupe se figèrent sur place, paralysés par la peur.

La troupe, qui au départ semblait confiante bien que nerveuse, devenait de plus en plus prudente et craintive. Tout à fait comme le souhaitaient les métamorphes. Ils donnèrent le signal d'attaque au moment précis où les extrémistes semblaient le plus hésitants et désorientés. Des coups de feu retentirent et les métamorphes chargèrent de toutes parts en lançant des grognements, des cris et des hurlements. Shaya commença alors à tirer, visant ceux qui lui semblaient les plus dangereux et qu'elle voyait le mieux dans sa lunette. Elle éprouva une grande satisfaction intérieure chaque fois qu'elle fit mouche.

Elle atteignit une de ses cibles au bras plutôt qu'au cœur. Sa victime laissa tomber son arme et tressaillit de douleur. Le loup de Nick s'approcha de lui. Complètement paniqué, l'humain se mit à courir droit devant lui. Il s'écroula soudain dans un hurlement de douleur. Il venait de poser le pied sur une des plaques hérissées de pics que les métamorphes avaient installées dans la forêt. Nick lui sauta dessus et referma sa mâchoire sur le cou de ce salaud.

Les loups furent tous sans pitié. Le loup de Trey était entré en frénésie et attaquait tous les humains à sa portée. Il avait pris une balle dans une patte mais rien ne pouvait l'arrêter, pas dans cet état. Taryn mettait autant de vigueur au combat que son compagnon et ne le quittait pas d'une semelle, sans doute inquiète en raison de sa blessure.

Les loups de Jaime et Ryan luttaient côte à côte avec celui de Dante, blessé mais implacable et déterminé, écartant tout danger de sa compagne, ses instincts ayant complètement pris le dessus. Jesse, Bracken et Zander n'étaient pas bien loin, donnant libre cours à leur colère envers ces humains corrompus responsables de la disparition d'êtres chers.

Les loups de Tao et de Patrick se ruèrent sur deux humains désarmés qui firent demi-tour et tombèrent, en cherchant à s'enfuir, dans un grand trou dont le fond avait été hérissé de pics. *Aïe.* Deux autres humains connurent le même sort après avoir été pris en chasse par Eli et Amber.

Un des extrémistes reculait vite en tirant dans toutes les directions à la fois. S'il avait bien regardé derrière lui, il aurait peut-être aperçu une énorme pierre posée dans un nid de branches. Quand il posa le pied sur la branche qui déclenchait le piège, la pierre lui tomba dessus et l'écrasa. Le loup de Dominic lui donna le coup de grâce en le mordant à la gorge.

Pendant ce temps Shaya continuait à tirer, tuant ou blessant des ennemis. Malheureusement deux d'entre eux, protégés par les autres, demeuraient encore intouchés : Logan et son associé. Clairement déterminé à s'approcher de ces deux salauds, le loup de Nick s'attaquait à leurs protecteurs avec l'aide des loups de Roni, de Derren, et de Marcus. Mais le cercle de protection tenait encore.

Shaya ne disposait pas d'un très bon angle de tir sur eux et cela l'énervait énormément. Elle envisagea de descendre de son arbre pour aller s'installer dans un endroit où elle aurait une meilleure visibilité, mais elle avait promis à Nick de ne pas s'approcher du champ de bataille. Elle ne voulait pas revenir sur sa parole pour ne pas distraire son compagnon qui aurait alors couru plus de risques d'être gravement blessé.

Elle s'inquiéta en le voyant se figer sur place et se retourner vers elle. Elle sentit sa perplexité et son angoisse. Puis il y eut une explosion. Elle ne put que supputer qu'un des humains avait lancé une espèce de grenade. Peu lui importait pour l'heure de savoir ce qui était réellement à l'origine de la déflagration quand elle vit Nick, Roni et Derren littéralement voler dans les airs. Roni retomba dans un arbre, Derren disparut de son champ de vision et Nick atterrit brutalement au sol, tellement que Shaya le sentit plonger dans l'obscurité. Merde, il s'était évanoui.

Shaya hurla de toutes ses forces, de toute son âme quand elle le vit allongé au sol, inconscient et vulnérable. Complètement paniquée, sa louve se figea sur place et aboya. Shaya fut envahie d'émotions qu'elle aurait eu du mal à nommer. Elle laissa ses instincts prendre le dessus et oublia d'être rationnelle. Elle sauta de son perchoir et courut vers son compagnon à travers le dédale d'arbres. Ne pensant plus qu'à la sécurité de Nick, elle ne sentit pas l'odeur de trois inconnus jusqu'à ce qu'un bras lui enserre la taille, qu'une main se pose sur sa bouche pour la bâillonner et qu'on lui retire son arme. *Merde!*

Elle se débattit comme une folle, griffant ses assaillants et leur donnant des coups de boule. Mais un de ses agresseurs, un métamorphe lui sembla-t-il, ne la lâchait pas. Du coin de l'œil, elle perçut des mouvements. La louve d'Amber massacrait un humain en fuite. Elle vit Shaya et se figea, apparemment de surprise. Des yeux, Shaya lui lança un appel au secours, espérant que pour une fois Amber ferait ce qu'il fallait plutôt que de se préoccuper uniquement d'elle-même comme elle en avait l'habitude.

Il n'en fut rien.

La garce s'éloigna en abandonnant Shaya à la merci de son agresseur, qui utilisa son arme pour lui assener un coup de crosse sur la tête. Elle sombra dans l'obscurité.

— Merde, Nick, transforme-toi. Tout de suite, Nick. Je ne peux pas te guérir tant que tu n'auras pas pris forme humaine, le suppliait Taryn.

Ce ne fut pas la voix de la femelle alpha qui fit revenir à lui le loup gris, mais bien la peur, la colère et la détermination de sa compagne à se libérer du danger dans lequel elle se trouvait. Car juste avant de perdre connaissance il avait senti qu'elle était dans une situation désespérée.

Il entendait encore la voix de la femelle alpha, mais le loup gris ne lui prêta aucune attention. Il ne pensait qu'à sa compagne. Elle avait besoin de lui et il ne pouvait pas faire autrement que d'aller à son secours. C'était plus fort que lui. Il essaya de se lever mais sa jambe le lâcha. Il glapit de douleur en retombant et ne bougea plus. Il sentait la peur de Nick, il comprenait qu'il avait besoin d'émerger. Le loup gris accepta alors de céder le contrôle, Nick dans sa forme humaine étant beaucoup plus en mesure de venir en aide à sa compagne.

La transformation fut très douloureuse. Nick serra les dents, craignant de sombrer de nouveau dans l'inconscience. En plus d'avoir pris une balle, il avait la jambe fracturée en deux endroits. Il avait subi un choc à la tête et reçu des coups de couteau dans les côtes. Et il perdait beaucoup de sang en raison de toutes ces blessures.

—Mets-toi sur le dos. Tout de suite, lui ordonna Taryn.

—Shaya, haleta-t-il. Elle…

—Allez, Nick. Mets-toi sur le dos! Si tu meurs, Shaya va me buter!

Nick se retourna lentement sur le dos et essaya encore une fois de parler. Mais Taryn plaqua ses lèvres contre les siennes et entreprit de le guérir. Il éprouva une sensation très étrange. À chacune de ses inspirations, quand elle aspirait les particules négatives qui se trouvaient en lui, il se sentait de mieux en mieux, plus léger mais plus fort, plus détendu mais plus énergique et déterminé. La douleur se fit plus intense quand ses os se raccommodèrent, avant de disparaître complètement. Il ne ressentait plus que tranquillité, paix et force. Taryn avait fini et se rassit. Trey s'approcha immédiatement d'elle et la soutint dans ses bras.

— Ils se sont emparés de Shaya, dit-il à Derren en se levant et en se tournant vers son ami.

— C'est vrai ? Mais qui s'est emparé d'elle ? grogna Derren.

— Je l'ignore.

Les ravisseurs de Shaya n'en avaient plus pour longtemps à vivre.

— Sais-tu où est Logan ? s'enquit Nick.

— On n'a pas vu son cadavre mais il a été grièvement blessé. Dans son état, il n'aurait pas pu attaquer Shaya. Il était à peine capable de tenir sur ses jambes. Elle n'aurait eu aucun mal à prendre le dessus sur un humain blessé.

Nick partageait complètement cet avis.

— Qu'en est-il du métamorphe ? Je n'ai pas repéré son odeur.

— Moi non plus.

C'était sans doute lui qui avait enlevé Shaya. Nick paniqua à l'idée qu'on lui avait pris sa compagne, qu'on pouvait blesser la femme qu'il aimait plus qu'il n'aurait jamais imaginé être capable d'aimer. Il n'avait pas peur de ses sentiments, il ne les voyait pas comme une faiblesse. Il craignait uniquement pour sa compagne.

— Je dois me transformer de nouveau. Il faut que je la trouve.

Il aurait eu besoin de sa prescience naturelle, mais le sort semblait en avoir décidé autrement. Nick et son loup seraient seuls pour livrer ce combat.

— On ne peut pas t'accompagner, Nick, lui déclara Taryn, les yeux pleins de larmes. Je dois rester ici. Il y a de nombreux blessés. (Nick hocha la tête pour montrer qu'il comprenait.) Il faut que tu la sauves, ajouta-t-elle visiblement triste.

Oh oui, il le ferait. Il n'avait jamais laissé quiconque le séparer de Shaya. C'était hors de question pour lui.

— Tu peux compter sur moi, affirma-t-il en reprenant prestement sa forme lupine.

Le loup gris se dirigea alors vers l'endroit où il avait été prévu que Shaya l'attende. Il devait retrouver son odeur pour suivre sa piste. Près de l'arbre où s'était embusquée Shaya, il détecta quatre odeurs différentes : sa compagne, deux humains et un autre métamorphe. Le loup de Nick reconnut cette odeur, celle d'un loup qu'il croyait mort depuis longtemps.

Shaya savait que Nick viendrait à sa rescousse, mais elle aurait préféré qu'il ne le fasse pas. Pas tant qu'il était évident qu'elle servait d'appât, assise sur le plancher d'une cabane, les mains attachées dans le dos, retenue prisonnière à l'autre extrémité du territoire, par un trio de déséquilibrés dont un braquait sa propre arme sur elle.

Shaya fut très énervée quand elle aperçut Amber en face d'elle dans la même position. La guérisseuse avait une jambe brisée, ce qui n'était pas pour déplaire à Shaya. Cela ne lui était pas arrivé en essayant de venir à son secours. Loin de là. Le trio s'était également emparé d'elle pour l'empêcher d'aller chercher de l'aide. Ils lui avaient injecté la drogue qu'ils donnaient aux métamorphes qu'ils enlevaient pour leur domaine de chasse, une drogue qui les empêchait de se transformer. Nul doute qu'ils auraient administré le même produit à Shaya s'ils avaient su qu'elle était une demi-métamorphe.

Amber allait-elle désormais prendre fait et cause pour Shaya ? Absolument pas. Elle essayait plutôt de négocier sa libération en expliquant aux ravisseurs qu'elle pourrait guérir leurs blessures s'ils lui laissaient la vie sauve. Elle ne semblait pas obtenir les résultats escomptés. Shaya s'en fichait éperdument. La seule chose qui l'intéressait était de retrouver Nick. Mais les salauds étaient à trois contre une. Elle devait attendre le bon moment pour intervenir ou ils risquaient de la remettre dans le cirage. Elle ne pourrait pas s'évader si c'était le cas et elle était bien déterminée à le faire. C'était un avantage pour elle qu'aucun d'entre eux ne sache qu'elle était une demi-métamorphe. Ils ignoraient qu'elle était beaucoup plus forte et rapide qu'elle en avait l'air et que les cordes qui lui retenaient les mains n'étaient peut-être pas aussi efficaces qu'ils le croyaient.

Son père lui avait appris à se défaire de liens il y avait de cela belle lurette. C'était un peu plus compliqué dans une situation de vie ou de mort. Le simple fait de repenser à Nick qu'elle avait vu inconscient faisait couler de l'adrénaline dans ses veines et battre son cœur à tout rompre.

« Garde ton calme », lui aurait dit son père. « Regarde bien autour de toi. » Soit. Deux de ses trois ravisseurs étaient des humains. La fée de la laideur avait dû se pencher sur leur berceau quand ils étaient petits. Un des humains était en effet tellement laid qu'il en était fascinant. Quant au mec du milieu, il était clairement le métamorphe à l'origine du domaine de chasse.

Ce trio infernal n'était pas entré dans le territoire par la même brèche que les autres. Ils avaient dû profiter du fait que Tao était occupé à réparer la brèche pour passer ailleurs en force. Des humains auraient eu du mal à pénétrer subrepticement dans le territoire de la meute du Phénix, mais il y avait un métamorphe parmi eux.

— Je me demande, commença Shaya d'une voix neutre, ce que vous projetez de faire maintenant ?

— Logan veut que Nick te retrouve, fit le mec aux yeux couleur d'orage en lui lançant un regard dur. Il veut qu'il te regarde mourir. Vu ce que Nick m'a fait, ça me plaît bien comme idée.

— Qu'est-ce qu'il t'a fait ?

Le mec ne répondit pas. Shaya prit le temps d'examiner ses traits et lui trouva une apparence relativement simiesque.

— Pourquoi détestes-tu autant les métamorphes ? voulut-elle savoir.

— Tu ne comprendrais pas. Tu ne pourras jamais comprendre ce que cela signifie pour moi.

Dieu du Ciel ! Il parlait comme sa mère.

— Alors explique-moi.

Et arrête de penser à Nick.

— Essaie simplement d'imaginer, débuta-t-il en retroussant la lèvre supérieure, comment on peut se sentir quand on est obligé de partager son âme avec un animal. Un animal qui cherche constamment et très égoïstement à t'imposer ses désirs et ses instincts. J'ai été obligé de vivre en meute avec mon Alpha de père, un mec que tout le monde admirait alors qu'on me méprisait parce que je n'étais pas comme lui. Puis le sort s'est acharné contre moi en me donnant une pute comme âme sœur. Eh ouais, elle s'est imprégnée avec un autre et a même eu des gamins avec lui.

» Le seul avantage d'être métamorphe est bien d'être doté d'une certaine puissance, d'une certaine force. J'ai dit à mon père d'abdiquer et de me donner sa place. L'a-t-il fait ? Non. Il m'a rétorqué que je n'avais pas les qualités nécessaires pour être Alpha. Il ne me restait donc plus qu'une seule chose à faire, le buter. Je m'en suis chargé pendant qu'il dormait. La meute m'a-t-elle accepté comme Alpha ? Non. Elle m'a expulsé. Je n'avais nulle part où aller et pas un rond. Ce n'est donc pas très étonnant qu'on me retrouve un jour en maison de redressement. J'y ai connu l'enfer, un enfer pire que tout.

— C'est donc là que tu as rencontré Nick, supposa Shaya.

La jeune femme ne se rappelait pas que Nick lui ait parlé d'un codétenu qu'il se serait mis complètement à dos. Ni d'un mec qui aurait eu une gueule de singe.

— Pour en revenir à Nick, il sera là bientôt. Il viendra te chercher. J'en suis persuadé. Où donc est passé Logan ? demanda-t-il aux extrémistes en se tournant vers eux. Je vais jeter un coup d'œil dehors, poursuivit-il quand ils haussèrent les épaules pour toute réponse.

Il sortit alors de la cabane en refermant la porte derrière lui, ce qui énerva beaucoup Shaya.

— Pourquoi en veut-il autant à Nick ? demanda Shaya à ses gardiens.

— Ça le regarde, répondit le gros qui n'arrêtait pas de cracher et qui avait tout l'air d'un gars du sud. On l'imaginait facilement jouant du banjo confortablement installé dans une balancelle sur un balcon.

Shaya poussa un soupir de frustration et se tourna vers son autre gardien, un maigrichon celui-là.

— Qu'est-ce que Nick lui a fait ?

— Merrick veut simplement faire souffrir Nick, lui répondit-il distraitement en ne cessant pas de lui lorgner la poitrine. C'est une histoire d'œil pour œil et de dent pour dent.

Ce nom lui disait bien quelque chose.

— Mais… Merrick est mort. Nick l'a défié en taule et a été obligé de le tuer.

Puis il a ensuite passé une bonne partie de sa vie à le regretter.

— Manifestement il a raté son coup. Je suis à peu près sûr que Merrick se serait tenu loin de Nick si le domaine de chasse n'avait pas été découvert et si Logan ne l'avait pas entraîné dans sa vendetta, expliqua le maigrichon en haussant les épaules comme si cela ne le regardait pas. Quoi qu'il en soit, il va le faire souffrir.

— Si vous voulez faire souffrir Nick, commença Amber, vous n'avez qu'à la tuer, elle. Puis vous me libérez et je vous soigne.

— Tu n'as jamais vraiment essayé de soigner Nick, n'est-ce pas ? supposa Shaya, et l'expression ébranlée d'Amber lui confirma son hypothèse. Je n'y ai pas pensé tout de suite, je dois le reconnaître. Tu avais l'air tellement malheureuse quand il a parlé à sa mère et à sa sœur de son trou de mémoire. Tu as même demandé qu'on te laisse à nouveau tenter de le guérir. Mais tu n'aurais rien fait, n'est-ce pas ? Parce que la seule manière pour toi de t'assurer qu'il revienne vers toi était qu'il reste malade, c'est ça, non ?

— Il ne me laissait jamais le toucher autrement, déclara Amber dont l'expression s'était assombrie. Je n'avais pas d'autre moyen pour que le mec que j'aime ait besoin de moi.

— Ce n'est pas une bien bonne excuse, ma chère. Si j'ai bien compris, tu as gardé mon mec malade pour l'empêcher de me revendiquer ?

Amber n'eut pas le temps de répondre parce que Logan entrait précipitamment en boitant et en saignant copieusement, suivi de près par Merrick.

— Nick est inconscient, leur annonça Logan. J'ai réussi à m'échapper pendant que les métamorphes venaient au secours de leurs blessés. Je pense qu'il va bientôt reprendre conscience et on doit être prêts à l'accueillir.

Merrick saisit un bidon d'essence – de l'essence ? – qui était posé dans un coin.

— Surtout faites très attention, leur expliqua Logan. N'aspergez pas la cabane. Il ne faut pas qu'elle explose ni qu'elle brûle trop vite. Versez un petit peu d'essence tout autour de la cabane de manière à ce que le feu se propage très lentement. Il faut éviter que tout parte en flamme trop vite. Il ne faudrait pas que Nick rate le spectacle de Shaya brûlant vive. Il doit l'entendre et la sentir mourir dans l'incendie.

Ayant donné ses ordres, Logan emboîta le pas à Merrick et ils sortirent tous deux de la cabane en refermant derrière eux.

Salauds d'enculés. Logan devait posséder beaucoup d'information sur le passé de Nick et sur ses années de taule. Il devait avoir eu accès à tous ses dossiers. Il était donc sans aucun doute au courant de l'accident dans lequel avait péri son père et où son loup avait émergé beaucoup trop précocement. Ouais, cet incendie était sans doute la plus grande souffrance qu'il puisse infliger à Nick. *Putain. Merde.* Elle devait absolument sortir de cette cabane. Avec une demi-métamorphe contre deux humains, elle avait une meilleure chance de s'en sortir que si Logan et Merrick étaient restés à l'intérieur.

— Je ne vais vous le dire qu'une seule fois, déclara-t-elle aux deux humains d'une voix tout ce qu'il y avait de plus sérieux. Libérez-moi ou je vous tue.

Ses deux gardiens ne tinrent aucun compte de sa requête et se contentèrent de s'esclaffer. Amber fit de même, l'idiote.

— Quel pervers tu es ! s'exclama Shaya en voyant le maigrichon continuer de lui lorgner les nénés.

— Je me demandais simplement de quelle couleur étaient tes tétons, fit-il en lui adressant un sourire effrayant.

— Pourquoi ne viens-tu pas vérifier par toi-même ? lui demanda Shaya d'un air moqueur.

— Tu sais quoi ? Je vais le faire.

Si l'idée de Shaya avait simplement été de le défier, elle aurait commencé à paniquer. Mais elle avait un plan. Elle voulait qu'il s'approche d'elle parce qu'il ignorait qu'elle avait réussi à défaire les liens qui retenaient ses mains.

Guidée par la colère qu'elle éprouvait après ce qui était arrivé à son compagnon, Shaya attendit qu'il soit suffisamment près d'elle avant de faire porter tout son poids sur une main et de lui balancer un coup de pied qui le fit valdinguer. Il n'eut pas le temps de réagir que déjà elle lui redonnait un coup de pied, mais dans les testicules, cette fois. Il fit un drôle de bruit avant de s'écrouler sur les genoux. Shaya saisit rapidement le couteau de chasse que son père lui avait offert quand elle était encore gamine et qu'elle avait planqué dans une de ses bottes. Elle le lui planta dans la poitrine.

Le gros gardien encore sous le coup de la surprise se rua alors sur elle. Elle roula sur le côté et lui trancha les tendons d'Achille au passage. Il s'écroula lourdement au sol en hurlant de douleur. Shaya roula une autre fois sur elle-même, s'empara du fusil et se retourna. Elle voyait le gros gardien qui essayait de s'enfuir en rampant. Il se figea sur place quand il l'entendit armer le fusil.

— Je t'avais prévenu que je te tuerais, fit-elle en haussant les épaules.

La balle l'atteignit en plein front.

À ce moment-là, Merrick ouvrit la porte de la cabane. Shaya avait déjà réarmé son fusil et était prête à tirer, le visant à la tête.

— Tu aurais dû t'enfuir, tête de singe, fit-elle en tirant.

Mais le salaud d'enculé s'était jeté sur le côté et la balle ne fit que l'effleurer à l'oreille.

— Merde ! s'exclama-t-il tandis qu'un mur de flammes s'élevait tout autour de la cabane. Bordel de merde ! s'écria-t-il en sortant et en refermant la porte derrière lui.

Avant que Shaya ait pu réfléchir à quoi que ce soit, elle sentit une main agripper sa cheville.

— Tu ne peux pas m'abandonner ici, lui cria Amber.

— Mais si, protesta Shaya.

La jeune femme ne ressentait aucune pitié pour la guérisseuse qui avait décidé de ne pas guérir Nick, ce qui avait failli lui faire perdre son compagnon.

— Espèce de garce !

— Personnellement, je trouve que ce mot est mal choisi pour me décrire. Il n'est pas assez fort. Enfin… Donne-moi une bonne raison de t'aider.

— Si je dois mourir, ce sera avec toi, grogna Amber.

Elle l'agrippait encore fermement par la cheville et réussit à lui faire perdre l'équilibre. Shaya tomba, et dans sa chute laissa échapper son fusil qui glissa loin d'elle.

Assez étrangement, Shaya se préoccupait moins de sauver sa peau que de l'état de Nick. Elle et sa louve flippaient complètement de le savoir inconscient. Si leur lien d'union avait été totalement développé, Shaya aurait pu l'utiliser pour donner des forces à Nick, pour l'aider à revenir à lui, elle ne le savait que trop bien. C'était exactement ce qu'avait fait Trey pour Taryn dans la bataille contre son oncle. Pendant que sa compagne était dans le cirage, il s'était bien concentré sur leur lien d'union, et une fois celui-ci établi, Taryn était rapidement revenue à elle.

Depuis qu'elle s'était réveillée dans cette cabane, Shaya essayait de faire comme Trey en se concentrant sur son lien d'union avec Nick, mais elle ne savait pas trop comment s'y prendre et toutes ses tentatives restaient vaines. Elle comprenait qu'elle n'y parvenait pas à cause de son incapacité à lui faire confiance, à cause de son besoin de lui être indispensable, car elle s'inquiétait qu'il finisse par lui reprocher son statut de soumise. Elle finit par se demander si tout cela était réellement important ou s'il s'agissait de prétextes qu'elle avait trouvés pour conserver toujours une certaine distance entre eux.

Ne lui avait-il pas après tout donné toutes les garanties possibles au cours de ces derniers mois ? « *Je ne connais personne de plus fort que toi* », lui avait-il dit juste avant de la revendiquer, confirmant tout ce qu'il avait fait jusque-là pour lui prouver qu'il la considérait comme son égale en tous points. Il lui avait dit et redit qu'il ne voulait personne d'autre qu'elle, la réconfortant sur son statut de soumise qui ne la rendrait jamais moins désirable à ses yeux. Il lui avait dit que la vie sans elle ne valait pas la peine d'être vécue et ça, elle ne pourrait pas l'oublier. Il lui avait également déclaré qu'elle lui était indispensable, essentielle à tous les niveaux.

Il avait tenu toutes ses promesses, il avait suivi son rythme à elle et fait preuve de toute la patience dont elle avait besoin. Oui, il avait mérité sa confiance avec tout ce qu'il lui avait dit et tout ce qu'il avait fait pour elle. Elle pouvait se fier à lui. Mais… leur lien ne se mettait quand même pas en place.

Bien sûr, pensa-t-elle en ricanant amèrement. Ce n'était pas vraiment un problème de confiance. Enfin, pas uniquement. Cela avait joué en partie, mais ce n'était pas là le principal obstacle entre eux. C'était plutôt la peur, la peur que Nick la quitte, la peur de se retrouver seule, la peur de devoir vivre sans lui. Et surtout la peur du pouvoir qu'elle lui donnait en reconnaissant qu'elle l'aimait. Ce serait faire preuve d'une grande injustice envers elle-même mais aussi envers Nick si elle s'accrochait à cette peur pour se protéger. Elle se devait de lui avouer ses sentiments pour lui.

Shaya trouvait cela assez ironique vu que c'était justement la peur qui avait empêché Nick de la revendiquer dès le début. Mais il avait réussi à surmonter sa peur et s'était montré déterminé à ne pas la faire souffrir en raison de ses propres craintes. Le moment était venu pour elle d'oublier sa peur et elle réussit.

Ce ne fut pas l'odeur du feu, de la fumée ou du bois brûlé qui fit stopper brusquement le loup gris. Ce fut plutôt le grand coup qui l'ébranla dans sa poitrine et dans sa tête. Il n'eut aucune crainte. Il ne souffrait pas. Seulement, il sentait sa compagne à l'intérieur de lui, il sentait battre son cœur et son pouls bien qu'un peu trop faiblement peut-être. Il ne prit pas le temps de goûter à la satisfaction qu'il éprouva de sentir leur lien devenir terriblement fort, indestructible même. Il devait retrouver sa compagne.

Le loup gris se laissa donc guider par son lien. D'autres loups le suivirent. Quand il vit la petite cabane en feu, un souvenir lointain mais douloureux lui revint à l'esprit, associé à des sentiments de peur, de panique, de désespoir et d'enfermement. Le loup gris hésita, poussa un hurlement. Puis il entendit la voix de sa compagne et ressentit son chagrin. Elle sentait sa peur et lui demandait de reculer. Mais le loup gris ne pouvait pas obtempérer. Elle était sienne, elle lui appartenait. Il devait veiller sur sa sécurité. La perception du danger couru par Shaya lui insuffla une sorte de frayeur différente, du genre à lui donner le courage d'agir plutôt que de le faire hésiter.

Quand elle sentit leur lien d'union se mettre complètement en place, la louve de Shaya poussa un hurlement de joie. La jeune femme se réjouit jusque dans son âme. Shaya elle-même ne put prendre le temps de goûter à ce nouveau bonheur tant elle devait lutter pour se libérer de l'étreinte de la vilaine garce qui la retenait par la cheville. Elle devait y parvenir avant que les murs en bois de la cabane en feu ne retombent sur elles et qu'elles soient brûlées vives. Il faisait nuit, il faisait chaud et elle avait peur. Elle était entourée de sifflements, de grésillements, de craquements et d'autres bruits sourds. Elle n'entendait rien d'autre.

Shaya toussa et commença à paniquer en sentant qu'elle avait de plus en plus de mal à respirer. Elle donnait de grands coups à Amber sur le visage et sur les mains, regrettant de ne pas avoir chaussé des talons aiguilles ce jour-là. Amber resserra davantage son étreinte et mordit Shaya à la jambe.

— Horrible garce ! éructa-t-elle.

Shaya l'attrapa par les cheveux, tirant jusqu'à lui faire ouvrir la mâchoire. Elle aurait pu se transformer, mais sa louve était trop énervée par le feu.

Tenant toujours Shaya par la cheville, Amber la tira vers elle et essaya de la griffer au visage. Mais sa propre blessure commençait à l'affaiblir et elle n'y parvint pas. Shaya saisit alors Amber par le poignet, et, mobilisant ses ultimes réserves, réussit à la retourner sur le dos en lui coinçant un bras au sol. Une soumise n'aurait pas dû être capable d'avoir le dessus sur Amber. Mais Shaya et sa louve étaient entrées en frénésie en apprenant ce que cette garce avait fait à leur compagnon. C'était cela qui insufflait à la jeune femme les forces nécessaires pour combattre son ennemie.

La tenant par les cheveux, Shaya cogna à plusieurs reprises la tête d'Amber sur le plancher jusqu'à ce que la guérisseuse pousse un faible grognement rauque. Shaya aurait pu attraper son couteau ou son fusil et aurait achevé la garce si elle avait pu y voir un peu plus clair dans l'épaisse fumée noire qui l'empêchait de discerner quoi que ce soit, en dépit de sa grande acuité visuelle de métamorphe. Elle ne savait même pas où se trouvait la porte et ne pouvait donc pas essayer de ramper vers elle. Elle ne voulait pas courir le risque de s'enfoncer encore plus profondément dans la cabane.

Sentant la présence de son compagnon à l'extérieur, Shaya aurait esquissé un sourire de soulagement si elle n'avait également ressenti les craintes et les souvenirs qui le hantaient. Elle avait le cœur brisé de voir à quel point cet accident l'avait traumatisé. Elle voulait lui faire comprendre qu'il n'avait pas besoin de revivre sans fin les affres du passé, qu'elle craignait de le voir rouvrir des plaies fermées depuis longtemps. Mais elle ignorait complètement si elle y parvenait ou non.

Surprise par Amber, Shaya se retrouva sur le côté, la guérisseuse essayant de reprendre le dessus. Elle la voyait essayer de se transformer, mais le produit injecté par Merrick devait encore faire effet car elle n'y arrivait pas. Ou bien sa louve avait aussi peur de l'incendie que celle de Shaya. Elles continuèrent donc à lutter pour prendre le dessus tout en toussant et en s'étouffant à cause de la fumée, elles étaient au bord de l'évanouissement.

Shaya entendit la porte s'ouvrir brusquement et reconnut l'odeur de son compagnon. Quelques secondes plus tard, des bras musclés l'attrapèrent et essayèrent de la relever, mais Amber retenait Shaya par la taille et se servait de tout le poids de son corps pour la clouer au sol. Manifestement Amber n'essayait pas de sortir de la cabane, parfaitement consciente qu'elle y risquerait aussi sa peau. Elle semblait avoir décidé qu'elle préférait mourir par inhalation de fumée plutôt que de se faire attaquer par une bande de loups en colère. Elle voulait seulement voir Shaya crever avec elle.

Mais Shaya n'était pas d'accord. Elle repoussa fermement la tête de la garce qui ne retira ses griffes que pour mieux les replanter et la maintenir encore plus solidement. Bien décidée à ne pas abandonner ce combat, Shaya mit ses pouces dans les yeux d'Amber et appuya fortement, tandis que Nick continuait à la sortir de là, à peine ralenti par la résistance de la guérisseuse.

— Lâche-moi, espèce de garce névrosée ! s'exclama Shaya.

Mais seule une sorte de chuchotement rauque était sortie de ses lèvres. Puisant dans ses dernières forces, Shaya serra le poing et assena à Amber un coup dans la mâchoire. La guérisseuse relâcha un instant son étreinte, juste assez pour permettre à Nick de soulever sa compagne dans ses bras, la libérant complètement de l'emprise d'Amber. La gardant serrée contre lui, il se précipita vers la sortie. Shaya s'attendait à traverser un mur de flammes, mais l'incendie commençait à être maîtrisé et les flammes disparaissaient rapidement.

Enfin éloignée de la cabane, Shaya remarqua du coin de l'œil que des métamorphes s'attaquaient au feu avec des extincteurs venant de l'habitation où ils étaient entreposés en prévision d'éventuels incendies de forêt. Shaya fut installée par Nick dans un des SUV garé à proximité. Elle ne put s'empêcher d'examiner le corps entièrement nu de son compagnon à la recherche des blessures subies durant la bataille.

— Taryn m'a guéri, la rassura-t-il, en poussant un long soupir et en obligeant Shaya à prendre une des bouteilles d'eau que Cam avait apportées, eau qu'elle but si goulûment qu'on aurait cru qu'elle l'inhalait.

— Tu m'as fait une de ces peurs, putain ! s'écria Nick.

— Je n'ai pas fait exprès de me faire kidnapper, lui assena-t-elle d'une voix rauque.

Nick l'étreignit si fermement qu'elle aurait crié si elle n'avait eu autant besoin de ce contact que lui.

— Comment vont les autres ? put-elle enfin lui demander.

De sa place, Shaya ne voyait que Jaime, Dante, Ryan et Rhett. Merde, merde, merde.

Nick sentit sa compagne envahie par la panique. Il s'éloigna un peu d'elle et posa une main sur le menton de la jeune femme.

— Les autres sont toujours en vie, ne t'inquiète pas. Malheureusement ils ne sont pas en grande forme. Taryn s'occupait d'eux quand je suis parti, poursuivit-il après avoir été interrompu par une quinte de toux. Elle n'a pu les soigner que partiellement pour ne pas épuiser ses forces. Gabe et Caleb sont venus les chercher en 4x4 tandis que Cam et Rhett apportaient les extincteurs et des bouteilles d'cau.

— En parlant de soigner partiellement, Nick, je dois te dire qu'Amber n'a jamais tenté de te guérir, point barre. Elle n'a fait que semblant parce qu'elle voulait que tu ailles souvent la voir. Tu sais ce que cela signifie, non ? Que c'est sa faute si tu es retombé malade. Il est donc tout à fait probable que les soins prodigués par Taryn t'aient guéri pour de bon.

Nick ne fut pas trop affecté d'apprendre qu'Amber l'avait trahi. Il n'avait jamais éprouvé de réels sentiments pour elle. Cependant il ne pouvait s'empêcher d'être déçu d'avoir été trompé par un membre de son ancienne meute.

— Je peux donc me réjouir que personne ne soit allé la chercher dans ce brasier. Son comportement était contraire à la déontologie des guérisseurs.

— Qu'est-ce qui se passe ? demanda Shaya qui avait remarqué plusieurs métamorphes formant un cercle à côté de la cabane.

— Jesse, Bracken et Derren ont ramené Logan et Merrick. Je préfère que tu restes dans la voiture, lui dit-il en lui posant une main sur le menton.

— Tu vas les tuer, c'est ça ? s'enquit-elle en se mordant la lèvre inférieure.

— Oui.

Nick s'attendait à ce que Shaya lui crie de ne pas le faire, ou du moins à ce qu'elle lui demande de changer d'avis. Mais elle n'en fit rien et se contenta de hocher la tête pour donner son accord.

— Fais-les souffrir.

Nick fut très étonné par cette réaction.

— Je reviens dans quelques minutes, lui dit-il.

Ressentant toujours de la colère ainsi que des relents de la crainte qu'il avait éprouvée pour la vie de Shaya, Nick s'approcha du groupe en cercle près de la cabane. Ses amis s'écartèrent instantanément pour le laisser passer et il se retrouva face à face avec Logan et Merrick. Ils arboraient tous deux une expression neutre mais ils avaient manifestement très peur, ce qui fit plaisir au loup de Nick qui était furieux. Logan et Merrick étaient pleinement conscients de l'imminence de leur fin.

— Si tu me tues, commença Logan, mes…

Nick leva la main pour le faire taire.

— Ton ami Lee-Roy m'a dit exactement la même chose. Inutile d'insister. Il n'a pas réussi à me convaincre et tu ne le pourras pas plus. Tu es censé être mort, fit-il en s'adressant à Merrick. Veux-tu savoir ce qu'il y a d'ironique dans cette situation ? C'est que j'ai très longtemps souffert de t'avoir buté, car je ne souhaitais pas ta mort. Il aurait pourtant mieux valu que je te tue à l'époque.

En d'autres circonstances Nick aurait été content de découvrir que Merrick était encore en vie et qu'il pouvait donc arrêter de se sentir coupable comme il l'avait fait durant de si longues années. Mais ce n'était plus le cas à présent. Ce salaud méritait la mort.

— Je comprends ton point de vue, affirma Merrick en ricanant nerveusement.

— J'aimerais bien savoir comment il se fait que tu sois encore en vie.

— Le jour où tu as failli me tuer, répondit Merrick dans un haussement d'épaules, je me suis arrangé avec Logan. Je lui ai dit que s'il faisait venir un guérisseur pour me soigner, je lui dirais tout ce que je savais sur toi et sur les autres taulards, vos codes, vos grades, vos faiblesses. On se ressemble pas mal au fond, lui et moi.

Les métamorphes poussèrent tous un grognement de dégoût à l'entendre débiter de telles horreurs.

— Tu as trahi les tiens, décréta Derren qui s'était approché de Nick et se tenait juste derrière lui.

— Ce ne sont pas les miens. Les miens ne m'auraient pas mis à l'écart de ma propre meute.

— La meute de Trey l'a longtemps tenu à l'écart, expliqua Nick. Mais il n'a pas décidé pour autant de se venger sur tous les métamorphes. Il n'y a aucune excuse pour le mal que tu as fait.

— J'aurais dû devenir l'Alpha de ma meute, s'écria Merrick qui se fichait éperdument des propos de Nick. Et j'aurais dû être l'Alpha de la maison de redressement.

— Absolument pas, déclara Nick d'une voix calme et tranquille. Tu as tous les défauts que ne doit pas avoir un Alpha : tu es prétentieux, fourbe, égocentrique, instable et brutal. On le savait tous et on te détestait.

— Les autres me respectaient et m'obéissaient jusqu'à ce que tu arrives et que tu me défies.

— Non. Les taulards avaient formé des petits groupes fermés. Ils te craignaient, voilà tout. Un Alpha qui veut régner par la peur et l'intimidation n'est pas un véritable Alpha. C'est aussi simple que cela. Comme le sort qui t'attend, d'ailleurs.

— Nick, intervint Jesse, on sait tous que ce mec t'a fait du tort et qu'il a kidnappé ta meuf. Mais il est également responsable de l'enlèvement et du meurtre de membres de nos familles, comme ma sœur, le cousin de Bracken et le neveu de Zander.

Les trois métamorphes avaient besoin d'assouvir leur vengeance et de clore ce chapitre de leur vie. Nick le comprenait parfaitement. Sans problème. Si les rôles avaient été inversés, il aurait souhaité tuer Merrick. En outre il lui restait à buter Logan pour sa participation à l'enlèvement et à la tentative d'assassinat de sa compagne, il tournerait ainsi la page sur l'horreur de la vie en maison de redressement pour tous les anciens que Logan avait harcelé. Il pouvait donc bien remettre l'autre enculé à Jesse, Bracken et Zander s'ils voulaient s'en charger. Il avait déjà remporté une manche contre Merrick dans le passé après tout. La décision qu'avait prise Nick devait se lire dans son regard, car Merrick eut l'air soudainement perplexe et nerveux.

— Tu ne vas pas me défier ?

— Si je le faisais, la bataille prendrait fin trop vite, non ? De cette manière, tu souffriras un peu plus longtemps. Cette idée me plaît bien. Tu ne mérites pas ma clémence, Merrick. Et toi non plus, ajouta-t-il en tournant les yeux vers Logan avant de revenir à Merrick. Vous avez tous deux essayé de m'enlever la seule personne que j'ai jamais aimée. Vous devez comprendre que je ne suis pas content du tout. Ce sera peut-être un peu douloureux, fit-il en s'approchant de l'homme qui avait violé et tué tellement de jeunes métamorphes.

Chapitre 19

Trois mois plus tard

Tandis que Jaime bavardait de choses et d'autres à côté de lui à table, Nick faisait l'effort de lui sourire. Oh, elle était très sympa, mais Nick n'aimait pas du tout perdre son temps à papoter avec de soi-disant amis. Cependant il semblait ne pas avoir le choix avec Jaime. Il aperçut sa compagne assise de l'autre côté de la grande table qui essayait de réprimer un sourire, ayant deviné que non seulement il ne s'amusait pas du tout mais qu'il était en outre très mal à l'aise.

Plus que quelques instants à tenir, se dit-il pour se réconforter. Dès que Shaya et lui auraient terminé leur dîner, ils pourraient quitter le territoire de la meute du Phénix pour n'y revenir qu'en simples visiteurs.

Nick et Shaya étaient restés chez leurs amis depuis la nuit de la bataille. Ils dormaient dans le camping-car à l'extérieur du périmètre du territoire, mais on ne les laissait jamais seuls et ils passaient donc très peu de temps en tête à tête. Ils n'étaient d'ailleurs pas les seuls à profiter de l'hospitalité de leurs hôtes puisque Derren, Roni, Eli, Kathy, Jesse, Bracken, Zander et Kent – qui avait vendu son salon de coiffure – étaient également restés. Pourquoi ? Pas dans l'espoir que Nick crée une nouvelle meute. Non. Ils estimaient en effet qu'ils en formaient déjà une.

Merde. Même Caleb avait décidé qu'il faisait partie de cette soi-disant meute. Nick constatait à sa grande surprise qu'il aimait bien ce Caleb, même s'il semblait un peu trop proche de Shaya à son goût. Caleb se montrait très protecteur envers elle, mais sans pour autant empiéter sur le rôle de Nick. Et Nick lui était réellement redevable d'avoir été là pour Shaya pendant son enfance, quand sa mère ne s'occupait pas du tout d'elle.

Nick devait reconnaître en toute honnêteté qu'il aimerait renouveler le défi que représentait le rôle d'Alpha, surtout que cette fois sa compagne serait à ses côtés et que sa meute vivrait dispersée. Ses membres lui avaient d'ailleurs fait savoir en toute discrétion qu'ils étaient d'accord avec ce mode de fonctionnement. Nick passerait ainsi beaucoup de temps seul à seul avec sa compagne. Les membres de cette soi-disant meute avaient tous énormément de respect pour Shaya, ils reconnaissaient sa force intérieure contrairement à de nombreux autres métamorphes qui ne lui auraient prêté aucune attention en raison de son statut de soumise.

Elle était devenue, à toutes fins pratiques, leur femelle alpha et cela ne la gênait absolument pas dans la mesure où ce rôle ne l'empêcherait pas d'occuper le poste de médiatrice qu'elle avait obtenu comme le lui avait prédit Nick, qui y avait toujours cru. Elle était donc aux anges. Il ne l'avait vue aussi heureuse qu'une seule autre fois, le soir de leur cérémonie d'union.

Comme prévu, la cérémonie avait eu lieu quelques jours après la bataille, une fois qu'ils s'étaient tous remis de leurs blessures. Trey avait officié comme Nick l'avait fait pour lui et Taryn à l'époque. Shaya était incroyablement belle. Nick se souvenait du moindre détail de sa tenue. Elle était vêtue d'une robe dos nu en satin bleu azuréen. Un jupon de soie assorti dépassait légèrement de la jupe. Pour sa part, Nick avait suivi la tradition et portait un costume gris sombre de la couleur du pelage de son loup. Ce dernier était parfaitement heureux et satisfait pour la première fois depuis qu'il avait émergé, et cet état semblait à peu près permanent.

Ils avaient beaucoup ri pendant la fête qui avait suivi. Rhett s'était soûlé et était tombé dans le cirage au pied des baffles. Comment avait-il pu y survivre avec son acuité auditive de métamorphe ? Mais bon, ce n'était pas tous les jours qu'un mec découvrait que sa compagne était enceinte. Il s'était d'ailleurs drôlement énervé parce que Grace refusait d'y aller mollo à la fête, alors qu'elle avait veillé étroitement sur Taryn pendant sa grossesse. Nick savait que le jour où Shaya tomberait enceinte – il s'en apercevrait immédiatement en raison des petites variations d'odeur – serait le plus grand jour de sa vie. Mais ce serait aussi un choc, comme ça l'était pour Rhett.

Sa mère qui riait comme une folle avec Shaya, Roni, et Eli, avait lancé des allusions très directes sur la nécessité de lui donner bientôt des petits-enfants. Elle adorait Shaya, ce qui expliquait qu'elle avait passé le plus clair de la cérémonie à lancer des regards mauvais à Gabrielle, pourtant d'un comportement exemplaire toute la soirée. En effet, elle n'avait pas insulté Shaya une seule fois. Stone était resté très correct avec Nick, mais il n'avait pu s'empêcher de mettre la main sur son Glock de temps à autre, comme pour montrer à son gendre qu'il l'avait à l'œil. Enfin.

Eli s'était tout de suite bien entendu avec Shaya. C'était normal. Elle était très à l'aise en société et Nick était persuadé qu'elle ferait une excellente médiatrice. Shaya, Kathy et Eli complotaient ensemble pour trouver le moyen d'empêcher Roni de passer de longs moments sous sa forme lupine. Shaya était bien la seule capable d'avoir une quelconque influence sur Roni.

Nick était très soulagé de n'avoir pas souffert d'une seule migraine depuis sa séance de guérison avec Taryn. Vraiment. Il n'avait pas non plus eu d'autres problèmes laissant soupçonner le retour de la dégénérescence de ses fonctions cognitives. Comme Shaya le lui avait demandé, Taryn avait occasionnellement posé la main sur le front de Nick pour voir si des points lumineux apparaissaient sur son cuir chevelu. Mais il n'y en avait jamais. Ils avaient donc raison de penser qu'il était retombé malade parce qu'Amber avait fait exprès de ne pas le guérir. Shaya pensait qu'il était parfaitement tiré d'affaires à présent, et son intuition lui disait qu'elle avait raison.

Nick fut tiré de ses pensées quand un vilain chat tigré sauta sur la table et alla s'installer sur les genoux de Jaime. Il miaula haut et fort en regardant Dante assis en face de sa compagne. Nick examina le félin qui terrorisait son chien.

— Ce chat est vraiment particulièrement affreux, déclara-t-il à la décharge de Bruce.

Jaime fut horrifiée de constater que Dante partageait cet avis. Elle étreignit son chat contre elle et se tourna vers son compagnon, le tançant vertement pour son attitude asociale envers son pauvre chat. Gabe la consola jusqu'à ce qu'elle arrête de pester et qu'elle pousse un grognement. Dante et Hope continuèrent à rire silencieusement.

— Ils s'engueulent souvent comme ça au sujet de son horrible chat, expliqua Gabe à Nick, tout en caressant Bruce qui s'était entiché de lui. Dante est jaloux de toute l'affection que Jaime accorde à Canon.

Dante ne nia pas.

Nick en avait d'abord voulu à Dante de vouloir l'éloigner de Shaya – pour la protéger – mais il avait fini par apprécier le grand Beta. Au cours de ces derniers mois, Dante et Tao avaient décidé de donner à Jesse, Bracken et Zander la même formation qu'aux lieutenants de la meute du Phénix. Nick comprenait leur raisonnement : ils les formaient pour devenir les lieutenants de sa nouvelle meute. Ouais, ils faisaient également partie du complot qui visait à obliger Nick à devenir l'Alpha de cette nouvelle meute.

Quand Shaya se leva et se pencha au-dessus de la table pour récupérer le ketchup que lui tendait Kent, Nick ne put s'empêcher d'admirer la vue.

— Ton cul est absolument parfait, lui dit-il.

Sa compagne lui adressa un beau sourire pour toute réponse.

— Je suis absolument d'accord, fit Dominic, au péril de sa vie encore une fois. C'est juste pour rigoler, poursuivit-il en levant les mains quand Nick lui lança un regard mauvais.

— Je lui donnerais bien une tape de ta part, fit Kent qui soupira en regardant Dominic. Mais regarde comme il est beau garçon.

—Jolie chemise, le complimenta Roni. Je l'ouvrirais bien pour voir ce qu'elle contient…

Ils éclatèrent tous de rire en voyant Roni taquiner ainsi Dominic.

—Arrête, dit ce dernier en la pointant du doigt. Si tu n'acceptes pas de m'épouser et de faire des cochonneries avec moi…

—Arrête d'asticoter mon frère et j'arrête de te prendre pour cible.

Roni et Dominic continuèrent à se chamailler allègrement comme d'habitude. Nick remarqua que Marcus ne semblait pas goûter ces batifolages entre sa sœur et le pervers blond. Marcus matait souvent Roni et la draguait parfois, mais elle le regardait toujours avec une expression tout à fait neutre. Contrairement aux autres filles de cette petite assemblée, elle était imperméable à son charme. Heureusement, car cela évitait à Nick de devoir le tuer. Marcus avait l'air plus perplexe qu'autre chose, comme un mec qui aurait perdu ses pouvoirs magiques. Patrick semblait trouver cette situation particulièrement cocasse.

Lorsque Grace prit l'assiette vide de Nick et lui servit une tasse de café, il la remercia d'un signe de tête. Sa cuisine lui manquerait, il devait le reconnaître. Comme Lydia, elle savait aussi très bien soigner les blessures. Toutes les deux avaient bien aidé Taryn avec les nombreux blessés après la bataille. Putain, Tao et Dominic avaient failli y rester. Eli, Trey, Marcus et Patrick avaient aussi subi d'importantes blessures. Taryn s'était emportée contre Trey, comme s'il avait fait exprès de se faire tirer dessus.

Ce soir-là, par contre, le couple d'Alphas était parfaitement heureux, assis autour de la table, jouant avec Kye et rigolant de le voir froncer les sourcils en regardant Cam faire le clown pour l'amuser. Le petit avait presque l'air insulté qu'on puisse le croire capable de rire devant de si piètres pitreries. Nick éprouva une sorte de besoin, un désir. Un jour il aimerait aussi avoir un enfant avec Shaya. Comme si elle l'avait senti, sa compagne lui adressa un sourire et lui mit la main sur la cuisse, très loin de son membre, mais cela ne faisait rien. Il durcit comme une pierre.

— On peut peut-être y aller maintenant ? lui demanda-t-il.

Shaya rit. Elle n'aurait sans doute pas dû, mais cela l'amusait de voir son compagnon souffrir le martyre en société et de voir l'effet qu'elle avait sur lui.

— Laisse-moi finir mon café et mon dessert.

En toute honnêteté, Shaya avait également hâte de s'en aller, parce que Nick allait enfin lui montrer la maison qu'il avait achetée pour eux deux. Il n'avait pas voulu lui dire quoi que ce soit à son sujet, même pas où elle était située. Shaya n'était pas très patiente de nature, mais elle désirait profiter de ce dernier repas avec la meute du Phénix. Elle savait que les choses ne seraient plus jamais les mêmes maintenant qu'elle s'apprêtait à devenir une femelle alpha.

Même si Nick éprouvait beaucoup de réticences à l'idée de redevenir Alpha, elle savait qu'il n'y avait pas photo. Contrairement à de nombreux dominants, il n'avait pas besoin de prouver sans cesse ses qualités d'Alpha, il n'avait pas besoin de chercher constamment l'attention des autres. Il était naturellement charismatique. Cela suffisait pour qu'on le remarque et qu'il serve de modèle. Il n'avait pas besoin d'exiger qu'on lui obéisse, qu'on le respecte ou qu'on le suive. Cela se produisait tout simplement et très naturellement. Il s'énervait parfois quand on venait lui demander de l'aide ou des conseils, parce qu'il n'aimait pas qu'on s'attroupe autour de lui. C'était assez amusant en même temps pour un homme aussi asocial.

— Emballe ton gâteau dans ta serviette et prends-le avec toi.

— Non, j'ai envie de le manger maintenant, insista Shaya en souriant devant l'impatience de Nick.

— Mais… les gens n'arrêtent pas de m'adresser des sourires.

— Tu n'as qu'à leur sourire aussi.

— Je ne veux pas.

— Pour ton information : ces gens vont continuer d'être sympa avec toi, même si tu essaies de les garder à distance. Ils sont déterminés à percer tes défenses et à t'intégrer au groupe.

Comme Jaime, les membres de la meute du Phénix faisaient tous exprès de l'asticoter. Ouais, ces gens-là, et surtout Patrick, ne se privaient pas de se taquiner les uns les autres dès que l'occasion se présentait et ils n'hésitaient pas à faire profiter leurs invités de leurs pitreries. Tao était le plus susceptible et c'était donc lui qui en prenait le plus. Ryan se contentait d'émettre des grognements rauques qui ressemblaient à une manifestation d'impatience à chaque fois que Patrick l'agressait de la sorte.

— Arrête de monopoliser mon petit-fils, rouspéta Greta quand Taryn tendit les bras vers Kye.

La vieille dame s'était attendue à ce qu'il la réclame, mais il ne l'avait pas fait.

— Je le câline, c'est tout, lui répondit Taryn aimablement tout en serrant un peu plus Kye dans ses bras.

Le petit garçon jouait avec les cheveux de sa maman en riant de bon cœur.

Greta mit les mains sur ses hanches et adressa un regard noir à Taryn. La vieille sorcière avait passé la dernière demi-heure à insulter la femelle alpha et ne semblait pas avoir terminé.

— Tu as compris, espèce de garce.

— Greta, fit-elle en soupirant, je pense que tu nous as assez amusés pour aujourd'hui. Pourquoi ne vas-tu pas faire une liste de tes cantiques et de tes poèmes préférés ? Tes funérailles ne devraient plus beaucoup tarder. Que vas-tu choisir : un cercueil ouvert ou fermé ?

— Hem ! Je ne comprends vraiment pas pourquoi Trey, mon petit-fils, a choisi de s'unir à toi. Tu es trop petite, sarcastique, irrespectueuse…

— Fais bien attention, Greta, que ta vilaine langue fourchue ne fasse pas tomber ton dentier.

Cette remarque relança bien évidemment la grand-mère de Trey.

— Je ne sais pas si je vais pouvoir endurer cela encore longtemps, déclara Nick à Shaya en se tournant vers elle. As-tu fini ?

Shaya s'esclaffa et fit signe à Nick qu'elle serait prête dans une minute. Elle avala sa dernière gorgée de café et hocha la tête.

— On peut y aller maintenant, lui dit-elle.

Soulagé et excité à la fois, Nick s'empara de la main de sa compagne et l'aida à se lever de table. Derren, Roni, Eli, Kathy, Kent, Jesse, Bracken et Zander se levèrent également.

— Oh non, vous ne pouvez pas nous suivre. Shaya et moi avons besoin d'être un peu seuls pour changer.

— On a juste envie de savoir où on va habiter, rétorqua Derren en toute innocence tandis que les autres hochaient la tête. Tu ne vas pas réussir à te débarrasser de moi et tu le sais, poursuivit-il en réponse à un grognement de Nick. Ni de nos autres amis. Tu ne pourras pas non plus te défiler. Tu seras bel et bien notre Alpha.

Nick eut une idée et croisa les bras.

— Très bien, tu veux que je sois ton Alpha ? Et bien d'accord, mais à condition que tu acceptes d'être mon Beta. Plus question pour toi d'être mon garde du corps.

Derren en resta bouche bée.

— Non, putain, protesta-t-il. Je suis allergique aux responsabilités. Elles me font peur.

— Alors je crains qu'il n'y ait pas de place pour toi, Derren, et je le regrette, crois-moi. Tu ne fais pas partie de la meute et je te vire pour de bon.

— Hé, tu n'as pas le droit de faire cela. C'est moi qui ai rassemblé cette meute, geignit-il presque.

— Cela n'a aucune importance. En tant qu'Alpha, j'ai le droit de prendre cette décision. Alors qu'en dis-tu ? Veux-tu être mon Beta ou non ?

— D'accord, fit Derren avec un air d'adolescent boudeur.

— Je vous montrerai la maison demain, dit Nick à sa meute en arborant un sourire victorieux et en guidant Shaya autour de la table. (Il lui faudrait un peu de temps pour s'habituer à être de nouveau Alpha.) Shaya et moi souhaitons y passer notre première nuit en tête à tête.

Tous les membres de la nouvelle meute opinèrent respectueusement du chef.

Nick et Shaya firent donc leurs adieux. Shaya faillit se faire agresser par Dominic qui y laissa presque un bras. Ils empruntèrent le dédale de galeries jusqu'au parking couvert. Nick sortit alors de sa poche un objet qu'il tendit à Shaya.

— Quoi ? fit-elle. Tu veux que je mette ce bandeau sur mes yeux ?

— Tu n'as pas le choix. C'est une surprise, une vraie.

Shaya n'était pas trop contente à l'idée de ne même pas pouvoir regarder par la fenêtre pour deviner leur destination, mais elle accepta néanmoins de se laisser bander les yeux. Elle fut plongée dans l'obscurité la plus complète. Nick l'embrassa délicatement avant de l'installer dans sa Mercedes.

Le jeune homme poussa un long soupir de soulagement quand ils se furent enfin éloignés du territoire de la meute du Phénix. Ces gens le feraient craquer un jour, il en était persuadé. Il ne voulait être avec personne d'autre que Shaya et ils se retrouvaient enfin seuls tous les deux. Il regretta cependant de ne pas l'avoir également bâillonnée. En effet, sa compagne n'eut de cesse de lui poser tout un tas de questions sur leur nouvelle maison. Sans doute pour l'énerver, ce qu'elle réussit à faire parfaitement.

Quand la voiture s'arrêta enfin, Shaya sauta presque hors de son siège tellement elle était excitée. Elle était un peu comme un gamin dans une cour de récréation, mais elle s'en fichait. Elle avait entendu la même rengaine pendant trois longs mois : « *Tu verras, c'est une surprise.* » Elle se sentait hyperexcitée mais aussi un peu exaspérée.

— Est-ce que je peux retirer le bandeau maintenant ? lui demanda-t-elle.

— Non, c'est moi qui m'en chargerai. Attends-moi ici, lui répondit-il.

Shaya poussa un soupir et attendit que Nick descende de la voiture, en fasse le tour et vienne lui ouvrir sa portière. Il lui prit la main et l'aida à sortir à son tour de la Mercedes. Elle fut tout de suite assaillie par des parfums familiers de pin, de terre chauffée par le soleil et de mousse. L'odeur de ce lieu ne lui était pas inconnue… Elle y était déjà venue.

— Retire-moi le bandeau.

— Tss-tss, fit Nick. Tu n'es vraiment pas patiente, lui dit-il en la guidant sur quelques pas tout au plus avant de lui retirer le bandeau. Voilà, tu peux regarder maintenant.

Shaya cligna un peu des yeux pour s'habituer à la lumière ambiante, puis les ouvrit bien grands et resta bouche bée.

— Oh mon Dieu ! s'exclama-t-elle finalement.

Elle connaissait effectivement ce lieu pour l'avoir fréquenté durant son enfance. C'était même son endroit préféré.

— Tu as acheté le pavillon de chasse ?

L'endroit était exactement comme dans ses souvenirs. Le rez-de-chaussée était en pierre et les deux étages en bois naturel. Les immenses fenêtres laissaient entrer plein de lumière, illuminant littéralement l'intérieur. Les arbres qui poussaient tout autour de l'habitation étaient décorés de guirlandes lumineuses.

— Je ne peux pas croire que tu aies fait cela, chuchota-t-elle, la gorge tellement nouée par l'émotion qu'elle était incapable de parler normalement.

Puis elle se retourna brusquement, se jeta sur Nick et l'étreignit si fortement qu'il en fut surpris. Il la rattrapa sans difficulté et la serra dans ses bras.

— Est-ce que cela signifie que tu aimes ta surprise ?

— Je l'adore.

Nick fut immensément soulagé. Il pensait connaître sa compagne suffisamment bien pour savoir qu'elle allait adorer cette maison et qu'elle pourrait s'y sentir bien chez elle, mais il avait tout de même eu un petit peu peur de commettre une erreur. Son loup était ravi de la réaction de Shaya.

— Le pavillon n'est plus l'unique habitation du domaine, expliqua-t-il à sa compagne quand enfin elle le relâcha. Les propriétaires ont fait construire d'autres pavillons qu'ils mettaient en location. Il y a donc de la place pour tous les membres de notre meute. Ce sera parfait. On pourra avoir notre intimité, toi et moi.

— Je n'arrive vraiment, vraiment pas à croire que tu aies fait cela, fit Shaya au bord des larmes tellement elle était émue. Je n'aurais jamais pu deviner. J'aurais dû pourtant, vu comment tu cherches toujours à me gâter.

— C'est mon droit, et je vais continuer à le faire. Et très souvent. Tu devras t'habituer à me remercier correctement.

— Tu sais ce que je n'arrive pas à croire ? fit-elle en balayant sa remarque d'un geste de la main. C'est que les humains bourrés de préjugés à qui appartenait ce domaine aient accepté de te le vendre, à toi, un métamorphe. Ne me dis pas…, fit-elle en levant la main pour l'arrêter tandis qu'il s'apprêtait à répondre. Tu as fait intervenir tes relations, c'est ça ?

— Tu as tout compris, fit-il. Veux-tu entrer ?

— Est-ce que les Dalmatiens ont des taches noires ?

— Juste une chose : j'ai fait quelques petits changements.

— Qu'est-ce que cela veut dire ? Tu n'as pas besoin d'avoir l'air aussi craintif. Le fait que tu aies apporté de petits changements à la déco ne signifie pas que je ne vais pas aimer.

— La maison n'avait pas été bien entretenue ces dernières années, lui expliqua-t-il en souriant. J'ai donc demandé à une de mes relations…

— Tu veux dire : à un de tes amis, insista-t-elle.

— Un de mes amis, donc, qui travaille dans la rénovation et la modernisation de bâtiments, est venu s'occuper de l'aménagement intérieur. Je lui ai décrit tes goûts et lui et son équipe se sont mis au boulot. Il va s'attaquer aux autres habitations dès que nos amis auront fait leur choix et lui auront fait part de leurs préférences. Prête ?

Shaya fit un « oui » très catégorique de la tête. Elle mit sa main dans celle de Nick et ils ouvrirent la porte. La jeune femme resta sidérée devant toutes les transformations qui avaient été effectuées. Tout était très différent. Les murs avaient été abattus de telle sorte que le séjour, la cuisine et la salle à manger ne formaient plus qu'une seule grande pièce. Le coin séjour était meublé de canapés et de fauteuils somptueux ainsi que d'une chaîne à la pointe de la technologie. Un tapis ovale, blanc et moelleux séparait la télé des canapés. Elle n'eut qu'une envie, de s'y lover. Une immense cheminée en pierre ajoutait une touche rustique au lieu et créait une réelle impression de confort, d'espace et de chaleur comme jamais auparavant.

Nick guida Shaya dans l'escalier couleur or et lui fit visiter l'étage. Il lui montra l'immense salle de bains, les nombreuses chambres d'amis et la salle de jeux avec son bar à cocktails. La grande chambre qui leur était destinée ne pouvait qu'être décrite comme sensuelle avec sa palette rouge, or et blanc et son lit à baldaquin. Cette pièce respirait le sexe, le plaisir et la satisfaction des désirs.

Comme si le Jacuzzi de la salle de bains ne suffisait pas, il y en avait également un sur le balcon jouxtant la chambre, avec vue sur la rivière et le soleil couchant à l'horizon. Shaya se retourna et aperçut son compagnon qui la fixait des yeux.

— J'adore ! s'exclama-t-elle. Mais ça manque d'oreillers décoratifs, tu ne trouves pas ? le taquina-t-elle en faisant la moue.

Il secoua la tête et s'approcha d'elle, déterminé à la prendre sur ce lit comme il l'avait tant de fois imaginé depuis qu'il l'avait choisi.

— Non, pas d'oreillers décoratifs.

Puis s'approchant de Shaya, il lui caressa délicatement le bras.

— Je voulais te dire également que j'ai fait installer une piscine en sous-sol. On pourra aller la voir plus tard. Mais maintenant que tu es enfin avec moi dans cette chambre, sache que j'ai l'intention de t'y garder pendant un petit moment. Déshabille-toi, lui ordonna-t-il en reculant d'un pas.

Nick avait parlé du ton autoritaire du mec qui n'aurait absolument pas toléré de refus. Shaya frissonna et retira son débardeur, ses talons aiguilles, son jean, son soutien-gorge et sa culotte en dentelle. Le besoin qu'elle aperçut dans le regard de Nick déclencha dans son corps des picotements de désir et d'anticipation. Mais Nick ne la toucha pas tout de suite. Il commença par tourner autour de sa compagne avec une lueur prédatrice au fond des yeux, comme il le faisait parfois. Arrivé derrière Shaya, il lécha le creux de son épaule et lui mordit fortement le lobe de l'oreille.

— Parfaite, tu es absolument parfaite, lui chuchota-t-il de sa voix séduisante.

Puis il revint se placer devant elle mais ne la toucha pas encore. Cependant il la caressait de son regard vorace et elle sentit des fourmillements dans son dos. Shaya se mit à haleter en jouissant du spectacle de Nick se dévêtant lentement. Elle pouvait sentir les véritables décharges électriques qui se produisaient entre eux. Leur silence se prolongea. Son désir pour lui était tellement violent qu'elle en avait presque mal. Elle en avait les seins lourds, les tétons durcis. Son sexe en pulsait même.

— Nick, le supplia-t-elle.

— Qu'est-ce que tu veux, Shay, lui dit-il en plongeant son regard hypnotique dans les yeux de sa compagne. Dis-le-moi et je te le donnerai.

Shaya et sa louve furent complètement subjuguées par la domination qui exsudait de sa voix.

— Toi, répondit-elle d'une voix rauque. Je te veux.

Elle répétait essentiellement quelque chose qu'il lui avait déjà dit et elle obtint ce qu'elle souhaitait. En l'étreignant, Nick poussa un grognement sourd qui semblait émaner des profondeurs de son être, lui écrasant les seins contre son torse et empoignant fermement ses hanches des deux mains. Il l'embrassa goulûment, utilisant sa bouche, sa langue et ses mains pour la prendre, la dominer et la posséder. Shaya se liquéfia littéralement face à cet assaut sur ses sens. Elle passa les mains dans ses cheveux et le plaqua contre elle.

Il referma les lèvres sur son téton, le suça et le racla des dents. Il caressait en même temps le ventre ferme de sa compagne et posa la main sur son sexe. Puis il y fit entrer deux doigts qu'il tortilla adroitement en elle.

— J'adore te sentir aussi mouillée pour moi.

Puis il l'embrassa de nouveau en faisant entrer et sortir ses doigts. Il appréciait les gémissements de plaisir de sa compagne et aimait regarder les expressions changeantes de son visage. Puis il retira ses doigts et caressa le pourtour du plug anal qu'elle portait.

— Je vais enfin te prendre là ce soir, bébé. Tu es d'accord ?

Shaya hocha la tête, désirant que son compagnon la possède de toutes les façons possibles. S'ils ne l'avaient encore fait de cette manière, c'était parce que Nick attendait qu'elle soit vraiment prête. Il lui avait expliqué qu'il ne voulait pas uniquement qu'elle lui accorde ce plaisir par soumission ou simple curiosité, mais bien parce qu'elle le voulait et le désirait autant que lui. C'était maintenant le cas et elle ne fut pas gênée de le reconnaître.

— Allonge-toi sur le lit, bébé.

Shaya obtempéra. Nick s'allongea sur elle et l'embrassa passionnément. Il lui mordit la lèvre, la marqua de nouveau.

— Écarte les jambes, lui ordonna-t-il d'une voix rauque. Je veux goûter ce sexe qui a été fait pour moi.

La jeune femme obéit et Nick l'embrasa, la lécha et mordilla tout son corps. Il marqua une pause en arrivant à son nombril où il inséra la langue. Puis il continua à descendre et lécha le sexe de la jeune femme, lui coupant littéralement le souffle de plaisir. Il serait peut-être allé jusqu'à l'obliger à le supplier un peu, mais l'odeur de son sexe était beaucoup trop attirante. Il fit glisser ses mains sous les cuisses de Shaya, lui fit basculer les hanches et plaça ses jambes sur ses épaules. Puis il la lécha, se désaltéra en elle, goûtant sa saveur, ses gémissements. Tous ses sens étaient emplis d'elle, il se perdait en elle.

Il appréciait énormément la manière dont Shaya réagissait avec honnêteté et sans exagération. Elle laissait simplement son désir l'envahir, la dominer et la mener là où elle avait besoin de se rendre. Elle se tortillait, arquait le dos, lui tirait les cheveux, grognait et gémissait, lui rentrait les talons entre les omoplates, exprimant des sentiments réels et déclenchant en son compagnon un désir déchaîné.

— J'ai besoin d'être en toi. Là, tout de suite. Retourne-toi.

À ces mots, Shaya sentit un tremblement profond monter dans son ventre. Elle avait tellement besoin de jouir qu'elle s'installa immédiatement comme il le lui avait demandé, sur les genoux et les mains. Nick s'agenouilla derrière elle, lui caressa la croupe et frotta son membre contre le sexe de sa compagne. C'était une sensation agréable, mais Shaya se sentait incapable d'attendre beaucoup plus longtemps.

— Nick, j'ai besoin de jouir.

Son compagnon appuya son membre à l'entrée de son sexe. Puis gardant une main sur la hanche de Shaya, il lui retint les épaules de l'autre.

— Je te dirai quand je serai prêt à te laisser jouir.

Puis il la pénétra d'un coup et grogna quand il sentit les muscles de la jeune femme se resserrer autour de son sexe. Il ressentit un certain soulagement de son désir presque douloureux, mais il fut aussitôt assailli par la passion.

Shaya poussa un cri quand Nick lui donna des coups de boutoir acharnés, s'enfouissant profondément en sa compagne, la possédant vigoureusement. Il avait adopté une cadence éperdue, fiévreuse, et il sentait qu'il communiquait sa passion à sa compagne. Elle gémissait, geignait et allait instinctivement à la rencontre de chacun de ses coups. Enfin, elle essayait de bouger, mais la poigne de fer de Nick l'en empêchait. Elle fut réprimandée pour ses efforts de quelques grognements et coups de griffes, le moyen qu'utilisait Nick pour lui intimer de ne pas bouger, pour lui faire comprendre que c'était lui qui décidait et qu'il ne lui donnerait que ce qu'il voulait lui donner.

— J'adore la manière dont ton sexe se referme sur moi. Et tu sais ce que j'aime aussi ? lui demanda Nick en passant les mains dans les cheveux de sa compagne et en tirant pour qu'elle redresse le dos contre son torse. Toi, chaque petit centimètre de toi. Tu le sens ?

Oui, Shaya le sentait. Elle sentait son amour qui l'enveloppait, l'équilibrait, l'abritait et la protégeait. Si elle ne l'avait déjà su avec chacune de ses cellules, elle l'aurait vu dans son regard. Nick l'aimait. L'aimait avec une intensité dont il ne se serait jamais cru capable. Il l'aimait d'un amour profond, sans limites et vrai. Et Shaya le lui rendait.

— Je t'aime, lui dit-elle en lui mettant les bras autour du cou.

À ces paroles, Nick cessa brièvement de bouger. Il ne s'était pas attendu à l'entendre lui faire cette déclaration. Il ne pensait pas qu'elle en était là avec lui. Pas encore du moins. Il aurait pu se servir n'importe quand de leur lien pour vérifier, mais il n'avait pas osé, de crainte de ne pas trouver ce qu'il espérait. Mais les sentiments de la jeune femme passaient maintenant par ce lien. Sachant et sentant qu'elle disait vrai, Nick exulta et éprouva un sentiment de complétude que seul Shaya pouvait lui apporter. Son loup en fut apaisé comme jamais auparavant.

— Viens ici, bébé.

Leurs lèvres se rencontrèrent et Nick embrassa sa compagne passionnément, la dévorant tout en lui exprimant tout son amour. Puis il posa une main sur ses hanches et la fit retomber jusqu'à ce que son poids repose sur ses coudes.

— Maintenant, je vais te faire jouir, lui dit-il.

Il la pénétra à grands coups de reins sauvages et elle poussa un hurlement, cria son nom et déchira les draps de ses griffes.

— Maintenant, lui ordonna-t-il.

Le corps de Shaya explosa littéralement à son commandement, avec ses dents plantées dans son épaule et la pression sur son sexe. Elle rejeta la tête en arrière et poussa un long hurlement. Ce fut ce moment que choisit Nick pour retirer son plug anal dans un mouvement souple et pour la pénétrer là aussi. Elle cria encore une fois tant cette sensation nouvelle exacerbait son plaisir.

Nick cessa de bouger tout le temps que dura son orgasme. Quand elle commença à se tortiller, il enserra ses hanches et la maintint immobile.

— Ça va, bébé ? lui demanda-t-il, même s'il ne ressentait pas de douleur en elle, mais parce qu'il avait envie de le lui entendre dire.

— Bouge, Nick. J'ai besoin de te sentir bouger. Ça me fait un peu mal mais c'est une douleur agréable.

Satisfait, Nick se retira lentement jusqu'à ce que seul son gland soit à l'intérieur de sa compagne. Puis, il s'enfouit de nouveau en elle tout aussi lentement.

— Putain, bébé, c'est tellement bon.

Il recommença, encore et encore, n'accélérant le rythme que lorsqu'elle commença à s'agiter contre lui, lui réclamant toujours plus. Quand elle essaya de venir à la rencontre de ses coups de reins, il leur imprima un peu plus de vigueur. Il maintenait en même temps la communication avec sa compagne par l'intermédiaire de leur lien afin de s'assurer qu'elle ne souffre pas.

— Vas-y Nick, laisse-toi aller, je sais que tu te retiens.

Il n'était manifestement pas le seul à utiliser leur lien pour jauger ses sentiments.

— J'ai peur de te faire mal.

— Jamais tu ne me feras mal. Tu as souvent perdu le contrôle mais sans jamais me faire mal. Ne t'inquiète pas, je ne souffrirai pas. Laisse-toi aller.

Nick poussa un grognement et accéléra le rythme de ses va-et-vient. Il prit ce dont il avait besoin et lui donna ce qu'elle voulait. Avec chaque coup de reins, il lui rappelait qu'elle était sienne. Ses gémissements l'excitaient et décuplaient sa vigueur. Il atteint un rythme sauvage et impitoyable. Jamais elle ne pourrait oublier ce moment, oublier tout le plaisir qu'ils découvraient ensemble.

— Nick, j'ai besoin de jouir.

— Vas-y alors.

Le corps de Shaya emprisonna Nick en se resserrant autour de lui et il connut l'extase, un plaisir et une douleur sans fin. Puis il explosa en Shaya.

Shaya hurla le nom de son compagnon et son esprit, son corps et même son âme furent traversés par un éclair brûlant de plaisir qui se répercuta en elle par vagues et secousses, anéantissant la moindre de ses pensées en n'en laissant qu'une seule : elle aimait ce connard.

— Je ne suis pas un connard, se rebiffa Nick pendant qu'ils s'écroulaient dans le lit sans se séparer.

Elle ne s'était pas rendu compte qu'elle avait exprimé cette pensée à haute voix.

— Cause toujours, Beavis, fit-elle en haletant.

— Je ne suis pas un imbécile, se défendit-il en mordillant son épaule et en les faisant rouler tous deux sur le côté.

— Non, t'es juste un peu lent du cerveau et c'est vraiment dommage.

— Si je suis Beavis, alors toi, tu es Butt-Head.

— Tu n'oserais pas, dit-elle en renâclant.

— Pourquoi pas Butt-Head ? reprit-il en souriant et en léchant une des marques qu'il lui avait faites sur la nuque.

Indignée, Shaya se déplaça de manière à ce que Nick retire son sexe d'elle.

— Le fait que tu penses pouvoir faire cela impunément est une preuve de ton manque d'intelligence.

Puis Shaya courut à la douche, et bien entendu Nick l'y suivit et la fit jouir une nouvelle fois avec sa bouche.

Ils retournèrent ensuite à la chambre, ôtèrent les draps en lambeaux et finirent par s'écrouler sur le lit, nus.

— Je ne peux pas croire que tu aies ruiné des draps tout neufs. Tu dois apprendre à te contrôler, fit Nick en plaisantant.

— Je répète ce que j'ai dit plus tôt, tu es un connard.

— Ouais, mais bon, tu m'aimes encore, déclara-t-il en s'installant sur le côté et en attirant Shaya à lui.

Shaya sentait son étonnement.

— Tu aurais dû savoir que je t'aimais. Si je ne m'abuse, j'ai toujours bu la coupe jusqu'à la lie, je n'en ai jamais gâché une seule goutte.

— Je recommence à durcir maintenant et c'est ta faute, grogna-t-il.

— Désolée, mon bel étalon, mais on n'y peut rien jusqu'à ce que tu aies pris une décision très importante.

— Laquelle ? voulut-il savoir en léchant une de ses marques de revendication.

Nick ne pouvait penser à rien de plus important que de faire jouir sa compagne encore et encore. C'était sans aucun doute son activité préférée.

— Quel sera le nom de notre nouvelle meute ? Elle doit avoir un nom.

— Euh… je n'y ai pas encore réfléchi. As-tu des idées ?

— Eh bien, Quand on était petits, Taryn, Caleb, Joey – celui que Taryn pensait être son âme sœur – et moi, on jouait à être une troupe d'intervention spéciale.

— Une troupe d'intervention spéciale ? répéta-t-il en riant.

— Taryn et moi n'étions pas exactement des petites filles modèles. Enfin, on avait choisi de s'appeler le Groupe d'intervention Mercure. Je pense que ce serait un nom tout à fait approprié pour la meute.

— La meute d'intervention Mercure ? répéta-t-il avec un manque d'enthousiasme évident.

— Mais non, fit-elle en lui tapant le bras. La meute Mercure. Cela me toucherait beaucoup, ainsi que Taryn et Caleb. Sans oublier Joey dont le fantôme nous hantera éternellement si tu refuses. S'il te plaît, le supplia-t-elle en le regardant avec un air d'épagneul.

— Ah que j'aime t'entendre me supplier, Shay !

— J'en ai déjà glissé un mot à Derren et aux autres, et ils sont d'accord. Ils aiment bien ce nom.

Nick plissa les yeux quand il comprit ce qui se tramait.

— Je pensais qu'ils faisaient pression sur toi pendant que tu complotais avec eux, n'est-ce pas ?

— Ton loup souffrira toujours d'un sentiment de manque s'il ne fait pas ce pourquoi il est né, déclara-t-elle en haussant les épaules avec l'air de montrer qu'elle n'éprouvait aucun remords. Et cela ne me ferait vraiment pas plaisir. Alors, la meute Mercure ? C'est oui ou c'est non ?

— Et si je refuse ?

— Je te harcèlerai jusqu'à ce que tu acceptes.

Shaya se méfia quand elle aperçut une certaine lueur dans les prunelles vert fumé de son compagnon.

— Je vais te donner mon accord, mais à une condition.

— Laquelle ? demanda-t-elle en commençant à s'inquiéter.

— Que tu oublies ton fantasme de moi en putain de tenue de marin.

— Allez, tu t'habitueras tellement vite que tu ne trouveras même plus ça pervers après les premières fois.

— C'est non.

— Mais tu aurais l'air tellement…

— J'ai dit non.

— Mais ne pourrais-tu pas au moins envisager…

— Non.

— Trey le fait, lui, pour Taryn, lui dit-elle en grognant et en lui adressant un regard vraiment boudeur.

— Putain, Shay, s'écria-t-il en plissant les yeux. Je n'avais vraiment pas besoin de savoir ça.

Nick eut une vision tout à fait involontaire de l'Alpha de la meute du Phénix en tenue de marin et craignit qu'elle ne lui revienne à chaque fois qu'il le verrait.

— Si tu acceptes, je reconsidérerai peut-être ton fantasme de moi faisant du *pole dance* pour toi.

— Je vais y réfléchir, déclara-t-il après un court instant de silence.

— C'est tout ce que je te demande.

Achevé d'imprimer en février 2017
Par CPI France
N° d'impression : 3021134
Dépôt légal : janvier 2015
Imprimé en France
81121368-3